# 화랑 2

# 화랑 2

원작 KBS 드라마 〈화랑〉
극본 박은영  소설 강심

결 BESIDE

| 차례 |

1장
신국의 화랑

둥둥둥둥! 장엄한 북소리에 맞춰 화려한 검을 손에 든 지소가 화랑들 앞으로 걸어 나왔다.

"이제 화랑은 신국의 새로운 정신이 되었다. 신국은 더 이상 작은 나라가 아니다. 또한 장차 삼국 중 가장 강한 나라가 될 것이다."

지소는 검을 하늘로 치켜들었다.

"화랑은 신국과 신국의 대왕을 위해 충성을 다하라!"

"충성을 다하라!"

화랑들이 일제히 검을 빼 들고 지소의 말을 따라 하자, 둥둥둥둥! 북소리가 분위기를 고조시켰다. 약간은 흥분한 화랑들이 검을 들어 흔들며 환성을 내질렀다.

더 이상 무명이 아닌 선우는 결연하게 마음을 다잡았다. 그런 선우를 보는 아로는 자랑스러움에 가슴이 벅차올랐다.


화랑 임명식이 끝나고도 한참 동안 지소는 분노를 다스릴 수가 없었다. 아니, 시간이 지날수록 분노가 더 깊어졌다.

"어찌 내게 이럴 수 있단 말이냐… 어찌 내게… 내가 저를 위해 어떻게 버텨 왔는데… 어떻게 지켜왔는데!"

지소가 분을 이기지 못해 탁자를 내리치자, 팔에 감겨 있던 구슬들이 끊어져 바닥에 튀어 흩어졌다.

"당장 신국에서 내보내."

그러자 장승처럼 서 있던 현추가 고개를 들어 지소를 바라보더니 담담하게 한마디 했다.

"차라리 그편이 나으실지 모릅니다."

"낫다니?"

"왕경에 계시는 한, 폐하께 안전한 곳은 없습니다. 은밀히 피해 숨으신다 해도, 지난번 역관에서처럼 또 어떤 일을 당하실지 모릅니다."

"그러니 내보내라는 게 아니냐."

"들어오지 말라 하는데도 오셨습니다. 나가라 한다고 가시겠습니까? 그러니…"

"그러니?"

"그냥 두십시오. 누가 화랑도 안에 폐하가 계실 거라 상상이나 하겠습니까?"

지소는 현추의 말이 맞다는 것을 인정했다. 지난 십 년 간 삼맥종에게 안전한 곳은 없었다. 서역을 떠돌아다닌 것도 한곳에 오래 있으면 위험하기 때문이었다. 어쩌면 이곳에 있는 것이 더 안전할지도 모르지. 안전이 가능한 것이라면.

그 시각, 삼맥종은 옥타각 방에 앉아 있었다. 자신을 보고 당황스러움을 감추지 못하던 어머니의 모습이 계속 떠올라 술을 마셔도 맛이 없고, 춤추고 노래하여도 즐겁지 않았다. 임명식에서 어머니에게 한 방 먹여주면 통쾌할 것으로 생각했었는데, 이 순간을 엄청나게 기대했었는데, 심란하고 복잡한 것은 어째서인지 알 수가 없었다. 확실하게 원하던 것이었는데, 어째서 이런 기분이 드는 것인지.

삼맥종은 씁쓸하게 웃으며 저 자신에게 물어보았다.

"원하는 대로 됐는데… 뭐가 문제인 거냐."

내면의 질문이 들려왔다.

'정말로 원하던 게 이게 맞나?'

박영실의 사랑채에서는 피 흘리는 가슴을 얼기설기 대강 감은 도고가 오늘 있었던 일을 보고하고 있었다. 무철에게 의지해 간신히 몸을 가누는 형편이었는데도 도고는 마당에서 무릎을 꿇고 있었고, 영실은 몸이 불편하니 편히 있으라는 말을 해줄 생각은 전혀 없는 듯했다. 도고의 보고를 듣고 나서 도고에게서 등을 돌리고 혼자만의 생각에 잠겨 있을 뿐이었다. 옆에 서 있던 호공이 도고를 추궁했다.

"변변치 못한 놈들! 어린놈 하나를 못 당했단 말이냐."

"두 놈이었습니다… 그리고 갑자기 화살이 날아드는 바람에…."

도고의 변명은 관심 없다는 듯 영실은 도고의 말을 끊었다.

"그 천인 놈이 하루아침에 안지 공의 아들이 됐더란 말이지?"

도고는 가슴의 통증으로 식은땀이 나고 쓰러질 것 같은데 얼굴도 보여주지 않는 영실 쪽에 예의를 갖추며 대답했다.

"예…. 그렇습니다."

"화랑 옷을 입고 있었고?"

"틀림없습니다요."

"알았네, 가봐."

결국, 정신을 잃은 도고를 무철이 질질 끌듯이 데리고 나가자 박영실은 그러든가 말든가 또 혼자만의 생각에 잠겨 들어갔다.

"모든 게 아귀가 딱딱 맞아 들어가질 않나. 삼맥종이 왕경에 들어왔고… 해서, 지소가 꽁지에 불이 붙은 것처럼 화랑을 만들었다. 한데, 문제는 그 얼굴을 누군가가 봤단 말이지, 불편하고 거슬리기 짝이 없게."

"하면, 그게….'

"내 생각엔… 삼맥종을 본 놈이 안지 공의 아들이란 말이지."

"지소가 꼭꼭 감추려던 왕의 얼굴을 본 놈을 떡하니 화랑으로 만든 꼴 아닙니까?"

"이번엔 잘라야 하지 않겠나. 그 어리고 약한 왕의 모가지를."

영실이 차갑고 비정하게 웃으며 호공을 바라보았다. 호공이 심각하게 고개를 끄덕였다.


선우가 된 무명으로부터 있었던 일을 다 들은 안지는 심각한 얼굴로 선우를 바라보았다.

"도고란 자가 너를 노린 이유가 뭐라고 생각하느냐?"

"나도 정확히는 모르겠어. 그놈과는 이래저래 안 좋게 얽힌 적이 많아서… 망망촌에서 사금 상납을 관리하던 장사치라서 몇 번 부딪친 적이 있고… 거기서도, 여기서도 별로 좋은 사이는 아니라서…"

"아로는 왜 데려갔을꼬."

"나 때문이야."

그 말에 내내 걱정스러워 하던 안지의 표정이 더 무거워졌다.

"나 때문에 그 애가 위험했어. 나를 잡아가려고 그 애를 잡아갔던 모양이야."

"내가 너에게 하는 부탁은 딱 하나다. 아로를 위험하게 만들지 마라. 그건 내가 용서할 수가 없어."

선우가 무겁게 고개를 끄덕이는데, 안지가 선우의 손을 잡았다.

"이제… 돌이킬 수 없다. 넌 김안지의 아들이고, 화랑이다. 네가 뭘 하든 그건 아버지인 내 일이 될 거다."

지금껏 따뜻한 말을 건네기 위해 손을 잡아 주었던 사람이 한 명도 없었던 선우로서는 따뜻한 손의 감촉에 당황하여 안지의 시선을 외면할 수밖에 없었다.

"알아. 나도. 내가 누구 대신 살고 있는지."

아로는 오늘 있었던 일을 몇 번이나 되씹고 있었다. 도고의 칼을 맨손으로 확 잡아당기던 그의 단호한 얼굴과 말투.

"지금! 나를 죽일 거면 지금 죽여! …그 전에 저 애가 다치면 넌 나한테 죽어…!"

골방에 애벌레처럼 묶여 있으면서 당장 자신의 위험보다는 그가 죽었을까 봐 걱정되어 무서웠던 시간이 머릿속에서 사라지지 않았다. 그를 이렇게나 생각하게 된 것을 보면, 분명 그는 아로의 오라버니가 분명할 것이었다. 내일이면 화랑도 선문에 들어가버려 한동안 못 볼 텐데 그 전에 오라버니라고 불러보고 싶었다. 손도 치료해주고.

밖에서 '오라버니, 동생 들어갑니다'라고 기척을 해야겠지만, 오라버니라는 말이 입 밖으로 나오지 않아서 일단 문을 확 열어젖혔다. 옷을 갈아입고 있었는지 웃통을 벗고 있던 선우가 깜짝 놀라 아로를 쳐다봤다. 당황한 아로는 휙 돌아서며 항의했다.

"거, 왜, 방에서 막 옷을 벗고 그러지?"

"그럼 옷을 마당에서 벗고 있어야 하나?"

"아휴, 진짜 처음엔 말 못하는 사람인 줄 알았는데, 요즘엔 지지를 않네."

선우는 구시렁대는 아로를 보고 웃으며 대충 손에 잡히는 손을 걸쳐 입었다.

"뭔데? 할 말 있는 거 아니야?"

그러자 그제야 아로가 선우를 돌아보더니, 크게 결심하고 입을 떼었다.

"오."

그리고 거기서 끝이었다. '오'만 나오더니 뒤따라 나와야 할 것이 나올 생각을 안 했다.

"오?"

"오…리 백숙 좋아하나?"

"뭐?"

아로는 제 머리를 쥐어뜯으며 선우를 외면한 채 한참을 망설이다가 다시 큰 결심을 하고 선우를 똑바로 바라보았다.

"오….."

그런데 또 멈췄다.

"오… 옷이 찢어졌길래. 또 내가 바느질을 좀 해서."

아로는 선우가 벗어놓은 화랑복을 챙겨 들고 빤히 보고 있는 선우를 피하듯 어색하게 밖으로 나가버렸다. 그리곤 밖으로 나와 제 입을 때리면서 머리도 한 대 쥐어박았다.

"오라버니, 오라버니, 오라버니. 여기선 이렇게 잘 되는데! 그게 뭐라고 입이 안 떨어지냐. 아, 오늘은 꼭 해야 하는데….."

아로는 마당에 앉아서 선우의 옷을 꿰매며 중얼중얼 '오라버니' 연습을 하고 있었다. 그러다 문득 아까 피를 흘리던 선우의 손이 다시 생각났다.

"아, 맞다. 약 발라줘야 하는데….."

혼잣말을 하던 아로가 홱 돌아 선우의 방을 보는 바람에 창문을 빼꼼히 열고 아로를 바라보고 있던 선우는 얼른 문을 닫았다. 무슨 잘못이라도 저지르고 숨은 것처럼 되어버리자 선우는 머쓱해져서 혼잣말을 했다.

"내가 뭐… 그냥 본 건데."

잠이 오지 않아 창문을 열었던 선우는 보름 달빛 아래서 바느질하고 있던 아로를 보고 자기도 모르게 빠져들었던 거였다. 달빛에 희게 빛나는 아로의 목덜미가 낯설었고 동시에 아름다웠다. 선우는 벌렁 침상에 누워 머리를 흔들었지만 눈앞에 아로의 모습이 어른거려 도무지 잠을 잘 수가 없었다.

'젠장… 뭐냐.'

잠시 후, 방문이 조심스럽게 열리고 손에 약 상자를 든 아로가 들어왔다. 침상에 누워 있던 선우는 얼른 눈을 감았다. 아로는 선우 옆에 앉아 마치 자고 있는 사람을 대하듯 말하기 시작했다.

"잠들어서 다행이다. 깨 있으면 어쩌나 했는데… 실은 할 말이 있거든, 내가. 그쪽한테."

"…"

아로가 선우의 손에 묶인 천을 풀어내자 손바닥에 있는 긴 칼자국이 드러났다. 도고의 칼날을 잡고 제 가슴으로 끌어당기던 그때 그 아픔이 느껴지듯 해서 아로는 눈물이 그렁해졌다. 아로는 작은 약병에 든 약을 수건에 적셔 선우의 손바닥에 댔다. 선우가 쓰라림에 움찔했지만 아로는 모르는 척 등을 돌렸다.

"지금부터 내가 하는 말… 잘 들어요. 어차피… 잠들어서 못 듣겠지만. 오… 오…라버니."

"?"

잠자는 척하던 선우가 '오라버니' 소리에 눈을 뜨고 제 손을 치료하고 있는 아로의 뒷모습을 바라보았다.

"아깐 고마웠어요… 구하러 와줘서."

물약으로 상처를 닦아낸 아로는 다시 정성스럽게 약을 바르고 있었다.

"기댈 곳도 없고 기대할 것도 없다고 생각하면서 살았는데. 처음이에요. 누구한테 그러고 싶어진 거. 오라버니가 생겨서… 좋아."

선우는 제 심장이 쿵 떨어지는 소리를 들은 것 같았다. 언젠가 아주 오랜 옛날 우륵을 따라 이 동네 저 동네 정처 없이 돌아다닐 때 '오라버니'가 되고 싶었던 어느 날이 생각났다. 그때가 언제인지 그 동네가 어느 동네인지 정말 그런 일이 있었는지조차 확실하지 않은 아련한 기억이었지만, 그때는 '오라버니'만 될 수 있다면 더 이상 돌아다니지 않고 좋아하는 그곳에서 영원히 행복하게 살 수 있을 것 같았다. 열린 창문으로 들어온 바람에 아로의 잔머리가 날렸다.

"이런 마음이 드는 게 처음이라 솔직히 겁도 나는데. 이래도 될까 싶기도 한데. 오라버니는… 오라버니니까. 진짜 오라버니니까."

아로가 선우의 손에 깨끗한 붕대를 야무지게 감기 시작했다. 붕대가 다 감아진 손을 얌전히 내려놓으며 아로는 말했다.

"다치지 마요. 이젠… 안 다치면 좋겠어."

선우는 제 마음에서 뛰고 있는 이 감정이 무엇인지, 혼란스럽기만 했다. 아로가 약을 정리하는 뒷모습을 복잡한 마음으로 바라보고 있던 선우는 나가려는 아로의 손목을 잡았다. 얼어붙은 듯 돌아보지도 못하는 아로의 등에 대고 선우는 말했다.

"나는 너 때문에 겁나."

“…”

“널 다치게 할까 봐, 지키지 못할까 봐.”

“…”

아무 대답도 할 수 없었던 아로는 왈칵 눈물이 쏟아질 것 같았다.

“나한테 기대고 기대. 이제 너 혼자 아니니까.”

아로는 결국 선우를 향해 돌아보지도 못하고 그대로 밖으로 나왔다. 그런 아로의 뒷모습을 바라보는 선우는 가슴이 아려오는 것 같았다.

마당으로 나온 아로는 평상에 앉아 달을 바라보았다. 자기를 만지던 선우의 손길을 기억하듯 팔목을 가만히 만져보기도 하였다. 그러다가 아로는 얼른 정신을 차리듯 고개를 흔들었다.

“뭐야… 괜히 기분 이상하네.”

평상에 드러누운 아로는 다시 하늘에 뜬 달을 가만히 바라보았다.

“내일 가버리면 한동안은 못 보겠네.”

그러자 왠지 모를 아쉬움에 쓸쓸해지는 아로였다. 방 안에 있는 선우도 복잡하게 엉켜 있는 머릿속에 여러 생각이 드는 것은 마찬가지였다. 주령구를 만지작거리며 멍하게 앉아 있는 선우는 쉽게 잠들지 못했다.

아침이 밝았다. 아로는 선우 방 앞에서 기척을 살피며 헛기침을 하고 있었다. 그런데 아무리 큰 소리로 헛기침을 해도 반응이 없자 돌아서려는데, 어느새 소리 없이 선우가 아로 앞에 와 서 있었다. 아로는 컥! 숨이 막혀서 캘록 캘록 기침을 하다가 어색하게 선우의 눈을 피하며 아침 인사를 건넸다.

"일찍… 일어났네요. 오… 라버니."

"일찍은 무슨, 늦었는데."

"아… 늦었구나. 오, 오라버니, 아버지는… 병자 때문에 일찍 나가
셨는데."

"뭐가 이렇게 어색해."

"그러니까 자꾸 해봐야…."

궁색하게 변명을 하다가 아로는 무섭게 선우를 노려보았다.

"뭐가 이렇게 까칠해. 좀 받아주면 안 되나?"

"크."

귀여운 아로를 향해 피식 웃고는 선우는 아로가 밤새 꿰매놓은 화
랑 옷을 갖춰 입기 시작했다. 그런데, 허리에 대를 두르는 게 영 어려
웠다. 어제는 의상실에서 바로 입어 의상실 도움을 받았었고, 그 사
람들이 하는 것을 볼 때는 아주 쉬워 보였었는데 말이다. 결국, 밖에
서 빼꼼 들여다보던 아로가 답답한 숨을 몰아쉬며 방으로 들어왔다.

"거 답답하긴."

아로가 대를 확 뺏어 자기가 어찌 해보려는데 빙글 돌아도 잘 되
지가 않았다.

"누가 답답한지 모르겠네. 늦었다고 얘기한 것 같은데?"

"좀 얄밉다 소리 듣죠? 들었을 거야. 안 들을 수가 없어. 이 성격은.
팔 좀 벌려 보죠?"

아로가 이리저리 해보다가 선우 한쪽 팔 아래로 머리가 들어가고
허리를 안는 듯한 자세가 되어 예상치 못한 포옹을 하게 되었다. 확

빼기도 이상하고 안 빼기도 이상한 것이 어정쩡한 자세로 아로가 고개를 갸웃했다.

"이게 맞는데…."

"아닌 것 같은데."

"어떻게 입었는지 기억도 못 하면서."

"그러니까 아무래도 네 엉망인 바느질 때문에…."

"내가 옷 바느질은 좀 그래도… 사람 살은 잘 꿰매니까 조용히 좀 하시지?"

협박해서 선우의 입을 다물게 한 아로는, 열심히 노력한 결과 제대로 옷을 입히게 되었다.

"됐고! 거기 그대로 서 있어 봐요!"

아로는 물러서서 선우의 태를 살피듯이 바라보았다. 선우도 창문에서 들어오는 햇살 받으며 서 있는 아로를 눈 못 떼고 보고 있었다.

"이리 보니… 참 멀쩡하네."

"처음부터 알았잖아. 멀쩡해. 잘생겼고. 완전… 그렇다며?"

아로는 술 취해 지껄였던 그때가 기억나자 더불어 선우를 향해 욱하는 감정이 올라왔다. 도대체가 잊어버리지를 않는 저 머릿속을 어찌할 것인가. 얄미운 사람 같으니라고.아로가 노려보는데 선우는 어깨를 으쓱하며 나 몰라라 하고 있었다. 아로는 마음을 가라앉히며 툭 말을 던졌다.

"화랑 행렬 보러 나도 갈 건데… 보면, 손이나 한번 흔들어 주든가."

"싫은데? 누이가 생긴다는 게, 여러모로 좀 번잡하고 귀찮기도 한 일이네. 손도 흔들어야 하고."

"에이, 진짜."

아로가 귀엽게 눈을 흘기자 선우가 그 모습에서 눈을 떼지 못하며 웃었다.

왕경 거리에는 성장한 화랑들의 화려한 행렬을 구경하려는 사람들이 몰려들고 있었다. 위화 공과 미진부가 탄 말들을 필두로 뒤를 따르는 화랑들. 수호, 반류, 한성의 모습이 차례로 보였다. 그들과 함께 당당하게 걸어오는 선우는 혹시 아로가 있을까 봐 인파를 눈으로 더듬었다. 하지만 사람들이 너무 많아 도무지 찾을 수가 없었다.

아로는 선우 손에 발라야 할 약을 손에 든 채 사람들 사이에서 오도 가도 못하게 끼어 있었다. 이리 밀고 저리 밀어 봐도 아로한테 움직여질 인파가 아니었고, 아로는 발만 동동 구르고 있었다.

"아이고오, 좀 갑시다… 아까 전해줄걸. 그대로 두면 손 상처가 덧날 텐데…."

아로는 고개를 들어서 선우를 찾고, 선우도 아로를 찾고 있지만 서로 다른 쪽만 보며 헤매고. 그렇게 선우와 아로의 시선은 서로를 못 보고 스치듯이 엇갈리고 말았다. 계속 두리번거리는 선우를 보며 다른 화랑들, 반류파인 기보와 신이 힐끗거리며 뒷말을 했다.

"축국장에서 만날 때부터 재수가 없더니. 저런 놈이 화랑이라네."

"어차피 오래 못 버텨. 화랑도 안에서 누가 저놈 편에 서겠어?"

기보와 신의 말을 듣고 있던 한성이 혼잣말처럼 중얼거렸다.

"모르지. 어떻게든… 살아남게 될지."

반류가 의외의 말을 하는 한성을 새삼스레 바라보았지만, 평소에 한성을 막냇동생 취급하는 기보와 신은 한성의 말을 아예 듣지도 않은 듯했다. 그런데 신이 인파 속에서 눈길을 끄는 미인을 찾고 휘익 휘파람을 불었다.

"오… 저건 또 누구야? 미인인데!"

"미인은 무슨… 이찬 딸이잖아. 수호 누이."

"오오… 그 오누이가 재수는 없는데… 미모는 타고났네."

기보와 신의 말을 들으며 무심히 고개를 돌리던 반류는 단아하고 선이 고운 수연의 얼굴을 보게 되었다. 그뿐이었다. 반류에게 여자란, 잠시 눈에 들어왔다 곧 나가버리는 바람 같은 존재일 뿐이었으니까.


화랑 행렬로 분주한 거리 한쪽에는 파오가 엿장수로 변복하고 삼맥종을 찾고 있었다.

"대체 어디 계신 거야? 엿 드시오, 엿!"

파오는 누가 알아볼까 고개를 숙이면서도 화랑 행렬 코앞까지 비집고 들어가는 데 성공할 수 있었다. 그런데 누군가 파오의 엿판에 손을 댔고 파오는 그 손을 본능적으로 낚아채며 외쳤다.

"어디서, 도둑질이냐!"

"거, 인심 박하네… 한번 먹어보고 사려고 했더니."

삼맥종이었다. 화랑복을 입지 않고 평복을 입은 삼맥종이 화랑 행렬이 아닌 군중 사이에 있다니, 파오는 놀라서 삼맥종을 쳐다보았다.

"대체, 왜 여기 계신 겁니까? 행렬은 어쩌고?"

"그게…."

"안 하기로 하셨습니까?! 아유, 잘하셨습니다. 그러게 화랑은 무슨 화랑입니까… 가시지요. 안 그래도, 제가 이 근처에 아주 기막힌 맛집을….'

"어떻게 된 화랑인데 왜 안 해."

"아니 그럼, 행렬은 왜 안 하십니까?"

"저딴 것까지 동참하기엔… 내 자존심이 너무 상하잖아."

"딴 건 다 해놓고 무슨."

파오가 이죽거리며 삼맥종을 흘겨보자, 순간 욱 치솟는 짜증에 삼맥종은 파오를 확 째려봤다.

왕경에 구경거리가 생기면 장사가 제일 잘 되는 곳은 뭐니 뭐니해도 수타박수였다. 영실은 관복을 벗고 수수한 옷차림을 한 채 수타박수에 앉아 있었다. 그 옆엔, 영실이 가면 어디든 따라다니는 호공이, 재미있다는 듯 주변을 둘러보는 영실을 이해할 수 없다는 듯 바라보고 있었다.

"아직 화랑들의 행렬도 끝나지 않았는데 여긴 왜 오신 겁니까."

호공의 말에도 영실은 아무 말 없이, 강성을 비롯해서 어두운 얼굴로 술에 취한 공자들을 날카로운 눈으로 살펴볼 뿐이었다. 그곳엔 화랑에서 탈락한 귀족자제들이 모여 이미 취할 대로 취해 주정을 부리고 있었다.

"누군 화랑이고 누군 낭도라니? 우리더러 친구의 수하로 들어가라는 말이야?"

누군가 참지 못하고 소리치자 주변 공자들이 웅성거리며 그 말에 동조했다. 그러자 자리에서 벌떡 일어난 강성은 마시던 잔을 벽에 내던져 와장창 깨지는 꼴을 보고야 말았다.

"지들이 뭐가 그렇게 잘났어! 기껏 잘난 아버지 만난 것밖에⋯ 뭐 있어? 니들도 다 똑같아. 아무것도 할 줄 모르는 버러지 같은 것들⋯! 난 니들하곤 달라⋯ 알아?"

수타박수의 모든 사람들의 시선이 강성에게 몰렸고, 강성은 화를 다스릴 길이 없어 밖으로 뛰쳐나갔다.

"패잔병들! 언젠 싫다더니⋯ 이젠 화랑이 못 돼서 저렇게 코가 빠져 있는 꼴이라곤. 어제까진 태후에게 충성을 맹세하다, 이젠 신국에서 지소를 제일 미워하는 놈들이네."

"저들을 보러 오신 겁니까?"

"아니, 사러 왔지."

호공의 말에 박영실은 낄낄거리며 술잔을 비우고, 고기를 탐욕스럽게 씹기 시작했다.


선우는 여전히 군중들 쪽을 두리번거리며 아로를 찾고 있었다. 하지만 아무리 두리번거려도 보이지를 않으니 괜히 섭섭한 마음마저 생기고 있었다.

"나온다고 얘길 말든가⋯."

그리고 군중 속에선 그런 선우를 지켜보는 시선이 있었으니, 삿갓을 쓴 우륵이었다. 우륵은 화랑복으로 성장한 선우를 보며 걱정 가득한 한숨을 내쉬고 있었다.

"이놈아. 너를 어떻게 하면 좋으냐."

한편, 화랑 행렬을 따라 계속 움직이던 아로는, 드디어 선우를 발견했다. 선우가 눈에 보이니 다른 건 눈에 보이는 것이 아무것도 없어 사람들을 헤치며 안으로 들어가기 시작했다. 그때, 갑자기 누군가 군중들을 휙휙 신경질적으로 밀치고 넘어뜨리며 다가오고 있었다. 아로도 그 난폭한 팔심에 밀려 넘어질 뻔하다가 간신히 옷자락 잡고 버텼는데, 그 옷이 맥없이 죽! 찢어지고 말았다. 아로가 놀라서 옷 주인을 올려다봤다. 술에 취한 강성이었다. 강성이 한 대 치기라도 할 듯 아로를 노려보고 있었다.

"미안합니다. 실수였소. 밀려서 그만⋯."

"실수⋯?"

"벗어 주시면⋯ 꿰매 드리겠소."

"이게 너 따위가 꿰맬 수 있는 물건으로 보이냐? 은편 스무 개를 주고도 구할 수 없는 옷이야!"

아로가 고개를 돌려보니 선우는 이미 멀리 지나쳐버린 후였다. 안타까운 마음을 달래며 아로는 강성에게 물었다.

"그럼 어찌하면 좋겠소."

"뭘 어찌할 수 있는지는⋯ 내가 묻고 싶다."

아로는 덜컥 겁이 났지만, 강성을 향해 단단히 얼굴을 들고는 말했다.

"옷이 그리된 건 미안한 일이지만 애초에 날 밀지 않았으면, 이런 일도 없었을 것이오!"

"돈이 없으면 없다고 말할 것이지. 내 탓으로 돌려? 아하, 그러고 보니 너… 옥타각의 그 아이구나? 이야기를 파는 계집!"

아로를 알아본 갑자기 강성이 아로의 손목을 잡아채며 끈적하게 다가왔다.

"너와 은밀히 얘길 해보면 갚을 수 있는 길이 있겠다, 싶은데?"

"이거 놓으시오! 놓으라고!"

아로가 손을 뿌리치려고 애썼지만 강성은 아랑곳하지 않고 아로를 끌고 가기 시작했다. 그때, 강성의 얼굴을 강타한 돈주머니가 있었다. 강성은 돈주머니에 정통으로 맞은 얼굴을 감싸며 소리를 질렀다.

"누구냐!"

대답 대신 주머니가 한 개 더 강성의 얼굴을 강타했다. 비명을 지르는 강성 앞에 유유히 나타난 것은 삼맥종이었다.

"아이고. 곱게 준다는 게 그만."

"넌… 뭐야?"

"듣자 하니, 실숫값이 스무 개 같아서. 실수로 얼굴을 맞혀버렸으니 내 실숫값으로 한 개 더."

"이렇게 해결될 일이 아니지."

강성이 분한 마음을 못 떨치고 눈을 부라리는데, 삼맥종이 싸늘한 표정으로 주머니를 던졌다 받으며 강성에게 물었다.

"그럼 세 번째 실숫값을 바라시나?"

강성이 한 대 칠 기세로 삼맥종에게 덤비는데, 그보다 빨리 파오가 위협하듯 한발 나섰다. 비록 엿장수로 변복한 파오였지만 기골이 장대하여 누구에게든 위압감을 주기에 충분했다. 강성은 파오의 등장만으로도 기가 죽어 그 자리에 멈춰서 눈만 굴리고 있었다. 삼맥종이 강성을 노려보며 마지막으로 경고했다.

"아무래도 오늘 내가 그쪽에게 실수를 많이 할 것 같은데. 여기 서서 계속 실숫값을 받든가."

강성은 분하지만, 땅에 떨어진 주머니 두 개를 들고 돌아섰고, 아로는 그제야 한숨을 놓으며 삼맥종을 바라봤다.

"고맙소. 빚은 갚겠소. 하지만, 은편 스무 개요. 실숫값은 내 빚이 아니니까…."

"빚이라면, 일전에도 있지 않나."

"그땐 경황이 없어서… 그때도 뭐… 고마웠소."

아로가 꾸벅 인사를 하는데, 삼맥종은 대뜸 아로의 손목을 잡아챘다. 삼맥종은 아로가 기겁하여 소리를 지르든 말든 손목에 뭔가를 그려 넣었다. 간신히 그 손을 뿌리친 아로는 삼맥종을 노려보며 욕을 하고야 말았다.

"이런 잡놈이!"

"헛, 사람을 구해주고 잡놈 소리를 듣네. 내가."

삼맥종은 아로의 손목에 초승달 모양이 그려놓았다. 아무리 지워보려고 했으나 전혀 지워지지 않자 놀라서 삼맥종에게 제 손목을 불쑥 내밀었다.

"이게 뭘 한 거요?"

"차용증. 서역에서 가져온 물감이니 당분간 지워지지 않아. 빚을 갚으면 내가 지워주지."

아로가 황당해서 말문이 막혀하자, 삼맥종이 짐짓 삐딱하게 굴며 말했다.

"나한테 뭘 기대한 건데? 왕경이 호락호락한 곳이 아니란 걸 너도 이미 알지 않나?"

"알겠소. 갚을 거요."

"그래야지. 반드시."

화랑 행렬이 끝나가고 있을 무렵 오늘 같은 날 대목이라 분주하게 돌아다니던 피주기는 맨 앞에 있는 위화를 발견하고 놀라서 입을 떡 벌렸다.

"옷이 날개라더니. 저러고 있으니 멀쩡하네."

멍청해진 피주기를 보고 위화가 씩 웃으면서 장난스레 손짓했다. 미진부는 위화가 시시덕거리며 장난이나 하려는 것이 아무래도 마음이 들지 않았다.

"겁 안 나십니까? 저 아이들을 한곳에 모아둔다는 거 말입니다."

"에? 벌써 쫄으신 겁니까."

위화의 농에 미진부의 표정이 굳어졌다.

"그러지 마십시오. 저는 풍월주의 장난이 재미가 없습니다."

"정색하시긴."

"뜻대로 안 되면, 선문에도 뱀을 푸실 겁니까."

"그걸 어떻게? 햐! 이거, 이거! 역시 난 유명해."

"절 아군이라 여기지 마십시오. 전 모든 걸 다 지켜볼 생각이니까. 그리고 풍월주께서 잘못된 길로 가신다 여겨지면 선문을 폐하시라

간언 드릴 것입니다. 그게… 제가 여기 있는 이유입니다."

"빡빡하기는."

위화는 할 말만 끝내고 앞서 가버리는 미진부의 뒤통수를 제대로 째려봐주었다.


드디어 화랑들이 화랑도 본원 앞에 도착했다. 예를 갖추고 반듯이 늘어선 화랑들을 뒤로하고 위화가 의식을 치르듯이 닫혀 있는 문 앞에 섰다.

"신국의 화랑들과 새 마음과 새 몸으로 수련에 임하고자 하니, 그 앞길을 형통케 하시길 바랍니다. 나는 화랑도의 수장 김위화다! 풍월주로 명하니, 새 문을 열라!"

그러자 끼이익, 화랑도 본원의 나무문이 무겁게 열리기 시작했다. 기대감으로 웅성거리는 화랑들 앞에 드디어 화랑도 본원의 풍경이 열린 것이다. 일제히 화랑도 안을 기대감으로 바라보는 수호, 반류, 여울, 한성. 거기에 조금은 진지한 표정의 삼맥종. 그리고 형형한 눈빛으로 첫발을 떼는 선우가 있었다.

화랑들이 얼떨떨한 표정으로 걸어 들어가자 그들 뒤에서 화랑 본원의 문이 다시는 안 열릴 것처럼 묵직하게 쿵 닫혔다.

본원의 문이 닫히자 화랑들이 놀라서 돌아보는데 문을 걸어 잠근 진묵이 무표정한 얼굴로 문 앞에 버티고 서 있는 것이 보였다. 그에게서 느껴지는 위압감에 기가 죽은 화랑들이 조용히 본원 대마당에 늘어서기 시작했다.

그들의 대열이 정비되자 그 앞에 미리 준비된 술잔이 착착 놓였

다. 각 석 잔씩 두 묶음, 여섯 잔의 술이었다. 미진부가 나서더니 술
잔을 들고 외쳤다.

"삼잔일거.*"

"일 배!"

미진부가 제 앞의 술잔을 들어 털어 넣었고 화랑들도 미진부를 따
라 일제히 술잔을 들어 입안에 털어 넣었다. 그런데 그 술이 어찌나
독한지 커억! 하고 숨 막혀 캘록거리는 화랑들이 부지기수였다. 술
이라기보다는 독약을 털어 넣는 느낌이었다. 기침이 멈추지 않은 장
현은 인상을 찡그리며 비어 있는 술잔의 냄새를 맡아보고 있었다.

"대체 이게 뭐야?"

하지만 수호는 석 잔을 차례로 꼴깍꼴깍 넘겼고, 그에 질세라 반
류도 첫 석 잔만큼은 가볍게 마셔 주었다. 그러자 숨 돌릴 틈도 없이
미진부가 잔을 들고는 외쳤다.

"이 배!"

미진부가 표정의 변화 없이 두 번째 술 석 잔을 꿀꺽꿀꺽 넘기고
화랑들을 돌아보자 화랑들은 울상이 되었다. 장현은 이미 포기 상태
에 이르렀고, 술이 강하다고 소문난 수호도 콜록콜록 기침을 하고
있었다. 선우는 목 안이 타들어 가는 고통을 느꼈지만, 일부러 더 눈
을 부릅뜨며 버텼다. 술 마셔본 경험 자체가 없는 선우로서는 지금
까지 살아오면서 경험한 것 중 가장 힘든 순간이었다. 그래도 화랑
본원에 들어와 치르는 첫 시험에서 탈락할 수는 없었다.

---

* 술 석 잔을 한꺼번에 마시기

떨어질 사람은 떨어지고 버티는 사람은 버티는 가운데 다시 화랑들 앞에 술 석 잔씩, 한 묶음이 놓였다. 화랑들 사이에서 원망의 소리가 새어 나왔지만, 위화는 아무런 표정의 변화 없이 오히려 여유롭게 웃으며 화랑들을 지켜보고 있었다. 미진부조차 그런 위화를 살짝 째려보고는 다시 술잔을 들었다.

"삼 배."

꿀꺽 꿀꺽 꿀꺽. 미진부가 마지막 잔을 넘기며 짧게 헛기침을 했다. 수호는 삼 배의 첫 잔에서 포기했고, 반류는 수호가 포기하는 것을 보고 첫 잔만큼은 마시려 했으나 목구멍으로 넘기지 못하고 뱉어내고 말았다. 선우는 주저앉을 뻔한 걸 화랑의 검을 지팡이 삼아 지지하며 겨우 끝까지 마셨는데, 그중에서 삼맥종만이 여유 있게 홀짝홀짝 마시고 있었다. 삼맥종이라면 사 배도 할 수 있을 것 같았다.

드디어 삼잔일거의 시간이 끝났다. 대부분이 콜록콜록 기침을 하고 있고, 개중에는 벌써 무릎을 꿇은 이들도 있는 가운데 위화가 유유히 나와 그들 앞에 서서 상자 하나를 올려놓았다.

"이건 너희 문패다. 같은 색 패를 뽑은 이들끼리 한방을 쓰게 될 거다."

술에 취해 비틀거리는 반류가 위화 앞으로 걸어가서 상자 안에서 패를 뽑았다. 반류와 비슷한 수준인 수호, 간신히 기어 나온 한성, 비틀거림도 없이 여유 있는 걸음걸이인 삼맥종, 몸을 가눌 수 없어 갈지자를 그리며 걸어나간 선우도 패를 뽑았다. 모두 하나씩 패를 들고 있는 것을 본 위화가 덧붙였다.

"오늘 밤 이곳엔 질서도 규칙도 없다. 방이 마음에 안 들면 다른 사람 걸 뺏는다. 그리고 함께 지낼 동방생도… 뺏어!"

뺏으라고? 놀라서 보는 화랑들이 웅성거리는데 위화는 여유만만한 미소로 화랑들을 둘러보았다.

"기한은 내일 해가 뜰 때까지다. 너희 중 강한 자가, 좋은 방과 원하는 동방생을 얻게 될 것이다."

화랑들이 각각의 패를 손에 들고 당황하여 웅성거리기만 하는데, 위화는 만면에 미소를 머금고 유유히 자신의 집무실로 퇴장하였다. 그러자 살짝 비틀거리며 따라온 미진부가 위화에게 따져 물었다.

"아니, 어쩌자고 그런 과제를 주셨습니까?"

위화가 무슨 이야기인지 못 알아듣겠다는 듯 멀뚱멀뚱 쳐다보자 미진부는 어이가 없어서 아무 의자에나 털썩 주저앉아 위화를 노려보았다.

"그 술이 독주라는 걸 아시면서 삼잔일거라니. 첫날부터 이렇게 시작하면 장차 어떻게 아이들 앞에서 노장과 공맹을 얘기하겠습니까."

"아… 내 미처 그걸 생각 못 했네. 그럼 어쩐다?"

위화는 한참 곰곰이 생각하는 듯하더니 씩 웃어 보였다.

"그럼 가르치지 않으시면 되지 않겠습니까?"

"어찌 그런 무책임한 말씀을."

"독주에 취해보지도 않고, 세상의 혼란함을 어찌 알겠소. 노자가 아니라, 노자 할아비라도 신국의 사정을 아신다면, 허락하실 겁니다."

"오늘 밤, 무모하고 이성을 잃은 아이 중, 누구 하나가 죽어 나간 데도 그리 말씀하실 겁니까?"

"그리 안 봤는데. 무서우신 분이오. 상상해도 어찌 그런 상상을."

"풍월주!"

"겨우 독주에 죽고 죽일 아이들이면… 나중엔 얼마나 많은 사람을 죽일 놈들이겠소. 편을 가르고 뺏고 강자가 약자를 누르고… 다 해보라고 하세요. 정 걱정되시면, 부제께서 그 책임에 대해 가르치시면 될 게 아닙니까."

미진부는 잠깐이었지만 위화의 궤변에 설득당했고 그 말이 타당하다는 생각을 했다. 그렇지만 재미있어 죽겠다는 위화를 표정을 보니 궤변은 그저 궤변일 뿐인 것도 같았다. 그나저나 오늘 밤, 화랑들이 걱정이었다.


화랑수련원 뒤뜰에서는 기보, 설운, 주기, 영신 등 술에 취한 화랑들이 머리를 모아 작당 회의를 하고 있었다. 회의라고는 하나 술에 취해서 발음도 불명확한 것을 보면 술주정이라고 해도 무방할 것이었다.

"겨우 반쪽 따위가… 화랑 옷을 입어?"

"신국의 준엄한 골품을 넘어 여기까지 왔는데. 환영식은 있어야지."

"골품이 지엄하다는 걸… 보여주자고! 초장에… 기를 못 펴게."

그들이 비열하게 웃으며 돌아보자 신이 데려온 선우가 비틀거리며 간신히 서 있는 게 보였다. 그런 선우 주변을 신과 기보, 설운, 주기, 영신 등 화랑들이 둘러싸자 선우는 취해서 비틀거리는 중에도 화랑들을 하나하나 똑바로 보며 경고했다.

"니들이 뭐하려는지 대충 알겠는데. 그러지 마라…."

화랑들은 선우를 에워싸고 누구랄 것도 없이 주먹질 발길질을 하기 시작했다. 이미 술에 취해 한계치에 다다라 있던 선우는 그들의 구타에 맥없이 쓰러져버렸다. 맞아서 만신창이가 되어 의식을 잃을 선우를 기보가 구덩이 안으로 밀어 넣었다. 쿵! 선우가 구덩이 안으로 떨어졌다. 화랑들이 구덩이 안에 떨어진 선우에게도 발길질을 하는데, 갑자기 선우가 주기의 다리를 확 잡았다. 주기가 으헉 놀라며 철퍼덕 바닥에 주저앉자 선우가 구덩이에서 천천히 몸을 일으키며 화랑들을 훑어보았다.

"니들… 발 썼냐?"

당황한 화랑들은 뭐라 대답도 못 하고 침만 꼴깍꼴깍 삼키고 있는데 선우가 목을 돌리고 어깨를 돌리며 몸을 살짝 풀더니 화랑들을 매섭게 노려보았다.

"이제야 술이 좀 깨네."

그다음, 선우가 화랑들을 향해 주먹을 날렸다. 우르르 한 번에 나가 떨어지는 화랑들이 질러대는 으허억 비명이 밤하늘에 울려 퍼졌다.

한편 본원 대마당에서는 수호와 반류가 노려보고 서 있었다. 둘 다 손에 검은색 나무패를 들고 있었는데, 패를 뺏기는 뺏어야겠는데 술기운에 눈도 풀리고 다리도 풀려서 그것이 쉽지가 않았다. 수호가 일단 말로 설득해보려고 했다.

"내놔라. 나랑 한방 쓰기 싫잖아, 너도."

"그냥 네가 나한테 주는 게 어때. 너한테 주면, 내가 진 것 같아 보이잖아."

"이미 네가 진 것 같은데… 주지?"

수호가 달라는 듯 손을 내밀자 반류가 그것을 노려보다가 나지막이 으르렁거렸다.

"건드리지 말았으면 좋겠다. 이건 경고다."

하지만 거기에 질 수호가 아니었다.

"건방 떨지 말았으면 좋겠다. 이건 충고다."

대화는 끝이 났다. 반류가 주먹을 말아 쥐었고, 수호도 자세를 잡았다.

"경고가 안 통하네. 그럼… 뺏는 쪽으로 하자."

"원래 엇나가는 애들은 충고를 안 듣더라고."

반류와 수호가 서로를 향해 주먹을 날렸지만 머릿속에 그린대로 멋지게 주먹이 들어가지 않고 둘이 뒤엉켜 땅바닥을 뒹굴고 말았다. 독주에 취해 비틀거리다 보니 자세가 바로 안 나왔던 것이다. 몸이 마음대로 안 움직이는데 상대를 제압해야 한다는 의식만 분명한 두 사람은 뒤엉켜 구르며 서로를 물어뜯는 개싸움을 하고 있었다. 결국 승자도 패자도 없이 피멍투성이 얼굴로 바닥에 쓰러진 반류와 수호였다. 그래도 둘 다 주먹에 자기 패만은 꼭 쥐고 있었다.

"씨… 어우 독한 놈… 나 같으면 더러워서 그냥 나가겠다."

"넌 그냥… 더러운 놈이야."

"아, 정 안 가는 새끼…."

수호는 다시 반류를 향해 덤벼들었고, 반류도 마지막 힘을 다해 받아쳤다.

화랑도 본원 곳곳에서 일어나는 폭력사태를 알면서도 모르는 척하는 위화는 집무실 등불에 손가락 장난을 하고 있었다. 밖에서는 윽! 헉! 악! 야! 등등 각종 비명과 욕설이 난무하였고, 집무실까지도 그 소리가 여과 없이 들려왔다. 미진부는 전전긍긍 어찌할 바를 모르고 있다가 위화를 노려봤다.

"이렇게 서로 싸우다 누구 하나 죽기라도 하면, 그땐 어쩌실 겁니까! 선문을 이 난장을 만들고도 뒤탈이 없을 거라 여기십니까!"

위화가 손장난을 멈추고 미진부를 바라보았다.

"부제는 대체 뭐가 걱정이시오. 제자들에 대한 애정이 벌써 각별하신 게요? 것도 아님, 태후께 뭐라 보고할지 그게 걱정이신가?"

그 말에 미진부가 큼, 헛기침을 하며 물러앉았다.

항상 느물거리며 히죽이던 위화의 얼굴이 낯설게도 차가워졌다. 어쩌면 그것이 위화의 진짜 얼굴인지도 모를 일이었다.

"서로 죽이면 어때서요. 지금 안 죽이면, 어차피 나중에라도 죽일 텐데."

미진부가 벌떡 일어서서 두려움에 찬 목소리로 위화를 불렀다.

"풍월주!"

"왜요!"

미진부를 흉내 내어 버럭 대답한 위화는 다시 차가운 표정을 돌아갔다.

"미우면 미워하고. 뜨거우면 뜨거우라고 하세요. 내 몸인지, 네 몸인지 모르게 뒤엉켜 녹으라고 하세요! 그래야, 우리도 여기서, 뭔가를, 새로 만들 수 있지 않겠습니까."


한바탕 폭풍이 지나고, 선우는 나무에 기대 눈을 감고 있었다. 얼굴에 있는 피멍 자국뿐만 아니라 온몸에 구타 흔적들이 있어 만신창이 그 자체였다. 우연히 그 옆을 지나던 삼맥종이 선우에게 다가와 위아래로 훑어보았다.

"내가 남한테 별로 신경을 안 쓰는 편이긴 한데… 맞았나?"

"아마 그랬나 보네."

삼맥종은 선우가 차고 있는 팔찌에 시선이 갔고, 아무래도 역시 그것에 신경이 쓰였다.

"네가 태후의 화랑이라며?"

선우는 자신이 어쩌다가 태후의 화랑이 되었나 돌이켜보며 씁쓸하게 웃었다. 어쨌든 지금은 방으로 돌아가야 할 시간이었다.

"내가 이런 질문 잘 안 하는 편이긴 한데… 너 사람 업어봤나?"

삼맥종이 격하게 고개를 가로저으며 아니라는 표시를 했다.

"내 인생에 그런 일이 생길 리 없잖아."

"지금 그런 일이 생겼단 생각, 안 드냐."

"꿈도 꾸지 마라."


꿈도 꾸지 못하게 해야 했었다. 천하의 삼맥종이 누굴 업어서 옮겨준다는 것이 말이 될 법한 소리인가? 그러나 그렇게 하고 있었다. 삼맥종은 선우를 등에 업고 숙소의 복도를 걷고 있었다. 끙끙 방마다 앓는 소리가 그득했다. 절룩거리며 방에서 나오던 영신이 선우를 보더니 기겁을 하며 숨는 것이 보였다. 삼맥종은 어이가 없어 웃었다.

"네가 맞은 쪽인 줄 알았더니… 그렇지도 않네?"

선우는 대답하지 않았다. 삼맥종에게 무엇이든 대답해주기에는 너무 아팠다. 영신뿐만 아니라 그 패거리를 저 상태로 만들어놓기까지 선우도 아픔이 컸던 거다.

선우와 삼맥종의 숙소, 상선방에 들어서자 방 중앙에 고운 자태로 앉아 있는 여울이 맨 먼저 보였다. 선우를 부축한 삼맥종이 빤히 쳐 다보자, 여울이 피식 웃으며 물었다.

"왜… 예쁜 사내 처음 봐?"

은근하기까지 한 여울의 미소에 당황한 삼맥종은 얼른 외면하고 선우를 침상에 눕혔다. 그러자 곁으로 다가온 여울이 삼맥종 손에 든 패를 확 빼앗아보더니 고개를 끄덕였다.

"흑색이네… 그럼 우리 다섯인가? 김습 공의 아들 수호, 호공의 아 들이자 박영실의 양자 반류, 안지 공의 아들 선우."

삼맥종은 여울이 하나하나 짚을 때마다 만신창이가 된 수호, 반 류, 그리고 선우를 돌아보았다. 화랑의 첫날밤이 참으로 거칠게 장 식되고 있다는 증거들이었다.

"나 여울. 다음으로 너."

여울이 삼맥종을 손가락으로 짚으며 뭐라고 말을 할까 한참 고민 하더니 어깨를 으쓱했다.

"어디서 왔는지도 모르고 근본도 없는 너 지뒤. 우리 다섯. 앞으로 재밌겠어. 안 그래?"

화랑의 아침을 깨운 것은 경악에 찬 남자들의 비명이었다. 비명이 터진 곳은 다섯 명의 숙소, 상선방이었다.

"미쳤어! 미쳤어. 미치지 않고서야 이건…!"

수호가 주섬주섬 이불을 끌어당겨 가슴을 가리며 계속 말을 더듬었다.

"네, 네가 왜 내 옆에서 자? 어젯밤에 나가랄 때 나갔으면. 이런 꼴은 안 보잖아!"

"나가려면 더 맞은 편이 나가야지."

수호 꼴을 보는 것조차 불쾌해서 외면하고 있었던 반류가 그 상황에서도 질 수는 없어서 한마디 하고 나섰다.

"야, 너 네 꼴이 안 보인다고 막 지껄이는구나. 너 이 얼굴, 이거 아주 아작 났어."

"그냥 자기만 한 것 같진 않은데."

수호와 반류가 소리 나는 쪽으로 동시에 돌아보자, 창가에 그림처럼 기대앉아 있던 여울이 두 사람을 향해 손을 흔들었다. 그리고 그 손으로 더듬는 듯한 동작을 해 보였다.

"더듬더라… 밤새…."

여울이 말하는 의미를 바로 깨닫지 못한 반류와 수호가 의아한 듯 보고 있자, 여울이 한심하다는 듯 마무리 설명을 해주었다.

"선문 안에 남색이라는 소문은 나 하나면 된 거 아닌가?"

그 말이 채 끝나기도 전에 수호가 비명을 지르며 검을 뽑았고 동시에 반류도 바닥에 아무렇게나 놓인 자기 검을 뽑아 들었다.

"그래, 끝을 보자!"

"내가 남색이라는 게 두려운 게 아니라, 너여서 안 되는 거다."

"누가 할 소리!"

"아, 잠깐잠깐! 잠깐만 기다려."

경쾌한 목소리에 반류와 수호는 제대로 붙어보지 못하고 동시에 또 여울을 돌아봤다. 여울이 구경꾼처럼 자리 잡고 앉아서 둘에게 웃어 보였다.

"내 얘기 못 들었어? 취미가 싸움 구경, 불구경이라. 자… 시작!"

그런 여울이 어이는 없었지만 반류와 수호 사이에는 계산해야 할 것이 있으니 야압! 기합을 지르며 서로를 향해 달려드는데, 이번에는 어디선가 날아와 반류의 머리를 강타하고 튕겨서 수호의 이마를 정확히 맞히는 것이 있었다. 반류와 수호가 맞은 데를 움켜쥐고 돌아보니, 그쪽에는 삼맥종이 눈도 잘 못 뜬 상태로 껌뻑껌뻑 앉아 있었다.

"조용히 좀 하지. 니들 때문에 잠을 못 자겠다."

반류와 수호는 동시에 삼맥종을 노려보았다.

"감히 내게 건방을 떨어?"

"건방?"

삼맥종은 반류의 말을 듣고는 저도 모르게 쿡 웃음이 터져버렸다. 살다 보니 건방 떤다는 이야기를 다 들어 보게 되었다.

"아, 미안, 내가 긴장하면 웃는 버릇이 있어서."

반류가 순식간에 삼맥종을 벽으로 밀어붙이고 팔뚝으로 목을 졸랐다.

"잘 들어. 난 여기가 마음에 안 들어. 저기 있는 태후의 개도 맘에 안 들지만, 특히 저놈! 그리고 너, 건방 떠는 버릇도!"

곧 숨이 넘어갈 것 같은데 반류는 힘을 풀 생각이 전혀 없어 보였다. 수호가 보기에도 위험해서 반류의 팔을 잡고 말려보았지만, 반류는 아랑곳하지 않았다. 어떻게든 하지 않으면 여기서 명이 끊어질 것 같아서 삼맥종은 더듬더듬 자신의 허리춤을 뒤져 단도를 찾는데 쉽게 잡히지 않고 벌써 정신이 혼미해지는 것 같았다.

이때, 선우가 반류에게 주먹을 날렸다. 바닥에 고꾸라진 반류가 입술이 터진 채로 죽일 듯이 노려보는데 선우가 아까 던졌던 주령구를 주워들고 있었다.

"쟤가 아니라 내가 던졌어. 네가 특히 마음에 안 든다는 나!"

반류는 분을 못 이겨 부들부들 떠는데 선우는 그런 반류를 압도하듯 차분히 내려다보고 있었다. 분을 참지 못한 반류가 소리를 지르며 선우에게 달려들었다. 선우는 반류가 들고 있던 검을 발로 차 날리면서 반류와 뒤엉켜 구르다 올라앉았다. 하지만 반류는 선우에게 목이 잡히고도 기가 꺾이지 않아 소리쳤다.

"반쪽 천인 따위가… 우리와 같다고 생각하는 거냐? 태후가 보냈든 말든 넌 우리하곤 절대 못 섞여. 너 같은 건 기름처럼 떠다니다 더러운 시궁창으로 떠내려갈 뿐이야!"

선우가 노려보다가 반류의 얼굴로 주먹을 확 내리꽂는데 반류는 자기도 모르게 고개를 돌리며 눈을 질끈 감았다. 그런데 선우의 주먹은 반류의 눈 바로 앞에서 멈춰 있었다. 굴욕을 참지 못해 부들부들 떠는 반류에게 선우는 제 주먹의 힘을 풀며 말했다.

"시궁창은 너지! 한 번도 스스로 뭘 해보지도 않고, 그 자리에서 썩고 있는 너 같은 고인 물! 그게 시궁창이야, 알겠냐?"

반류가 이성을 잃고 소리를 지르며 검을 집어 선우에게 덤벼들려는데 수호가 반류의 손을 걷어찼다.

"그만하랬지!"

이번에는 수호에게 달려드는 반류, 또 한 번 뒤엉키려는데 갑자기 반류의 목덜미를 잡아채는 손아귀가 있었다. 그 손은 수호의 목덜미도 잡아채었다. 어떤 녀석이냐고 짜증 내며 돌아보니, 어느새 나타난 진묵이 양손에 하나씩 반류와 수호를 잡고 있었다.

진묵이 반류와 수호의 목덜미를 잡고 질질 끌며 밖으로 나오는 광경은 화랑들을 모으기에 충분했다. 반류를 구해보겠다고, 혹은 수호를 구해보겠다고 각각 패거리들이 덤벼들어도 진묵은 전혀 당황하지 않고 한 번에 한 놈씩 처리했고, 화랑들이 한꺼번에 덤비면 즉시 한꺼번에 내던졌다.

진흙 바닥에 사정없이 처박히는 화랑들 사이에서 진묵만 한 치의 흐트러짐도 없었다. 덤비는 족족 메다 꽂히는 화랑들이라 이제는 진묵이 슬쩍 고개만 돌려도 움찔 놀라는 형편이 되었다.

그때 위화가 등장하였다.

"서로 원 없이 욕하고 때리고 상처를 줬냐? 그래서 승자와 패자가 생각처럼 가려졌어?"

그러자 반류가 분한 마음에 벌떡 일어나 항의했다.

"이게 뭐하는 겁니까! 감히… 화백의 자식들에게."

반류가 나서자 기보도 힘을 얻어 한마디 덧붙였다.

"이러고도 무사할 거 같습니까?"

진묵이 버릇없는 두 화랑을 응징하려는데 위화가 손을 들어 제지하고는 은은한 미소를 머금은 채 품에서 서약서 뭉치를 꺼내 보였다.

"너희들이 화랑이 되겠다고 한 서약서다. 다시 대역 죄인이 되고 싶으면 지금 당장에라도 이곳을 나가도 좋다. 선문을 제 발로 나가거나, 도망가거나, 쫓겨난 자는, 신국의 화백이 될 수 없다."

그 말에 화랑들은 누구랄 것도 없이 일제히 놀라 얼어붙었고 선우와 삼맥종만 상관없어 덤덤한 표정이었다.

"말도 안 되는 소리!"

하지만 위화는 서약서를 흔들어 보이더니 맨 끝부분을 읽기 시작했다.

"화랑의 수련을 통과하지 못하면 신국의 관직에 오르는 것을 포기하겠습니다! 너희들이 직접 서명한 내용이야."

"내보내 준다니까 서명한 거지. 누가 그걸 끝까지 다 읽는다고!"

수호가 항의해보았지만 소용없었고 위화는 드물게 보이는 진지한 눈빛으로 화랑들에게 말했다.

"억울하면 화랑의 수련을 통과해라. 그래서 신국의 인재가 돼. 아니면 이 길로 추국장으로 가든가."

당혹한 표정으로 서로 시선을 주고받는 화랑들의 얼굴을 하나씩 살펴보던 위화가 선언했다.

"이 선문은 그동안 너희가 살았던 곳과 다르다! 난 너희에게 묻은 세상의 때를 남김없이 벗길 생각이다."


결국 화랑들은 깨끗한 옷으로 갈아입고 다시 선문 마당에 늘어섰다. 아침의 그 소동이 있었으니 화랑들도 생각하는 바가 있어 지금과는 다른 긴장한 표정이었고, 앞에 선 미진부의 말 한마디 한마디를 새겨듣고 있었다. 미진부는 화랑도 안에서 지켜야 할 규칙을 이야기하고 있었다.

"세 번 불통을 받으면 화랑도 안에 머무를 수 없다! 화랑도의 질서를 무너뜨리는 분란을 일으킨 자! 선문을 무단이탈한 자! 화랑 사이의 신의를 저버린 자! 불통을 받게 될 것이다."

말을 잠깐 쉬면서 미진부는 선우를 심각하게 바라보았다. 정작 선우는 아무런 갈등 없이 서 있는데, 선우를 노려보는 반류, 그런 반류를 바라보는 수호가 있었고 그들의 위태로운 긴장감을 관찰하는 삼맥종의 시선까지 얽혀서 그들이 문제 화랑이 될 것은 확실해 보였다. 미진부는 다음 말을 이어갔다.

"화랑도 안엔 골품이 없다. 해서 너희들이 부리던 종복도 없다."

어우… 볼멘소리 내며 반발하던 화랑들은 진묵의 무표정에 제압당해 입을 다물고 미진부는 말을 계속 이어갔다.

"따라서 각자의 일은 스스로 해야 한다. 번을 정해 선문의 일을 도와야 하고, 일찍 일어나 몸과 마음을 수련해야 한다. 열흘에 한 번 선문을 나갈 수 있지만, 그 외엔 바깥출입이 허락되지 않는다. 그리고 마지막으로, 잠자리와 식사 목욕은 같은 방에 배정된 동방생과 항상 함께해야 한다."

미진부의 말에 상선방 화랑들의 표정이 굳어졌다. 그들에게 본보기를 보이기라도 하겠다는 듯, 선문의 첫 목욕 순서는 상선방 화랑에게 돌아갔다. 천장에 연결된 수로에서 물이 쏟아져 내리는 제법 최첨단의 시설을 갖춘 목욕장이었지만, 상선방 화랑들에게는 그것이 눈에 들어오지 않았다.

수호가 멍한 표정으로 다른 화랑들을 둘러보았다.

"정말 여기서 같이…?"

여울이 요염하게 웃으며 수호의 옷깃에 손을 댔다.

"벗겨줄까?"

수호는 기겁하며 몸을 돌려 피하는데, 잠시 망설이고 있던 선우와 삼맥종은 누가 먼저랄 것도 없이 심호흡을 크게 한 번 하더니 훌훌 벗어 던지고 목욕장으로 들어섰다. 전혀 상관없어하는 그들의 행동을 보면서, 어떠한 순간에도 질 수 없는 수호와 반류도 목욕장으로 들어섰고, 서로 앙금 남은 감정을 의식하며 같이 목욕하기 시작했다. 그리고 정작 본인은 옷을 벗지 않고 자리에 차분히 퍼질러 앉아서 그들의 모습을 감상하듯 보고 있는 여울이 있었다.


그렇게 시간이 흘러 손끝에 물 한 방울 안 묻히고 살았던 삼맥종도 이불 빨래쯤은 너끈하게 해낼 정도가 되었다.

"아니, 이 많은 빨래를 왜 혼자 하십니까?"

선문 뒤뜰에서는 삼맥종이 이불 빨래를 널고 있는데, 도와주지도 못하고 안절부절못하는 파오를 보며 삼맥종은 별거 아니라는 듯 웃었다.

"내가 당번이니까."

"뭔 당번이라고 빨래를 이렇게…."

"빨래만 하나? 방 청소도 하고 장작도 패고 마구간 청소도 하고. 으휴, 그건 영 적응이 안 돼. 말똥 냄새가 원래 그렇게 독했냐?"

삼맥종은 깨끗하게 빨려 하얗게 빛나는 이불들을 흐뭇하게 바라보며 웃었다.

"근데 나 빨래는 잘하는 것 같아. 이쪽으로 소질 있나 봐."

"소질은 다른 데 있으시죠. 제 명줄 줄이시는 소질…!"

삼맥종은 말없이 이불 한쪽 끝을 파오에게 건네주고 다른 쪽 끝을 빨랫줄에 걸면서 물었다.

"그 애는 살펴보고 있냐."

파오는 자신이 잡은 쪽을 빨랫줄에 걸면서 한심하다는 듯 쯧쯧 혀를 찼다.

"지금 여인 생각이나 하고 계실 땝니까."

"여인이 아니라, 탕약이라니까. 내가 편히 잘 수 있게 해주는 탕약."

"아, 네. 그러시겠죠."

파오를 노려보던 삼맥종은 갑자기 걱정되는지 파오를 노려보며 물었다.

"근데 넌 이렇게 막 들어와 있어도 돼? 들키면 어쩌려고?"

"들켜도 꺼내주시겠죠."

"누가? 어머니가?"

"아닐까요."

삼맥종이 어이없다는 듯이 픽 웃고 말았다.

"금위장한테 밀린 게, 인물 때문인 줄 알았더니."

삼맥종의 무슨 말을 하는지 이해하지 못한 파오가 삼맥종을 쳐다봤다. 순진무구한 그 표정에 삼맥종은 고개를 설레설레 흔들며 다음 빨래를 널러 가버렸다. 뒤에 남은 파오는 열심히 고개를 갸웃거리며 삼맥종이 남긴 수수께끼 아닌 수수께끼를 풀려고 노력했지만 도무지 알 수가 없었다.

조용한 안지 공의 집 마당으로 목을 가누지 못하는 담 환자가 끙끙 신음을 내며 들어섰다.

"계시어요. 의원님 안 계셔요?"

뒷마당 남새밭에서 채소를 캐던 아로가 삐죽 내다보고는 달려와 환자가 평상에 잘 앉을 수 있도록 도와주었다. 환자는 목이 움직이지 않아 고맙다는 인사도 제대로 못 하면서 삐뚜름하게 아로를 보고 있었다. 누구를 찾는지 말하지 않아도 뻔히 알 수 있었다.

"아버지는 약재를 사러 좀 멀리 가셨네만….'

아로가 환자의 목을 만지는데, 환자가 죽는다고 비명을 질렀다. 급기야는 눈꼬리에 눈물까지 맺혀 있었다.

"담이 왔구만."

"의원님은 언제 오십니까?"

"일찍 오셔야 오늘 밤일 텐데… 어떡하나."

"힝."

환자의 입에서 강아지 소리도 아닌 것이 괴상한 신음이 새어 나왔다. 목이 삐뚜름하게 있는 것이 보기에도 많이 불편해 보였는데, 강아지 소리 아니라 무슨 소리라도 낼 만할 것 같았다.

"많이 힘든가?"

"말해 뭣합니까. 의원님은 하필 오늘 어딜 가셔서는….'

"내가 좀 봐줄까?"

"네에?"

담 환자의 눈알이 흔들리며 휘리릭 돌아가는데 결국 아로가 침을 들고 나섰다. 담 환자가 목을 제대로 가누지 못해 마음대로 움직이지는 못하지만, 엉덩이가 조금씩 뒤로 빠지는 것이 그 마음이 어떨지 짐작이 되고도 남았다.

"걱정 말게. 이만한 침은 나도 놓으니까. 여기가 백 번 찔러 아흔여덟 번 성공한 자리야."

"두 번은… 어떻게 됐는데요."

"어쨌더라… 한번은 눈이 멀었고. 한 번은 입이 돌아갔지, 아마. 백 번 중 두 번인데. 설마 이번에 또 그러겠나."

담 환자의 눈알이 제대로 흔들리기 시작하는데 아로가 픽 웃으며 침을 꽂아 넣었다.

하지만 시간이 흐르자, 담 환자는 한결 개운해진 얼굴로 양옆으로 고개를 움직이며 집을 나서게 되었고 그와 엇갈려 수연이 집 안으로 들어왔다.

"또 공짜 병자냐?"

"내가 의원이 왜 안 됐게. 왕경 안에서는 아버지랑 경쟁이 안 되거든. 실력이면 실력, 치료비면 치료비."

"그래, 훌륭하신 아버님이시다."

수연이 영혼 없는 칭찬을 하며 평상에 털썩 주저앉자 아로는 그 옆에 앉으며 친구를 돌아봤다.

"넌 웬일이냐?"

"네 오라버니한테 뭔 소식 없나 해서."

그 말에 아로는 어이가 없어 품 웃고 말았다.

"그러니까 네 오라버니 소식은 안중에 없는 가운데, 내 오라버니 소식이 궁금해 여기까지 뛰어 왔다고?"

아로는 말을 듣고 보니 수연도 이제야 깨달았다는 듯 크게 고개를 끄덕였다.

"그러고 보니 그렇네. 우리 진상 수호 오라버니도 화랑에 들어가 있었네. 어쩌다 이걸 잊어버리고 있었을까? 암튼! 소식 없어? 그 다정하고, 상냥하고, 잘 생기고, 몸 좋은 너희 오라버니?"

아로가 대답하기 전 긴 한숨을 내쉬었다. 먼데 산을 보는 얼굴이 아련하고 쓸쓸했다. 수연은 그런 아로의 태도가 매우 낯설었지만 일단 입을 다물고 있었다.

"다정하고 상냥하고 잘 생기고, 몸도 좋은데… 소식이 없네."

"웬 한숨을… 누가 보면 정인이라도 떠나보낸 줄 알겠네."

아로는 빠직 열을 내며 수연을 노려보더니 순간 피시식 식으며 고개를 푸욱 숙이며 중얼거렸다.

"그러게 말이다. 내가 생각해도 어이가 없다. 언제부터 오라비였다고 낮이나 밤이나 걱정이 돼서는… 에휴."

다시 또 땅이 꺼지라 긴 한숨을 내쉬는 아로를 한참 바라보던 수연이 갑자기 아로의 등짝을 턱턱 내리쳤다.

"야! 당연히 걱정해야지. 그 오라비가 잘해야 집안 살림도 좀 나아질 거고, 너도 일 안 하고 맘 편히 살고, 다 집안 잘되자는 걱정인데. 당연히 걱정되지. 낮이나 밤이나 걱정하지 당연히. 우리 진상이랑은 상황이 다른데 지금."

"그래?"

"당연하지."

"그렇지? 걱정하는 게 당연하지? 오라비인데… 그지?"

순식간에 아로의 얼굴이 한결 가벼워지더니 팔랑거리기 시작하는 것이 까딱하다가는 날아갈 것 같았다. 저 애가 왜 저러나, 오라비 걱정을 하는 거야 당연한 일인데, 걱정된다고 걱정했다가, 걱정하는 것이 당연하다고 팔랑거렸다가 오락가락하는 감정의 움직임이 아무래도 수상스러웠다.

"그런데 친구야."

아로가 환하게 밝아진 얼굴로 수연을 바라보았다. 수연은 그 얼굴에 대고 차마 내가 잘못 말했다고 네가 아무래도 수상하다고 할 수는 없었다.

"아니다. 그냥 뭐."

수연은 진심으로 하나밖에 없는 친구가 걱정스러워지기 시작했다. 그나저나 다정하고 상냥하고 잘 생기고 몸 좋은 오라비나, 잠깐 잊고 있었던 수연의 진상 오라비나 다들 잘 지내고 있으면 좋을 텐데 걱정은 걱정이었다.


그렇게 아로의 걱정을 한 몸에 받고 있는 오라비 선우는 상선방의 다른 이들과 함께 식사 중이었다. 그리고 또 무엇이 심사를 불편하게 했는지 반류는 선우를 못마땅하게 노려보고 있었다. 그러자 그 꼴이 보기 싫은 수호가 한마디 했다.

"거 무슨 병인가… 왜 이렇게 예민해서 시도 때도 없이 못마땅해. 아무 때나 아무나 잡고 쌈질을 하고 싶은 건 대체 뭐냐."

"정확하게 말하자면 아무나는 아니지. 찍은 놈 하나지."

여울이 수호의 말을 받아 부가설명을 하는데, 반류가 홱 둘을 노려보았다. 그런데도 여울은 언제나의 그 요염한 미소를 보였고, 수호는 뭐 어쩔라고? 덤빌래? 하는 표정으로 마주 노려보았다. 찍힌 놈으로 분류된 선우만 아무 상관 없다는 듯 유유히 식사 중이었다.

"천인 놈이 감히 누구와 겸상을 해."

반류가 도발하였으나 선우는 들리지 않는 듯 그저 밥만 먹었다. 그러자 반류가 숟가락을 탁 내려놓더니 국그릇을 확 선우 밥에 엎어 버렸다. 주변 사람들 모두 그 꼴을 보았고 깜짝 놀라 시선이 모였다.

"천인 놈들은 원래 이렇게 먹지 않냐?"

선우가 숟가락을 내려놓고 한숨을 내쉬더니, 반류의 얼굴을 똑바로 바라보았다.

"진골 공자가 하루아침에 천인한테 맞고 나니, 뵈는 게 없냐?"

"넌 네 생각밖에 안 하는구나. 아직도 까부는 걸 보니."

"뭔 소리야?"

"안지 공 여식이 옥타각 야설꾼이라던데… 반쪽인 네 누이가 그렇게 잘한다며…? 이야기."

선우가 차가워져 반류를 노려보는데, 그것이야말로 바로 반류가 기다리던 것이었다. 갑자기 반류가 여유만만하게 피식 웃더니 선우가 더 화낼 이야기를 찾아서 하기 시작했다.

"닷새 뒤, 선문에서 나가면 옥타각부터 갈까 하는데 같이 가자. 이야기 값은 내가 내지. 네 누이와 같이 놀면 더 좋고."

그런데도 이상하게 선우는 아무런 말도 하지 않았다. 입술이 붙어 버린 양 꼼짝도 하지 않았다. 반류가 원하던 건 이게 아니었다. 조용히 입 다물어버리면 그동안 도발시킨 게 다 뭔가?

"너무 쉽네. 그 입을 다물게 만드는 방법이 누이였어?"

선우는 가만있는데 옆에서 듣고 있던 삼맥종이 오히려 짜증이 났다. 반류가 하는 짓을 보면 한 대 쳤으면 좋겠는데 남의 누이 이야기에 끼어들 수도 없고, 선우가 뭐라도 해줬으면 좋겠는데 입이 붙어 버린 양 아무 소리도 안 하는 것이 아주 못마땅했다. 삼맥종은 선우에게 조용히 속삭였다.

"너 여기서 참으면 거열형*이다."

그런데도 선우는 아무것도 하지 않았다. 부글부글 끓는 얼굴로 반류를 보고 있기는 하였으나 그렇게 보다 말없이 일어나 돌아섰다. 오히려 반류가 더 들끓기 시작했다.

"피해?"

반류는 주먹을 불끈 쥐며, 이를 빠드득 갈았다. 마침 주방에서 반찬 참견을 하고 있던 피주기는 이 꼴을 다 보고 위화에게 달려갔다.

"곧 선문이 뒤집어져?"

"그렇다니까요… 느낌이 딱! 저러다 큰 싸움 난다고요."

피주기의 걱정스러운 그 말에 오히려 위화의 긴장은 풀어졌다.

"난 또 뭐라고. 원래 잘 싸우는 놈들이야. 온 김에 여기 좀 긁고 가

---

* 사지를 찢어 죽이는 벌

게. 가려운데 손이… 안 닿아서. 여기 등."

피주기는 위화가 대주는 등을 긁으면서 답답해서 소리쳤다.

"술 먹고 몇 대 패는 정도가 아니라, 사달이 난다고요! 사달!"

그제서야 위화는 진지하게 피주기의 얼굴을 들여다보았다. 진짜 사달?

화랑들은 화랑을 상징하는 조형물이 걸려 있는 교실 지현당으로 하나둘 몰려들기 시작했다. 선우가 지현당으로 들어와 자리에 앉자 기보와 신은 다른 화랑들이 들어오지 못하게 입구를 막아서고 반류가 선우 앞에 앉았다.

"자존심이 뭔지 모르는 모양인데… 내가 누군지 안다면, 아까 한 말이 허언이 아니라는 것쯤은 알 거다."

여전히 선우는 대답을 하지 않고 싸늘하게 바라볼 뿐이었다.

"네가 시작을 해야… 나도 시작을 하지. 어디가 모자랐냐?"

"안 모자라. 네가 시작을 못 하게, 버티는 중이거든."

"넌 여기서 못 버텨. 너도, 이 선문도… 내가 무너뜨릴 거니까."

"왜 하필 나냐?"

"첫째, 난 태후의 화랑인 네가 맘에 안 들어. 둘째, 다른 애들이랑 엮이면, 가문 대 가문으로 복잡해지지만, 넌 그럴 일이 없으니까. 셋째, 네 누이 면상이, 그렇게 반반하다며? 첩으로 삼고 싶을 만큼."

결국, 옆에서 듣고 있던 삼맥종이 도저히 참지 못하고 달려들어 반류의 멱살을 잡자 선우가 삼맥종을 확 제치며 반류 얼굴에 주먹을 날렸다. 그러자 반류가 넘어진 채 피식 웃어 보였다.

"시작은 너였다!"

반류가 일어나는데, 이번에는 수호가 반류의 멱살을 잡았다.

"넌 나랑 시작도 안 했어!"

수호가 반류에게 주먹을 날리는데, 기보와 신은 선우를 향해 달려들었다. 그 바람에 교실 지현당이 한순간에 아수라장 개싸움장이 되어버렸다. 책상에 올라가서 발로 차고 의자를 던지고, 날아가듯 벽에 부딪히는 화랑들도 있었다. 그 와중에 여울은 싸움에 끼지 않고 요리조리 잘도 피하고 있었는데, 단상 한쪽에 걸려 있는 화랑의 상장이 불안하게 흔들리는 것이 보였다.

기보와 신이 선우에게 달려들었지만 어림도 없이 나가떨어지고 선우는 오로지 반류를 향해 덤벼들고 있었다. 도저히 상대가 되지 않자, 신이 의자를 들고 선우를 내려치려고 하는데 한성이 먼저 신의 뒷머리를 강타했다. 신이 쓰러지자 한성이 의자를 내던지며 반류 쪽을 보며 한마디 던졌다.

"재수 없어… 니들!"

그런 한성을 누군가 확 넘어뜨리고, 선우가 반류를 향해 달려들어 일격을 날리고 반류는 그 바람에 벽에 부딪혀 쓰러졌다. 다시 반류와 선우가 엉켜 구르고 있을 때였다.

"그만! 그만해! 뭐하는 짓들이냐!"

위화였다. 그제야 지현당의 화랑들은 교실이 난장판이 되어 있는 것을 깨달았다. 위화가 말을 잃고 이 상황을 보고 있는데 마침 그때 화랑을 상징하는 조형물이 바닥에 떨어졌다. 반류는 뜻대로 됐다는 듯 입가의 피를 닦으며 비식 웃었고 선우는 조금은 긴장한 얼굴로 위화를 바라보았다.

잠시 후, 멍든 얼굴에 흐트러진 매무새가 가관인 화랑들이 도열하자 앞에 나와 그런 화랑들을 빤히 보고 서 있던 위화가 일장연설을 시작하였다.

"너희는 선문의 규율을 어겼다. 화랑도의 질서를 어기고 신의를 저버렸고, 신성한 배움의 공간인 지현당을 혼용 무도한 난장판으로 만들었다. 난 선문의 규율대로 이 싸움에 대한 책임을 엄중히 물을 생각이다. 누구냐, 이 난장판 시작이?"

수호는 반류를 돌아보았다. 당연히 반류가 먼저 시작한 싸움이었으니, 그가 나서서 자신의 책임을 다하기를 바랐다. 그러나 반류는 아무런 표정 없이 목석이 된 양 그대로 서 있을 뿐이었다. 수호는 반류의 행태가 짜증이 났지만, 그를 고발할 수는 없었다. 누구 하나 자기가 했다 나서는 화랑도 없고, 누가 했다 고발하는 이도 없었다. 그때였다.

"접니다."

위화가 돌아보는데, 선우는 자신이 잘 보이도록 한 발 나와 서 있었다. 흔들림 없는 강건한 얼굴로 선우가 다시 말했다.

"제가 시작했습니다."

이마가 깨져 피가 철철 흐르고 있는 화랑, 팔이 부러져 너덜거리는 화랑, 부축해줘야 간신히 움직일 수 있는 화랑, 신음으로 가득한 선문의 모습에 아로는 얼음이 되어 그 자리에 붙어버렸다.

"아니, 여기서 이러시면 어쩝니까? 어서 들어가자고요."

"급하다고 해서 뛰어왔네만 여긴 선문 아닌가, 여인은 못 들어가는 곳이네."

"아니 누가 여인으로 가잡니까? 의원으로 가자는 거지."

"의원이라는 것도 그렇지. 나는 진짜 의원도 아니고, 아버지 어깨너머로 배운 게 단데…."

"그럼에도 불구하고 왜 아가씨를 불렀겠습니까. 이게 민감한 문제거든. 화랑이라고 꼴랑 만든 지 며칠이나 됐다고 벌써부터 안에서 개싸움 아사리판 났다. 이 말이 밖에 나가 봐요."

"그래도 그렇지. 여기저기 저 사람들 저 상태를 내가 치료를 할 수 있겠나?"

"보시면 알겠지만, 지금 얘들이 진밥 고두밥 따질 처지가 아니라니까. 대충 약이나 발라주고 찢어진 건 꿰매주고… 응? 외상 빚 반은 탕감해 드릴 테니까… 응?"

아로가 얼떨떨한 채로 아무런 대답도 못 하자, 피주기가 혼자 '통'이라고 대답하더니 아로를 끌고 갔다.

선문 일각에 차양을 치고 어설프게 만들어진 간이 치료소에선 앞치마를 두른 아로가 의원, 하얀 겉옷을 입은 피주기가 간호사가 되어 화랑들의 상처를 치료하기 시작했다. 말이 치료지, 상처에 약을 바르고 붕대를 매주는 게 다였지만 끝도 없는 환자들에 눈코 뜰 새가 없었다. 그런데 분주하게 움직이면서도 아로는 눈으로는 계속 선우를 찾고 있었다. 이마에 맺힌 땀을 닦으면서 아로가 결국 피주기에게 물었다.

"근데, 여기 있는 환자가 단가?"

"왜요? 이게 모자라서?"

"그게 아니라, 우리 오라버니가 안 보여서 그래."

"오라버니라면… 혹시, 그 삿갓? 목걸이?"

"삿갓이라니?"

피주기는 뭔가 설명하려다가 '아이구! 모르겠다'며 손사래를 치고 환자를 안내하러 뛰어 가버렸다. 아로는 계속 눈으로는 선우를 찾고 몸으로는 밀려드는 환자를 치료하고 있을 수밖에 없었다.

상처가 좀 덜한 반류파 화랑들이 선문 마당 한쪽에 올망졸망 모여 앉아 있었다. 조금만 움직이려고 해도 '아아' 신음이 절로 나오는데, 아픈 건 아픈 거고 선우가 어찌 될지가 제일 궁금한 문제였다.

"이제 어떻게 되는 거야? 그 반쪽 놈 짤리나?"

"뭐, 거의 그렇다고 봐야지. 우리야, 아버지가 관직에 있으니 뒷배라도 있지만. 반쪽은 일개 의원 자식이잖아. 반류랑 급이 되냐."

"유골 무죄, 무골 유죄! 골품이 있으면 무죄! 골품이 없으면 유죄!"

"뭔 소리야. 선문 안에는 골품이 없단 얘기 못 들었어?"

"그렇게 쉽게 없어질 골품이 아니지!"

다른 쪽에서 그들이 하는 말을 듣고 있던 여울이 한성을 돌아봤다.

"당분간 선문이 들썩이게 생겼군. 넌 어느 쪽이냐? 반쪽이냐? 반류냐?"

한성은 물어보자마자 툭 내뱉었다.

"반류는 아니야. 재수 없어."

"너는 집안이 반태후파인데 말이다."

"그게 무슨 상관이야. 재수 없는 건 재수 없는 거지."

"그래, 그건 그렇지."

여울이 웃으며 한성의 머리를 쓰다듬었다.

"우리 한성이가 어린 줄로만 알았는데 제법 강단 있네."

"뭐라는 거야. 내가 왜 너한테 어린 동생 취급을 받아야 하는데?"

한성이 여울의 손을 쳐내고 흘겨보는데 여울은 그런 한성이 귀엽고 재미있어서 호쾌하게 웃기 시작했다. 그러다가 문득 한성의 팔을 보았다.

"야, 너 피 난다. 다친 거야?"

한성도 그제야 피가 배어 나오는 자신의 팔을 보았다. 여울에게 끌려서 간이 치료소에 온 한성은 아로 앞에 상처를 내보이게 되었다. 아로가 조심스럽게 옷소매를 걷어 올리자, 팔에 길게 벌어진 상처가 있었다.

"칼에 베였네요?"

"칼?"

한성은 곰곰이 생각해봤지만, 칼에 맞은 기억이 없으니, 어디서 생긴 상처인지도 알 수가 없었다. 한성이 어디서 생긴 상처인가를 고민하는 동안 아로가 걱정스럽게 중얼거렸다.

"아무래도 꿰매야 할 것 같은데요. 무지 아플 텐데…."

"상관없으니까 그냥 하시오."

한성이 일부러 센 척 허세를 부리자 아로는 그런 한성이 귀여워 한동안 쳐다보았다.

"올해 몇 살이오? 어려 보이는데."

"어리긴 누가? 딱 봐도 내가 한참 오라비뻘이겠구만."

아로는 피식 웃으며 말린 약재 하나를 건네주었다.

"이거라도 씹어요. 말린 작약인데 진통 효과가 있으니까."

"사내가 뭐… 그냥 잠깐 참으면 될걸."

"웬만하면 씹죠? 오라버니."

한성은 오라버니 소리에 작약을 받아 씹기 시작했다. 오라비라는 소리가 좋아서인지 센 척한 것이 통해서인지 작약을 씹는 동안 피식 피식 웃음이 새어 나왔는데 그 웃음에 전염되듯 아로도 미소를 짓고 있었다. 한성이 그런 아로를 빤히 보다 물었다.

"혹시 그쪽이 안지 공 딸이오?"

"그렇소만."

"말대로 정말 예쁜 얼굴이오."

"에?"

"그 사람이 화를 낼 만하네."

"날 아시오?"

"내 생각엔 우리 모두 그쪽을 알 것 같소만. 그쪽이 선문에서 제일 유명한 반쪽인 것 같은데."

에? 아로는 한성의 말이 잘 이해되지 않아 보는데, 한성이 눈짓으로 아로 뒤를 가리켰다. 한성이 가리키는 곳을 돌아보니 다치지 않아 그저 지나가기만 하는 화랑들도 꼭 아로를 가리키며 흘깃대고 자기들끼리 수군거리고 있었다. 적응 안 되는 이 분위기는 또 뭔가? 모를 때는 몰랐는데 알고 보니 치료받는 화랑이고 안 받는 화랑이고 모조리 아로를 한 번 더 돌아보고 두 번 더 수군거리고 있었다.

한성의 치료를 끝내고 뒷마무리를 하는데, 화랑들의 시선은 신경 쓰이고, 아무리 둘러봐도 보이지 않는 선우는 걱정되어 아로는 갑자기 피로가 몰려오는 듯했다.

"어딨는 거야, 대체."

그때 삼맥종이 아로 앞에 와 앉았다.

"변태 공?"

"진짜 너네?"

"혹시, 우리 오라버니 못 봤소?"

"넌 오라버니 소리밖에 모르냐? 눈앞에 이렇게 괜찮은 병자가 있는데!"

아로가 새삼 삼맥종을 훑어보았다. 하지만 그는 다른 화랑들과는 달리 몸 상태가 아주 멀쩡했다. 다친 곳은 물론 없고 옷차림마저도 깔끔해 보였다.

"다친 데가 없는 것 같은데?"

"그럼 내가 이 개싸움판에서 다쳤을까 봐? 내가 그런 초보는 아니거든."

"대체 누가 이 난장판을 만든 거요? 우리 오라버니는 괜찮은 거요?"

삼맥종은 주변 화랑들의 시선을 의식하면서 일어섰다.

"따라와. 내 생각엔 네가 여기 있는 게 괜찮지 않은 것 같으니까."

"그게 무슨…?"

삼맥종은 홱 아로의 손목을 낚아채 빠르게 끌어가버렸다. 뒤에 남은 간호사 피주기가 깜짝 놀라 이름을 불러댔지만 아로는 삼맥종의 힘을 이길 수가 없었다. 삼맥종이 아로를 끌고 간 곳은 선문 뒤뜰 사람들 왕래가 적은 곳이었다. 자리를 잡고 앉은 삼맥종은 아로를 잡아당겨 제 옆에 앉혔다.

"지금 뭐하는 거요?"

"나 병자."

"다친 데가 없지 않소."

"차마 보이지 못할 곳을 다쳤어. 병자가 이렇게 오래 쉬지 않고 걷는 건 무리야. 나흘 동안 잠 못 자고 맞기까지 했는데, 잠깐만 자게 도와줘. 아무 짓도 안 할 테니까. 이각*만."

"지금 이 상황에, 미쳤소?"

"같이 자는 게 처음도 아니고."

"자긴, 누가 잤다고?"

"일각만."

아로는 자기 소매를 꼭 잡고 간절하게 말하는 삼맥종을 보다 마지못해 그 옆에 앉았다. 삼맥종은 얼른 아로에게 기대더니 벌써 잠이 든 듯 목소리가 흐려지고 있었다.

"네가 진짜 의원인지 아닌진 몰라도… 나한텐… 명의가 맞네. 기막히게 잘 듣는 탕약이고."

"내가 지금 여기서 이러고 있을 때가 아니오. 빨리 오라버니를…."

말도 덜 끝났는데 등 뒤에서는 삼맥종이 새근새근 깊게 숨 쉬는

---

* 일각은 대략 십오 분

소리가 들려왔다.

"뭐야, 벌써 잠든 거야?"

아로가 어이없어 돌아보니 삼맥종의 잠든 얼굴이 몹시 편안해 보였다. 인적 없는 뒤뜰에는 새소리만 후루룩 들렸고 아로는 한숨을 내쉬었다.

"오라버니를 찾아야 하는데…."


아로가 애타게 찾는 오라버니, 선우는 폭력 사태의 책임을 지고 고방에 갇혀 있었다. 위화가 직접 선우를 고방으로 데려다 안으로 들이고 문을 잠근 것이다. 선우가 고방에 들어가기 직전 위화는 정말 시작이 너였던 게 맞냐고 마지막으로 다시 물었다.

"정말 네가 시작한 게 맞냐? 이제라도 억울한 게 있으면 해결을 하는 게 좋을 거다. 여기 들어가면 재검토는 없어."

"그렇게 많은 애들이 깨지고 피 흘리고 다쳤는데, 누가 시작했는지만 중요한가? 시작이라는 건 뭐야? 주먹을 먼저 날린 사람? 멱살을 먼저 잡은 사람은 어때? 주먹을 날릴 수밖에 없게 충동질한 사람은 시작인가 아닌가? 어느 쪽을 시작이라 봐야 하는 거지? 시작이 중요한 게 아니겠지. 이 사태의 책임을 져야 할 놈이 필요한 거 아닌가?"

위화는 생전 처음 대답할 말을 찾지 못해 말문이 막혀 선우를 바라봤다. 머리를 겨우 굴려 생각해 낸 것이 선우가 했던 말을 다시 질문하는 것뿐이었다.

"그래서? 그래서는 너는 뭔데? 주먹? 멱살? 충동질?"

"…."

그러나 선우는 대답하지 않았다. 고방 문을 열자, 그대로 안으로 들어간 위화가 중앙에 서서 선우를 돌아보더니 다시 물었다.

"나는 이제부터 널 어찌할까 고민해볼 생각이다. 불만 있냐?"

"…"

역시 선우는 대답하지 않았지만, 그 눈빛만은 매우 차가웠다. 위화가 어쩐지 선우의 눈빛에 압도당하는 느낌이 들어 불쾌해질 정도였다. 빨리 이 자리를 벗어나고 싶었다.

"뭐 불만 있어도 별수 없고…"

"궁금한 게 있는데."

그제야 선우가 입을 열자 돌아서 가려던 위화가 다시 선우 쪽으로 돌아섰다.

"내가 참고 피하고 아무것도 하지 않았으면… 여기 있지 않아도 됐을까?"

"왜 인제 와서 후회되냐?"

"후회가 아니라, 생각. 주눅 들고 망설이고 주저앉는 게 당신이 바라는 화랑인가?"

위화는 불쾌했던 마음이 흥미로 바뀌어 가는 것을 느꼈다. 이 녀석이 보기보다 재미있는 녀석이라는 생각이 들었다.

"내가 그렇다면, 그렇게 할 거고?"

"그래서 생각 중이라고. 그건 내 방식이 아니라서."

"내 방식이 아니다… 그럼, 네 방식은 뭔데?"

"나를 막을 수 있는 벽 따위는 세상에 없다고 생각하는 거. 옳은 건 옳고 아닌 건 아니라고 말하는 거. 부서야 할 게 있음 부수고, 아프고 약하고 예쁜 사람이 있으면… 어떻게든 지키는 거."

"…."

그제야 위화는 이 녀석에게 압도당하는 느낌이 들었던 이유를 어렴풋이 알 것 같았다. 새삼스레 이 화랑이라는 걸 만들기를 참 잘했다는 생각이 들 정도였다. 말을 잃은 위화를 선우는 흔들림 없이 단단한 눈빛으로 바라보고 있었다.

그 시각, 정작 이 모든 사태를 일으킨 시작점이었던 반류는 선문의 전경이 내려다보이는 곳에 자리 잡고 앉아 있었다. 반류 역시 상처가 날 만큼 났으나 치료받고 싶은 심정은 아니었다. 그저 자신이 만들어 놓은 이 난리판을 보고 있을 뿐이었다. 좋지도 않고 싫지도 않은, 아무런 느낌 없는 마음으로.

그때 반류를 찾아다니던 수호가 나타났다. 반류를 발견하자마자 주먹을 불끈 쥐고 달려드는 것을 보니 반류도 반격의 자세를 잡아야 할 것 같았지만, 웬일인지 귀찮았다. 아무것도 하고 싶지 않았다. 바로 앞까지 달려온 수호는 반류 코앞에 바짝 제 얼굴을 들이대고 으르렁거렸다.

"너잖아! 상선방에서도 정양당에서도. 일부러 시작한 거잖아."

반류는 귀찮은 마음에 수호를 피해 뒤로 물러났다.

"난 시작하라고 말했을 뿐 시작하진 않았지. 봤잖아? 그 반쪽 놈이 덤벼드는 거."

"그 녀석 누이 얘긴 하지 말았어야지!"

"그것만큼 그놈을 건드리기 좋은 게 없다는 걸 알았는데 내가 왜?"

"반쪽이 너더러 시궁창이란 이유를 이제야 알겠네."

"세상은 한 번도 변한 적이 없어. 강한 놈이 약한 놈을 이기는 거야. 힘 있고 간절한 놈이, 가질 걸 갖는 것뿐이지."

수호는 말없이 반류를 빤히 보기 시작했다. 반류는 무감하게 수호의 시선을 받았지만 점점 그것이 부담스러워지기 시작했다. 그런 반류에게 수호가 불쑥 물었다.

"너 뭐냐?"

"?"

"내가 생각을 좀 해봤는데. 네가 화랑을 할 놈이냐? 죽어도 안 할 놈이지. 그렇게 끝까지 버티다가 여기 온 이유가 뭐야?"

그런데 반류는 왠지 울컥, 명치부터 쓴 물이 올라와 목이 썼다. 그날 영실에게 무차별 뺨을 맞던 아버지의 모습이 떠올랐다. 영실이 했던 말 '권력이란 휘두르지 않으면 당할 수밖에 없다는 말'이 귀에 박혀서 떠나질 않고 앵앵거렸다. 주먹 쥔 반류의 손이 부르르 떨렸다. 수호는 의아하고 걱정스러워 보는데, 반류는 수호를 확 밀쳐버렸다.

"우리 사이에 싸움이 필요하면 언제든지 말해. 네 헛소리 들어줄 생각 없으니까!"

"아우. 저 개살구"

수호는 반류 내면의 갈등이야 알 리 없고, 잠깐이나마 반류를 걱정했던 마음이 억울하고 아까웠다.


고방에 혼자 남은 선우는 밖으로 난 창을 바라보고 있었다. 선문에 들어오기 전날 밤, 아로의 모습이 떠올랐다. 열린 창문에서 들어온 바람에 머리가 날리던 아로, 선우의 손에 붕대를 야무지게 감아주면서 말했었다.

"다치지 마요, 이젠 안 다치면 좋겠어."

"근데 또 다쳤네."
선우는 제 상처를 보며 쓸쓸하게 웃었다.

미진부에게 급한 보고를 받은 지소는 모영과 현추만 대동하고 선문으로 달려왔다. 미진부는 이러다가 화백의 자식들을 다 죽이고 말겠다고 했었다. 독한 술을 먹여 싸움질을 시키더니 이젠 시키지 않아도 싸움질을 하는 바람에 선문에 멀쩡한 것은 아무것도 남지 않았다고도 했었다. 모영의 시중을 받으며 말에서 내린 지소는 눈에 보이는 것들을 점검하며 선문 안으로 들어섰다. 그러다 문득 픽 웃어버리고 말았다. 눈에 보이는 선문의 것들은 대부분 멀쩡한 걸 보면 미진부가 과장을 심하게 했다는 뜻인데, 달리 노리는 것이 있었던 것일까? 단지 위화가 싫었나? 개인적인 감정만 따진다면 지소도 위화가 싫으니 이해는 했다. 그렇다면 이제, 위화를 잡으러 가볼까?

수호는 선문 마당을 천천히 돌아다니며 생각에 잠겨 있었다. 원래 재수 없었지만 더 재수 없어진 반류가 언짢은데, 반류가 평소와 많이 다른 것이 신경 쓰였다. 이 생각 저 생각 골똘히 하기는 하지만,

답을 얻을 수 없는 생각들에 짜증이 난 수호는 눈앞에 돌멩이를 확 걷어찼다.

돌멩이가 날아간 곳에는 넓은 챙 모자에 휘장을 내려 얼굴을 가린 귀족 여인 둘과 무표정한 얼굴로 둘을 호위하는 호위무사가 있었다.

"비익재가 어딘지 알 수 있겠소?"

베일을 걷어 올려 수호를 보는 여인은 모영이었다. 수호는 모영을 알아봤다. 태후의 궁인. 그렇다면 저 뒤의 여인은 태후 지소일까? 수호는 지소일 것 같은 사람만 뚫어지게 보면서 미처 대답하지 못했다. 손님을 이렇게 세워두기만 하는 것은 예의가 아니라는 생각에 번쩍 정신이 든 수호는 비익재 쪽으로 손짓을 하며 앞서가기 시작했다. 집무실 앞까지 지소 일행을 안내해 온 수호는 문 앞에 서서 공손하게 예를 올렸다.

"여깁니다."

"고맙습니다."

모영이 인사하는데, 지소가 수호 옆을 지나갔다. 그 순간 수호는 베일 사이에서 지소의 얼굴을 보았다. 차고 뜨겁고 강하고 여린 얼음산에 홀로 핀 꽃 한 송이, 수호가 생각했던 그 모습 그대로였다. 지소의 베일이 수호의 얼굴에 길게 스치자, 수호는 자기도 모르게 눈을 감았다.

지소가 집무실로 들어가 버린 뒤에도 한참 동안 그대로 서 있던 수호는 주체할 수 없이 뛰는 가슴에 가만히 손을 댔다. 지소를 본 순간부터 숨을 쉴 수 없었던 것이 이제야 좀 트이는 것 같았다. 수호가 조용히 뇌까렸다.

"큰일 났다. 나….'

위화가 지소의 잔에 차를 따르며 씩 웃어 보였다.
"부제가 일을 잘하는 모양입니다."
"이게 풍월주가 말한 화랑이고, 가르침이오?"
"뭘 아직 가르치지 못했는데 말입니다. 모래성 하나를 세우려 해
도, 깨져서 흐르는 모래가 있게 마련입니다. 한데, 신국의 미래를 세
우려 하는 데 이 정도 깨지는 것도 못 참으시는 겁니까. 죽은 놈도
없고, 다리가 부러져 말을 탈 수 없는 놈도 없으니, 이만 하면 다행이
라 생각됩니다만."
    지소는 긍정도 부정도 하지 않은 채 위화를 바라보기만 했다. 지소
로서도 이미 이곳에 오기 전부터 위화의 의견과 같았다. 단지 미진부
가 심하게 징징거리기도 하고 궁금한 것이 있어서 핑곗김에 올 수밖
에 없었다. 그런 속내를 들여다보듯 위화가 싱긋 웃으며 물었다.
    "이제 말씀하시지요. 여기까지 오신 건… 전하의 화랑이 궁금하신
겁니까? 아님… 제 화랑이 궁금하신 겁니까?"
    "공의 화랑은 누구요?"
    "지뒤랑입니다. 서역에 있을 때 지은 이름이라, 좀… 제가 먼 아저
씨뻘이지요."
    지소는 기가 막혀서 웃었다. 지뒤랑이라는 이름을 지어놓고 어미
의 뒤통수를 때렸다고 기뻐했을 삼맥종을 생각하니 괘씸하기 그지
없었다.
    "이번엔 제가 여쭙지요. 어째서 안지 공의 아들을 화랑으로 삼으

신 겁니까?"

"내 아들입니다."

지소를 바라보는 위화의 눈동자가 심하게 흔들렸다. 지소가 긴장
을 풀라는 듯 희미하게 웃어 보였다.

"한때 정혼자였던 안지 공의 아들이니, 제 아들이나 다름없다 생
각해 주시지요."

위화가 지소의 농담에 반응하며 피식 웃었다.

"혹, 아드님이 궁금하시다면… 가서 만나 보시지요."


선우가 갇힌 고방에 들어선 지소는 한심하다는 얼굴로 선우를 내
려 보았다. 선우는 지소에게 지지 않고 꼿꼿하게 서서 차가운 얼굴
로 노려보았다.

"고작 이 꼴이나 당하라고, 널 여기에 보낸 줄 아느냐. 내가 보낸
화랑이, 하루아침에 쫓겨날 위기라니."

"나도 처음엔 그게 궁금했었지. 무슨 꼴을 당하라고 여길 보낼까?
찢어 죽여도 시원치 않은 대역 죄인을 왜 화랑으로 만들었을까? 생
각하고 또 생각했었지."

"했더니?"

"약한 짐승 한 마리를 집어넣고 깨지고 망가지는 걸 보이면서 딴
놈들 기강 잡는 거?"

"네가 한두 번으로 깨지고 망가질 만큼 약하지 않다는 건 안다. 그
건 너무 재미없지."

지소의 말에 선우는 피식 웃었다. 딱 좋은 먹잇감이라는 걸 인정

당하는 것이 좋은 기분은 아니었다.

"너는 여기에서 오래오래 버텨줘야 한다. 깨지고 망가져 결국엔 폐기처분되겠지만 그 전엔 버틸 만큼 버티고 있어야 할 거야. 왜라고 생각하니?"

"왜지?"

"네 말대로 이곳에 넌 대역 죄인으로 있는 것이다. 죗값을 치르고 있는 거지. 하나, 네가 죗값을 치르지 못하게 된다면… 누군가 대신 그 값을 받아야겠지. 그게 네 누이든, 아비든."

선우가 긴장하여 싸늘해지는데 지소는 그 모습을 즐기듯 여유만만하고 아름답게 웃어 보였다.


그때 아로는 제 무릎을 베고 세상모르게 잠들어 있는 삼맥종 때문에 마음이 급하고 답답해 죽을 지경이었다. 오라비가 어찌 되었는지 모르고 있는 마당에 잠이나 자겠다고 놔주지 않는 이 변태 공을 어찌해야 좋을까. 아로는 그를 흔들기 시작했다.

"대체 언제까지 잘 거야. 이봐요! 어이!"

아로가 무릎을 흔들자 삼맥종은 잠결에 더 바짝 기대고 아로가 밀어내면 밀어낸 만큼 바짝 들러붙었다. 아로는 어이가 없어서 한숨이 절로 나왔다.

"우리 오라버니 찾으러 가야 한다고. 약속한 일각 지났어. 일각이 뭐야. 사각, 오각이라고."

그때 그들을 노려보는 싸늘한 시선이 있었으니, 제대로 잠이 들었던 삼맥종이었지만 그 시선을 느끼고는 바로 눈이 떠져버렸다. 그리고 그 순간, 삼맥종은 한쪽에 서서 자신을 보고 있는 지소를 봤다.

"들켰네."

"뭐라고요?"

삼맥종은 다시 눈을 감아버렸다.

"입만 열면 찾는 네 오라비, 지현당 쪽 고방에 갇혀 있어."

"오라버니가 왜 거기…?"

"그 지겨운 오라버니가 이 난장판의 시작과 끝이거든."

"왜, 이제야 그걸!"

아로가 제 무릎 위의 삼맥종은 상관없이 벌떡 일어나 달려 가버렸다. 나동그라졌던 삼맥종은 아로가 간 뒤에야 무겁게 눈을 뜨고 지소를 바라보았다. 지소는 가까이 오지도 않고 멀리 가지도 않고 딱 그 자리에 서서 삼맥종이 한심하다는 듯 싸늘하게 쳐다보고 있었다.


아로는 주위를 살피며 조심스럽게 고방 쪽으로 다가갔다. 자물쇠가 걸려 있기는 하였지만, 지키고 있는 자들은 없었다. 아로가 조심스럽게 선우를 불렀다.

"오라버니… 여기 있어요?"

고방 안에 있던 선우가 그 소리에 놀라 벌떡 일어났다.

"나예요. 아로."

"아로? 네가 왜 여기 있어?"

"오라버니야말로 왜 이 안에 있어요?"

"옆에 누구 있어?"

"아니… 아무도."

"비켜 서."

아로는 뭘 비키라는 건지 알 수가 없어서 주위를 둘러보았다. 그때 쿵쿵 선우가 문을 걷어차기 시작했다. 이 가공할 만한 오라버니의 행동이라니, 아로는 입을 떡 벌리고 흔들리는 문을 쳐다보고 있었다. 선우의 발길질 몇 번으로 문이 열려버렸다. 아로는 걱정스럽고 그렇지만 결국 얼굴은 보게 되어서 반가운 마음으로 서 있는데, 문이 열리자마자 선우는 아로의 팔을 확 당겨 안으로 끌어당기고 동시에 문을 확 닫아버렸다.

선우가 아로를 반쯤 끌어안은 자세로 아로가 무사한지 확인하듯 빤히 보는데, 아로는 끌어당겨진 충격에서 벗어나지 못하고 선우를 올려다보고 있었다. 한동안 정지한 듯 그렇게 안고 안겨서 서로를 바라보던 둘이었다. 그러다 문득 정신을 차린 선우가 아로를 풀어주자 그것이 더 민망하고 어색한 분위기로 흘러가버렸다. 아로는 괜히 더 헛기침을 하고 억지로 웃어 보였다. 선우는 일부러 더 굳은 얼굴로 아로를 쳐다보았다.

"왜 왔어?"

"몰래 온 거 아니에요. 의원으로 온 거예요. 화랑들이 다쳤대서."

"몰래 들어온 게 아니면. 뭐가 다른데! 어쨌든 들어와 있잖아."

"두 발 달린 내가 어딘들 못 갈까 봐… 어디 좀 봐요. 오라버니도 많이 다쳤네? 이렇게 다쳤는데 치료도 안 해주고 여기 가둬둔 거예요? 이 사람들이 지금 제정신인가… 이것들을 내가 그냥 안 둬."

아로의 눈에 선우의 상처들이 들어오기 시작했다. 얼굴도 엉망이고 다른 데 상처는 또 얼마나 많을지. 아로가 손을 뻗어 선우의 얼굴을 만지려고 했다.

"괜찮아요?"

선우가 그 손길을 피해 뒤로 움직였다.

"너 때문에 안 괜찮아. 그러니까 당장 여기서 나가!"

"상처부터 봐요."

"이딴 거 나한텐 아무것도 아니야! 지금 내가 미치겠는 건 이 안에 네가 있다는 건데…."

"그럼 다치질 말았어야지! 지금 나한텐 그 상처밖에 안 보여! 제일 걱정되고 제일 중요해!"

속상한 아로가 눈가가 붉어지며 선우를 쳐다보았다.

"천인촌에서 오라버니가 어떻게 지냈는지 몰라도 이젠 아니야. 내가 있으니까. 오라버니가 다치면 이제 내가 다 치료할 거야."

선우는 숨이 턱 막히는 것 같았다. 가슴이 먹먹하여 아로를 바라보는 것 말고는 할 수 있는 것이 아무것도 없었다. 갑자기 코끝이 매워졌다.

"그러니까… 봐요. 여기 앉아."

아로가 바닥에 주저앉아 옆자리를 두드리며 앉으라고 했지만 선우는 앉지도 못했다. 그저 아로를 빤히 바라보기만 할 뿐이었다.

"거, 좀 앉지. 키 큰 총각."

아로가 선우의 소맷자락을 잡아 끌어당겼다. 결국, 선우는 자리에 앉게 되었는데, 아로가 가리키는 바로 옆자리에는 못 앉고 살짝 떨어진 궤짝에 앉아 아로에게 얼굴을 내주었다. 아로가 약을 적신 수건을 선우의 눈가에 대자, 선우가 움찔하며 작은 신음을 냈다.

"엄살은."

"진짜 아파."

"잘됐네. 이게 그 유명한! 맘보를 곱게 써야 안 아픈 약인데. 효과가 있네."

그 말에 선우는 저도 모르게 긴장이 풀려 픽 웃음이 새어 나왔다. 그제야 아로도 웃고 찬찬히 상처에 약을 바르며 말했다.

"난 오라버니가 그렇게 웃는 게 좋더라."

"내가 어떻게 웃는데?"

"보는 사람 아깝게 아주 가끔 웃죠. 해맑게."

선우는 또 가슴이 먹먹해졌다. 가슴부터 치료를 받아야 하는 건가 싶기도 했다.

"그렇게 자주 웃어요. 얼마나 좋아."

"나는 네가 이 안에 있는 게 싫어."

"곧 갈 거예요. 상처 치료 다 하고."

"다른 놈들이 널 보는 것도 싫어."

아로가 투정하듯 말하는 선우를 귀엽게 흘겨보더니 피식 웃었다.

"늦었어요. 그놈들 이미 다 만났고, 그놈들 중 몇은 내일 아침에 입이 돌아가 있을지도 몰라."

"넌 왜 그렇게 겁이 없냐?"

"겁이 왜 나? 내가. 여기 오라버니가 있는데."

두 눈을 똥그랗게 뜨는 아로를 보며 선우는 가슴이 먹먹하면서도 빠르게 뛰는 것을 느꼈다. 아로가 선우의 얼굴에 약을 발라주며 애틋하게 바라보았다. 서로 바라만 보고 있기에도 아까운 두 사람이었다.

    아로가 피주기와 함께 선문을 나선 것은 밤이 깊어진 다음이었다. 아로는 어쩐지 마음이 무거워서 자꾸 뒤를 돌아보고 있었다. 피주기는 아로의 눈치를 살피다가 저도 같이 뒤를 돌아보면서 말했다.

    "아니 뭐, 오라버니를 그렇게 찾더니만. 만났다면서 표정이 좋지도 않고 안 좋지도 않고…."

    "나도 몰라, 보고 나니까 마음이 더 이상해."

    "뭐가 이상할까?"

    "그러게… 뭔지."

    한참 아무 말 없던 피주기가 고개를 갸웃하며 아로를 쳐다봤다.

    "이상하네."

    "뭐가?"

    "삿갓이 오라비가 맞긴 맞아요?"

    "그건 또 뭔 소리야?"

    피주기가 할 말 많은 표정으로 아로를 쳐다보았다. 아로가 어서 말을 하라고 고개를 끄덕여주었지만, 피주기는 입을 열 듯하다가 돌아서버렸다.

    "이보게, 왜 말을 하다 말고?"

    피주기는 대답하지 않았다. 아무래도 자신이 입을 열어 뭘 말하기에는 복잡한 무엇이 감춰져 있는 것 같아서 함부로 아무런 말도 할 수가 없었다.

위화는 제 귀를 의심했다. 귀가 막혔나? 싶어서 후벼보았는데, 요즘에 하도 제 귀를 의심할 일이 많았기 때문에 귀가 아주 깨끗했다.

"지금, 그 화랑을 풀어주라 하셨습니까?"

위화는 찻잔을 들고 향을 맡고 있는 지소를 복잡하고 의아한 얼굴로 쳐다보았다. 지소가 찻잔을 내려놓고 위화를 똑바로 바라보았다.

"공께 부탁한 건… 화랑을 키우라는 것이지, 화랑을 말려 죽이라는 게 아닙니다. 그만한 일로 쫓아낸다면 어디 화랑이 남아나겠습니까?"

"무슨 말씀이신지…."

"화랑이 없다면, 내가 어찌 화백을 휘어잡아 새로운 미래를 도모하겠습니까?"

"내가? 태후께서 직접 도모하실라구요? 삼맥종 폐하의 미래 아니었습니까? 그때까지 화랑에 대한 전권을 저에게 주셨구요. 그게 주인이 바뀐 모양입니다. 혹시 모든 걸 원점으로 되돌리고 싶으십니까?"

"그럴 리가요. 난 아무것도 하지 않을 것입니다. 하나, 만일 그 기준이 온당치 않아, 내 화랑을 다 잃을 것 같다 여겨진다면, 공에게 준 전권을 거둬들일 수도 있소. 아시겠습니까?"

위화는 지소가 쉽게 다 내놓지는 않을 거라고 예상을 하긴 했었지만, 이걸 이런 식으로 갑자기 치고 들어 올 거라고는 예상하지 못했던 터라 앞으로 또 어찌 대처해야 하나 머리가 복잡해지고 있었다.

위화가 복잡한 얼굴로 내전에서 걸어 나오는데, 갑자기 떡하니 박영실이 나타났다. 호공과 대신들을 거느리고 제 세력을 보이려는 걸 보면 기다리고 있었던 것도 같았다. 박영실은 우연이라는 듯 반가운

척하며 손을 내밀었다.

"이게 누구십니까. 화랑도의 풍월주 위화 공이 아니신가. 태후 전하를 뵙고 가시는 모양이오."

위화는 자리에 멈춰 서서 영실이 하는 양을 지켜보았다. 지소가 아무리 속을 썩여도 그 대안이 영실이 될 수는 없는 일인데, 영실은 위화를 노리고 있는 모양이었다.

"여인의 마음은 종잡을 수가 없지요. 우리 같은 사내와는 좀 다른 면이 있달까요."

"종잡을 수 없는 게 여인의 마음뿐이겠습니까?"

"마침, 집에… 기막힌 홍주가 있는데 삼십 년 묵은 거지요. 한번 들르시지. 아님, 제가 선문에 한번 갈까요? 제 아들도 화랑입니다만. 반류라고… 어려서 왕재 소리를 듣던 놈입니다."

"왕재?"

"사내들 술 한 잔에. 신국의 내일이 바뀔 수 있어요."

"홍주라… 땡깁니다."

"하면, 날을 잡을까요."

"예, 내일 담그셔서. 한 삼십 년 뒤 어떻습니까."

위화가 인사를 하고 돌아서는데 영실의 얼굴이 순간 굳어버렸다. 호락호락하지 않을 건 알았지만 이렇게 바로 거부하고 나서다니, 입맛이 썼다.

위화는 선문으로 돌아가자마자 고방부터 찾았다. 지친 기색이 완연한 선우는 대스승이 오셨는데도 일어나지 않고 앉은 채로 빤히 위화를 올려다보고 있었다. 참 예의라고는 모조리 엿 바꿔먹은 놈. 위화도 빤히 선우를 바라보았다.

"난 당장 널 쫓아내지는 않을 생각이다."

선우가 작은 한숨을 내쉬었다. 이놈도 쫓겨날까 봐 걱정했었던 것 같은 것이 위화로서는 참으로 신선했다.

"대신, 천천히 목을 졸라 쫓아낼 작정이야. 우선, 넌 이번 시험에서 통을 반드시 받아야 한다. 알지? 세 번 불통을 받으면, 화랑도에서 쫓겨나는 거야. 고통스러운 경험이 될 거다. 얼마나 아는 게 없는 바보천치인지를 처절하게 깨닫게 되는 시간이 될 테니까. 장담하건대, 결과는 같을 거다. 그러니까, 지금 나간다고 하는 게 헛수고 안 하는 현명한 선택일 거야. 어쩔래? 남겠냐, 떠나겠냐."

"나한테 선택은 하나뿐이야. 난 남아. 남아야 할 이유가 있으니까."

그 녀석, 대답도 참 짜증 나게 한다. 위화는 이 예의 없고 짜증 나는 녀석이 역설적이게도 조금 더 재미있어졌다.

고방 밖으로 나온 선우는 얼굴이 까칠해져 있었다. 얼마 만인지 모를 찬란한 해를 바라보자 한 번 꽈당 넘어갈 때가 되었다는 듯 약간의 현기증과 함께 귀에서 울림소리가 들렸는데 다잡듯 눈을 감고 참아내고 있었다. 선우는 주령구를 꺼내 던졌다 받았다.

有犯空過

"유범공과, 건드리는 사람이 있어도 참아라."

76

선우는 마치 주령구가 자기를 건드리는 사람인 듯 인상을 찌푸리며 노려보았다.

드디어 싸움질을 끝내고 수업이라는 것을 하게 된 화랑들은 지현당 강단에 선 위화를 집중하여 바라보고 있었다. 위화가 불쑥 '水' 자가 적힌 종이를 들어 보였다.

"이게 뭘 의미하는지 알겠느냐."

"물입니다."

"물은 강하느냐, 약하느냐? 강하면 얼마나 강하고, 약하면 얼마나 약하느냐?"

"불을 이기는 게 물이니… 강합니다."

수호가 이렇게 대답하자 반류가 경쟁하듯 삐딱하게 다른 대답을 내놓았다.

"그래 봐야 가로막는 뭔가를 만나면 돌고 피해서 흐를 뿐. 물은 약하고 비겁합니다."

"물은 피한다. 비겁하다. 또?"

"선합니다."

잠자코 있던 삼맥종이 입을 열었다. 위화가 이어지는 대답을 기다리며 삼맥종을 바라보았다.

"만물 위를 감싸 흐르고 죽은 씨앗을 움트게 하고, 스스로 겸손해 낮은 자리로 흐릅니다. 그러니 물은 스스로 강하려 하지 않아 선합니다."

"그래, 물은 선하다."

위화는 삼맥종의 대답이 만족스러웠다. 이번에는 선우의 답을 들어볼 차례였다. 위화는 선우를 콕 집어 지적했다.

"넌? 너는 뭐 할 말 없느냐?"

선우가 어색하게 입을 떼었다.

"물은 고단합니다."

"어째서?"

"물은 끊임없이 안에서 뭔가를 내줘야 합니다. 물고기면, 물고기. 금이면, 금. 바닥이 마르고, 더 이상 내어줄 게 없어서 마르고 갈라질 때까지, 물은 계속 고단합니다."

선우의 대답을 듣고 화랑들은 지금과는 다른 느낌으로 선우를 바라보았다. 형편없는 반쪽짜리 천인이라고 생각했던 선우가 저런 대답을 내놓을 거라고는 생각하지 못했던 것이다. 특히 한성은 선우에게서 후광을 본 듯한 기분이 들 정도였다. 위화 또한 선우의 대답에 주목할 만한 것이 있다 싶었다.

위화는 이번에는 '王' 자가 적힌 종이를 펼쳐 들었다.

"이게 너희의 첫 번째 과제다! 왕!"

'왕' 하면 연관이 많은 삼맥종과 선우가 긴장하여 위화를 바라보았다. 위화는 '水'와 '王' 두 글자를 손에 든 채 과제를 설명하고 있었다.

"물로써 왕에 대해 논하는 게 너희의 과제다! 그 바탕은 도덕경에 있어야 한다."

아아아, 신음 비슷한 탄식이 지현당을 가득 채웠다. 선우는 막막한 심정으로 '水'와 '王' 자를 바라보았다.

"뭐 도덕경?"

이야기를 전해주던 피주기는 아로가 버럭 소리를 지르는 바람에 당황하여 약간 뒤로 피하면서도 할 말을 다 했다.

"것도 아주 어려운 과제라고 하더군요."

"이건 걷지도 못 하는 애한테 재주넘으라는 거지. 세상에 글자가 이백 자밖에 없는 줄 아는 사람한테 도덕경이라니… 어쩌라고…!"

아로가 하도 버럭거리는 바람에 피주기는 억울한 심정이 되어 항의했다.

"아니, 왜 나한테 화를 내고… 내가 냈나?"

아로에겐 피주기의 말이 들리지 않았다. 어쩌면 좋을지 곰곰이 생각해보았지만, 도저히 답이 나오지 않았다. 아로가 다시 피주기를 보며 버럭 화를 냈다.

"아, 어쩌냐고!"


결국, 아로는 화랑 선문에 취직을 하였다. 화랑 담당 의원이 된 것이었다. 선우를 옆에서 돌봐주려면 다른 방법이 없었다. 단정하게 정리된 아로의 작은 의원실을 찾은 첫 환자는 화랑들의 식사를 담당하는 마주방*이었다.

"화상에 잘 듣는 약초를 붙였으니 며칠이면 나아지긴 할 텐데. 당

---

\* 주방장

장 물질은 어려울 거네."

"아이고오~ 당장 오늘 저녁부터 문제네."

환자를 데려왔던 피주기가 곤란하다는 한숨을 내쉬었다.

"그래도 일찍 손을 써서 다행이네. 안 그랬으면 몇 달은 고생했을 텐데."

마주방이 고맙다며 인사를 하고 나가고 아로가 약재를 정리하는데, 피주기가 엄청나게 걱정스러운 표정으로 아로를 바라봤다.

"우리야 의원 비슷한… 뭐 암튼 같이 있으니 좋긴 한데. 언제까지 숨기실 겁니까."

"안 그래도 얘기할 거야. 이제 그냥 두고 볼 수도 없어."

하지만 아로가 이야기하기 전에 선우가 먼저 의원실을 찾았다. 며칠 전부터 화랑들의 행동이 수상했었다. 뭔가 자기들끼리 쑥덕이다가 선우가 가까이 가면 썰물 빠지듯 사악 사라지곤 하는 것도 수상했고, 전에 보지 못했던 방이 생겼는데 화랑들 하는 짓이 선우가 그곳에 가지 못하게 하려는 것 같은 것도 수상했다.

오늘은 선우가 작정하고 의원실에 다가갔고, 화랑들은 선우의 눈치를 살피며 의원실 앞에서 흩어지고 있었다. 그때 의원실의 문이 열렸는데 아로가 서 있었다. 그런데 아로는 눈앞의 선우를 보더니만 그대로 문을 닫고 들어가버렸다. 선우가 따라 들어가려고 문고리를 잡아당겼지만, 안에서 잠가버린 듯 열리지가 않았다. 하지만 그만둘 선우가 아니다. 선우가 열린 창문으로 뛰어들어가자 아로는 말문이 막혀 서 있었고 그런 아로를 보며 선우가 인상을 찌푸렸다.

"내가 지금 헛걸 보나?"

"헛거 맞아요. 나 귀신인데….."

아로가 그렇게 대답하고 문으로 도망치려는데 선우가 아로보다 한발 앞서 문을 팔로 막고 섰다.

"귀신이 이렇게 멍청할 리가 없는데. 뭐야, 너."

어쩔 수 없어진 아로는 각오한 듯 눈을 꾹 감은 채 고백했다.

"나 여기 의원으로 들어왔어요!"

"미쳤지?"

예상대로 선우가 버럭 소리를 질렀다. 아로가 실눈을 뜨고 선우를 바라보는데, 선우는 그런 아로에게 더 화가 났다.

"이 안에 시커먼 사내놈들만 있는 거 못 봤어?"

"그렇게 걱정되면, 오라버니가 지켜주면 되잖아!"

"뭐?"

"밖은 뭐 괜찮나? 멀쩡히 길 가다가도 납치되는 게 왕경인데! 거기보다 여기가 위험할 게 뭔데? 여긴 오라버니라도 있지. 오라비도 없이 나 혼자 돌아다니면 퍽이나 안전하겠네. 한번 맘먹고 돌아다녀 봐요, 내가?"

아로의 말이 틀린 게 아니라 선우는 할 말을 잃었다. 선문 밖에서 선우가 바로 옆에 있으면서도 아로를 위험하게 했던 게 몇 번이었는지 셀 수도 없었던 것이다. 승기를 잡은 것을 확신한 아로가 선우를 흘겨보았다.

"이백 자밖에 모르는 주제에, 도덕경은 또 어쩔 건데요? 나보다 좋은 선생… 있나?"

"그래도 안 돼!"

선우가 마지막으로 외쳐보았으나, 그것은 공허한 외침이었다. 그 날 밤부터 바로 선우와 아로는 머리를 맞대고 공부를 시작했다. 아로는 선우 앞에 책을 펼쳐놓고 손가락으로 짚어가며 하나하나 읽어 주었다.

道可道非常道 名可名非常名 無名天地之始有名 萬物之母*

"도가도비상도 명가명비상명 무명천지시유명 만물지모. 도를 도라고 할 수 있는 것은 참 도가 아니고, 이름을 이름이라 할 수 있는 것은 참 이름이 아니다. 이름 없는 것이 천지의 시작이요, 이름 있는 것이 만물의 어머니이다. 이런 뜻이에요."

글자 하나하나는 따라 읽었으나, 아로가 하는 해석을 들은 선우의 표정은 뭐 씹은 모양이 되어버렸다.

"뭔 개소리야?"

아로는 어이가 없어 일단 웃었다. 한 번에 이해하기에는 심히 어려울 것이라 예상했으니 말하고 싶은 대로 말하게 둘 수밖에 없는 일이었다.

"일단 읽고 외우고 써요."

아로가 붓을 건네자 선우는 바로 받지 않고 아로를 빤히 바라보았다. 선우의 시선에 어색해진 아로가 채근하듯 붓을 들이밀었다.

"안 쓰고 뭐 하나?"

---

* 도덕경 1장

"이거 끝날 때까지만이야."

"거, 두말하면 입 아프네. 왜? 손가락이라도 걸까?"

"그거 말고."

선우가 아로의 손을 잡아서 붓을 쥔 자기 손 위에 얹었다.

"이거나 잡아줘. 처음 한 번만 이래야 빠를 것 같아."

아로는 심장이 쿵 내려앉은 듯 떨려왔으나 꾹 참았다. 그렇게 한 손이 되어 글씨를 써내려가는 두 사람이었다.

지현당 서고 한쪽에 삼맥종이 기대앉아 있었다. 손에 '王'을 쓴 글자를 들고 건들건들 흔들고 있었는데, 그의 눈은 멀리 바라보며 딴 생각에 잠겨 있었다. 삼맥종은 지소와 만났던 어느 날 밤을 생각하고 있었다.

지소는 밝은 달빛 아래 서 있었고, 삼맥종은 어둠 속에 몸을 숨기고 있었다. 어둠이 지겨운 삼맥종이 어머니를 바라보며 말했다.

"다 가지실 순 없습니다. 군주와 어머니… 둘 중 하나만 선택하세요. 저 역시… 그럴 거니까요."

"내가 너를 함구하면 누구도 네가 너인 것을 알지 못한다. 왕으로 사는 것을 포기할 셈이냐?"

삼맥종은 대답하지 못했다. 어머니라면 충분히 그러고도 남을 것이다. 아무 말 없는 삼맥종에게 지소가 단호하게 덧붙였다.

"더 이상 내 눈 밖에 나지 마라. 내가 널 감당할 수 없을 만큼, 그래서 버리고 싶을 만큼. 이 어미를 몰아붙이지 말란 말이다."

삼맥종은 '王' 자가 새겨진 종이를 움켜쥐었다. 잡은 손끝이 부르르 떨려왔다. 그때 서고 안으로 조심스럽게 들어오는 아로가 보였다. 아로는 책장의 책들을 살피고 있었다. 삼맥종은 쥐고 있던 '王'을 버리고 아로에게 다가갔다.

이것저것 책을 살피던 아로가 마음을 정하고 책을 뽑는 순간, 책장에서 불쑥 나온 손이 아로의 손목을 움켜쥐었다. 깜짝 놀란 아로가 손을 빼내려고 버둥거리는데도 삼맥종은 아로의 손을 놓지 않고 팔목 안쪽의 초승달 그림을 확인할 뿐이었다.

"아직 있네. 차용증."

"변태 공?"

"빚은 언제 갚을 건가?"

책장 사이로 빤히 바라보는 삼맥종을 보며 아로는 황당했다. 뭐이런 게 있나 싶었다. 달라고 한 적도 없는 돈을 쥐놓고 이젠 독촉이라니. 물론 그때는 그 돈이 아주 고마웠으나, 지금 이러는 건 상도덕에 어긋나는 것이 확실했다.

"아니… 갑자기 이런 식으로 독촉하는 법이 어딨소! 내가 안 갚는다 한 것도 아니고, 내 분명히 갚는다 했는데! 좀 늦게…."

"빚을 터는 방법이 하나 있긴 한데."

"?"

삼맥종이 제시한 빚을 터는 방법은, 어떻게 선우에게 글자 가르치는 것을 알았는지 자기에게도 글자를 가르쳐달라는 거였다. 세상에 무슨 이런. 하지만 아로는 그 요구를 단칼에 거절할 수가 없었다. 은편 이십 개라니, 고객님의 요구를 나 몰라라 할 수 있는 액수의 돈이 아니었다. 별수 없이 그날 밤 공부시간에는 선우 옆에 삼맥종을 나란히 앉힐 수밖에 없었다. 아로는 이 상황을 어떻게 설명해야 할지 난처해서 선우만 바라보고, 선우는 어이없어하면서 삼맥종을 보는데, 삼맥종만 해맑았다.

"뭐해. 시작하지 않고."

"네가 여기 왜 있냐?"

"아, 아직 말 안 했어? 그게 내가 은편을…."

"거! 빨리합시다. 시간도 없는데! 갈 길도 멀고!"

아로는 은편 이십이니, 빚이니, 그날 있었던 강성과의 시비니 등까지 선우에게 말할 수 없었다. 또 얼마나 걱정할 것이며 얼마나 화를 낼 것인가? 갈 길은 구만리인데 말이다. 어떻게든 밀고 나가면 되겠지 생각하고 일단 진행했는데, 선우는 계속 표정이 좋지 않았다. 여전히 삼맥종만 나 몰라라 해맑았다. 산 넘어 산, 아로는 들키지 않게 조심스럽게 한숨을 내쉬었다.

삼맥종은 선우가 밤마다 나가서 아로와 글공부하고 있는 것을 알고 있었다. 그들의 다정한 모습을 몰래 훔쳐보며 속상하기도 했고 부럽기도 했었다. 자기도 그 공부에 끼워달라고 아로에게 협박 아닌 협박을 한 것은 굳이 그들의 다정함을 방해하겠다는 뜻은 아니었는데, 이제 와 보니 방해할 목적이 아니었다면 이 자리에는 왜 끼어 있는지 스스로 의문이 생겼다.

어쩌다 질투하고 방해하는 사람이 되어버린 건가? 생각하니 쓸쓸했다. 천하의 삼맥종이 어쩌다가? 어머니가 좀 극성스러워서 그렇지 세상 부러운 것이 없는 삼맥종이었는데 말이다. 삼맥종이야말로 누구에게도 들키지 않게 조심스럽게 한숨을 내쉬었다.

선우는 첫 번째 과제가 나온 그 순간부터 읽고 쓰는 공부를 해왔었다. 그런데 혼자 할 때는 하얀 것은 종이요, 까만 것은 글씨일 뿐이었다. 아는 글자를 하나씩 표시해서 읽어가는 것도 한계가 극명했고, 지루하고 답이 없는 싸움인 게 분명했었다. 그러던 것이 아로와 공부를 시작하고부터는 이상하게도 글자 읽고 쓰기가 즐거웠다. 흰색과 까만색만으로 구분되는 것이 아닌, 글자를 읽을 수 있게 되었다. 쑥쑥 성장하는 것을 스스로 느낄 수 있을 정도였다. 그러다 보니 낮이나 밤이나 공부하면서 아로와 따로 공부하는 시간이 계속 기다려졌다. 그사이 얼마나 성장했나 보여주고 아로를 기쁘게 해주는 것이 가장 좋았다. 그런데 저 삼맥종은 뭔가? 선우는 기쁨을 방해받은 이 순간이 싫었지만, 아로에게 말하지 못할 사정이 있는 것 같아 마음대로 화를 낼 수도 없었다. 선우 역시 들키지 않게 조용히 한숨을 내쉬었다.

어찌했든 그날부터 그들은 밤이면 셋이서 머리를 맞대고 공부하게 되었다. 선문에 불이 다 꺼지고 화랑들이 잠이 들면 선우와 아로 그리고 삼맥종은 조용히 빠져나와 정양당에 모였다. 작은 등 하나를 켜고 머리를 맞대고 셋은 그렇게 모여 앉았다.

선우가 배워야 할 것은 분명했다. 아로가 글자를 하나하나 짚어가며 읽어주면 선우는 그 글자를 따로 쓰면서 익혔다. 글자를 쓴 파지가 늘어갈수록 선우의 실력은 성장하고 있었다. 그런데 삼맥종은 모호했다. 삼맥종은 분명 아로에게 글자를 가르쳐달라고 했다. 그런데 인제 와서 한다는 말이, 자신은 이미 글은 아는데 글자가 따로따로 놓여 있으면 읽히지 않는다는 것이었다. 그러니 글자를 낱자로 하나씩 알려줬으면 좋겠다고. 그것은 선우와 같은 공부 방법을 원한다는 뜻인데, 도무지 아로로서는 삼맥종에게 뭘 가르쳐야 할지, 또 잘하고는 있는 건지 자신이 없었다. 아로가 글씨를 읽어주면 고개를 끄덕이는 삼맥종에게 이 공부방법이 도움되는 건 맞나?

오늘도 정양당의 작은 등불이 밝았다. 선우가 먼저 왔는지 혼자 앉아 책을 들여다보고 있었다. 요즘 선우의 뒷모습은 언제나 저러했다. 책으로 파고들어 갈 것 같은 모습. 아로는 재빠르게 다가가 등을 툭툭 두들기면서 손가락으로 쿡 볼을 찔렀다. 그런데 아뿔싸! 돌아보는 사람이 선우가 아니라 삼맥종이었다.

"아, 미안. 오라비인 줄 알고."

"그놈의 오라버니 소리 좀 그만할 수 없냐."

"거, 참. 오라버니를 오라버니라고 부르지 뭐라고 부를까?"

"암튼, 하지 마."

아로는 삐죽거리면서 글자 쓰는 준비를 하기 시작했다. 불청객인 주제에 뭐 해라 마라 하는 것은 저리 많은지 그놈의 은편만 아니었으면 확! 하면서 돌아보니 삼맥종은 계속 아로를 뚫어지게 보고 있었다.

"혜. 공부합시다."

"…"

민망하게 웃음을 흘리고 말았지만 영 불편했다. 오늘따라 선우가 늦었고, 결국 아로는 삼맥종을 위해 그림글자를 쓰기 시작했다. 쓴다기보다는 그리는 글자인데 그림들을 조합하여 글씨의 뜻을 설명하는 것이었다. 삼맥종이 글자가 낱자로는 눈에 안 들어온다 하니 그림으로 도움이 되지 않을까 생각했던 것이다.

"글씨를 못 읽는다는 게 진짜요?"

"그렇다니까. 네가 하나부터 열까지 다 가르쳐야 할 거다."

아로가 삼맥종 앞에 그림글자를 펼쳐 보였다. 화려한 나비가 어우러져 있는 그림이었다. 삼맥종이 의아해서 아로를 올려다보자 아로가 설명을 시작했다.

"그건, 나비 접蝶 자요. 글자라고 생각하지 말고, 그림이라 생각하고 보면 그림 속에서 글자가 보일 거요."

삼맥종은 종이의 그림을 빤히 들여다보았다. 그림 속에 숨은 글씨를 손으로 따라 그려보는데, 어느 순간 글씨가 나비처럼 날갯짓하며 날아가는 듯했다. 삼맥종은 신기해서 빤히 들여다보고 있는데 아로는 글자 가르치는 걸로는 실패구나 싶었다.

"내가 글을 전혀 모르는 사람은 봤으나, 읽을 수 없는 사람은 본 적이 없어서… 어떻게 해야 할지를 모르겠어서…."

"한 자만 더."

"보고 싶은 글자라도 있소?"

"…왕."

"왕이라…."

아로는 한참 머리 궁리하다가 하얀 종이에 그림을 그리기 시작했다. 나무에 어미 새와 둥지가 있고 나무 밑동에는 아기 새 한 마리가 떨어져 어미를 보며 울고 있는 그림을 형상화한 王자 였다. 삼맥종은 그림을 보는 순간 마음이 슬픔으로 꽉 차버린 듯했다.

"이 그림은… 어떤 의미야?"

"다른 이들은 어떻게 생각할지 몰라도 난, 그 얼굴 없는 왕이 좀 가여워서."

"가여워…?"

"어미는 내려올 생각이 없으니. 스스로 강해져서 날아올라야 할 텐데. 어린 새가 참 안됐어서…."

아로는 어쩐지 애틋한 마음이 되어 그림의 아기 새를 쓰다듬었다. 삼맥종은 아로의 그 손길이 마치 자신을 만지는 듯 마음이 따뜻해졌다. 하지만 동시에 이런 그림 따위에 위로를 받아야 하는 자신의 처지가 굴욕적으로 느껴져서 화가 나기도 했다.

"원하지도 않게 왕위에 올라, 세상으로 나오지도 못하고 있으니, 둥지에서 떨어진 작은 새 같잖소."

그 말을 삼맥종은 냉정하고 차갑게 비웃어주고 싶었다. 아니라고, 그렇지 않다고. 하지만 마음과는 달리 눈가가 붉어지는 것을 막을 수가 없었다.

"세상엔 안 태어났음 좋았을 인생도 있는 거야. 애초에 태어나지 않았으면, 둥지에서 밀려 떨어지지도 않았겠지."

"무슨 말을 그렇게 하시오!"

영문을 모르는 아로로서는 정떨어지게 말하는 삼맥종이 이해가 되지 않았다. 측은지심이 인간의 기본 감정이라 했는데, 뭐 이 사람은 변태성이 너무 강해서 인간이 기본 감정을 잃어버렸나 싶기도 했다.

"생각해보면 너무 안 됐는데. 제집에 눕지도 못하고 어린 시절부터 떠도는 사람한테… 너무 그러는 거 아니요."

삼맥종은 화가 났다. 위로받는 것이 싫었다. 마땅히 가져야 할 것을 빼앗기고 떠도는 자신의 처지를 이해받고 싶지도 않았다. 왕은 위로받고 이해받는 자리가 아니라 통치하고 부리는 자리라 배워왔던 삼맥종으로서는 지금의 상황을 견딜 수가 없었다.

"감히 너 따위가… 왕을 측은하게 생각하는 것이냐?"

"왜… 그러시오. 갑자기….”

아로는 삼맥종의 갑작스러운 모습이 두려워 뒤로 물러섰다. 삼맥종은 그런 아로를 더욱 벽으로 밀어붙였다. 아로는 겁나고 당황스럽지만, 더 물러날 데도 없었다. 삼맥종은 눈물이 날 것 같아서 더 화를 냈다.

"대체… 너… 뭐야. 뭔데 이렇게 날 흔드는 거야. 왜….”

"이러지 마시오… 무슨 사연인지 모르겠으나….”

삼맥종의 눈에서 기어이 뜨거운 눈물이 뚝뚝 떨어지기 시작했다.

"왜… 네가 뭔데… 자꾸 날… 하찮게 만들어….”

아로는 삼맥종의 눈물에 놀라기도 놀랐지만, 이 상황을 어떻게 이해해야 할지도 모르겠고, 어떻게 행동해야 할지도 몰랐다. 곧 선우가 들어올 텐데 이 장면을 보고 어떤 반응을 할지 두렵기도 하여 그야말로 머릿속이 터져버릴 것만 같았다.

"내게 이런 식으로 굴면, 오라버니가 가만 안 둘 거요."

"그놈의 오라버니 소리… 하지 말랬지…!"

"곧 오라버니가…."

삼맥종은 오라버니라는 말을 영원히 못하게 하겠다는 듯, 자신의 입술로 아로의 입술을 틀어막았다. 깜짝 놀란 아로가 뿌리치려고 했지만, 삼맥종은 밀어내려고 할수록 더 강하게 붙들고 뜨겁게 그녀의 입술을 탐했다. 펑펑 쏟아지는 삼맥종의 눈물이 아로의 뺨을 타고 흘렀다.

아로는 뺨 위로 흐르는 삼맥종의 눈물을 느끼고 강하게 거부하던 것을 멈추었다. 잠시 후, 삼맥종은 떨어져서 그런 아로를 빤히 쳐다보았다. 아로는 삼맥종의 눈물이 당황스럽고 혼란스러웠다. 삼맥종이 손을 뻗어 아로의 뺨을 어루만졌고 아로는 굳은 듯 가만히 서서 삼맥종을 바라보고 있었다. 삼맥종이 천천히 아로에게 다가갔다. 아까와는 다른 의미로 그녀에게 입 맞추고 싶었다. 아로는 그런 삼맥종을 빤히 바라보다가 마지막 순간에 확 머리로 들이받아버렸다. 삼맥종이 비명을 지르고 얼굴을 움켜쥐며 물러서는데, 밖에서 문 열리는 기척이 느껴졌다. 깜짝 놀란 아로는 삼맥종의 입을 막으며 쪼그리고 숨고 외려 협박하듯 노려보며 말했다.

"오라버니요! 숨소리라도 냈다간… 죽을 줄 아시오."

무슨 소리를 내고 싶어도 입이 막힌 삼맥종에게는 불가능한 일이었고, 아로는 한 손으로 삼맥종의 입을 막은 채 고개를 빼고 살피며 중얼거렸다.

"왜 아무 소리도 안 나? 그새 간 거야? 갔나…?"

그때 갑자기 생각났다는 듯 아로는 삼맥종을 내팽개치고 밖으로 튀어 나갔다. 삼맥종은 내팽개쳐져 나동그라져서는 아로가 뛰어나 가는 것을 기가 막혀 보고 있었다.

정양당에서 나온 아로는 의원실로 급히 뛰어가고 있었다. 선우가 정양당에 들어와 보고 아무도 없는 줄 알고 의원실로 갔으리라 생각 했던 것이다. 그런데, 선우는 정양당 문 뒤에 서 있었다. 당황해서 뛰 어가는 아로의 뒷모습을 보다가 화가 나 정양당 안으로 들어가는 선 우였다.

본능적으로 아로와 둘 사이에 무슨 일이 있었다는 걸 알 수 있었 다. 화가 머리끝까지 치밀어 오르고 온 몸의 핏줄이 곤두서는 것 같 았다. 그러나 뭘 할 수 있을까. 나는 그 아이의 오라비이고 그 아이의 마음이 어떤지도 알 수 없는데. 그러나 이런 생각을 다잡을 사이도 없이 선우의 몸이 번개처럼 다가가 삼맥종의 멱살을 확 틀어쥐었다.

"너 뭔 짓을 한 거야!"

삼맥종은 바로 대답하지 않고 아무 표정 없이 선우를 바라보았다. 노기 충만한 선우를 보다가 차갑지만 진지하게 물었다.

"네가 뭔 상관이야? 그 잘난 오라비라서?"

선우는 말문이 막혀서 대답하지 못했고, 삼맥종이 차갑게 비웃었 다. 순간 참지 못한 선우는 욱한 감정으로 삼맥종에게 주먹을 날려 바닥에 쓰러트렸다. 그리곤 최대한 감정을 누르고 경고했다.

"그 애 가까이 오지도 말고… 쳐다보지도 말고 말도 걸지 마."

삼맥종은 이런 상황이 어이가 없었지만 할 말을 다 하고 돌아서 나가는 선우에게 자신의 진심을 말했다.

"안 되겠는데. 아무래도 내가… 네 누이 좋아하는 것 같거든."

선우는 삼맥종을 돌아보지 않았다. 자신의 감정을 추스르는 듯 한참을 서 있다가 그대로 걸어 나가버릴 뿐이었다.

삼맥종은 오히려 홀가분해졌다. 그동안 어이없는 자신의 행동들에 대한 답을 찾은 듯했다. 아아, 나는 그 어이없는 여자아이를 좋아하고 있었구나라는 답.

## 2장
## 오라버니

의원실 앞에서 문고리를 잡았다가 놨다가 한참을 망설이던 선우는 심호흡을 크게 한 번 하고 문을 열고 들어갔다. 식은땀으로 젖었고 호흡은 거칠어 상태가 안 좋아 보이는 아로가 긴장한 얼굴로 돌아보았다.

"갑자기… 내가 몸이 좀 안 좋아서… 가려고 했는데… 꼭 가려고 했는데…."

선우를 확인하고 아로는 본능적으로 뒤로 물러서면서 자기가 무슨 말을 하고 있는지도 깨닫지 못한 채 아무 말이나 막 하고 있었다. 선우는 그런 아로를 빤히 보다가 옆에 있는 수건을 들고 다가갔다.

선우가 손을 뻗어 아로의 땀을 닦아주려고 하자, 아로는 침을 꿀꺽 삼키며 선우를 바라보고 있었다. 한참 망설이다가 결국 직접 닦아주지 못한 선우는 그것을 아로의 손에 쥐여 주었다.

"닦아."

아로는 수건은 받았지만, 선우의 얼굴을 바로 볼 수가 없어서 계속 선우를 피해 시선을 돌리고 있었다. 선우는 복잡한 심경으로 아로를 빤히 보다가 돌아섰다.

"오늘은 쉬자."

아로가 그제야 선우를 보니, 그의 넓은 등이 왠지 쓸쓸해 보였다. 그곳을 나가려던 선우가 잠시 망설이더니 주춤거리며 말했다.

"난 다 처음이라서. 어떤 게 좋은 오라비인지 모르겠거든."

선우의 쓸쓸함이 느껴져 아로는 가슴이 먹먹해졌다. 선우가 다시 돌아서 아로를 바라보았다.

"나란 놈… 솔직히 태어나서 이때껏 뭘 주저해본 적 없는데. 넌 날 자꾸 멈춰 서게 만들어."

아로는 뭐라 말을 할 수가 없었다.

"조금만 기다려. 곧 진짜 오라비가 될 테니까."

선우는 밖으로 나갔다. 아로는 복잡한 마음으로 선우가 쥐여 준 수건만 꼬옥 끌어안고 있었다. 마음이 어지러웠다. 두 남자가 왜 저러는 건지, 도무지 알 수가 없어 늦은 시간에도 아로는 집에 가지 않은 채 의원실에 있었다. 아무 말도 없이 그저 왔다 갔다 걷기만 하는 아로를 보면서 피주기가 고개를 갸우뚱거렸다. 이런 아로의 모습은 참으로 낯설었다. 그리고 마침내 아로가 그곳을 나오자 피주기가 냉큼 아로를 뒤따라 나오면서 중얼거렸다.

"이건 둘 중 하난데. 남녀상열지사이거나… 여남상열지사거나."

"거 시끄럽네. 혼자 가도 된다니까 굳이 따라오면서….."

"내 말이 그 말입니다. 댁이 누이를 몰라도 너무 모른다. 은편만 넉넉히 주면 황소도 때려잡을 여인이다, 해도 씨알도 안 먹히더라고."

아로가 그 말에 피주기를 쳐다봤다.

"오라버니가 날 데려다주라고 시켰다고?"

"그럼 내가 왜 이 짓을 할까요. 다들 나에 대해 진지한 고민이 없으시구나."

피주기는 아로의 반응에 어이가 없었다. 당연히 그 무서운 오라비가 눈을 부라리며 협박 같은 부탁을 했으니 굳이 한밤에 이 수고를 하는 것이지. 그럼 뭐라고 생각했던 거야? 아로는 선우의 배려가 고맙기도 하고 그래서 더 머릿속이 복잡해지고 있었다. 그러다가 버럭 소리를 질렀다.

"오라버니한테 그렇게 말했단 말이야? 내가 은편만 주면 소도 때려잡는다고?"

"아니, 내가 없는 말을 한 것도 아니고…."

"이 씨!"

확 한 대 칠 것처럼 덤벼드는 아로를 피하면서 피주기가 불쑥 물었다.

"근데 오라비가 맞긴 맞나?"

"뭔 소리야?"

"얘기했잖아요. 목걸이. 분명 친구 꺼라 그랬다고."

피주기는 답답하다는 듯 제 가슴을 치는데 아로는 그런 피주기를 위아래로 흘겨보며 무시했다.

"생각해봐. 누이도 아닌데 미쳤다고 달리는 말에 뛰어오를까? 누이도 아닌데 왈패들 앞에서 칼날을 쥐고, 나부터 죽여! 이럴까?"

"삿갓이 그랬다고요? 왜지? 왜일까?"

"진짜 오라버니니까!"

아로가 돌아간 뒤에도 여전히 복잡하고 혼란스러운 선우는 상선방으로 돌아가지 못하고 선문 이곳저곳을 헤매며 돌아다니다가 연못가에 자리 잡고 앉았다. 연못에 뜬 달빛을 빤히 보고 있으니, 해결되는 것은 하나도 없지만 마음은 안정되는 것 같았다. 그때 그 달 위에 돌멩이가 떨어지고 파문이 일었다. 어떤 자식이냐? 쳐다보니 저쪽 기슭에서 낚싯대를 드리우고 있는 위화였다.

"이 야심한 시각에 혼자 뭐하는 거냐."

"뭘 하든 뭔 상관."

"동방생과 한 몸이 돼서 움직이는 게 규율이라고 했을 텐데?"

"지금은 좀 가만둡시다. 말할 기분 아니니까."

"둡시다? 네 별호가 개새라며. 개 같기도 하고 새 같기도 한 반쪽 상또라이."

"건드리지 말라고."

"그거 아냐? 난 너 같은 놈이 있는 게 참 좋아. 천지사방이 적이고 앞뒤 없이 분노만 들끓는 놈. 그래서 시야가 드럽게 좁은 놈."

선우는 뭐하자는 속셈인가 싶어 위화를 노려보는데, 위화는 사람 좋게 씨익 웃어 보였다.

"너 같은 놈을 만나야 뭘 가르치는 맛이 나거든."

다음날 새벽, 다른 화랑들은 산길을 뛰어오르며 새벽 수련을 하는데, 상선방 화랑들은 위화가 앉아 있는 가마까지 메고 뛰어다니고 있었다. 위화는 느긋하고 여유로운 표정으로 가마에 앉아 일장 훈시를 하고 있었다.

"내가 누누이 얘기했잖냐. 동방생들은 한 몸이다. 같이 잠들고 같이 깬다. 한밤중에 혼자 싸돌아다니는 건… 으으음. 안 될 일이지. 안 그러냐, 개새랑?"

위화가 웃으면서 선우를 보니, 상선방 다른 화랑들이 일제히 선우를 째려보았다. 이럴 때 절대 안 빠지는 반류가 한마디 짚어주었다.

"갈수록 가관이군. 너 때문에 이게 뭔 꼴이야!"

"똑바로 들기나 해. 너 때문에 자꾸 이쪽으로 기울잖아!"

일단 반류에게 주의를 준 수호는 선우를 보고 한마디 덧붙였다.

"그리고 넌 나중에 따로 보자."

삼맥종은 끄응 신음과 함께 미끄러지려는 가마를 힘줘 받치면서 중얼거렸다.

"파오가 보면 기절하겠군."

선우는 이 모든 일의 시초인 삼맥종을 노려보았다. 삼맥종은 그 시선을 느끼고 한껏 비아냥거려주었다.

"동방생을 한꺼번에 적으로 만드는 재주가 있네."

"좋은 말로 할 때 닥쳐라. 오늘은 어제처럼 한 대로 끝나진 않을 테니까."

그렇게 산에 오른 화랑들은 산 정상에 앉아 명상하기 시작하였다. 한참 동안 시간이 흐르고, 눈꺼풀이 간질간질해지는 느낌이 들어 눈을 뜨자 멀리서 해가 돋는 장관이 연출되고 있었다.

"어. 해 뜬다!"

한성의 외침에 다른 화랑들도 눈을 뜨고 일출의 경이로움에 빠져들었다.

"이게 일출이다. 새날의 빛, 나는 너희가 저 해같이 되길 바란다. 날마다 새롭고 날마다 뜨거워져라. 그 어떤 편견도 오만도 다 태워 버리고 새로 태어나란 말이다! 알겠냐!"


새벽 수련이 끝나고, 화랑들은 각자 일상의 일을 처리하고 있었다. 상선방 화랑들은 빨래터에 모여 빨래를 하고 있었는데 반류가 자기 빨래를 선우에게 확 내던지더니 삐딱하게 노려봤다.

"이 정돈 해야겠지? 다시 한 번 너 때문에 벌 받는 일이 생기면… 이 정도론 안 끝나."

그러고 휙 가버리는 반류를 한 번 노려봐주는 걸로 화를 풀고, 선우는 반류의 빨래까지 하기 시작했다. 그러자 수호가 반류의 뒷모습을 보면서 혀를 찼다.

"일관성 있는 놈. 저렇게 한결같이 싸가지 없기도 쉽지 않은데. 야! 내 빨래도 네가 해야 되는 거 아닌가?! 나 아까 엄청 빡셌는데!"

선우가 짜증이 나 확 노려보자 수호는 장난이었다는 듯 픽 웃었다.

"됐고, 이유나 알자. 그 밤중엔 왜 돌아다닌 거냐?"

선우는 잠깐 망설이다가 진지한 표정으로 수호를 바라봤다.

"너 누이 있댔지?"

고개를 끄덕이는 수호에게 선우가 횡설수설하기 시작했다. 뭐라고 하는지 알아들을 수 없을 정도였는데, 굳이 따지자면 누이를 어떻게 대하는 것이 옳은 것이냐고 묻는 것 같았다.

"그러니까 누이를 어떻게 대하는 게 좋은 거냐고?"

선우가 바로 그렇다는 듯 고개를 끄덕였다.

"뭐 그 쉬운 질문은 그렇게 어렵게 하냐? 말하는 너도 무슨 말인지 몰랐지?"

선우가 다시 복잡한 얼굴이 되어 수호를 바라보는데, 수호는 일어서 힘을 줘서 빨래를 짜내면서 간단하게 대답했다.

"우선, 누이가 여인이라는 생각을 버려."

"뭐?"

"누이와의 정이란 막 대할 때 커지는 거야. 전방에 누이가 보인다! 어떻게 해야 할까?"

선우는 대꾸하지 못하고 수호만 바라보고 있었다.

"일단 달려가."

빨래를 바위 위에 내던진 수호가 팔을 둘러 옆구리로 당기는 자세를 보여주며 말했다.

"걸어… 항복할 때까지 안 놓는 거야."

"뭘 걸어? 목을?"

수호가 당연하다는 듯 팔을 옆구리 쪽으로 확 당기며 고개를 끄덕였다. 선우는 '설마' 하는 표정으로 수호를 바라보았다.

"집에 가면 아무것도 하지 마. 이렇게 드러누워서 불러! 누이한테 싹 다 시켜."

"누이랑 사이좋은 거 맞냐?"

수호는 답답하다는 듯 고개를 저으며 선우를 바라봤다.

"누이란 우리가 생각하는 것보다 훨씬 강인한 존재야. 그리고 세상의 모든 오라비는 누이를 그보다 더 강하게 만들 의무가 있지. 안그럼, 네가 지켜줄 수 없을 때, 이 험한 세상에서 누이 혼자 어떻게 버틸 수 있겠냐?"

"아…."

선우는 수호의 말에 설득되었다. 인생 최고의 깨달음을 얻은 것 같았다. 수호는 그제야 자기 말을 신뢰하는 듯한 선우를 보고 만족스럽게 웃었다.

"그래서 뭘… 어떻게 하라고?"


"아이고."

뭐가 뭔지 알 수 없는 건 선우뿐만이 아니었다. 새날이 밝았으니, 아로는 출근을 해야 했다. 마음 같아서는 며칠 멀리 도망이라도 가고 싶었으나 이게 또 일을 맡은 자로서 책임을 다해야 하니 그럴 수 없는 것이 안타까울 뿐이었다. 멀리 선문이 보이자 아로는 혼자 중얼거리기 시작했다.

"아, 거슬려… 앞으로 변태 공 얼굴을 어떻게 보지. 오라버니가 이 사실을 알기라도 하면… 복잡해지는데. 그렇다고 여기서 나가면 당장 빚 갚을 길도 없고. 어떻게든 버텨. 버티자… 버텨야 돼…."

이때 길 앞쪽에 선우가 보였다. 선우를 발견하자마자 아로는 확 돌아서서 다른 길로 꺾어 들어갔다. 그런데 어느새 선우가 아로 앞으로 와 있었다.

"방금. 나 피한 것 같은데."

"아닌데… 피주기한테 볼일이 생각 난 건데."

아로는 괜히 선우 눈을 못 보고 이리저리 시선을 피하고 있는데, 그걸 빤히 보고 있던 선우가 아로 옆으로 다가가더니 목에 팔을 걸어 자기 옆구리 쪽으로 당겨보았다. 동작은 수호가 시킨 그대로였지만, 너무나 조심스러워서 괴롭히기보다는 애정 섞인 어루만짐 같았다. 이 자세를 어떻게 받아들여야 할지 모르겠는 아로는 황당하고 놀라워서 선우의 허리춤에 끼인 채로 올려다보았다. 선우 역시 아무래도 어색해서 얼른 팔을 풀고 확 돌아섰다.

"가라."

차마 얼굴을 다시 볼 수 없어서 횡하니 걸어가면서 선우는 스스로에게 최면을 걸듯 중얼거렸다.

"처음이라 그래. 나름 자연스러웠어."

아로는 그런 선우의 뒷모습을 보면서 무시무시한 어색함의 늪에 빠져 헤어나올 수 없을 것 같았다.

"…"

의원실에 들어선 아로는 잡생각을 버리기 위한 청소를 시작했다. 없는 먼지라도 만들어 탈탈 털어내면 머릿속이 조금은 개운해지기 마련이었다. 환기를 위해 커다란 창문을 활짝 열자, 이번엔 그 앞에 삼맥종이 서 있었다.

"잘 잤냐?"

아로는 잠시도 망설이지 않고 창문을 다시 닫는데 삼맥종이 그 문을 기어이 밀고 들어왔다. 아로는 뒤로 물러서며 일단 침을 하나 집어 들었다.

"잘 잔 모양이네. 난 한숨도 못 잤는데."

"여긴 웬일이오?"

"어젯밤 우리가 입 맞춘, 웬일?"

"아….."

"아?"

"그, 아직 순진해 그런지 여인을 잘 모르는 것 같은데. 여인들은 그런 거 별로… 사과하러 왔다면 받은 거로 치겠소."

"사과? 내가 뭘 잘못 했는데?"

"실수했으면 사과하는 게 당연한 거 아닌가?"

"실수가 아니면?"

"실수가 아니면? 치기 어리게 달려들어 입 맞춘 게 실수가 아니면, 어린애 응석인가? 날 잘 모르는 것 같아 하는 얘긴데. 원래 성질대로 했으면 그쪽 어제 나한테 죽었소. 다 필요 없고! 우리 둘만 없던 일로 치면 그만이고. 동의?"

"어린 애 응석? 없던 일로 쳐?"

자신의 사랑을 깨닫고 밤새 한잠도 못 잔 삼맥종으로서는 아로의 태도를 받아들일 수가 없었다. 아무 일도 없었던 듯 쉴 새 없이 종알거리는 아로의 입을 막아버리고 당장에라도 자신을 받아들이게 하고 싶었다. 삼맥종이 한 발 다가가자 아로가 경고했다.

"한 발걸음만 더 다가오시오. 평생 사내구실 못하게 하는 침 자리를 몇 군데 아는데. 확 꽂아 버릴라니까!"

삼맥종은 아랑곳하지 않고 아로를 향해 다가갔고 숨이 닿을 만큼 가까운 거리에 멈춰 섰다. 그런데 더 다가갈 수는 없었다. 아래를 내려다보니 다리에 침이 하나 박혀 있었다.

"잠깐 못 움직일 거요. 다음엔 진짜 그 침 자리에 꽂을 테니까… 다가오지 마시오."

아로가 움직이지 못하는 삼맥종을 두고 밖으로 나가버리자, 한쪽 다리가 굳은 채 홀로 남겨진 삼맥종은 피식 쓴웃음을 지었다. 보면 볼수록 더 맘에 드는 여인이 아닌가.

지소는 안지를 기다리고 있었다. 선문에서 아로의 무릎을 베고 누운 삼맥종을 보고 돌아온 바로 그날, 지소가 한 일은 안지를 부른 것이었다. 그러나 약재를 구하러 멀리 가서 올 수 없다는 답이 받았고 이제나저제나 며칠째 기다리는 중이었다. 오늘은 올 것이라 했는데 해가 중천을 넘어가도 소식이 없어서 애를 태우더니 월성에 들어섰다는 보고를 받고도 아직이었다.

"안지 공은 아직이냐?"

"좀 전에 내전에 들었다 합니다."

그 말에 지소는 몸을 홱 돌리다가 현기증이 나서 핑, 비틀거렸다. 모영이 놀라서 달려드는데, 지소는 괜찮다며 모영을 진정시키고 자세를 바로 했다.

그러나 지소는 내전의 문이 열리고 안으로 들어서자마자 앞으로 푹 쓰러지고 말았다. 그때 그 앞에 서 있던 이가 지소를 받아 안았다. 간신히 눈을 뜬 지소의 눈에 들어온 것은 몇십 년이 지나더라도 변함없는 안지였다. 지소는 안지의 얼굴을 확인하면서 그대로 의식을 잃고 말았다.

안지는 침상에 누운 지소를 바라보며 침통의 침을 고르고 있었다. 침을 골라 쥔 안지의 손이 파르르 떨렸다.

"…."

이대로 한 번 꽂으면 죽을 수도 있는 혈 자리들이 눈에 보였다. 그러나 살리기 위해 의술을 공부했던 안지로서는 원수를 눈앞에 두고 간단하게 죽일 방법이 있는데도 차마 죽을 자리에 침을 꽂을 수가 없었다. 지소를 보는 것만으로도 분노와 원망에 찬 감정에 휩싸이게 되는데도 그러했다. 안지는 한숨을 내쉬었다. 이런 끓어오르는 심정으로 시침한다면 환자에게 득이 되지 못할 터였다.

이때 눈을 뜬 지소가 침상에 누운 채로 안지를 빤히 올려다보았다. 안지 손에 들린 침을 보더니 입을 열었다.

"의원으로 그대를 부른 게 아니오."

안지는 냉정을 찾고 지소를 바라보았다.

"말씀하지 마십시오… 시침할 것입니다."

안지는 지소의 손목에 침을 꽂았다. 지소가 살짝 미간을 찌푸리며 안지를 바라보았다.

"평정심을 찾게 하는 혈입니다."

몇십 년이 지나도 잊을 수 없는 그날 밤이 떠올랐다. 이대로 같이 두망가달라고 애원하는 지수에게 심시이 진정될 혈을 눌러주던 그날. 이제는 공주보다 식솔이 우선이라고 말하던 젊은 날의 안지.

안지가 지소의 팔에 두 번째 침을 꽂아 넣었다. 지소는 부러 싸늘하게 안지를 자극하는 말을 하였다.

"이 침으로 날 죽이지 않으리라, 어찌 믿소."

"침으로 죽이고 싶었다면 첫 번째 침으로 죽였겠죠. 두 번째, 세 번째 갈 것 없이."

그렇게 말한 안지가 베일을 걷고 지소가 누운 침상에 걸터앉았다. 지소가 놀라서 보는데도 안지는 손으로 지소의 얼굴을 감싸고 눈썹과 눈을 매만지듯 살피더니 뒤로 떨어져 갔다.

"심혈이 원활치 않아 일어난 병증이니 별일 없을 것입니다. 침은 일각이 지난 후 내전 의원에게 뽑으라 하십시오."

침통을 정리하고 일어나 인사하고 나가려는 안지의 표정은 무표정했다. 처음부터 지금까지 표정에 아무런 변화가 일어나지 않았다. 지소는 자신이 더는 안지의 얼굴에 변화를 일으킬 수 없다는 사실을 십 년 만에 새삼 깨달았다. 자식을 죽인다는 협박이나 한다면 모를까, 앞으로 계속 지소가 무슨 말을 하든지 무슨 짓을 하든 무표정한 의원의 얼굴 외엔 아무것도 볼 수 없을 것이었다.

"어미를 똑 닮았더군."

안지가 그 자리에 멈춰 섰다.

"아로든가? 선문 안에 의원으로 있던데."

안지는 지소를 돌아보았다. 하고 싶은 말은 많았다. 입을 연 그 순간부터 걷잡을 수 없는 말들이 쏟아져 나올 것 같았다. 그런 안지의 얼굴을 보며 지소는 쓰게 웃었다.

"이렇게 해야 그대의 긴장한 얼굴을 보는군."

"그 기분은 어떠십니까?"

"….."

무슨 기분? 십 년, 이십 년이 지나도 그대를 원망하는 마음이 그대로인 내 기분? 자식들 죽이겠다고 협박해야 겨우 나를 봐줄 때의 참담한 기분? 마음속에서 들끓는 기분을 감추고 지소야말로 안지를 무표정하게 바라보았다.

"제 모든 걸 손아귀에 쥐고 계신 기분 말입니다."

"내가 그대의 모든 것을 가진 게 맞긴 맞나?"

안지는 대답하지 않았다. 아내와 아들을 빼앗고 이제 딸까지 노리는 저 여인에게 이대로 다 빼앗기고 말아야 하는가, 내가 저 여인에게 빼앗아 올 것은 없는가 생각할 뿐이었다.


또 하루해가 저물고, 상선방 화랑들은 잠잘 준비를 하고 있었다. 선우만이 옷도 갈아입지 않은 채 도덕경을 읽고 있었다. 드디어 내일이 시험이었다. 선우는 그동안 아로가 준비해주고 가르쳐준 것을 헛되이 하고 싶지 않았다.

잠옷으로 갈아입던 여울이 부질없다는 듯 고개를 저었다.

"그렇게 해서 몇 자나 적을 수 있을까. 어차피 네가 제일 먼저 선문에서 쫓겨나게 될 것 같은데, 괜히 진 빼지 말지."

선우가 책에서 고개를 들어 여울을 보니 여울은 반류를 가리키며 말했다.

"저놈이 아니래도 넌 여기서 버티기 힘들 거란 이야기야."

"관심 꺼. 나도 너한테 관심 없으니까."

헉, 놀란 여울이 일부러 더 과장하며 제 가슴을 움켜쥐고 침상에 쓰러지듯 누웠다.

"차가운 남자… 좋으네, 좋아."

그런 여울의 장난을 본척만척하며 수호도 생각이 깊었다.

"왕과 물이라, 대체 삼맥종 폐하는 어디 계신 걸까?"

수호의 질문에 반류가 코웃음을 쳤다.

"어디 있으면 어쩔 건데? 얼굴 없는 왕은 힘도 없는 거야. 왕도 아닌 거고."

"혹시 나무 닮았단 말 안 듣냐? 시종일관 싸가지 없는 게 늘 푸른 소나무 같은데."

수호가 반류를 보고 빈정거리는데, 삼맥종은 그들의 대화를 듣는 것만으로 머릿속이 복잡해졌다. 그리고 아로가 했던 말이 떠올랐다.

"어미는 내려올 생각이 없으니 스스로 강해져서 날아올라야 할 텐데. 어린 새가 참 안됐어서… 원하지도 않게 왕위에 올라, 세상으로 나오지도 못하고 있으니, 둥지에서 떨어진 작은 새 같잖소."

"왕…."

선우는 가만히 되뇌어봤다. 짧으나 짧은, 아무런 감동도 없는 단어였다. '왕'이라는 것은. 그때 문득 왕을 보고 나서 막문이 했던 말이 생각났다.

"나… 왕을 본 것 같아. 폐하… 이러는 걸 딱 들었다니까. 생긴 게 뭐랄까… 되게 평범한, 왕같이 생겼어."

"왕."
선우는 다시 '왕'이라고 발음해보았다.
상선방에 불이 꺼지고도 선우와 삼맥종은 한참 동안 잠을 이루지 못하고 있었다.

드디어 도덕경 시험의 날이 밝았다. 지현당에 앉은 화랑들은 시험 준비에 한창이었다. 그들의 시험 준비는 보고 적을 것을 준비하는 것이었다. 영신은 팔뚝에 도덕경을 그대로 필사하고 있었고, 장현은 발등에 적어놓았다. 쪽지들에 색색 끈을 달아 소매 안으로 넣고 당기는 신종 방법도 등장했다. 여울이 그들을 보고 혀를 찼다.
"지랄도 오색 빛깔이다. 저렇게 풀어 될 문제가 아니라니까…. 안 그래?"
하고 돌아보는데, 수호는 여울의 등에 밥풀 묻혀 쪽지를 붙이려다가 딱 걸려서 무안하게 웃었다.
"대비책. 사람이 당황하면 생각이 안 날 때가 있는 거니까."
여울은 한성을 보며 삐딱하게 물었다.
"넌 옆에서 안 말리고 뭐했냐?"
한성은 대답 대신 여울의 시선을 피했고, 여울은 수호와 한성이 주고받는 시선을 보며 그도 공범이라는 것을 알아버렸다. 여울은 쯧쯧 혀를 차며 고개를 저었다.

잠시 후, 잔뜩 긴장한 화랑들 앞에 위화가 섰다. 화랑들을 둘러보던 그가 화랑들에게 질문했다.

"권세를 잡고 싶으냐? 화백이 되고 싶으냐?"

권세, 화백. 듣기만 해도 좋은 말에 화랑들은 서로를 보며 눈빛을 반짝였다. 그 모습을 보던 위화도 씩 웃어 보이더니 말을 이어갔다.

"화백… 좋지. 책임은 작고 권세는 말도 안 되게 큰 자리니까. 화백이 되면 남은 평생 신국은 너희 것이 된다. 지금 있는 곳보다 높은 자리에 오르고 싶거나, 지금 가진 걸 지키고 싶다면, 혹은 살아남는 게 목표라고 해도… 통을 받아라! 그게 너희가 원하는 걸 얻는 길이 될 테니까."

화랑들 앞에 차례로 종이가 놓이고 화랑들은 잔뜩 긴장한 상태가 되어 심호흡하고 있었다. 그들에게 위화가 마지막 주의 사항을 전달했다.

"다시 말하지만, 물로써 왕에 대해 논하되 바탕은 도덕경에 있어야 한다. 시작해."

그동안 준비해두었던 각종 쪽지 도구들이 등장하고 화랑들은 여기저기를 봐가며 열심히 쓰기 시작했고, 보고 베끼는 것을 알면서도 위화는 눈을 감은 채로 있었다.

선우는 종이를 받아들고 막막하여 쉽게 쓰지 못하고 있었고, 삼맥종은 붓도 잡지 않은 채 선우만을 보고 있었다.

밖에서는 아로가 자세를 낮추고 오리걸음으로 다가와 지현당 문 앞에 가래떡을 철썩 붙였다. 선우의 합격을 기원하는 무엇이든 하고 싶었고, 당장 가진 것이라고는 수연이 먹던 가래떡 뺏은 것밖에 없어서 이 힘이라도 받기를 기원하며 힘껏 붙였던 것이다. 떡을 붙이고 살짝 안을 엿보니 화랑들 가운데 멀리 선우의 모습이 보였다.

"오라버니… 꼭 통을 받아요."

아로는 걱정스럽지만 응원하는 시선으로 선우를 지켜보고 있었다. 그렇게 계속 응원하고 싶었다. 하지만 시험장을 순찰하던 미진부가 멀리서 아로를 보고 '게 누구냐' 소리를 치고, 아로는 얼굴을 가리고 다다다 도망쳤다.


시험이 끝나고 그 자리에서 채점이 시작되었다. 앞에 쌓인 답지를 읽고 있는 위화를, 긴장한 얼굴을 한 화랑들이 지켜봤다. 위화가 답지 하나를 획 날리자 한성이 덥석 받았다.

"아예 통으로 갖다 붙였고."

"백성을 다스리기 어려운 것은 그들이 지혜가 많기 때문이다. 그러니 백성을 물과 같이 만들어야 한다. 물에 물 탄 듯 술에 술 탄 듯…."

위화가 다음 것도 확 구겨 던지자 수호가 울상이 되어 위화를 쳐다봤지만 어림도 없었다. 다음 답안지를 읽던 위화는 반류의 얼굴을 보고 만족스럽지는 않지만 '통'의 자리에 놓았고 반류는 자기 답이 '통'을 받은 것을 확신하며 혼자 작게 웃었다. 위화는 다른 답지들을 확확 던지면서 독설을 퍼부었다.

"똑같고, 똑같고… 말도 안 되고, 뭔 뜻인지도 모르는… 똥 멍청이고…."

위화 공이 던지는 답안지에 따라, 앉아 있는 화랑들 기보, 장현, 신, 설운, 주기, 영신 등의 얼굴이 일그러졌다. 지현당 공중에 날아다니는 종이들을 보며 화랑들은 서로를 돌아보며 울상이 되어갔다.

"니들의 엉망진창인 서체 따윌 확인하자고 아까운 종이를 낭비한 줄 아냐? 니들이 고민한 세상을 보고 싶어서 낸 과제였다. 근데 너희의 세상은 놀라울 만큼 아-무 생각이 없다."

위화가 이번에 펼쳐 든 답지는 백지 한 장과 글자 몇 개가 삐뚤빼뚤 적힌 종이였다.

"그중에서도 이 무념무상한 답의 주인은 어떤 화랑님들이신가?"

선우와 삼맥종이 일어섰다.

"너희는 불통을 각오한 거냐? 아님, 이게 심오한 답인가?"

삼맥종이 나섰다.

"노자 그 노인네라면… 꼭 글로 답하고 할 것 같진 않은데. 무위라는 게 뭘 억지로 하지 말라 그런 거 아닌가요?"

위화는 삼맥종의 대답에 재미있다는 듯 조금 웃다가 선우를 돌아보았다.

"너도 그러냐?"

"내가 아는 글자론 죽었다 깨나도 내 느끼는 걸 다 적을 수가 없고, 그러니까 난 말로 한다고…요."

"그래, 누구부터냐?"

"내가…."

선우가 나서려는데 삼맥종이 먼저 한발 나섰다.

"저부터 하겠습니다."

"좋다. 백지 멍청이."

조금은 호기심 어린 얼굴로 두 화랑을 지켜보는 화랑들과 위화의 시선이 답을 기다리듯 삼맥종에게 집중되었다. 삼맥종이 자신의 답을 말하기 시작했다.

"신국의 법은 골품입니다. 법은 물 수, 갈 거가 모인 글자, 물이 가는 길, 순리라고 할 수 있습니다. 하나, 모든 곳에 물길이 있는 것은 아닙니다. 어떤 땅은 마르고 어떤 땅은 윤택합니다. 흐르고 흘러 자연스럽게 난 길을 따르는 것. 이 안에 조화로움이 있고 거슬리지 않는 무위의 힘이 있고 왕의 법, 왕의 길이 있습니다."

오오, 탄성이 화랑들에게서 쏟아졌다. 그동안 삼맥종을 봐오던 시선 자체가 달라지는 답이 아닌가. 모두 갑자기 삼맥종을 보는 눈길이 달라졌다.

"개소리입니다."

하지만 선우가 나섰다.

"고귀함은 비천함을 뿌리로 하고, 높음은 낮음을 바탕으로 한다. 이 말은… 더 개소리고."

"멍청이 네놈이 도덕경을 개소리라 하는 것이냐?"

위화는 선우의 답이 흥미로우면서도 굳이 딴지를 걸어 보았지만 선우는 아랑곳하지 않고 자신이 쓴 글자 '水'와 '高' 자를 보였다.

"물길은 높은 곳에서 낮은 곳으로 흐르는 건데… 그럼, 원래 낮은 곳에 있는 건 어디서 길을 찾아야 하는 겁니까? 낮음이 높아질 수 있는 길. 위에서 아래로 흐르는 물길만이 아니라, 물길을 퍼 날라서라도 적셔야 할 팍팍하고 막막한 길… 이 책에서는 그런 답을 못 찾겠던데?"

선우는 자신이 쓴 비뚤한 '道' 자를 들어 보였다.

"세상에 처음부터 길이었던 길은 없습니다. 누군가는 먼저 걸어야 길이 되는 거고. 단단한 흙을 두들기고 깨뜨리고 뚫고 나가야 물길도 생기는 겁니다. 마른 땅을 외면하는 게 법이고 그게 왕의 물길이라고 한다면, 그딴 왕은 왕이어선 안 되는 겁니다."

위화는 선우를 진지하게 지켜보고 있었고, 화랑들도 선우를 이전과는 다른 느낌으로 바라보고 있었다. 반류는 긴장한 채 선우를 바라보았다. 삼맥종에게도 선우는 새로운 의미로 다가왔는데, 선우는 다른 이들의 시선은 아는지 모르는지 흔들림 없이 굳건한 표정으로 위화 공을 보고 있었다.


아로가 나물 이파리를 점치듯 떼어내며 '통, 불통, 통, 불통'을 되뇌다가 피주기를 보며 걱정스럽게 물었다.

"통 받았을까?"

"날로 먹는 것도 정도 것이지. 양심이 있으십니까? 글 배운 지 얼마나 됐다고."

"그렇지?"

아로는 낙담하여 고개를 푹 숙이며 다시 나물 이파리 뜯어내기 시작했다.

정양당 마주방이 화상을 입은 후로는 피주기가 화랑들의 식사를 준비해주고 있었다. 그런데 아로가 갑자기 피주기 일을 도와주겠다고 나서더니, 오늘 한 일이라고 나물을 죄다 뜯어놓은 것밖에 없었다. 피주기는 아로가 들고 있던 나물을 확 뺏으며 버럭 소리를 질렀다.

"아, 고만 좀 하세요! 왜 불쌍한 나물을 이 지경으로 만들어놓고!"

그 말에 정신 차리고 둘러보니 사방에 떨어진 나물 이파리들이 처참했다.

"내가 이랬다고?"

"점심 만드는 거 도와준다 할 때부터 내가 알아봤어야 해."

피주기가 구시렁거리면서 아로를 째려보았지만 아로의 정신은 이미 지현당으로 날아가고 있었다.


지현당에서는 위화가 '불통'과 '통'이 적힌 화랑들의 답지를 나눠주고 있었다. 엄밀히 말해서 나눠준다기보다는 던지고 있었다. 답지를 구겨서 공처럼 만들어 기보, 신, 장현의 얼굴을 정조준하여 던졌다.

"불통!"

"베끼기 불통!"

약간의 기대감으로 바라보고 있던 한성은 이마를 싸잡고 뾰로통해졌다. 위화 공이 이번에는 수호와 여울에게 던졌다.

"불통! 불통!"

수호는 어느 정도 예상하고 있었지만 그래도 짜증이 났고, 여울은 얼굴에 맞은 것이 화가 났다. 반류의 답을 펼친 보던 위화가 역시 구기더니 획 던졌다

"통!"

반류는 공을 확 잡아채면서 기분 나쁘게 위화를 노려보았다. 이제

위화 앞에는 두 장의 답지만 남았다. 전부 다 백지인 삼맥종의 것과 삐툴삐툴 몇 개의 글씨가 적힌 선우의 답안지. 위화는 삼맥종의 답지를 들어 보이며 말했다.

"너는 통이다. 네 답이 마음에 들어서 통이 아니라, 네 답이 도덕경에 근거하고 있기 때문이다."

이번에는 선우의 답을 들어 보이며 말했다.

"너는 불통. 네 답이 맘에 들지 않아서가 아니다. 하나, 이 과제는 도덕경을 기반으로 하라 했다. 도덕경이 개소리라는 네 말에 통을 줄 순 없다."

삼맥종은 어느 정도 예상하던 결과였고, 선우는 그저 불통인 것이 막막할 뿐이었다. 위화는 선우와 삼맥종의 답지만 던지지 않고 교탁 위에 놓은 채 화랑들을 둘러보았다.

"정양당 불쏘시개감만 늘었구나. 오늘 강론은 끝났다. 나가라."

화랑들이 일제히 밖으로 나가고 마지막으로 나가려는 선우에게 위화가 말했다.

"앞으로 두 번 남았다."

선우가 돌아섰지만, 위화는 선우를 보지 않고 있었다.

"내가 결과는 같을 거랬지. 두 번 더 헛수고하다 쫓겨나겠구나."

선우는 대꾸 없이 위화를 보다가 밖으로 나갔다. 그리곤 지현당을 나와, 보는 사람이 없는 곳으로 와서는 막막한 얼굴로 한숨을 쉬었다. 이젠 어찌해야 하나, 무엇보다도 아로의 얼굴이 어른거려 고개를 들 수가 없었다.

위화는 시험을 끝내고 선문 연못에 빈 낚싯대를 드리우고 앉아 있었다. 오늘, 그 녀석의 답은 전혀 예상하지 못한 성과였다.

"마른 땅을 외면하는 게 법이고 그게 왕의 물길이라면. 그딴 왕은… 왕이어선 안 된다?"

저절로 웃음이 나왔다. 쌈박질만 잘하는 줄 알았던 녀석의 새로운 발견이라니, 이런 맛에 스승을 하지 않겠는가.

"그 녀석이 왜 불통인 겁니까?"

삼맥종이었다.

"이게 누구야. 조카님 아니신가. 태후를 끌어내리겠다더니. 그건 잘 돼 가고?"

"원래 그놈과 같은 생각 아니셨습니까? 높은 자의 오만함을 싫어하고 백성 입장을 먼저 생각하는."

위화는 자괴감에 씁쓸하게 웃었다. 그걸 바란다고 그게 된다는 보장은 없는 것이 이 세상 아니겠는가.

"어떤 왕이 아래에서 위를 바라볼 수 있겠냐?"

"숨겨진 왕이라면 그럴 수도 있지 않겠습니까."

"넌 얼굴 없는 왕에 대해 기대가 큰 모양이다?"

"풍월주도 그런 거 아니셨습니까? 그래서 섭정도 반대하는 거 아니십니까?"

"내가 왕에 대해 뭘 안다고. 제 몸 하나 건사하지 못하고 숨어 지내기 바빴던 어린애가 돌아와 뭘 할 수 있을까. 그 어리고 모자란 왕은 능구렁이 같은 화백들 틈에서 아무것도 못 할 거다."

삼맥종은 머릿속이 하얘지는 것 같았다. 할 수 있는 말이 없었다.

신국이 이 모양인 것은 태후가 원인이라고 굳게 믿고 있었는데, 위화가 하는 말은 그게 아니었다.

"태후는 더 이상 버틸 명분이 없고, 준비가 안 된 왕은 신국의 화가 되겠지. 그래서 이 화랑을 만든 거야. 어떻게든 신국의 미래를 지키려고. 그럼에도 불구하고 새로운 신국을 꿈꿔보려고 말이다."

그렇게 말하곤 위화는 귀찮다는 듯 늘어지게 하품을 했다.

"태후를 끌어내리고도 신국이 멀쩡할 방법을 찾거든 다시 와. 너 때문에 안 그래도 없던 고기가 더 안 잡히니까."

정양당에서는 불쏘시개로 내려온 지현당의 답지를 놓고 작은 소란이 일어나고 있었다. 불쏘시개로 내려왔으니 불쏘시개로 써야 한다는 마주방과 어떻게 썼는지 보기만 하고 돌려준다는데 뭘 그리 빡빡하게 구냐는 아로 간의 실랑이였다. 답안지를 잡아채 등을 돌려 차단하고 엉덩이로 밀어내던 아로가 갑자기 그 자리에 서서 외쳤다.

"이게 뭐야. 이건 백지인데 왜 통이고, 우리 오라버니는 그래도 몇 자라도 썼는데 왜 불통이야?"

당황한 마주방이 피주기를 바라보았지만, 피주기도 자기는 모르겠다는 듯 고개를 저었다.

"오! 딱 걸렸어. 이게 말로만 듣던 화랑 비리네. 그냥 못 넘어가!"

아로는 답안지를 구겨 쥐고 위화를 찾아 나섰다.

마침 위화는 급한 용무 때문에 뒷간 쪽으로 달려가고 있었는데 아로에게 딱 걸렸다.

"저랑 대화를 좀 나누시죠?"

아로가 심각하게 나서는 것이 문제가 있는 듯하였으나, 위화는 지금은 소피가 너무 급해서 대화를 나눌 여유가 없었다.

"아… 일당백? 일단 내가 가야 돼….'

"진짜 이러실 겁니까? 기득권의 권력남용! 유골 무죄, 무골 유죄! 조카라고 감싸도 너무 감싸셨지 말입니다!"

"그게 무슨… 암튼… 급하니까."

아로가 위화 눈앞에 답지 두 개를 들이밀었다.

"백지는 통이고! 글을 모르는 와중에도 아등바등 애를 쓴 이 정성스러운 답지는 왜 불통인 겁니까?"

"그게… 도덕경 과제를 냈는데 그놈이, 암튼 나중에….'

"이러시면 그냥 못 넘어갑니다."

"뭘… 뭘 어쩔 건데!"

"〈왕경 공자 생태 조사〉 기억하시죠? 풍월주 부탁으로 제가 뒷조사를 어떻게 했는지. 그거 화백들 집에 하나씩 확 뿌릴까 하는데….'

"그러든가, 말든가… 비… 비켜….'

하지만 아로는 만만하지가 않았다. 위화가 아로를 밀치고 가려는데, 아로가 그 팔을 잡았다.

"뭘 모르시네. 이게 단순한 상황이 아닌데. 불법사찰이라고 화랑 엎자고 들고 일어날걸요. 그럼 태후 전하도 엄청 곤란하실 텐데."

결국 위화는 바지춤을 붙잡고 비명을 지르기 시작했다.

"비켜! 제, 제발! 윽….'

위화가 순간 홀가분하고 평온해진 표정이 되더니 어기적거리며 돌아서서 아로를 바라보았다.

"그래, 그래서. 우리 일당백이 원하는 게?"

"다음부턴 그러지 마시라고요. 아셨습니까."

아로가 무섭게 흘겨보고 돌아서는데 위화가 허무해서 웃으며 중얼거렸다.

"겨우… 그거야…? 나 이제 시간 많은데."

하지만 아로는 뒤도 돌아보지 않고 그 길로 수연을 찾아갔다.

"나 은편 스무 개만 빌려줄 수 있어?"

수연은 놀라고 한편으로 의아하여 아로를 바라보았다.

"웬일? 그렇게 나한테 빚지는 게 싫다더니?"

"염치, 수치, 눈치를 감수할 만큼 갚고 싶은 빚이 생겼거든."

축 늘어진 파김치 같아진 아로를 보면서 수연은 제 친구를 이 모양으로 만든 게 누군가 궁금해졌다.

"빚쟁이가 누군데?"

"있어, 재수 없고, 잔인하고, 신경 쓰이는 놈."

"빚쟁이란 대체로 그렇지."

"태어나서 한 번도 뭘 주저해본 적 없는데… 넌 날 자꾸 멈춰 서게 해. 이렇게 말하는 건… 걱정이겠지?"

"은편 스무 개. 그놈이 그래?"

"이건 그놈 아니라 그분이거든!"

아로가 모욕이라도 당한 듯 버럭 화를 내며 수연을 째려보자 수연이 쯧쯧쯧 혀를 찼다.

"이래서 글로 연애를 배운 것들은 안 된다니까. 얘야, 걱정이란 말이다. 소금 장수가 오늘 비 오면 어쩌지? 나막신 장수가 오늘 비 안

오면 어쩌지? 이게 걱정인 거고. 넌 날 자꾸 멈춰 서게 해… 이건, 통상 보통 일반적으로 연심이라 하지 않겠냐."

"연심?"

"그러니까 네 말은… 그놈 때문에 그분이 신경 쓰이게 됐다?"

정곡을 찔린 아로가 감탄하는 눈으로 수연을 바라봤다. 수연은 아로의 표정만으로 사태가 다 파악되는 듯했다.

"부러운 년. 그래, 난 네가 그 안에서 뭔가 해낼 줄 알았다."

그 말에 눈동자가 흔들리며 혼란에 빠져가던 아로가 갑자기 버럭 소리를 질렀다.

"연심 같은 소리 하고 있네. 떡이나 먹어!"


수연을 만나고 돌아온 아로는 이번엔 삼맥종을 찾아갔다. 저 앞에서 걸어오는 아로를 보자 삼맥종은 이게 꿈인가 싶어 발걸음을 멈췄다. 그동안에는 늘 삼맥종이 아로를 찾아가고, 삼맥종이 아로를 기다려왔으니 지금 눈앞에 있는 저건 분명 아로가 아닐 것이다. 그래도 기쁜 마음에 한달음에 달려갔더니, 아로가 불쑥 주머니를 내밀었다.

"그때 빌렸던 은편이오."

삼맥종이 돈을 받지 않고 빤히 보고만 있는데, 아로는 삼맥종의 손에 은편을 쥐여주고, 초승달을 그렸던 손목을 눈앞으로 들이밀었다.

"따뜻한 물에 퉁퉁 불려서 깨끗하게 닦아냈소. 이제 남은 거 없으니까 얽히지 맙시다."

아로가 할 말 끝내고 돌아서 가는데 삼맥종은 아무런 말도 하지 않고 가만히 보고만 서 있었다. 그런데 한참 가던 아로가 갑자기 돌아서서 물었다.

"그데, 왜 나한테 글을 배우려고 했던 거요? 듣자니 백지를 내고도 통을 받는 든든한 뒷배도 있더구만. 그쪽 때문에 내가 신경을 못 써서 우리 오라비가 불통을 받았단 말이오! 내가 마지막까지 힘을 줬어야 하는 건데. 그쪽 때문에 다 망했다고!"

그 말에 삼맥종이 피식 웃었다.

"그러니까… 내가 신경 쓰여서 오라비를 신경 못 썼다는 거냐? 그동안 들은 말 중 제일 기분 좋은 말이네."

"누가… 그렇댔소?"

"하긴 아무것도 아닐 리가 없지. 나랑 그런 일이 있고. 아무 일도 아닐 수가 없지."

아로는 어이가 없고 화가 나서 삼맥종을 한심하게 바라보다가 가르쳐줘야겠다 싶은 생각에 입을 열었다.

"입 맞춘 것 때문이 아니오!"

무슨 소리인가 싶어 삼맥종이 보는데 망설이던 아로가 삼맥종의 얼굴을 똑바로 바라보았다.

"안쓰러웠소. 세상에서 제일… 마음 둘 곳 없는 외로운 사람인 것 같아서. 나도 그랬으니까. 외로워 봤으니까. 그래서 마음이 쓰였던 것뿐이라고. 이젠 뭐 그럴 일도 없겠지만."

아로가 다시 돌아서는데 삼맥종이 불쑥 물었다.

"내가 어떻게 하면 되는데? 내가 어떻게 하면 날 봐줄래?"

그 말에 아로가 멈춰서 돌아봤다. 삼맥종은 그동안 빈정대고 비웃고 피식거리던 그 얼굴이 아니라 진심을 담은 얼굴을 하고 말하고 있었다.

"너를 보면… 내가 더 아무것도 아닌 것 같아서 미치겠는데."

"무슨 소리를 하는 거요?"

"내가 누군지, 내가 뭘 해야 하는지… 다 잊어버리고. 네 생각만 한다고… 내가."

갑작스런 고백에 아로는 당황스러워 아무 말도 할 수가 없었다. 그리고 아로와 삼맥종은 미처 보지 못했지만, 그런 그들에게 다가가지도 못하고 막지도 못하여 혼란스러운 얼굴로 멀리 떨어져서 보고 있는 사람, 선우가 있었다.


삼맥종을 두고 그 자리를 떠나온 아로는 삼맥종의 진심 어린 눈빛이 떠올라 혼란스러웠다.

"변태 공이 진짜 날 좋아하나… 하긴 변태 공 정도면 괜찮지. 풍월주 조카에, 입성을 보니 없는 집 자식 같진 않고, 서역 유학생이면 아는 것도 많겠고. 인물도… 냉정하게 뜯어 봐도. 괜… 찮지."

그러다가 저만치에서 다가오는 선우를 보자 고민 많던 얼굴이 저절로 흐으 헤벌쭉 벌어지더니 웃음이 새어 나왔다. 아로는 머리를 흔들며 삼맥종 생각을 싹 다 지워버렸다.

"오늘 같은 날. 미쳤네. 내가 생각할 것이 따로 있지."

"오늘이 무슨 날인데?"

가까이 온 선우가 아로를 빤히 보며 물었는데 이것저것 망설이던 아로는 대답 대신 씩 웃기만 했다.

"조심히 가라. 넓은 길로만 가고. 피주기랑 꼭 같이 가고."

"지금 내 걱정할 때야? 불통이라며."

"응?"

"그러니까 실망하지 말라고요. 그런 문제를 내는 풍월주가 이상한 거지… 오라버니 잘못 아니니까. 그리고 내가 볼 땐… 오라버니가 꽤 잘한 것 같으니까."

"알았으니까 가."

선우가 씩 웃으면서 다가와 아로의 머리를 흩트렸다. 그렇지만 역시 그 태도는 어색했다. 막가는 오라버니와 강인한 누이 행세를 하기에는 그들 뒤로 너무나 아름다운 노을이 펼쳐져 있었다.

"어머니 기일이에요."

선우가 멈춰서 아로를 바라봤다.

"오늘. 오늘이 어머니 기일이라구요. 걱정 마요. 늘 혼자 잘 지냈으니까. 오라비 만난 걸 알면… 좋아하실 거야. 오라버닌 여기 있어야 하니까. 내가 잘할게요."

아로는 활짝 웃어 보이는데 선우는 당혹스러운 표정으로 말문이 막힌 채 아로만 바라보고 있었다.


화랑들의 저녁 식사 시간. 방 동료들과 탁자에 앉아 있는 화랑들이 저녁을 먹고 있었다. 불편한 기색이 역력한 상선방 화랑들은 각자 다른 생각에 빠져 밥은 먹는 둥 마는 둥 하는데 앞으로야 어찌 되든 밥은 즐겁게 먹어야 하지 않겠냐는 것이 평소 지론인 여울만 음울한 분위기를 깨보려고 노력하고 있었다. 여울은 아로가 잘게 조각 낸 나물 이파리를 젓가락으로 건져 올리며 누구한테랄 것도 없이 물었다.

"이거 정체가 나물인가?"

상선방 화랑 중에서는 아무도 대답해주지 않는데, 옆에 있던 한성이 얼른 집어먹으면서 대답했다.

"맛있는데. 뭔가 손맛이 느껴져."

여울은 의외의 등장인물을 황당해하며 쳐다봤다.

"넌 여기 왜 있냐?"

"여기가 편해. 짝도 맞잖아. 여섯."

여울이 쯧쯧 고개를 젓는데, 한성은 천진난만하게 웃어 보였다. 어두운 얼굴로 밥을 먹는 둥 마는 둥 하는 선우를 보고 반류가 한마디 거들었다.

"넌 여기서 못 버틴다고 했지. 벌써 불통을 하나 달았으니 같이 겸상할 날도 얼마 안 남은 거 같은데….."

선우는 무슨 생각을 하는지 반류의 목소리 자체가 안 들리는 듯했고, 반류에게 짜증 난 여울이 나섰다.

"통 받은 게 그렇게 자랑인가? 난 개새랑 답변이 통 중의 통인 거 같은데."

"뭐?"

"다들 그렇게 생각하잖아. 아니야?"

반류는 기분 상해서 여울을 노려보고, 한성은 크게 고개를 끄덕끄덕 하는데 선우만 혼자 골똘하니 딴생각 중이었다. 보다 못한 한성이 선우의 팔을 잡아 흔들었다.

"무슨 생각해?"

그제야 여기 사람들이 있다는 것을 깨달았다는 듯, 선우는 사람들에게 물었다.

"기일이라는 거… 그게 그렇게 중요한 건가?"

"누구 기일인데?"

"…어머니라던데."

거기 있는 화랑들 전부 다 하다못해 반류까지 깜짝 놀라서 선우를 바라봤다. 한성이 무심하게 툭 한마디 했다.

"그럼 집에 가야 하는 거 아니야? 과제도 끝났는데."

상선방 화랑들이 이번엔 일제히 한성을 바라봤다. 아닌 게 아니라 어머니 기일이라는데, 집에 가봐야 하지 않겠나?

잠자리에 누운 상선방 화랑들은 하나같이 뒤척이며 잠을 이루지 못하고 있었다. 수호가 참지 못하고 벌떡 일어나 앉았다.

"감옥이 따로 없네! 과제도 끝난 이 마당에… 내가 왜 너희랑 동침해야 하는데!"

"그럼 나가든가."

여울이 우아하게 일어서며 말했다. 수호가 설마 싶어 쳐다보는데, 여울이 요염하게 웃으며 수호를 바라봤다.

"감옥 같다며? 그럼 나가야지. 개새도 어머니 기일인데."

그러자 반류가 일어나더니 빽 소리를 질렀다.

"경고하는데 쓸데없는 짓 하지 마. 나까지 피곤하게 하지 말고."

수호는 반류의 말을 무시하며 여울에게 다가갔다.

"무슨 계획인데? 네가 말도 안 되는 일을 벌일 친구는 아니잖아."

"살짝 손을 써뒀지."

손짓하는 여울 옆으로 간 수호가 바짝 붙어 앉아 귀를 기울였다.

"저녁 물리고, 위화 공과 미진부에게 다녀왔다, 이거야."

"가서 뭐?"

"선문 들어올 적에 어머님께서 챙겨주신 것입니다. 서역에서 건너온 귀한 약주이니 풍월주와 부제께 올리라 하셨습니다… 그렇게."

"약주?"

"약주가 아니라 끝장주지. 워낙 독해서 한 잔만 먹어도 온몸에 힘이 풀리고, 두 잔을 먹으면 부모형제도 몰라본다는 끝장주. 아마 지금쯤 위화 공과 미진부는 완전 곯아 떨어져 있을 거다."

"그러니까 선문이 지금 무방비 상태란 말이지?"

여울이 씨익 웃으며 고개를 까딱했다.

"갈 사람은 가고 남을 사람은 남아. 근데 나가는 게 좋을걸. 어차피 책임은 같이 질 테니까."

"이 미친 짓이 말이 된다고 생각하냐?"

"맘에 안 들면 이르든가. 이미 우린 밖에 나간 뒤겠지만."

말리려는 반류를 수호가 약 올리는 사이, 여울은 삼맥종에게 어쩔 거냐고 물었다. 삼맥종은 피식 웃으며 일어서는 것으로 대답을 대신했고, 선우도 일어섰다. 여울은 그들의 모습이 괜히 뿌듯하고 기분이 좋아서 환하게 웃어 보였다.

그렇게 기분 좋게 나섰던 상선방 화랑들이었지만, 얼마 가지도 못하고 담장 그림자에 숨어 벽에 딱 붙어 있어야 할 신세가 되었다. 진묵이 예리한 눈으로 선문 일각을 순찰하고 있었던 것이다. 수호가 소리를 낮춘 채 속삭였다.

"뭐야? 진묵 화주*한테는 끝장주가 안 통한 거야?"

"안 통했나? 분명히 한 병 줬는데. 냄새만 맡아도 안 마실 수가 없는 술인데….'"

진묵이 화랑들의 기척을 느낀 듯 다가오기 시작했다. 들키기 일보 직전, 화랑들은 긴장했지만 몸을 피할 곳도 없었다. 거의 다 들킨 듯한 상황에 수호가 한탄을 했다.

"끝장주가 아니라… 우리가 끝장나게 생겼네."

내내 자신만만하던 여울까지 긴장해서 보는데, 진묵이 이쪽으로 오다가 다시 뒤쪽으로 가는가 싶더니 제자리에서 헛걸음질을 하고 있었다. 가만히 살펴보니 눈을 뜬 채 몽유병처럼 제자리걸음을 하고 있었던 것이다. 오른쪽으로 몸을 트는가 싶더니 앞에 있는 벽에 머리를 박은 채 계속 다리로는 걷고 있는 진묵이었다. 상선방 화랑들은 그제야 한숨을 내쉬었다.

"뭐야? 술버릇이야?"

"내가 뭐랬나. 끝장주… 라니까!"

달빛 아래 대범하게 담을 넘는 선우, 삼맥종, 수호, 여울. 무사히 담을 넘은 이들은 다시 여기 모여서 함께 들어가기로 약속하고 각자

---

* 화랑 집단을 주관하던 직책

뿔뿔이 흩어지기 시작했다. 그리고 그들이 사라지자 절대 안 나갈 것 같았던 반류가 나타나 힘차게 담을 뛰어내려 어둠 속으로 사라졌다.

화랑들과 헤어져 홀로 걷는 삼맥종이 휘파람을 불자 파오가 어둠 속에서 모습을 드러내고 다가왔다.

"진짜 간 떨어질 뻔했습니다. 이젠 밤에 싸돌아다니기까지 하시는 겁니까? 제발 저런 애들이랑 놀지 마십시오. 아무리 그래도 폐하가 급이 있으신데…."

"잔말 말고 앞장이나 서."

"이 밤에 어딜 가시려고?"

삼맥종이 진지하고 심각하게 대답했다.

"집."

삼맥종이 향한 곳은 월성. 어두운 정전 안으로 들어온 지소는 천천히 걸어 왕좌에 앉아 있는 삼맥종 앞에 섰다.

"뭐하는 짓이냐?"

마뜩잖아하는 지소를 보며 삼맥종은 피식 웃었다.

"잠시 제 자리에 앉았을 뿐입니다."

따로 약속한 건 아니지만 삼맥종은 월성에 들 때마다 지소가 발견할 수 있는 곳에 들꽃을 두었다. 그러면 그것을 발견한 지소는 주위를 다 물리고 혼자 정전으로 오는 것. 그렇게라도 궁에 들어와 어미를 보고자 하는 아들의 마음을 풀어줘야겠다 생각했기 때문이었다. 그런데 이제 왕좌에 앉아 있기까지 하다니, 지소는 철없는 아들이 한심했다.

"그 자리를 지킬 힘이 지금 너에게 있다고 생각하니?"

"아니오. 어머님 말씀대로 전 아직 너무 작고 나약합니다."

지소는 삼맥종을 새삼스럽게 바라봤다. 여느 때와 달리 진지한 표정의 아들이었다.

"그것을 깨달았다니 다행이구나. 그럼 화랑에서 당장 나와. 네가 화랑을 나와서 조용히 기다리면… 그 뒤는 내가 알아서 하마."

"제가 기다리고 있으면 점점 더 강해지는 건 어머니시죠."

삼맥종이 왕좌에서 일어나 지소에게 다가갔다.

"어린애가 처음부터 걸을 수는 없습니다. 한 발, 한 발 다리에 힘이 붙고 넘어져 봐야 드디어 걷게 되는 거지. 저도 걸어봐야 왕의 길을 갈 수 있지 않겠습니까. 화랑에서 강해지겠습니다, 어머니."

지소는 '아들이 왕이 될 준비가 되어가고 있는 것이 아닐까' 생각하였다. 삼맥종이 어미 치마폭에 매달려 울던 아이로 보이지 않은 것은 처음이었다. 그리고 지소는 생각했다. 왕이 될 준비가 되어간다면 더더욱 어미가 만들어 줘야 할 것이 많아진다고.

안지와 아로는 자이를 위한 향을 피우고 있었다. 자신이 지소의 희생양이 된 것도 모르고 죽어갔던 가엾은 사람, 그렇지만 자이는 행복하게 살았고 함께 한 사람들도 행복하게 해주었던 사람이었다.

자이를 향한 축문이 하늘로 날아가는 것을 보고 있던 아로가 못내 아쉬워서 말했다.

"그렇게 찾던 오라버니를 만났는데, 또 우리뿐이네요, 아버지."

안지는 딸에게 말할 수 없는 이야기를 숨긴 터라 아로의 말에 착잡해하며 고개를 끄덕였다.

"그래도 오라버니를 찾았으니까. 어머니한테 더 이상 미안한 마음은 먹지 말아요, 아버지."

"그래. 그러자꾸나."

"아! 근데 궁금한 게 있는데요."

"응?"

"오라버니한테 무슨 일이 있었던 거예요? 오라버니 처음 이 집에 왔을 때, 거의 죽다 살아났잖아요. 엄청 큰 변을 당한 게 분명한데 오라버니한테는 묻기가 좀 그래서…."

"글쎄, 그게…."

안지가 적당히 둘러댈 말을 찾다가 고개를 돌리니 선우가 사립문 앞에 서 있었다. 아로는 반가워 눈물이 날 것 같았지만 이내 환하게 웃으며 선우를 환영했고 안지도 고개를 끄덕이며 선우를 맞았다.

선우는 안지가 가르쳐 주는 대로 손을 모은 채 향을 들어 제를 올리고 어머니에 대한 축문을 써서 불태워 하늘로 날렸다. 그런 선우를 보며 아로는 오라버니가 이제 진짜 식구가 됐구나 싶어서 조금은 감격스러운 마음으로 선우의 모습을 지켜봤다.

그렇게 처음으로 참여한 어머니를 위한 제를 끝내고 선우가 선문으로 돌아가기 위해 일어서자 아로가 배웅하겠다고 따라나섰다.

"이제 그만 들어가."

"응, 요기 앞에 조금만 더 가서."

주거니 받거니 하면서 둘은 밤거리를 천천히 같이 걷고 있었다. 선우를 보는 것만으로 가슴이 벅찬 아로는 빙글빙글 웃으며 선우를 보고 또 보았다.

"근데 어떻게 나왔어요?"

"담 넘어서."

아로는 곧이곧대로 대답하는 선우를 보며 어이없어하면서도 웃었다. 아무래도 너무 좋아서 가슴속에 웃음이 너무 많이 쌓여서 흘러넘치고 있는 것 같았다.

"뭐야. 불통 하나 받았다고 막 나가기로 한 건가?"

"막 안 나가. 들키기 전에 얼른 돌아갈 거야."

"금방 들어갈 거면, 굳이 왜… 나왔대?"

"기일이라며. 네가 그랬잖아."

"생일이야. 어머니 생일."

선우가 놀라서 보는데, 아로는 별일 아니라는 듯 싱긋 웃었다.

"어머니 기일은 몰라요. 언제 돌아가셨는지를 몰라서."

아로는 또 웃고 부러 더 씩씩하게 말했다.

"오라버니 있으니까 든직해서 좋다. 그러니까 나중에 혼이 나든 어쩌든… 지금은 그딴 거 생각 안 할래. 그냥 지금은 오라버니가 옆에 있어서 좋으니까."

아로가 앞서가며 환하게 웃었다. 선우도 그런 아로를 보며 모처럼 밝게 같이 웃어주었다. 아로가 눈을 감고 바람을 느끼며 말했다.

"아… 어머니 냄새 그립다. 이런 날엔 어머니가 머리를 만져 주시곤 했는데. 바람 소리랑 산새 소리가 내 자장가였고…."

"왜 어머니 자장가는 별로였어?"

아로가 갑자기 그 자리에 멈춰 서서 아주 낯선 사람을 보듯 가만히 선우를 바라보았다. 선우는 먼저 앞서가다가 아로를 돌아보았다. 아로의 표정이 무엇을 말하는지 몰라 의아해하는데 한참 망설이던 아로가 입을 열었다.

"오라버니… 어머니는 자장가를 불러 줄 수 없었어. 말 못하는 병어리였으니까."

선우는 당혹스러운 마음에 아무 말도 못 한 채 아로를 보고 있었다. 아로 역시 마땅히 할 말이 생각나지 않아 선우를 빤히 보는데, 두 사람 사이로 어색한 공기만 흘렀다. 선우는 뭐라고 말을 해야만 할 것 같아 입을 열었다.

"난…."

그때 아로가 피식 웃어버렸다.

"오라버니 다 잊어버렸구나…? 하긴 나도 너무 어릴 때라 기억이 잘 안 나. 아버지가 그랬다니까… 그랬나보다 하는 거지."

아로는 아무 일도 아니라는 듯 일부러 발걸음도 가볍게 앞서가면서 돌아보았다.

"뭐하나, 선우랑. 걸리기 전에 빨리 선문에 들어가야 하는 거 아닌가? 벌써 불통도 하나 받았으면서."

아로는 아무 일 없다는 듯이 마음을 숨긴 채 앞서가면서, 괜히 눈물이 날 것만 같았다.


선문 담을 넘은 수호와 여울은 뭇 여인들의 시선을 한 몸에 받으며 야시장이 펼쳐진 왕경 거리를 걷고 있었다. 특히 수호를 보는 여인들의 시선과 수군거림은 아예 노골적인데 수호의 반응은 영 뜨악했다.

"그렇게 선문 바깥 공기를 그리워하더니 여인들을 본 반응은 어째 그래?"

수호는 여인들을 하나하나 뜯어보고 결론을 내렸다.

"하나같이 설익고, 기품 없는 꽃이야."

수호는 지소를 생각하고 있었다. 탄신연 행차에서도 지소를 보았지만, 그때는 몰랐었다. 선문에서 베일에 가려진 지소의 얼굴을 보게 되면서 수호는 그 전과는 다른 수호가 되었다. 지소의 베일이 수호의 얼굴에 길게 스치던 순간을 생각하며 아쉬운 꿈에서 깨어난 듯, 눈을 감았다 뜬 수호가 발걸음을 옮겼다.

멍하니 걷는 수호를 바라보는 시선들, 그리고 그중엔 수연도 있었다. 선문 안에서 자고 있어야 할 오라비가 여인네들의 시선을 즐기며 왕경 거리를 활보하고 있는 모습이라니, 어이가 없었다.

"아주 미쳤구나? 이 시간에 선문을 나와서 싸돌아다녀!"

수연은 모른 척 돌아서려다가 퍼뜩 그간의 설움을 갚아줄 날이 바로 오늘이구나 생각하게 되었다. 제대로 갚아줄 생각을 하니 눈이 반짝반짝 빛나기 시작했다.

회심의 미소를 지으며 수호를 쫓아가던 수연은 인파 속에서 수호를 놓쳤나 싶었는데, 이내 다시 화랑복을 찾고 성큼성큼 다가가 수호의 엉덩이를 꼬집듯이 꽉 움켜쥐었다.

"어떠셔, 기분이! 매일 내 목을 조르더니… 꼴 좋…."

신나서 놀리는데 천천히 돌아보는 화랑복의 주인은 수호가 아니었다. 수연이 엉덩이를 움켜쥔 건, 당혹스러운 표정을 감추지 못하는 반류였다. 수연은 눈앞이 하얘지면서 자기도 모르게 비명을 질렀다. 수연의 비명에 놀란 반류는 더 황당하고 얼떨떨해져서 아무 소리도 못 내고 있는데 행인들의 시선이 둘에게 집중되었다. 멀리 있던 여울도 그들을 발견했다.

"저거 네 누이 아닌가?"

"뭐?"

수연은 사람들 시선이 집중되자, 위기를 모면하고자 외려 피해자인 척 수치스러운 듯 양팔로 가슴을 가리며 소리쳤다.

"대체 나한테 왜 이러시오."

"뭐?"

반류는 멍한 채 사태 파악이 안 되어 보는데 사람들이 웅성웅성 몰려들고 행인들은 속닥이기 시작했다.

"반류랑이 아가씨를 추행한 거야?"

"아무리 그래도 화랑이 저러면 쓰나. 대놓고 만진 거잖아."

갑작스레 쏟아지는 시선과 비난에 당황한 반류는 더 할 말을 찾지 못하고 버벅대고 있었다. 이때 수호와 여울이 인파를 뚫고 나타났고, 수연은 그 모습을 보고 대차게 반류의 따귀를 때렸다. 반류는 한 손으론 뺨을 다른 손으론 엉덩이를 붙들고 더 말문 막힌 얼굴로 수연을 보고 있는데 수호가 욱한 심정으로 반류의 멱살을 잡고 덤볐다.

"반류 너…! 내 동생한테 무슨 짓을 한 거야?"

반류는 수호 등 뒤에서 싹싹 빌고 있는 수연을 보면서 황당하면서도, 수연이 비는 통에 이러지도 저러지도 못하게 되어버렸다.

"너, 내 동생인 줄 알고 일부러 그런 거지?"

수호가 버럭 대면서 반류에게 죽일 듯 덤비자 여울과 수연이 말려 보려고 했는데 그러면 그럴수록 수호는 분기충천하여 펄펄 뛰고 있었다.

"오라버니… 사실은….."

"말 안 해도 돼! 내가 다 알아서 할 테니까 넌 가만히 있어! 오늘 내가 너 죽이고 만다."

이쯤 되면 반류가 뭐라 할 만한데 그냥 당해주기만 하는 것이 이러다 진짜 죽지 싶은 순간 수연이 수호의 머리를 각목으로 후려쳤다. 수호는 그대로 기절하여 땅으로 곤두박질쳤고, 반류와 여울이 놀라서 수연을 바라보았다. 수연은 반류에게 다가가 자기가 때린 뺨을 만지며 괜찮은지 확인하는데 반류는 혼이 빠진 듯한 얼굴로 수연만 보고 있었다.

삼맥종은 벌써 선문 담장 밑에 도착해 있었다. 같이 기다리고 있던 파오는 답답하고 괘씸해서 길을 내다보며 구시렁거리고 있었다.

"인시*에 들어가야 한다고 약조를 해놓고 안 나타나는 거 보십시오. 상종 안 하는 게 나은 자들입니다. 그 망나니들과 같은 급으로 취급받으며 동방에서 생활하실 생각만 하면… 제가 잠이 다 안 옵니다."

파오의 설레발에 피식 웃은 삼맥종이 갑자기 진지한 표정이 되더

---

* 새벽 3시~5시

니 물었다.

"내 급은 뭔데?"

"예?"

"너도 알잖아. 나 아직 아무것도 아니라는 거."

"아무것도 아니라니… 어찌 그런 말씀을 하십니까. 폐하는 이 신국의 주인이십니다. 제가 알고, 하늘이 알고 또 폐하가 아시잖습니까."

파오는 마음이 아프고 속상해서 눈물이 날 것 같았다. 그렇다고 사내가 눈물을 흘리고 있을 수도 없어서 주먹으로 눈두덩이를 꾹 찍어내고 말았다. 파오의 마음을 아는 삼맥종은 파오의 마음을 살려주려는 듯 일부러 수선을 떨었다.

"그렇지? 생각해보니까 이것들이 날 막 대한 게 한두 번이 아니야. 얘들 이름 적어놨다가, 나중에 싹 다 거열형… 아니, 솥에 넣고 삶는 거 뭐지?"

"팽형 말씀이십니까?"

"그래, 그거! 그걸로 엄벌에 처해! 알았냐?"

"군관 파오. 폐하의 분부 받들겠습니다!"

삼맥종은 픽 웃다가 멀리서 다가오는 그림자를 발견했고, 인기척에 파오는 벌써 그림자 속으로 사라져버렸다. 어둠 속에서 터벅터벅 걸어오는 것은 선우였다.

"왜 이제 오냐? 내가 여기서 얼마나 기다린 줄 알아? 내가 누굴 막 기다리고 그럴 사람이 아니거든!"

선우는 본 척 만 척 멀찍이 떨어져 섰는데, 선우의 표정을 살핀 삼맥종은 이상한 느낌을 받았다.

"뭐야… 어머니 기일에 갔다 왔으면 것보단 나은 얼굴이어야 하는 거 아닌가?"

"어린 시절 어머니에 대한 기억… 아예 잊어버릴 수도 있을까? 이를테면 어머니가 말 못하는 벙어리였는지 아니었는지 같은 거."

"부럽네. 난 아무리 잊고 싶어도 안 잊히는 게 어머니에 대한 기억이던데… 그렇게 엄청난 걸 잊어버린 바보가 누군데."

"…나."

삼맥종은 뭐라고 섣불리 말을 꺼내지 못하고 바라만 보고 있는데 선우는 선우대로 머릿속이 복잡해 할 수 있는 말이 없었다.

"다들 와 있었네?"

돌아보니, 반류가 수호를 업고 여울은 그 옆에서 유유자적 부채질을 하며 다가오고 있었다. 반류가 수호를 업은 황당한 광경에 할 말을 잃은 선우와 삼맥종을 보고, 여울은 한 팔에 하나씩 어깨동무를 하며 말했다.

"이상한 그림인 건 알겠는데, 일단 들어가서 얘기하는 걸로."

반류는 낑낑 수호를 업고 가다가 문득 상선방 화랑 넷이 자기를 뒤에 두고 앞서가고 있는 것에 기가 막혔다.

"왜 내가 얠 계속 업어야 하는 건데! 여울!"

기절한 수호를 끈에 매달아 담장 안으로 던져놓은 화랑들은 여울, 수호, 삼맥종, 선우의 순서대로 담을 뛰어넘어 들어갔다.

하지만 선문 안 담장 앞에는 장승처럼 버티고 서 있는 진묵이 있었다. 여울이 가장 먼저 담을 넘어 고개를 들어보니 진묵의 무표정한 얼굴이 보였다. 여울이 어색하고 무안해서 웃는데 진묵은 조용히 하라는 듯 쉿, 입을 가렸다. 이어 뛰어들어온 이들도 진묵을 보고 아연실색하고 그제야 진묵은 죽도로 순식간에 화랑들의 어깨와 등을 내리쳐 제압했다.

다음 날 아침, 상선방 화랑들은 진묵의 지휘 아래 위화를 가마에 태우고 예전보다 더 지치고 힘든 표정으로 또다시 산을 오르고 있었다. 위화는 숙취로 괴로우면서도 잔뜩 위엄을 부리며 소리쳤다.

"이제 겨우 열다섯 번 왔다. 이렇게 느려서야 언제 백 번을 채우겠느냐."

상선방 화랑들은 가마 밑에서 죽어나고 있는데 위화 공은 훈시를 계속했다.

"언젠 서로 보기만 해도 잡아죽일 것처럼 굴더니. 좀 친해졌다 이거냐? 이런 괘씸발랄한 십장생들. 우웩… 우측 하단 올려. 멀미난다."

상선 오인방은 가마 위에서 멀미하듯 토할 것 같은 위화를 보며 불안하고 끔찍해서 올려다보았다. 다행히 토하지는 않고 우엑 올린 것을 도로 꿀꺽 삼켰는데 그 광경이 더 끔찍해서 외려 이쪽에서 토할 것 같았다. 반류가 여울을 째려보며 한마디 했다.

"끝장주라며?"

"끝장주 맞잖아. 우리가 끝장나서 그렇지."

그 와중에 뻐근한 목을 이리저리 움직이던 수호가 멍한 표정으로 물었다.

"저기… 어젯밤 나한테 무슨 일이 있었는지 말해줄 사람?"

한성, 기보, 신, 장현은 멀리 그늘에 앉아 상선방 화랑들의 모습을 지켜보고 있었다. 상선방 화랑들이 나란히 벌을 받으니 반류파와 수호파 화랑은 나란히 구경하게 된 것이었다.

"설마 진짜 백 번 다 채우는 건 아니겠지?"

"내 계산에 따르면, 이대로 스무 번만 더 오르면 다리가 맛이 가고, 백번 오르면… 죽어."

문득 한성이 정말 궁금하다는 듯 물었다.

"근데 반류랑은 수호랑 누이한테 왜 그런 걸까?"

"반류가 뭘 했는데?"

"만졌대. 수호랑 누이 가슴."

그러자 다른 화랑들은 순식간에 말문을 잃고 가마 쪽을 돌아봤다.

"돌았구나."

"미친…."


화랑들은 위화의 가마를 메고 가까스로 정상에 올랐는데, 화랑들이 지친 것은 물론이고 위화도 지쳐서 더 이상 못 참고 토할 것 같았다. 화랑들이 '안 돼' 소리를 질러보았지만, 기어이 위화는 우웩 토해냈고, 상선방 화랑들은 어깨와 등줄기에 뜨거운 무언가를 느끼며 망연자실해 있었다. 그 광경을 멀리서 지켜보던 다른 화랑도 끔찍하다는 듯 얼굴을 가리며 같이 인상을 쓰는데 위화만 시원하다는 듯 편안한 표정으로 입을 닦았다.

결국, 상선방 화랑들은 우르르 목욕장에 들어가 위화가 토한 흔적을 지우려고 진저리치며 몸을 씻었다. 굳이 냄새를 맡아가며 기겁을 하고 수선을 떠는 화랑들 사이에서 수호만 아픈 머리를 만지며 골똘히 생각에 잠겨 있었다.

"이상해… 어제 일이 기억이 안 나. 왜지? 분명히 뭔가 기분 나쁜 일이 있었던 것 같은데."

여울이 대답 대신 반류를 눈치 주듯 보았지만, 반류는 입을 꾹 다물고 밖으로 나가버렸다.

깨끗이 씻어내고 새 옷으로 갈아입은 선우와 삼맥종이 목욕장에서 나왔는데 앞서가던 선우의 팔에서 뭔가 툭 떨어졌다. 왕의 표식이었다. 삼맥종이 그 표식을 주워 잠시 들고 있다가 선우에게 손을 내밀었다. 선우가 받으려 하자, 삼맥종이 주기 싫은 듯 다시 그러쥐고 선우를 쳐다보았다.

"특이한 문양인데… 무슨 의미라도 있는 건가."

"알 필요 없어. 내 것도 아니니까."

"그럼 나 주면 되겠네."

"뭐?"

"이런 물건 모으는 게 취미라. 팔아. 값은 얼마든 쳐서 줄 테니까."

"팔 물건이 아니야. 갚아 줄 물건이지."

"아쉽네. 딱 내 취향인데."

삼맥종이 마지못해 팔찌를 건네자 선우는 확 뺏듯이 받아 다시 제 팔목에 찼다. 삼맥종은 제 팔찌를 제 팔찌라 말하지 못하는 제 신세가 허탈하고 허무해 헛헛한 웃음을 웃고 있었다.

빨래터에서 빨래를 산더미처럼 쌓아놓고 아로는 멍하니 앉아 있었다. 빨래할 생각이기는 하였는데, 빨래를 할 수 없을 정도로 멍한 상태였다. 그때 아로의 뒤로 와서는 사람이 물 위에 비쳤다. 선우였다.

"여기서 뭐 해?"

"빨래가 밀려서."

선우는 어느새 아로 옆에 앉아 아로의 빨래를 빨고 있었다. 그런 선우 옆에서 그 모습을 훔쳐보던 아로의 눈빛이 복잡해지고 있었다.

"뭘 봐?"

얼른 시선을 피했던 아로는 이게 아니다 싶은지 다시 선우를 빤히 쳐다보며 대답했다.

"보면. 뭐?"

이번에는 선우가 시선을 피하고 빨래만 집중하는데 아로는 당차게 말했다.

"누이가 오라버니 얼굴 좀 봤는데… 뭐. 안 되나?"

아로는 빨래만 하는 선우를 보다가 다시 말했다.

"어린 애가 길을 잃으면… 자기 이름도 잊어버린대. 그러니까 어머니가 말 못 하는 거 정도. 잊어버릴 수도 있는 거라고."

선우가 아로를 빤히 바라보았다.

"그냥 그렇다고."

할 말이 없는 선우는 가만히 보고 있다가 갑자기 갖고 있던 빨래로 물을 내리쳤다. 확 사방으로 물 폭탄이 튀고 아로가 오롯이 뒤집어쓰고 말았다. 아로가 퉤 물을 뱉어내며 선우를 확 째려보는데, 선우가 한 번 더 빨래로 물을 내리쳤다. 참지 못한 아로가 첨벙첨벙 들어가 선우에게 물을 끼얹었고, 두 사람은 어느덧 서로를 향해 웃고 물장난을 치고 있었다. 선우는 수호가 가르쳐준 대로 아로의 머리를 흩트렸다.

"가라. 낯선 사람 조심하고. 꼭 사람 많은 큰길로 가고."

꼭 오라비처럼 충고하고 돌아서는 선우의 뒷모습을 아로는 혼란스럽고 애틋한 마음으로 먹먹하게 바라보고 있었다.

아로가 보이지 않는 곳까지 한 번도 돌아보지 않고 걸어왔던 선우는 더 이상 아로가 보이지 않을 곳까지 와서 멈춰 섰다. 어떻게 해볼 수도 없고 돌이킬 수도 없는 일로 여기까지 오게 된 것이 쓰리고 아팠다. 선우는 입술을 깨물며 눈을 감아버렸다.


아로가 터벅터벅 선문을 걸어 나오는데, 머리로 얼굴을 감싸고 가린 수연이 한쪽에 숨어 있다가 튀어나왔다. 아로가 놀라서 뒤로 물러났다.

"누구…?"

"나."

수연이 가렸던 머리를 치워 얼굴을 보여주고는 다시 가렸다.

"안에 살인사건… 그런 거 안 났지?"

"뭐래?"

"우리 오라비가 반류랑 아직 안 죽였냐고."

"아직은."

"내가 피주기한테 서찰 써 줬는데….'

"피주기한테 서찰은 왜?"

"아니, 반류랑한테 전해달라고 피주기에게 줬다는 거지."

"으응."

"줬을까?"

"줬겠지."

수연은 잠시 멈춰 영혼 없는 대답을 하는 아로를 쳐다봤다. 정신
차려 자세히 보니 대답이 문제가 아니라, 영혼이 아예 없어 보였다.

"친구? 너 뭐냐?"

아로가 착잡한 얼굴로 수연을 돌아보았다.

"친구야. 술 한잔할래?"


아로와 수연은 양조장 한쪽에 앉아 작은 술동이 하나씩을 들고 마
시고 있었다.

"우리가 안 지 몇 년 됐지?"

"한 십 년? 내가 지나치게 잘생긴 오라버니 때문에 동네 애들한테
왕따 당할 때 네가 나랑 놀아줬잖아."

"어머니도 없는 반쪽이라고 놀림받을 때… 네가 나랑 놀아줬잖아."

수연이 아로의 항아리에 제 항아리를 대고 부딪쳤다.

"짠!"

"나 오라버니가 좋다."

"나도 너희 오라버니가 좋아. 부러운 년. 오라버니한테 목을 좀 졸
려 봐야 그런 소릴 안 할 텐데."

수연의 말을 들으며 아로는 제 목걸이를 빤히 들여다보고 있었다. 그런데 울컥 눈물이 났다.

"야… 왜 그래?"

"오라버니가 정말 우리 오라버니였음 좋겠는데… 근데 또 오라버니가 아님 좋겠어…."

"뭔 소리야?"

아로가 얼굴을 일그러뜨리며 울기 시작했다. 수연은 못생겨지는 친구의 얼굴을 보면서 이건 또 무슨 야설인가 궁금해지기 시작했다.

"그나저나 반류랑은 잘 계시나 모르겠다."

반류랑은 잘 계셨다. 아침수련 나가려는데 피주기가 앞을 막더니 불쑥 서찰을 내밀고는 어리둥절 보는 반류에게 말했다.

"달리 이상한 생각은 하지 마십시오. 누가 전해달라고 해서요."

"나한테?"

반류는 서찰을 받아 조심스럽게 펴보았는데, 정갈한 여자의 글씨체였다.

우리 오라버니는 번듯하게 생긴 외모와 달리 무식하고 앞뒤를 가리는 법이 없는 무대포에 힘만 센 자입니다. 해서 서찰로는 오라비를 설득할 자신이 없습니다. 그러니 제발 살아남으십시오. 오라비가 선문에서 나오는 날, 이 모든 것을 해명하겠습니다. 그날 만진 건 반류랑이 아니라, 나라고 꼭 천명할 것입니다.

반류는 난감했다. 서찰을 읽어보니, 수호의 누이도 꼭 수호 같은 성격인 듯했다.

'있는 그대로 솔직한.'

순간 반류는 뒤통수를 얻어맞은 것 같았다. 그동안 수호가 단순 무식 과격하다고 생각하며 살아왔는데, 그의 누이가 수호와 같은 성격이라면서 '있는 그대로 솔직하다'는 건 대체 어떤 분류법인가? 그날 밤 엉덩이를 꼬집히면서 머릿속 어느 부분도 꼬집힌 게 아닌가? 스스로가 의심스러워졌다.


다음 날, 전날의 숙취를 이겨내고 출근하는 아로 품에 삼맥종이 뭔가를 확 안기고 돌아섰다.

"이건 뭐요?"

"오다 주웠다. 쓰든가."

열어보면 반짝거리는 새 침들이 든 작은 옥 침통이었다.

"이걸 왜?"

"왜일까. 생각해봐."

삼맥종이 힐끗 돌아보더니 씩 웃으며 가는데, 아로는 그 뒷모습을 의아한 듯 바라보고 있었다.

"왜 저래… 앞으로 계속 나한테 공짜로 침 맞겠단 얘긴가?"

삼맥종이 준 침통을 잘 안고 의원실에 도착했더니, 그 앞에서 기다리고 있던 피주기와 마주방이 수선을 떨며 뛰어와 반겼다.

"대체… 어디서 하신 겁니까?"

"하다니? 뭘?"

"아이, 증말…."

피주기가 답답하다는 듯 아로를 끌고 들어갔는데, 의원실이 몰라보게 바뀌어 있었다. 고급스러운 장식과 휘장이 부담스러운데 피주기는 이것저것 만져보면서 감탄하느라 침을 튀기고 있었다.

"이건 양나라 제…! 취향 고급진 거 봐. 이건 백제에서 온 거고 요건 서역에서 우와… 이런 질감은 나도 처음 느껴보는 건데…."

얼떨떨해진 아로가 물었다.

"이게 뭔가?"

"모르긴 몰라도… 아가씰 낚으려는 떡밥… 미끼… 이런 거 아니겠습니까?"

"누가 의원실을 이렇게 꾸며. 부담스럽게."

"준 사람 성의를 생각해야지! 이게 얼만어친데…."

"얼만데? 은편이 많이 드나?"

"은편이 아니라 금덩어리가 들었을 걸요. 것도 많이!"

"뭐? 그거 나나 주지…. 어떤 실없는 미친놈이… 이런 쓸데없는 짓을 해?"

삼맥종과 파오는 숨어서 아로의 동태를 살피다가 아로가 버럭 소리를 지르자 움찔 놀라며 몸을 숨겼다. 삼맥종이 파오를 째려보면서 볼멘소리로 항의했다.

"이렇게 하면 좋아할 거라며!"

"이상하네… 일하는 여인을 위한 맞춤형 구성이라 생각했는데… 안목이 너무 후진 거 아닐까요?"

"확! 가라… 꼴도 보기 싫으니까!"

"거기 누구요?"

아로의 목소리에 삼맥종은 들켰구나 싶어 눈을 질끈 감았다가 표정 추스르고 당당한 척 일어섰다.

"이 쓸데없는 짓을… 그쪽이 한 거?"

"꼭 집어서 쓸데없다고 얘기하기엔 들어간 금덩어리가 너무 많은데…."

"금덩이가 남아돌면 적선을 하시든가. 왕경에도 굶는 애들이 꽤 많은데. 그런 애들한테 떡이라도 한번 돌리든가. 이게 뭔 짓이오."

"뭔 짓. 해주고 싶어서."

"에?"

"쓸데없는데 예쁘고 좋은 거. 너한테 해주고 싶었다고."

"아니 왜?"

"해 줄 수 있으니까. 해주고 싶으니까."

"그러니까… 왜?"

"내가 너 좋아하니까."

삼맥종의 말에 아로는 저도 모르게 꿀꺽 침을 삼켰다.

"머리가 나쁜 건 알았지만. 바본 줄은 몰랐네. 알았으면 그냥 써. 뜯어버리든가."

아로는 돌아서 가버리는 삼맥종을 보면서 참으로 난감했다. 도대체가 저 공자가 왜 저러는지 이해되지 않았다.

"별 그지 같은 얘기를 다 듣겠네. 너희 어머니는 아시냐? 너 이러는 거?"

그 시각, 별 그지 같은 놈의 어머니는 어미의 말을 안 듣고 스스로 강해지겠다는 아들놈 때문에 신경이 날카로워질대로 날카로워졌다. 오늘따라 현기증이 심해서 자꾸 비틀거리는 것이 점점 감당 못할 지경에 이르고 있었다.

결국, 안지가 불려 왔다. 부른다고 냉큼 달려오는 안지가 아니었기에 현추가 직접 가서 반강제로 끌고 왔다는 것이 맞는 말이었다. 침상에 기대앉아 있는 지소의 맥을 짚고 있던 안지의 표정이 변했다.

"혹 가슴에 통증이 있으십니까."

"…가끔."

지소의 얼굴은 유난히 희고 파리했고, 맥이 예사롭지 않게 뛰고 있었다. 뭔가에 천천히 중독되어 가고 있는 것 같았다.

"그대를 불행하게 만든 벌로 얻은 죽을병인가. 아내와 아들과 이별하게 만든 죄… 하나, 아들은 다시 찾았잖소."

지소의 목소리는 희미하게 칭얼거리는 듯한 느낌이 들었다. 어릴 때는 지소가 칭얼거리듯 말하면 뭐든 다 들어주고 용서해줬었다. 그럴 때도 있었다. 그러나 아들도 죽었고, 아내도 죽었는데 그걸 칭얼거려 용서받겠다는 건가? 안지는 중독이 의심된다는 말은 하지 않기로 결심했다. 그것이 안지가 지소에게 할 수 있는 유일한 복수였다. 망설이던 안지는 지소를 외면하며 대답했다.

"잠시 기가 흐트러져 생긴 병증입니다. 심신을 평안히 하십시오."

"정말 별거 아닌 병증이오?"

"믿지 못하시면 내전 의원을 불러 진맥하시지요."

"월성 안의 누구도… 믿을 수 없소. 내가 믿을 수 있는 사람은 그대뿐이야."

안지는 지소의 얼굴을 바라보았다.

"그때가 생각나… 우리가 혼인할 거라 믿어 의심치 않았던 그때 말이오. 아이처럼 뛰놀았던 풀밭… 파랗고 투명했던 하늘. 나만 담겨 있었던 그대의 눈빛… 그대는 아직도 내가… 그렇게 밉소?"

안지는 대답하지 않았다. 아내와 아들을 빼앗아 죽이고 어느 순간 딸을 앗아갈지 모를 사람이 먼 과거의 추억을 되새기듯 아직도 밉냐고 물어보는 건, 안지는 어쩌면 이것도 중독의 한 증상일지 모른다고 생각했다. 이성이 흐트러지는 것.

지소의 침소에서 나온 안지는 지소가 마시던 차를 들어 보았다. 모영이 놀라며 안지에게 달려왔다.

"뭐하시는 겁니까?"

"전하께서 드시는 차인가."

"그렇습니다만. 왜 그러시는지요."

찻잔의 향기를 맡던 안지는 남아 있는 것을 입에 털어 넣고 맛을 음미했다. 모영이 놀라고 긴장한 표정으로 안지를 바라보고 있었다.

"차가… 잘못됐습니까?"

안지는 천천히 고개를 저었다.

"아니, 잘못된 건 없네. 아무것도 아니야."

확실히 차가 잘못되어 있었다. 지소를 갉아먹고 있는 독이 바로 차였다. 이 정도 중독 증세를 보이려면 아주 오랜 기간 천천히 진행됐을 것이다. 시시때때로 진맥하는 내전 의원들도 이미 지소의 상태를 알고 있을 것이었다. 그런데, 아무도 지소에게 그 사실을 알려주지 않았다. 월성 안에 믿을 수 있는 사람이 없다는 지소의 말은 맞았다. 지소가 믿을 수 있는 사람은 안지뿐이라고 했지만, 그 말은 틀렸다. 안지는 지소에게 아무 말도 해주지 않을 참이었다. 직접 죽일 수는 없었지만, 죽어가는 것을 내버려 둘 수는 있으니까.

안지는 왕경 거리의 약재상들의 약재를 살펴보고 있었다. 어느 약재상이고 간에 팔각 회향의 양이 이상하리만치 적었다. 역병이 돌면 가장 많이 쓰이는 데다 품귀가 될 이유가 별로 없는 약재인데도 어느 때부턴가 찾아보기가 힘들어지고 있었다. 안지가 걱정스러운 얼굴로 약재상들을 돌아다니고 있는데 누군가 안지에게 말을 걸었다.

"이러다 역병이 돌면… 약재를 가진 자는 큰돈을 벌겠습니다. 안지 공."

안지가 돌아보니, 구석에 삿갓을 쓰고 활을 든 자가 있었다.

"날 아시오?"

삿갓을 벗은 그는 우륵이었다.

우륵이 선우와 무명을 키운 사람이라는 것을 알고 안지는 그를 집으로 초대했다. 안지의 집으로 온 우륵은 안지를 원망스러운 얼굴로 보며 이렇게 말했다.

"조용히 살게 그냥 두지 그랬소."

"누구 말이오?"

"그 녀석 말이오."

"선우 말하는 건가?"

"선우?"

우륵이 콧방귀를 꼈다.

"이름도 없는 녀석이었어. 일부러 이름을 지어주지 않았다고. 안간힘을 쓰며 조용히 살고 있던 놈을… 화랑? 기어이 그딴 걸 만들어?"

"이게 그 아이와 나의 운명 아니겠소."

"운명 같은 소리 하고 자빠졌네."

"무슨 말을 그렇게….'

"죽은 아들놈 대신에, 그놈을 복수에 이용하는 거 모를 줄 아시오?"

"이용이라니….'

"그놈은… 그놈은 이렇게 세상에 나와선 안 되는 놈이오. 그 망할 운명인지 뭔지… 그 빚장. 당신이 풀었단 것만 아시오!"

"대체… 그 아이가 누군데?"

우륵은 더 마주하고 있을 필요도 없다는 듯이 확 일어나 나가버렸다. 안지가 그를 잡으려고 쫓아나갔지만 이미 사라지고 보이지 않았다. 안지는 우륵이 사라진 곳을 쳐다보며 우륵에게서 들은 이야기로 혼란스러워졌다.

"세상에 나와서는 안 되는 놈이라니….'

한가위가 다가오고 있었다. 신국에서 가장 중요한 명절인 한가위는 몇 달 전부터 축연을 준비해야만 했다. 오늘도 화백 회의장에서는 한가위 축연에 관한 의논을 하고 있었고, 지소는 피곤한 얼굴로 대신들을 내려다보고 있었다. 사실 지금처럼 머리가 아파서는 화백들이 구체적으로 무엇 때문에 싸우고 있는지 파악할 수가 없었다.

김습이 몹시 흥분하여 소리치고 있었다.

"사병이라니! 황실에 엄연히 금군이 있는데, 어찌 전하께서 사병의 호위를 받는단 말이오!"

"한가위 축연은 왕경의 모든 백성들이 모이는 일 년 중 최대 행사입니다. 미약한 금군의 호위를 믿고 어찌 태후 전하의 안위를 장담할 수 있겠소."

"이보시오, 잡찬! 말이면 다인 줄 아시오!"

지소는 논쟁의 핵심을 파악하려고 노력하고 있었다. 한가위 축연을 할 때 금군 대신 사병으로 왕실 호위를 하겠다는 건가? 어째서?

지소는 이 논란을 일으켰을 박영실을 쳐다봤다. 박영실이 정신을 차리려고 애쓰는 지소의 상태를 살피고 있는 것이 느껴지자 불쾌함이 엄습했다. 그때 위화의 목소리가 들려왔다.

"움켜잡고 있는 것들을 좀 내놓으시지요."

위화가 정전을 문으로 당당하게 들어서고 있었다.

"그런 말씀 들어보셨죠? 신국엔 왕이 여럿이라고. 하도 가진 게 많아서 왕인지 아닌지 구별 안 되는 화백이 한둘이 아니어서 나온 말일 테지요마는."

위화는 화백들 얼굴을 하나하나 돌아보더니 씩 웃어 보였다.

"야박들 하시긴. 없는 황실 살림에 보태주시진 못할망정…."

"여기가 어디라고 발을 들인 게요! 무슨 자격으로!"

"한때 화백이었던 자격. 지금은 장차 화백들을 길러내는 풍월주의 자격입니다."

"황실의 중요한 행사를 논하는 자리요! 나가시오!"

"그래서 제가 온 겁니다."

위화가 품에서 이것저것 주섬주섬 꺼내더니 두루마리를 꺼내 펼쳐 들었다. 그곳에서는 〈風流樂(풍류락)〉이라는 글씨가 쓰여 있었다. 위화의 행동을 이해하지 못하고 수군거리는 화백들을 둘러보며 위화는 다시 씩 웃었다.

"한가위 축연에서 화랑들의 공연을 선보일까 합니다."

"화랑의 공연을 선보이다니? 대체 무슨 생각이오?"

지소가 먼저 위화에게 따져 물었다.

"하루빨리 화랑을 신국의 화화, 삼맥종 폐하의 화랑임을 천명하려 하신 것 아니었습니까. 온 백성들이 신국 황실을 주목하는 한가위 축연보다 더 좋은 기회가 있을까 싶습니다만."

"화랑들이 삼맥종을 위해 풍류를 선보인다는 게요?"

"화랑들은 백성을 위한 공연을 하게 될 것입니다."

"백성…?"

지소는 백성을 위해 공연한다는 말은 어쩐지 개운치 않은데 위화는 여전히 자신만만, 여유만만한 표정으로 씩 웃고 있었다.


위화가 지소를 만나고 있는 시간, 박영실과 호공이 선문에 들어서고 있었다. 호공은 여전히 영실의 귀에 대고 걱정하고 있었다.

"풍월주의 속셈을 모르십니까? 백성들 앞에서 화랑들을 지소의 것으로 못을 박겠다는 겁니다."

"그럴 일 없게 하면 될 것 아닌가."

"공연을 막을 무슨 묘책이라도 있으신 겁니까."

"문부터 여시게."

선문의 문이 열리자 안에서 미진부가 나왔다. 미진부는 영실과 호공을 선문 안에 들일 생각이 없었다. 위화도 없는데 이들을 들였다가 성질 더러운 위화에게 무슨 봉변을 당할지 상상하기도 싫었다. 그런데, 그동안 누차에 걸쳐 영실과 호공이 찾아왔었고, 한 번도 들어오라 허락한 적이 없었는데 또 이렇게 찾아온 것은 어쩌면, 위화가 지금 여기 없다는 것을 알고 온 것 같기도 했다.

미진부는 영실에게 예를 갖추고 말했다.

"송구합니다만 풍월주께서 월성에 드셔서 지금은 만나보실 수가 없습니다."

영실은 미진부의 말을 들을 생각이 없다는 듯 이미 절반 이상 선문 안쪽으로 들어와 있었다.

"풍월주가 아니라 화랑을 보러 왔네."

영실이 미진부를 확 밀치고 들어가자, 호공도 얼른 영실을 따라 들어갔다. 위화라면 이런 무도한 행위를 하는 자들에겐 치도곤뿐이네 어쩌고 하면서 끌어냈겠으나, 미진부에게 그런 배짱은 없었고 그저 난감한 얼굴로 따라 들어가는 수밖에 없었다.

영문도 모르는 화랑들은 청운재 앞에 소집되어 대기하고 있었다. 그 자리에 미진부가 마지못해 영실과 호공을 안내해 데리고 왔다.

"예를 갖추어라. 각간 영실 공이시다."

미진부가 화랑들에게 예를 갖추게 하는 동안, 영실은 화랑의 얼굴을 하나하나 뜯어보고 있었는데 그중에서도 그가 유심히 보는 건 선우와 삼맥종이었다. 반류는 영실이 선문 안에 들어왔다는 사실이 불편했다. 아버지 호공을 무차별 구타하여 반류의 기를 꺾고 화랑 서약서에 자필로 서명하게 했던 그날 이후 처음 보는 영실이었다.

한성이 여울에게 속삭였다.

"각간이 여기 왜 온 거야? 반류 때문인가?"

"글쎄…."

화랑들은 반류를 흘깃거리며 웅성거리는 것이 다들 반류 때문에 각간이 나타난 것이라고 생각하고 있는 것 같았다.

"이왕 온 김에 한 화랑과 잠시 얘기를 하고 싶은데."

영실의 청을 받은 미진부는 못마땅한 표정을 감추지 않고 어쩔 수 없어 반류를 불렀고, 반류가 무겁게 한발 나설 때였다.

"아니, 선우랑과 이야기하고 싶소."

화랑들 사이에 동요가 일었다. 반류는 의아하고 경계 어린 시선으로 박영실과 선우를 번갈아 보았고, 뜻밖에 자기 이름이 불린 선우는 어리둥절했다. 일제히 화랑들의 시선이 선우에게 쏠리고 있었다. 태후가 꽂아 넣은 화랑을 왜 반태후파의 거두 영실이 찾는 것일까? 도저히 이해할 수 없는 일이었다. 선우는 박영실을 쏘아보면서 그에게 다가갔다.

영실과 선우는 둘만 있을 수 있는 정자로 자리를 옮겼다. 왜 불려왔는지 의아한 선우를 두고 박영실은 재미있다는 듯 빙글빙글 웃고 있었다.

"날 찾아온 이유가 뭐요?"

"글쎄, 어렵게 만났는데… 막상 이리 대면하고 보니 뭐부터 물어야 할지 모르겠네."

"그럼 생각나면 다시 오시든가."

선우가 코웃음을 치고 돌아서려고 할 때였다.

"친구가 죽었다지? 금군한테?"

영실을 보는 선우의 눈이 파르르 떨렸다.

"쯧쯧… 무슨 죄가 있다고 사람을 죽이나."

"당신 뭐야?"

영실이 은근하게 다가와 물었다.

"봤나? 왕의 얼굴을?"

"왕의 얼굴이라니… 그게 무슨?"

문득 막문이 왕의 얼굴을 보았다고 했던 것이 생각났다. 그래서 막문이 죽었나? 막문을 죽인, 팔찌의 주인이 했던 말도 생각났다.

"세상엔… 너 따위가 감히 열어선 안 되는 문이 있다. 네가 지금 그 문 앞에 있는 것 같은데."

갑자기 모든 것이 연결되듯 이어지며 막문이 죽은 이유가 이제야 선명하게 밝혀지는 듯했다. 그런 선우를 탐색하듯 바라보던 영실이 말했다.

"이제 기억나는 게 있는 모양이네."

그렇지만 선우는 여전히 영실에게 대꾸할 필요를 느끼지 못했다.

"내가 자네 편인지 아닌지 생각하고 있다면 한마디 더 해주지. 난 태후와 정 반대편에 서 있는 사람일세. 자네 아버지나 나나 태후에게 불만이 많은 사람들이거든. 왕의 얼굴만 알 수 있으면 그 빚을 좀 갚을 수 있을 거 같은데."

"잘못 짚었소. 난 아무것도 몰라."

선우의 그 대답을 듣고 노회한 영실은 이 녀석이 뭘 알긴 아는구나 하는 감을 잡았다.

"용무 끝났으면 가보겠소."

영실은 선우의 뒷모습을 의미 있게 바라보며 웃었다.

"개새 공이라…."

영실을 두고 홀로 걸어 나오며 선우는 막문을 부르고 있었다.

"막문아, 네가 왕의 얼굴을 봐서 죽은 거라면 진짜 그런 거라면 그 왕이란 놈, 용서 안 해. 언젠가 그 왕이란 놈을 만나게 되면 반드시 갚아줄게. 네 빚."

비장한 얼굴로 팔찌를 만지며 결심하는 선우였다. 그때 삼맥종이 선우에게 다가오더니 선우를 보고 피식 웃었다.

"너 생각보다 대단한 놈인가 보다. 각간이 선문까지 찾아오고?"

선우는 한마디 대꾸도 하지 않았다. 어쩌면 삼맥종이 말을 걸었다는 것도 모르는 것 같았다. 한마디 말없이 멀어져가는 선우를 보며 삼맥종은 짜증의 한숨을 몰아쉬었다.

"지금 누굴 무시하는… 내가 이런 취급을 받을 사람 이… 아, 이런 팽형…."

둥둥! 다시 힘찬 북소리가 선문 전체를 뒤흔들었다. 아직 곤히 자는 시간이었다. 눈가리개를 하고 잠을 자던 여울이 움찔 움직이며 예민하게 먼저 눈을 떴다.

"뭐야! 숙면을 못 하게 하네."

다른 상선방 화랑들도 여울이 뒤를 이어 잠이 깨면서 낯선 북소리에 웅성거렸다. 선우만 뭔가 익숙한 듯 남다르게 북소리를 듣고 있었다.

"설마."

"뭔데?"

"아는 북소리야."

갑작스러운 소리에 화랑들이 침복 차림으로 마당에 몰려나오고 있었다. 선우와 삼맥종도 북소리가 나는 쪽으로 발걸음을 옮겼다. 선문 높은 곳에서 자신 앞에 놓인 북들을 난타하고 있는 누군가가 있었다. 눈에 보이지 않을 정도의 현란한 손동작으로 심장을 요동치게 하는 강렬한 장단, 이걸 연주하고 있는 이는 다름 아닌 우륵이었다!

어느새 화랑들은 경이로운 시선으로 우륵을 올려다보고 있었다. 그중에서 한성은 고개를 까닥거리며 이미 우륵의 박자를 따라가고 있고, 선우만 뜬금없이 등장한 우륵이 마치 귀신인 듯, 지금 귀신을 보고 있는 듯 그렇게 서 있었다.

잠시 후, 복장을 제대로 갖춘 화랑들이 다시 청운재 마당에 모였다. 높은 단 위에 올라 있는 위화가 화랑들에게 일장 연설을 하고 있었다.

"머지않아 왕경에서 한가위 축연이 열릴 것이다. 너희들은 태후 전하와 백성들 앞에서 군무와 음악을 선보여야 한다."

반류가 반항하듯 소리쳤다.

"우리더러… 태후 전하 앞에서 단장하고 춤과 연주를 보이란 말입니까?"

"태후 전하 앞에서 재롱을 떨라는 게 아니다."

위화는 '樂' 자가 적힌 종이를 확 펼쳐 들었다.

"이 나라 백성들을 즐겁게 하는 춤과 음악을 선보이는 것. 그것이 너희의 두 번째 과제다! 오직 즐거울 낙!"

반류는 여전히 불만 가득한 표정이었고, 화랑들의 반응도 마구 엇갈리고 있었다. 그러나 위화는 아무 상관 없다는 듯 말을 이어갔다.

"너희들에게 춤과 소리를 가르칠 스승 우륵 선생이시다. 너희들의 귓구녕으로 직접 이분의 소리를 들을 수 있음을 평생 영광으로 알아야 한다."

여울이 믿을 수 없어 하며 말했다.

"정말… 가야의 악성 우륵이란 말이야?"

"그렇게 유명한 사람이야?"

한성이 대답했다.

"나도 들어봤어. 못 하는 악기가 없고. 특히 가얏고를 씹어 먹는다던데."

"뭘 씹어 먹어?"

그때, 마치 자기소개를 하듯 현란하게 북을 두들기는 우륵의 공연이 시작되었다. 그 탁월한 소리와 박자에 화랑들은 환호성을 질렀다. 그렇지만 선우는 이 모든 것이 황당하기만 했다.

우륵을 선문 외진 곳으로 끌고 간 선우는 몇 번이나 우륵이 맞는지 확인했다. 그렇지만 확인해도 그가 우륵이라는 게 믿어지지가 않았다.

"아재가 여기 왜 있어?"

"아재가 아니라, 스승님. 이놈아!"

선우가 주변을 살피더니 나직하게 물었다

"몰래 성문을 넘은 거야? 미쳤어? 그 나이에?"

"성문을 몰래 왜 넘어. 난 천인도 아닌데."

"에?"

무슨 소리 하냐는 듯 어이없어하는 선우를 보고 우륵이 더 어이없어했다.

"네가 천인이라고 나도 천인이라 생각하지 마."

"쭉 천인처럼 살았잖아!"

"이젠 그렇게 안 살 거야. 스승님. 알았어? 똑바로 안 하면 또 화살 날아간다, 확!"

선우는 진심으로 어이가 없어서 우륵을 보다가 물었다.

"풍월주랑 어떻게 아는 사이야?"

"풍류 좋아하는 사람끼리는 오다가다 다 통하게 돼 있어."

"헛."

"잘해. 네가 불통 일 순위라며?"

선우는 이 상황이 참으로 당황스럽고, 받아들일 수 없었다. 똥 씹은 얼굴을 한 선우에게 우륵이 한마디 보탰다.

"못 받아들이면 어쩔 거야. 네가?"

그리고 우륵의 수업이 시작되었다. 우륵은 화랑들을 대마당에 모아놓고 악기를 연주하며 흥을 폭발하게 만들었다.

"모든 악의 기본은 박이다! 박은 악의 질서다. 박을 느끼지 못하면 그 어떤 아름다운 선율도 혼란스러운 잡음에 지나지 않게 된다."

화랑들은 우륵의 말을 새겨들었다. 그런데 잘 나가던 우륵이 갑자기 활을 들어 선우를 겨눴다. 활시위를 떠난 화살이 정확하게 선우를 향하는데, 선우는 당황하지도 않고 살짝 고개를 젖혀 살을 피했다. 끝이 북채처럼 뭉툭한 화살이 퉁! 북을 치고 튕겨 나왔고 화살은 다른 북으로 날아가고 튕기는데, 우륵은 다시 활을 매겼다. 화살들이 날아다니며 북을 치게 하는 그 자체로 악이 되는 장관이었다.

"박은 선율의 자유를 억압하는 것이 아니라, 자유로운 선율을 지치지 않고 끌고 가는 힘이다. 이제 가슴을 확 열고… 박을 느껴 봐라! 알겠냐!"

화랑 선문 전체가 악기 연주에 흔들리고 있었다. 의원실에서는 음악 수업의 여파로 탁자 위에 놓인 약그릇까지 쿵쿵 작은 파문이 일었다. 이를 가만히 보고 있던 위화가 약그릇을 들어 쿨컥쿨컥 마시더니 탄성을 질렀다.

"캬… 숙취엔 일당백이 쭉 짜서 내려주는 이 갈근즙이 최고네."

아로는 화랑들의 불협화음이 시끄러워 귀를 막으며 불평을 늘어놓았다.

"대체 저 사람은 어디서 굴러먹던 개뼈다귀…는 아니고… 아니, 어디서 오신 분이십니까. 음악이 좀 이상해서."

"난 우리 일당백이 당연히 아는 분인 줄 알았는데."

"제가 어떻게 압니까?"

"일당백 오라비를 키워준 분인데… 모른다고?"

"저분이… 오라비를 키워준 분이시라고요?"

도무지 알 수 없는 소리에 눈이 동그래진 아로의 눈에 이번에는 화랑들이 단체로 춤을 추는 게 보였다. 바로 음악 수업 다음으로 이어지는 군무 수업이었다. 우륵의 북소리에 맞춰 화랑들이 군무를 추는데 다들 조금씩 어설픈 가운데 가장 눈에 띄게 거슬리는 화랑이 있었으니 바로 선우였다. 도대체 선우는 몸이 마음대로 안 되는 사람이었다. 수호는 완벽하게 춤과 하나가 되어 있었고 그 옆으로 수호와 필적할 멋진 춤사위를 뽐내는 이는 한성이었다. 두 사람만 놓고 보면 한 편의 작품이 따로 없었다. 보고 있자니 너무 기가 죽어 서둘러 시선을 피한 선우는 마지못해 군무 동작을 따라 하는 반류를 보면서 위안을 얻기도 했다. 그러자 여울이 좀 짜증스럽다는 듯이 말했다.

"좀 웃기지 않아? 우리가 이걸 열심히 하는 게?"

"재밌는데."

수호는 완전히 춤의 세계에 빠져버렸다. 시간이 흐를수록 처음에는 어설프기 그지없던 삼맥종마저도 제법 그럴듯하게 군무를 추게 되었는데, 여전히 박자를 놓치고 뻣뻣한 사람은 선우뿐이었다. 박자 놓쳐서 맞고, 딴짓하다가 맞는 등 선우의 이마는 우륵의 과녁이나 마찬가지였다. 우륵이 날린 막대기가 탁! 선우의 이마를 강타하면 선우는 이마를 부여잡으며 우륵을 노려봤고, 우륵은 그런 선우에게 눈을 부라리곤 했다.

아로는 화랑들의 군무 연습장에서 조금 떨어진 곳, 나무 뒤에 숨어서 몰래 훔쳐보고 있었다. 선우를 보는 아로의 얼굴이 점점 심각해졌다.

"이건 도덕경보다 더 심각하네. 저건 가르친다고 고쳐질 문제가 아닌데."

선우를 보다 삼맥종의 춤사위를 보니 꽤 그럴듯한 것이 아주 볼 만했다. 그러다가 선우가 다른 이들이 그려내는 멋진 그림을 망치듯 휘적거리는 것이 보이면 한숨이 먼저 터져 나왔다.

"변태 공 반만이라도 하면 좋겠구만."


파오가 행여 누구 눈에 띌까 봐 연신 주위를 살피며 빨래를 하는 옆에서 삼맥종은 군무 연습을 하고 있었다. 오늘 빨래 당번인데 아무래도 연습이 부족한 것 같아서, 파오를 불러 빨래를 맡겼던 것이다.

"제가 웬만하면 이럴 말씀까지는 드리지 않으려 했는데…."

"그럼 하지 마."

"춤이라니… 굴욕으로 역사에 길이길이 남고 싶으신 겁니까?"

"누가 굴욕이래. 잘생기고 게다가 춤도 잘 춘 전설적인 왕으로 남겠지."

164

"설마요….."

"네가 혼인을 못 한 이유가 있단 생각 안 해 봤지?"

"폐하에 대한 충정 때문에 못 한 거지, 안 한 겁니까! 저… 밖에 나가면 인기 많습니다."

"그렇게 생각하고 싶겠지만, 여인들이 좋아할 취향이 아니야."

"왜요?"

"여인을 너무 몰라."

파오가 입을 삐죽이며 빨래를 냅다 내리쳤다.

"그러는 분은 아시나?"

삼맥종이 파오를 보며 눈을 부라렸지만 파오는 흥 콧방귀를 뀌고 빨래만 열심히 했다.

화랑들의 빨래가 널려 있는 선문 뒤뜰도 군무의 연습 장소였다. 빨래 사이에 숨어서 혼자 동작 연습을 하는 선우를 발견하고 아로는 부러 밝게 떠들며 선우 앞으로 나섰다.

"몸인지 나무토막인지 모르겠네."

선우가 아로의 목소리에 놀라 후딱 춤을 멈추고 돌아서는데, 아로는 한심하다는 듯 짝다리를 짚고 껄렁껄렁하게 선우를 보고 있었다.

"이게 두 번째 과제라면서요. 여기서도 불통이면… 진짜 오라버니 쫓겨날지도 모른다던데."

"나아지고 있어."

"나아지기는 개뿔… 혼자서 하니까 더 심각해지는 거 같구만."

"상관 마. 어떻게든 통은 받을 테니까."

"몸도 몸인데 박에 대한 감이 전혀 없잖아."

"저리 가라."

아로가 군무를 흉내 내며 선우를 바라봤다.

"이게 안 되나?"

선우는 기가 막혔다.

"누가 누구더러 나무토막이래?"

"나는 완전 유연하지. 오라비는 이게 전혀 안 된다니까? 해봐요, 되나."

"저리 가, 정신 사나워."

"이렇게 해보라니까 이렇게."

지나치게 열심히 흉내 내면서 우스꽝스러운 모양을 만들어내는 아로를 보며 선우는 풉 웃음이 터져버리고 말았다. 아로도 선우의 따뜻한 미소를 보자 기분이 좋아졌다.

"오라버니 웃으니까 좋네…."

선우의 웃음은 보는 사람의 마음까지 차분하게 해주는 웃음이었다. 그래서 아로도 마음이 따뜻해졌다.

연습은 한밤중까지 이어졌다. 우륵이 제각각 타악기를 맡은 화랑들을 데리고 타악 연습을 하는데, 물론 여전히 불협화음일 뿐이었다. 그러나 날이면 날마다 귀가 터지도록 그 소리를 듣는 사람들에게는 불협화음 자체가 음악이려니 포기하며 익숙해지고 있었다.

상선방 화랑들은 잠자리에 누워서 요란한 타악기 소리를 듣고 있었다. 듣는다기보다는 들리니 잘 수 없는 것이었다.

수호가 반류에게 말했다.

"반류, 너. 말로는 투덜거리더니 제법 열심히 하더라."

"열심히 하긴 누가 열심히 했다고 그래! 그냥 대충 하는 거지."

"대충 해도 선우랑 보단 낫던데."

선우가 돌아누우며 수호를 노려보자 수호는 내가 뭐 없는 소리했냐는 듯 씩 웃어보였다.

그때 상선방 방문이 쓰윽 열리더니 베개를 안은 한성이 들어왔다. 상선방 화랑들이 한성을 바라보는데 한성은 당연하다는 듯 여울의 옆자리를 파고들었다.

"이 방엔 왜?"

"시끄러워서 못 자겠어. 나도 군무를 춰야 하니까 오늘부터 여기서 잘 거야."

"진정 이게 네 선택이니? 정말 나야…?"

이불을 들썩여 제대로 덮어주면서 여울이 한성을 지그시 바라보았다. 촉촉한 눈매로 여울을 한참 바라보던 한성은 갑자기 이불을 차올리며 벌떡 일어나더니 얼른 선우 옆자리로 파고들었다. 선우가 기겁을 하며 한성을 밀어내려고 했다.

"죽을래? 저리 안 가?"

한성은 선우의 옆구리를 끌어안으며 고개를 흔들었다.

"아 몰라, 그나마 인간 같은 사람 옆에서 잘래."

여울은 손으로는 한성이 차고 간 이불을 다독였지만, 눈으로는 한성을 바라보면서 진정으로 부럽다는 듯 한숨을 내쉬었다.

"아쉽네. 다정하게 잠들 수 있었는데… 좋겠다. 쟤 맘에 들어서."

"너는 어디까지가 진심이냐?"

여울에게서 진심을 느낀 수호가 종잡을 수 없어서 묻자, 여울은 토라진 듯 아무런 대답도 없이 가만히 돌아눕고 말았다. 수호가 선우에게 이상하다는 듯 눈짓을 하는데, 그런 여울도 어이없고 벌써 가볍게 코를 골고 있는 한성도 어이없는 선우였다. 그러나 선우는 어찌했건 한성의 이불은 잘 여며주고 있었다.

언제나 찾아오는 아침 수련시간이 되자 산길을 구보로 달리고 온 화랑들은 검법에 따라 목검을 휘두르고 있었다. 이때만은 타악기의 불협화음도 삐걱거리는 인체의 향연인 군무도 없는 평화로운 시간이었다.

화랑들의 목검 수련을 보고 있던 위화가 이상하다는 듯 이렇게 보고 저렇고 보다가 옆에 있는 피주기를 쳐다봤다. 피주기가 왜 그러냐는 듯 위화를 보자, 위화는 화랑들을 손가락질하며 머리를 갸우뚱해 보였다.

"자네 눈에도 쟤들이 지금 검법을 익히는 거 같아 보이지는 않지?"

피주기는 위화가 가리키는 쪽을 쳐다보았다. 수호를 비롯한 상선방 화랑들이 목검을 들고 휘두르면서 자신들의 군무 동작을 반복하고 있었다.

"군무 동작이네요."

"그치? 거 참 녀석들, 칼을 들고도 군무 연습을 하네."

위화가 칭찬인지 핀잔인지 모를 소리를 하며 웃는데, 피주기가 '진짜 모르시네' 하는 표정으로 그를 바라보았다.

"저 춤 몰라요? 서역에서는 저렇게 많이들 추는데."

"엥? 서역에서는 칼을 들고 춤을 춘다고?"

"못 들어보셨나부네. 그걸 칼군무라고 하는 겁니다."

"아아, 칼군무!"

아하, 위화가 감탄하며 보는데 화랑들의 동작이 제법 그럴듯하게 일치하는 것이 보기에도 경쾌하고 절도 있는 진정한 칼군무의 면모를 보여주고 있었다.

화랑들이 즐겁게 착착 '풍류락'을 준비하고 있는 가운데 화백들, 반태후파는 아무래도 못마땅하여 영실을 중심으로 불평불만을 토해내고 있었다.

"태후 앞에서 춤을 추고 소리를 내라니… 치욕이란 말은 이럴 때 쓰는 겁니다."

"보세요! 신국의 인재를 키운다더니 지소가 벌써 본색을 드러내잖습니까. 화랑을 자기 노리개로 만들어서 백성들에게 보여주겠단 얘기 아닙니까."

"영실 공, 이 모욕을 온전히 당하고 계실 겁니까?"

영실은 진심으로 소리를 지르는 것 말고는 별로 할 줄 아는 것도 없는 이 사람들을 끌고 대사를 도모해야 하는 자신의 처지가 조금은 안쓰러웠다. 자신에게 바치는 충성만 아니면 진작 내쳤을 무능력한 사람들을 둘러보며 영실은 언제나 그러하듯 모호한 미소를 보여주었다. 대신들은 영실이 또 무슨 계략을 꾸며주실까 기대하는 눈으로 바라보았다.

"태후가 마음이 급해진 모양입니다. 그만한 사정이 있겠지요."

"사정이라니요?"

"왕실의 권위를 세우려 허둥지둥 서두르고 있지 않습니까."

"예?"

영실은 호공만 데리고 자신의 밀실로 퇴근하였다. 그렇게 말을 던지고 가셨으니 그다음 작전을 무엇인지 알아오라는 부탁을 받은 호공은 영실의 입만 바라보고 있었다.

"태후의 기대가 크겠어."

"한가위 축연 말씀이십니까."

"화랑들이 군무와 악을 연주한다… 화랑의 인기가 더 높아지겠네."

"무슨 방안이라도…?"

"기대가 클수록 실망도 크게 만들어줘야지. 백성들 앞에서 화랑들이 형편없이 망가지는 걸 보여줘야겠어."

"그걸 누가… 할 수 있단 말입니까."

"아비의 첫 부탁이니 잘하겠지."

영실이 호공을 보며 씨익 웃는데 호공은 등줄기가 서늘해지는 것을 느꼈다. 드디어 이 더러운 계략의 구덩이에 반류를 밀어 넣을 때가 온 것이었다.

한가위 축연, 정확하게 말해 화랑들의 공연 날이 가까워지면서 왕경은 흥분상태에 빠져들고 있었다. 두 사람 이상 모이면 공연 이야기를 했고, 세 사람 이상 모이면 누가 더 멋있나 인기투표를 했으며,

네 사람 이상 모이면 서로 내 것이 낫다 패싸움을 벌였다. 왕경 사람이라면 누구나, 화랑 중 누군가를 '내 것'이라 하였고, '네 것'보다 낫다며 입씨름을 벌였다. 다이서 앞에 앉아 있는 귀족 아가씨들은 네 명이었다. 이럴 때 시작은 한 문장이면 간단했다.

"이번 왕경 한가위 축연에 화랑들이 춤을 춘다며?"

꺄아악, 비명을 지른 아가씨들이 앞 다퉈 축연에 대해 떠들기 시작했다.

"선생님이 가야에서 온 악성 우륵이래. 너무 기대돼서… 나 숨이 안 쉬어지잖아."

"반류랑이 춤을 춘단 생각을 하면… 설레서 잠이 안 와."

"그건 아니지. 반류랑은 미모로 보나, 뭐로 보나 우리 수호랑한테 안 되거든!"

"얘들이 지금 뭐래니. 여울랑은 왜 빼니?"

"야아. 그래도 여울랑은 여자 입장에선 좀 그렇지."

"뭐어? 너 지금 내 남자 욕했냐?"

"내가 언제 욕했냐? 그렇다는 사실을 이야기한 거지."

"사실 같은 소리 하고 있네. 뻑하믄 흙바닥에 뒹구는 철딱서니한테 정신이 팔려서는."

"내 남자 욕하지 마라."

"네가 먼저 욕했잖아!"

이번에 지르는 꺄아악은 처음과는 다른 것, 머리채를 잡고 뒹구는 아가씨들의 기합 소리 같은 것이었다.

왕경 아가씨들 사이에 흐르는 흥분은 화랑들 사이에서도 고스란히 찾아볼 수 있었다. 화랑들은 밥을 먹을 때나, 잠을 잘 때나, 공부할 때나, 수련할 때나 무엇을 하더라도 언제나 춤을 추고 있었다. 어쩔 수 없으니 흉내만 낸다는 반류는 평소에는 그 아수라장에서 벗어나고 싶다며 지현당 서고에 들어가서 책을 읽고 있었다. 하지만 그마저도 머리와 눈과 손은 책을 꺼내 읽지만 발은 자기도 모르게 까딱까딱 박자를 맞출 정도였다. 의지와 관계없이 움직이는 발을 혹누가 봤을까 걱정이 들 정도였지만, 이내 발은 다시 움직이곤 했다.

반류가 그 정도였으니, 다른 화랑들은 증세가 더 심했다. 목욕할 때도 단체로 서서 박자를 맞췄고 몸을 흔들었다. 군무가 이리도 재밌다니, 모처럼 신나는 일을 만나 들떠 있는 화랑들은 온종일 반짝이는 얼굴을 하고 있었다.

표정 변화라고는 없는 반류가 발걸음도 가볍게 걷고 있었다. 그런 반류 곁으로 바싹, 피주기가 다가와서 주변의 시선을 살피더니 가슴팍에서 서찰 두 개를 꺼내 은밀하게 내밀었다.

"어서 받으십시오."

"이게 무엇인가?"

"하나는 애달픈 연서인 듯하고, 또 하난 아버지가 아들에게 보내는 따뜻한 서찰이겠지, 뭐."

피주기가 연서라고 하는 건 분명 수연의 서찰일 것이다. 혼자 있을 수 있는 자리로 찾아간 반류는 조심스럽게 서찰을 펼쳤다. 여전히 정갈한 서체, 내용은 차치하더라도 그녀의 글씨를 보는 것은 요즘 반류에게 큰 기쁨이었다.

이번에 왕경 한가위 축연 때 공연을 하신다고 들었습니다. 저도 공연을 보러 갈 것입니다. 그날 반류랑을 직접 만나서 사과드리고 싶습니다. 내 오라비에게는 명명백백하게 사실을 밝힐 것입니다. 그때까지 부디, 무식한 제 오라비로부터 목숨 부지하시길 간절히 기원합니다.

서찰 마지막에는 봉하기 전에 갑자기 써넣었는지 작은 글씨가 흘려 쓰여 있었다.

벌써 왕경에는 반류랑이 춤추는 모습을 기대하는 여인네가 한둘이 아닙니다. 멋진 춤 보여주십시오. 아자!

아자? 편지를 다 읽은 반류의 얼굴에 자기도 모르게 미소가 번졌다. 두 손 사이에 서찰을 넣어 감싸 오랫동안 그 따뜻함을 느끼는 반류였다. 이어서, 반류는 아버지가 보낸 서찰을 한동안 쳐다보다가 심호흡을 깊게 하고 펴서 읽기 시작했다. 서찰을 읽는 반류의 표정이 점점 어두워져 갔다.

"…."

무슨 말을 할 수 있으랴. 반류는 서찰을 들고 냇가에 앉았다. 마음속에는 만감이 교차했고, 눈가는 붉게 물들어 있었다. 반류는 서찰을 잘게 찢어 냇물에 흘려보냈다. 떠내려가는 종잇조각을 보며 지그시 아랫입술을 깨무는 반류의 얼굴은 고통으로 일그러져 있었다. 그리고 잠시 후 다시 차갑고 무표정한 얼굴이 되어 숙소로 향했다.

화랑들의 수업시간이 끝나고, 겨우 숨 쉴 시간을 얻은 우륵은 멀리 하늘을 바라보고 있었다. 각오하고 시작하기는 했지만, 화랑들을 연주하게 하고 춤추게 한다는 것은 전쟁 같은 일이었다.

"아이고오. 힘들다."

우륵은 긴 한숨을 내쉬었다. 위화의 청을 받아 화랑 수업을 하겠다고 나선 것은 오로지 무명, 아니 선우 때문이었다. 무명과 막문, 두 아이는 우륵에게는 자식 이상의 의미였다. 그 두 아이를, 몸은 힘들지만 마음만은 편한 망망촌에서 살게 해주고 싶었던 우륵이었다. 그랬는데 한 놈은 죽고, 또 한 놈은 화랑이 된 것이다. 죽은 놈이야 죽어버렸으니 어쩔 수 없지만, 살아 있는 놈은 끝까지 살아 있게 하고 싶었다. 그것이 위화의 청을 받아들여 선문에 들어온 이유였다.

"화랑 따위 안 하는 것이 좋았는데…."

지금이라도 할 수만 있다면 당장 무르고 망망촌으로 데려가고 싶지만, 그놈 고집에 따라줄 리도 없었다. 우륵이 다시 휴, 한숨을 내쉬는데 그 얼굴 앞으로 아로가 바짝 고개를 들이밀었다.

"혹… 우륵 선생이십니까?"

갑자기 튀어나온 아로의 얼굴에 심장이 멈춰버릴 듯 놀란 우륵은 심장을 움켜쥐고 뒤로 넘어갔다. 턱턱 숨이 막혀 호흡이 곤란한데, 아로가 얼른 심장을 마시지하듯 두들겨 겨우 숨을 내쉴 수 있었다.

"괜찮으세요?"

"…괜찮소. 근데 아가씬 누구요? 선문엔 사내만 있다 들었는데?"

"아로라 합니다. 제 아버진 안지 공이시고."

우륵은 그제야 아로를 다시 찬찬히 쳐다보았다. 이리 보니 안지

174

공을 닮은 것도 같고 막문을 닮은 구석도 있어 보였다.

"그럼 막문이 누이인가?"

"막문? 그게 오라비 이름이었어요?"

"?"

놀라 묻는 아로를 보며 우륵은 아무 말도 못 했다. 그러자 아로는 괜찮다는 우륵을 굳이 의원실로 모셔와 제일 좋은 자리에 앉혀놓고 다기에 차를 우리기 시작했다.

"말린 산딸기 차예요. 심장이 답답하고 자주 놀라시니 이 차를 드시면 좋을 겁니다."

이렇게 보고 또 저렇게 보고 아로에게서 눈을 떼지 못하던 우륵은 찻잔을 받아들고도 빤히 아로만 보고 있었다.

"자세히 보니 오라비와는 안 닮았네."

아로가 싱긋 웃었다.

"저도 알아요. 안 닮은 거."

"막문이… 참 착한 놈이었는데."

"선우예요. 원래 이름은."

"그렇지… 참."

우륵은 당황한 얼굴을 가리려고 손에 든 차를 냉큼 마셨다. 그런 우륵을 지켜보던 아로는 우륵의 잔에 다시 차를 따르며 말했다.

"오라버니를 키운 분을 만나면… 꼭 묻고 싶은 게 있었는데요."

아로가 고개를 들어 우륵을 빤히 쳐다보았다. 말도 시작하기 전에 우륵을 보는 아로의 눈가가 붉어지기 시작했다.

"오라버니가 절… 보고 싶어 했나요?"

"…막문이 그놈. 늘 누이 얘기만 했어. 잠들 때도 누이 꿈을 꾸게 해달라고 하늘에 빌면서 잠들었지."

"근데 그동안… 왜 못 왔던 거예요?"

그렇게 묻는 아로가 너무도 안타까워 쳐다보니, 아로의 눈에선 눈물이 뚝뚝 떨어지고 있었다.

아로는 선문 다리에 앉아 선우를 기다리고 있었다. 이제 오나, 언제 오나 고개를 갸웃거리며 살피고 있는데 드디어 뒤뜰 쪽에서 돌아오는 선우가 보이기 시작했다. 그런데 선우의 손에 뭔가가 들려 있었다. 자세히 보니 그건 꽃이었다. 아로를 보자 선우는 고개를 살짝 숙여 손에 들고 있던 노란 국화 다발의 향을 맡다가 괜히 쑥스러운 듯 머리를 긁적였다. 환하게 웃는 선우를 보자 아로의 기분도 환해졌다. 선우의 웃음은 언제 보아도 참 보기 좋았다.

선우가 아로에게 손을 번쩍 들어 흔들다가 손에 들린 국화를 얼른 뒤로 숨기고 반대쪽 손을 들어 흔들기 시작했다. 아로도 손을 흔들며 일어나 선우에게 다가갔다. 잠시 후, 아로에게 다가온 선우가 잠시 우물쭈물하더니 불쑥 국화꽃다발을 내밀었고 아로는 두 손으로 소중하게 꽃다발을 받았다.

"이거… 약재라며. 머리도 안 아프고 화도 내려 준다며."

"국화꽃이네."

"꽃이 아니라 약재라니까."

선우는 머쓱해 하면서도 아로를 따뜻한 눈으로 바라보았다. 아로는 꽃잎 하나하나를 소중하게 만지며 웃었고 그런 아로를 바라보는 선우의 시선이 깊어지고 있었다.

"오라버니가 오라버니여서 좋아."

아로가 고개를 들어 선우를 바라봤다. 선우도 그 시선을 받아 아로를 쳐다봤다. 뭔가 기분이 이상했다. 평소의 아로와는 달랐다. 무슨 일이 있는 걸까?

"근데."

"?"

"아니잖아."

"…."

세상에. 그렇게 말하곤 아로의 눈에서 눈물이 뚝 떨어졌다.

"당신, 누구야?"

"…."

선우는 그저 아로를 보기만 할 뿐, 아무 말도 할 수가 없었다. 아로는 또 그런 선우가 원망스러우면서도 마음이 아팠다. 아무 말도 안 하다니. 부정도 긍정도 않던 선우가 한참 만에야 겨우 입을 뗐다.

"그래…. 나 네 오라비 아니야."

그 말에 아로가 울컥 솟구치는 울음을 삼키고 겨우 말했다.

"그럼… 누군데?"

"네 오라비 친구."

"진짜 오라버니는?"

선우는 차마 대답하지 못하고 아로의 시선을 피했다. 먼데 산으로 향한 선우의 눈매가 붉어졌고 잠시 깊게 숨을 쉬고 난 선우는 결심한 듯 아로에게 시선을 돌렸다.

"죽었어."

아로는 더 이상 아무런 말도 못하고 눈물을 쏟아내기 시작했다. 아로를 안아 위로해주고 싶었던 선우의 팔이 허공에서 길을 잃었다. 선우는 심하게 흔들리는 아로의 어깨를 애처롭게 바라보았다. 고개 숙인 선우의 마음이 무너지고 있었다.

아로는 통통 붓고 붉어진 눈으로 간신히 흐느낌을 가누며 선문을 빠져나갔다. 멀리서 아로의 뒷모습을 본 삼맥종이 달려와 장난스럽게 앞을 막아섰다가, 아로가 눈물 가득한 얼굴인 것을 보고 깜짝 놀라 아로의 팔을 잡았다.

"너 왜 그래? 무슨 일이야!"

아로는 아무런 대답 없이 삼맥종의 손을 확 뿌리치고는 그대로 나가버렸고, 그 모습을 심상치 않게 보던 삼맥종이 휘익 휘파람을 불었다. 어디선지 거짓말처럼 파오가 나타나 삼맥종에게 고개를 끄덕이자, 삼맥종은 아로를 따라나섰다.

아로는 삼맥종이 따라오든 말든 신경 쓰지 않았고, 어떻게든 울음을 참아보려고 노력하고 있었다. 꿀꺽 울음을 삼켜보기도 하고 입을 앙다물어 보기도 했지만 쉽지 않았고, 삼맥종은 그런 아로를 걱정스러운 눈으로 보며 말없이 한 발 뒤에서 따라갔다.

왕경 중심가에서 안골로 넘어가려면 건너야 할 징검다리가 있었다. 아로가 어릴 때 아버지와 오라버니 손을 잡고 건너던 다리였다. 그런데, 그 징검다리에 올라선 아로가 갑자기 그 자리에 털썩 주저 앉더니 엉엉 소리 내어 울기 시작했다. 아로가 길목을 막아버려서 다른 행인이 오면 어쩌나 안절부절못하던 삼맥종은 곧 다른 행인이 아로를 방해하지 못하도록 길목을 막아서곤 묵묵히 우는 아로를 지 켜보고 있었다. 고개를 처박고 서럽게 우는 아로를 지켜보면서 삼맥 종은 제 가슴을 통통 때렸다. 심장이 아팠다. 대체 무슨 일로 저렇게 까지 우는 걸까? 애가 탔다.

오라버니가 죽었다니, 너무 속상하고 마음이 아파 아로는 눈물을 참을 수가 없었다. 하지만 눈물이 줄줄 흐르는 감은 눈 위로 떠오른 건 징검다리를 건널 때마다 한 품에 안아 올려 주던 아버지도 아니 고, 물수제비뜨기도 잘하고 망태기로 물고기도 잘 잡던 오라비도 아 니었다. 그건 어설프게 아로의 목을 걸었다가 어색하게 머리를 흐트 러뜨리던 선우였다. 아로에게 손을 맡기고 집중해서 글씨를 쓰던 선 우였고, 장난치는 아로를 막으려다 제 얼굴에 먹물을 찍고 바보같이 웃던 선우였다. 얼굴만 떠오른 게 아니라 선우가 했던 말들도 살아 나 아로의 마음에 울렸다.

"너 때문에 겁나. 너를 다치게 할까 봐. 지키지 못할까 봐."

"나한테 기대고 기대. 이제 너 혼자 아니니까."

자기 때문에, 아로가 그리도 슬피 우는 것도 모른 채, 선우는 수련 장에서 목검으로 검 수련을 하고 있었다. 하지만 말이 검 수련이지,

잡히는 대로 보이는 대로 마구잡이로 내려치고 있었다. 타격대가 무너지고, 목형이 부러지고 마지막에는 목검이 부러졌다. 충격으로 벌벌 떨리는 손을 놓자 부러진 목검의 자루가 굴러 내리고, 손에서는 피가 뚝뚝 떨어졌다. 선우는 가쁘게 숨을 몰아쉬며 손에서 떨어지는 핏방울을 바라보았다. 바로 옆에서 아로가 말하는 것처럼 생생하게 목소리가 들렸다.

"오라버니, 다치지 않았으면 좋겠어."

심장이 터질 것 같았다. 선우는 주먹을 불끈 쥐며 '으아악' 비명을 질렀다.

징검다리를 하나씩 건널 때마다 한 번씩 주저앉아 울던 아로가 겨우 다리를 다 건넜을 땐, 지쳐서 더 움직일 수가 없었다. 겨우 강가 바위에 주저앉아 훌쩍이고 있는 아로에게 삼맥종이 다가와 불쑥 주먹을 내밀었다. 아로가 놀라서 보니, 펼치는 삼맥종의 손에 작은 주머니 하나가 쥐어져 있었다.
"은편, 네가 제일 좋아하는 거잖아. 이거 줄게, 울지 마."
아로는 농담도 아니고 뭣도 아닌, 말 같지도 않은 것에 대꾸를 할 기운도 나지 않아 그냥 외면해버렸다. 그러거나 말거나, 삼맥종은 아로 옆에 바짝 앉더니 아로 얼굴을 보며 말했다.

"안아 줄까?"

"…."

"아님, 죽여줄까?"

"?"

삼맥종의 말을 못 들은 척하던 아로가 그 말에 깜짝 놀라 돌아보니 삼맥종이 꽤나 진지한 얼굴로 아로를 바짝 들여다보고 있었다.

"널 이렇게 울린 놈. 말해. 원하는 대로 해줄 테니까."

도대체 왜 저런 말을 하는 건지, 아로의 표정이 꽤나 복잡한 데 비해 삼맥종은 아로를 위한 호위무사라도 된 듯 참으로 진지했다.

"선문 안에 널 괴롭히는 놈이 있냐? 널 희롱하고 멸시해? 널 건드리는 놈이 있으면, 뼈 마디마디를 끊고 혀를 뽑고 죽을 때까지 물 한 모금 안 주고 햇빛에 말려 죽일 거야."

그 말이 어찌나 황당하고 기가 막힌지, 아로는 작게 한숨을 내쉬었다. 그러자 삼맥종은 아로 옆으로 더 바싹 다가와 말했다.

"네가 우는 게 참을 수 없이 화가 나. 어떤 놈 때문에 상처받은 거면, 그놈을 죽일 거야. 어떤 놈이 걱정돼 우는 거라면… 그놈도 죽일 거야. 그러니까 말해. 누구야. 널 울린 게."

대답을 하기 전엔 도무지 물러설 것 같지 않은지라 아로는 겨우 말했다.

"내가 우는 건… 나 때문이오."

"?"

"너무 원망스럽고 미운데… 한편으론 마음이 놓여서. 이런 내가 너무 징그럽고 싫어서."

그러자 다 마른 것 같았던 아로의 눈물이 다시 또 주르륵 흘러내렸다.

"…"

그게 무슨 말인지, 알 수 없었지만 삼맥종은 더 이상 아무 말도 하지 않은 채 일어나 걷기 시작한 아로의 뒤를 묵묵히 따랐다. 그렇게 아로의 한 발 뒤에서 호위라도 하듯 따라가던 삼맥종은 아로가 집으로 들어가고, 방의 불이 켜지고, 다시 그 방의 불이 꺼질 때까지 그 자리에 조용히 서서 아로를 지켜보다가 돌아섰다.

"그만 울어. 이제 너도 안 봐주고 너를 울리는 놈도 안 봐줄 거야. 그러니 그만 울어."

삼맥종의 솔직한 마음이었다. 아로를 향한 마음을 확인한 후로 삼맥종을 막을 수 있는 건 없었다. 선문의 담도 그중 하나였다. 훌쩍, 삼맥종은 선문의 담을 뛰어넘었다. 처음에는 올려다보기에도 까마득했는데 이젠 너무 쉬웠다. 훌쩍 넘어 내려서는데, 담장 안에서 누군가 삼맥종을 기다리고 있었다. 선우였다.

"그 애 따라 나가는 거 봤어."

"그래서?"

"괜찮냐? 아로."

그 말에 삼맥종은 아로를 울린 놈이 바로 이놈이라는 것을 직관적으로 알았다. 머리 뒤끝에서 열이 확 뻗치는 것 같았다.

"누이를 울릴 나이는 지난 것 같은데?"

"괜찮은지나 말해."

"궁금해서. 아니, 부러워서 묻는 건데. 어떻게 하면, 그 앨 그렇게 아프게 할 수 있는 거냐?"

"…."

하지만 선우는 아무 말 없이 떨리는 숨을 토해내며 삼맥종을 노려
보기만 했다.

"어떻게 하면… 그 앨 그렇게 슬프고 혼란스럽게 만들 수 있는 거
냐고?"

결국 참지 못한 선우가 삼맥종의 멱살을 확 끌어 쥐고, 떨리는 목
소리로 소리쳤다.

"묻는 거나 대답해. 그 애… 괜찮냐고?"

입술을 깨물고 파르르 떨기까지, 선우는 분명 감정을 주체하지 못
할 정도로 힘들어하고 있었다. 처음이었다. 삼맥종은 그런 선우가
낯설어서 아무런 말도 할 수 없었다.

선우와 삼맥종이 상선방에 들어서자 수호가 화들짝 놀라며 둘을
맞이했다. 선우는 아무 말도 없이 자기 침상으로 걸어가 앉았고, 삼
맥종은 유난을 떠는 수호를 쳐다보며 한마디 했다.

"왜 이렇게 놀래?"

"아니, 너 접근금지 아니었냐?"

"응? 무슨 소리야?"

"아니, 방금 전까지 접근금지 떡 붙이고…."

거기까지만 듣고도 무슨 이야기인지 짐작이 되고 남았다. 삼맥종

이 아로를 따라 나가면서 뒷일을 파오에게 맡겼더니 파오는 방 비운 걸 들키지 않으려고 자기가 삼맥종인 양 침상에 누워 있었던 모양이었다. '접근금지'라고 써 붙이고. 참 뭐랄까, 어쩌면 저렇듯 허술할까? 그러면서도 어찌 검술에 있어서는 타의 추종을 불허하는지, 파오는 참으로 불가사의한 사내였다.

"어라? 선우랑. 손이 왜 이래?"

한성의 비명 아닌 비명에 모두의 시선이 한성, 아니 한성이 보고 있는 선우에게 몰렸다. 선우의 오른손이 완전히 뭉개져 있다고 해야 하나, 상태가 아주 안 좋아 보였다.

"의원실 가서 붕대 가져올까?"

반류가 얄밉게 한마디 했다.

"지금 돌아다니다 진묵화주한테 들키면?"

"그럼 어쩌지? 상처를 싸매기라도 해야 하는데…."

하지만 선우는 한성에게 손을 잡힌 채 말없이 그대로 있었고, 한성은 상처를 살피다가 여울을 쳐다봤다.

"응? 나? 나, 왜?"

한성이 여울을 보고 씨익 웃어 보였다.

"너, 왜 웃니? 나한테?"

한성은 대답 대신 여울의 옷장으로 달려가 너울과 작은 수건을 꺼냈다.

"그런 게 있는 건 또 어찌 알았대?"

여울이 불쾌해하거나 말거나, 한성은 여울이 건조할 때 얼굴에 뿌리는 물을 수건에 잔뜩 적셔서 선우의 상처를 닦아주었고, 옷장에서 가져온 너울로 야무지게 상처를 묶어주었다. 그동안 아로를 잘 따르더니 보고 배운 게 많은 모양이었다.

"근데 선우랑 왜 저래?"

수호가 삼맥종에게 넌지시 물었다.

"어쨌는데?"

"한성이 저 수선을 피우는데 왜 맡기고 그냥 있지?"

삼맥종은 고개를 저었다. 그러자 여울이 둘에게 다가와 눈을 굴리며 속삭이기 시작했다.

"뭔지 짐작할 수는 없지만, 크나큰 상처를 입은 게 분명해."

"에?"

"그럼 어떻게 해?"

"어쩌긴 둬야지."

"으응?"

"저런 건 혼자 삭혀야 하는 상처가 대부분이야. 괜히 옆에서 건드리면 들쑤셔지기나 하지."

"그런가?"

"그렇지."

"건드리지 말고 그냥 두자. 그게 답이다."

상선방 화랑들은 고개를 끄덕였다. 수호는 자기 침상에서 꼼짝도 않고 있는 반류를 불러 다시 한 번 다짐했다.

"알았지? 어떻게 해야 할지?"

그런데도 반류가 귀찮다는 듯 대꾸도 않고는 시선을 돌려버렸다.

"그래. 반류는 원래 아무것도 안 할 거니까."

화랑들은 수호의 그 말에 완전 동조하며 크게 고개를 끄덕였다.

밤이 깊었는데도 삼맥종은 잠을 이루지 못하고 있었다. 선우가 큰 상처를 입은 게 분명하다는 여울의 말도 그렇고, 또 아로가 했던 말이 귀에 쟁쟁거렸기 때문이었다.

"나 때문에 우는 것이오. 너무 원망스럽고 미운데, 한편으론 마음이 놓여서. 이런 내가 너무 징그럽고 싫어서."

도대체 뭐가 어떻게 되어가는 것인지. 짐작조차 할 수 없는 저 오묘한 오누이를 어쩌면 좋단 말인가. 고개를 돌려보니 여전히 잠을 못 자고 있는 선우는 침상에 멍하니 앉아 주령구만 만지작거리고 있었다. 만지작거리다가 갑자기 생각이 난 듯 낮고 깊은 한숨을 쉬었고 그리고는 다시 주령구를 만지작거리고. 무슨 생각을 하고 있는 건지. 아니, 생각이라는 것을 하고는 있는지.

그 시각, 잠 못 이루는 건 아로도 마찬가지였다. 어둠 속에 오도카니 앉아 멍하니 있었다. 얼마가 지났을까 문소리가 들리는 게, 안지가 집에 돌아온 모양이었다. 요즘 무슨 일인지 안지는 새벽이면 밖에 나갔다가 한밤중이 되어서야 돌아오는 일이 잦았다.

아로는 조용히 나가 약재 창고 앞에 서서 조금 열린 문으로 안지가 일하고 있는 모습을 보았다. 안지는 탁자 위에 약재를 펼쳐놓고 책과 대조해가며 하나하나 살피고 있었는데, 그건 새로운 효능의 약재를 찾을 때면 늘 하는 행동이었다. 그 사이 못 보던 책들이 많이 늘어난 것 보면 새 효능의 약재를 찾는 일이 굉장히 중요한 일임에 틀림없었다.

아로는 멍하고 마른 눈으로 아버지를 보다가 돌아섰다. 왜 그 사람을 오라비로 있게 했는지, 또 달리 숨기고 있는 것은 없는지 물어보고 싶었으나 어떤 것도 물어볼 수 없었다. 도대체 아버지는 무슨 생각인 걸까? 요즘 왜 저렇게 바쁜 걸까? 왜 저렇게 숨기는 게 많은 걸까?

안지는 지소가 먹고 있는 독의 정확한 성분을 찾고 있었다. 그렇게 오랜 시간 천천히 중독되게 할 수 있는 것은 일반적으로 알고 있는 독초로 가능한 일이 아니었고, 무엇이 지소를 죽이고 있는지 정확하게 알고 싶었다. 알아서 뭘 어떻게 하겠다는 생각을 당장에 갖고 있는 건 아니었다. 해독제를 찾아 지소를 살려주고 싶은 것도 아니었다. 그냥 진심으로 알고 싶을 뿐이었다. 안지 대신 지소를 죽여주는 그것이 무엇인지.

지소는 늘 차를 마셔왔고, 밥은 안 먹어도 차는 마실 정도였다. 어릴 때부터도 차는 마셔왔던 것이지만, 본격적으로 차를 즐기게 되었던 것은 안지네 집에서 국화차를 마신 뒤부터였다. 안지의 말대로 두통을 가라앉혀주기도 했었지만, 지소는 그 차를 마시며 안지의 집을 가득 채우고 있던 평온함의 실체를 느낄 수 있었다. 지소가 그리도 질투하고 부럽고 갖고 싶었던 안지의 행복이 차 한 잔에 있었던 것이다.

그날 이후 지소는 언제나 찻잔을 앞에 두고 있는 사람이 되었고, 오늘도 지소는 찻잔을 앞에 두고 생각에 잠겨 있었다.

'백성 앞에서 화랑을 춤추게 하겠다….'

위화의 그 말이 지소는 영 마땅치가 않았다. 하지만 위화는 화랑에 대한 전권은 자신에게 있다고 재확인했다. 위화가 어떤 사람인지 너무도 잘 알고 있는 지소는 위화의 그 한마디가 무엇을 의미하는지 알았다. 위화는 지소가 파고들어 갈 틈까지 원천 봉쇄해버린 것이다. 위화가 쥐고 있는 화랑에 관한 무소불위의 권력을 어찌해야 할지 판단할 때가 된 것이다.

지소는 앞에 앉아 있는 김습에게 물었다.

"풍월주를 어찌 생각하시오."

김습은 더하지도 빼지도 않은 상태로 담담히 대답했다.

"화랑을 감당할 수 있는 유일한 인물이나 온전히 믿을 수 없는 자이옵니다."

"그렇소. 그대 말이 맞아. 그렇다면 믿을 수 있는 자로 만들어야 하지 않겠소?"

"위화를 감당할 수 있는 자가 있겠습니까?"

지소는 희미하게 웃으며 찻잔을 들어 마셨다. 분명 누군가를 떠올리고 있는 것이 분명했다.


아로가 며칠째 나타나지 않는다는 것만 빼면, 선문은 예전과 똑같았다. 선우도 그날 밤을 그렇게 보내고 나서는 다음 날 아침부터는 평소와 다를 바가 없었다. 아침 수련을 열심히 했고, 뻣뻣한 몸으로 군무 연습도 빠지지 않았다. 당번이 걸리면 마구간 청소, 빨래, 장작 패기 등까지 뭐든 신속하고 청결하게 처리하는 것도 그랬다. 다들 무슨 일인지 궁금해하는 '큰일'을 당한 사람으로는 보이지 않았다.

그렇게 며칠이 지난 후. 수련을 마친 선우는 빨래터 계곡을 찾았다. 요즘 선우는 빨래터를 자주 찾고 있었다. 빨래할 때야 물론이지만, 씻을 때도 목욕장으로 안 가고 이곳으로 왔고, 쉬는 시간에도 오곤 했다. 무엇을 찾는 것인지, 혹은 무엇을 기다리는 것인지 아무도 몰랐다.

선우가 계곡에 엎드려 얼굴을 씻고 고개를 들자, 수면에 선우를 빤히 보고 있는 아로의 그림자가 비치는 게 보였다. 드디어 아로가 나타난 것이다. 선우가 천천히 일어나 뒤돌아보니, 며칠 사이 얼굴이 반쪽이 된 아로가 거기 있었다. 그리고 아로는 선우를 보자마자 단도직입적으로 물었다.

"왜 오라버니는 죽고 그쪽은 살았는데?"

"…"

선우는 바로 대답하지 못했다. 하지만 아로는 선우가 답을 고를 시간을 주고 싶지 않은 듯했다. 빨리 답하라고 채근까지 했다.

"말해요."

"…"

"말하라고!"

몇 번이나 망설이던 선우가 결국 입을 열었다.

"성문 밖 천인이 왕경에 들어오면 죽는단 얘기 들어봤지?"

그 말만으로 아로의 눈에 눈물이 핑 돌았다. 오라버니가 어떤 고초를 당하며 살아왔을지, 어떻게 죽었을지 한순간에 짐작이 되어버렸다.

"도망칠 수 있었는데, 날 구하려다…."

날 구하려다 막문이 죽었다는 그 말을 어찌할 수 있단 말인가. 선우는 크게 숨을 한 번 내쉬고 겨우 말을 이었다.

"도망칠 수 있었는데, 나를 구하려다가 금군 칼에 맞았어."

"못됐어. 차라리 거짓말을 하지. 차라리 끝까지 오라비라고 하지!"

아로가 주먹을 쥐어 선우를 때리기 시작했다. 손 가는 대로 선우의 가슴이며 얼굴이며 닥치는 대로 때렸다.

"왜 오라비인 척한 건데? 오라비도 아니고 아무것도 아니면서… 왜 여기 있는 건데? 왜?"

선우는 묵묵히 서서 아로가 때리는 대로 맞았다. 그렇게 한참을 맞다가, 지친 아로가 휘청이자 다시 말없이 아로를 잡아주었다. 그리고는 붉어진 눈으로 아로를 보며 말했다.

"날 오라비로 생각하든 말든 상관없어…. 난… 네 오라비로 살 거니까."

아로의 움직임이 멈췄다. 아로는 손목이 잡힌 채로 움직이지 않고 선우만 바라보았다.

"?"

"그게 네 오라비가 바라던 거야. 그러니까… 너도 그렇게 살아."

아무 말도 못 하고 한참 동안 선우를 원망스럽게 노려보던 아로가 소리쳤다.

"오라비가 살고… 그쪽이 죽었어야 했어!"

"…"

그래, 맞는 말이다. 말문이 막힌 선우는 아로의 손목을 놓고 한 발 물러섰다.

"그랬으면… 그랬으면 내 마음도 안 이랬어."

그 말만 하곤 아로는 주먹을 쥐고 눈물을 닦아내더니 휙 돌아서 가버렸다. 그런 아로를 따라가던 선우는 몇 발짝을 걷다가 차마 더 가지 못하고 그 자리에 멈춰 섰다. 아로가 점점 더 멀어져가고 있었다. 다시 몇 발 떼어본 선우였지만, 더 이상 갈 수 없었다. 도무지 아로를 잡을 염치가 없었다.

'그래. 내가 죽었어야 했어. 저 말이 맞아.'

선우는 멈춘 그 자리에서 고개를 숙이고 한참 동안 움직이지 못하고 그대로 있었다.

왕경 수타박수 앞 거리. 현추를 필두로 한 금군들과 궁인들이 수행하는 왕실 수레가 지나가고 있었다. 그러자 수타박수에서 손님을 맞고 있던 피주기가 달려 나와 행인들 틈에 냉큼 끼었다. 공짜구경이라면 물구나무를 서서라도 보는 피주기였다. 꼭 볼 만한 것이라서 보는 것도 아니었고, 볼 것이 거기 있으니 보는 진정한 구경의 구도자라고나 할까. 피주기는 그랬다.

피주기가 들고 있던 행주를 어깨에 턱 걸치며 옆 행인에게 물었다.

"저건 또 누구 행차인가?"

"공주랍니다. 숙명 공주."

행인이 대답하기 전 몇 다리 건너에 서 있던 미루향이 냉큼 대답해줬다. 옥타각 여주인 미루향도 구경이라면 절대 빠지는 법이 없었다. 피주기가 구경의 일인자라면 미루향은 이인자라고나 할까. 피주기는 진정한 사업의 동반자인 미루향 옆으로 갔다.

"숙명 공주? 어디 아파서 저어기 어디 갔다 안 그랬었나?"

"그랬었죠."

"근데 왜 왔으까?"

"그야…."

피주기가 깊이 생각하며 신중하게 대답을 미루는 미루향을 바라보았다. 긴장된 순간. 드디어 미루향이 답했다.

"다 나았으니까 왔겠죠."

"헐."

과연 미루향다운 답이로다. 피주기는 고개를 끄덕였다.

"예쁜가?"

피주기는 행렬 사이로 고개를 쑥 들이밀어 보았다. 하지만 숙명 공주의 얼굴은 보이지 않았다.


드디어 월성에 숙명 공주가 도착했다. 겹겹이 닫혀 있던 내전 문이 활짝 열려 숙명 공주를 맞이했다. 어릴 때부터 '작은 지소'라고 불리었던 공주였다. 아름다웠고 영특했으며 어떠한 순간에도 냉정함을 잃지 않는 숙명을 보며 지소는 내심 삼맥종에게 문제가 생긴다면 이 아이에게 왕위를 맡기겠다고 생각했을 정도였다.

그런데 공주의 건강에 무리가 오더니 결국 쓰러졌고, 그때 지소는 이것이 영실의 음모이거나 자객의 소행이 아닐까 의심했었다. 내전 의원 누구도 믿을 수 없었으니 숙명 공주의 병도 믿을 수가 없었던 거다. 그 바람에 모든 내전 의원은 하옥 당했고, 왕경에서 팔리는 약재는 전부 수거되었다. 만약 그때 현추가 아니었다면 월성, 아니 왕경 전체에 피바람에 불 뻔했다. 현추는 의심을 거두지 않는 지소에게 현추만의 방법으로 숙명 공주가 진짜로 아프다는 것을 확인시켜주었고, 따뜻하고 습한 바닷가인 자신의 고향 마을로 피접 보내게 했던 것이다.

내전 맨 안쪽 방에서 지소는 숙명 공주를 기다리고 있었다. 숙명이 앞으로 다가서자 지소가 천천히 돌아섰다. 피접 보내고 삼 년 만에 보는 딸이지만 어머니 지소는 반가워 얼싸안는 건 상상할 수 없었고, 숙명 또한 그런 어머니의 마음을 익히 알고 있었다. 둘은 잠시 서로를 응시하는 것으로 하고 싶은 말, 못다 한 말을 끝냈고 숙명은 편안한 얼굴로 태후에게 신하의 예를 다했다.

"태후 전하. 숙명, 피접을 마치고 돌아왔습니다."

"몸은 괜찮은 것이냐?"

"염려해주신 덕분에 쾌차하였습니다."

"잘 왔다… 공주."

숙명은 지소의 환영 인사에 무표정한 얼굴로 고개를 끄덕였다. 삼 년 만의 모녀 상봉은 그렇게 끝났다.

위화는 헛기침을 하며 지소를 바라봤다. 뜬금없이 부르더니 기름진 음식에 향기로운 술을 몇 잔 먹이고 내전의 은밀한 뜰을 산책시킬 때 알아봤어야 했다. 준다고 막 받아먹는 게 아니었다.

"뭐라 하셨는지?"

"숙명 공주를 선문에 보내드리겠다고요."

위화는 지소의 뻔뻔한 얼굴에 기가 막혔다. 생각해서 준다는 듯한 저 진심 어린 표정이라니, 위화가 아니었으면 딱 속아 넘어가기 좋을 표정이었다. 위화는 일단 참 난감하다는 듯, 숙명을 위한 말이라는 듯한 표정을 지으며 지소를 바라봤다.

"선문이라는 것이 시커먼 사내들만 있는 곳인데 말입니다? 공주님에게 몹시도 불편한 곳이지 않겠습니까?"

"숙명이 사내들 사이라고 불편해할 아이입니까? 아시지 않습니까? 숙명을."

위화가 과장되게 웃어 보였다. 알지요. 숙명 공주. 작은 지소.

"게다가 전통적으로 신국을 지키는 자들의 우두머리는 여자였습니다. 원화 말이지요."

"원화. 예, 원화. 그 원화가 마음에 안 맞아 화랑을 재정비하신 줄 알고 있는데요?"

"그랬죠. 위화 공이 잘해주고 계시구요. 그렇지만 좋은 것이 있으면 나쁜 것이 있고, 나쁜 것이 있으면 좋은 것이 있는 법… 원화가 나쁜 것만 있었던 것은 아니니 취할 것은 분명 있지 않겠소?"

그 말에 위화가 하하 낮게 소리 내어 웃었다.

"선문 일은 제가 알아서 할 테니 염려 놓으시지요. 아직은 원화의 좋은 점을 취할 정도가 아닙니다."

웬일인지 지소가 순순히 고개를 끄덕였다. 그러자 위화는 더럭 겁이 났다. 저렇게 쉽고 순순하게 고개를 끄덕일 여자가 아닌데.

"그런데."

'그런데'가 나오자, 위화는 바짝 긴장했다. 역시, 승부는 지금부터인 거다.

"지뒤랑이 조카라면서요? 확실합니까?"

"지뒤랑 말입니까?"

전혀 예상하지 못한 이름이 튀어나오자 위화는 반격의 자세조차 취할 수 없었다. 이야기가 어떻게 튀어갈지 짐작할 수 없는 상황이었다.

"위화 공만 믿고 아무 조건 없이 받아들인 화랑인데… 세작*이란 첩보가 있더군요."

"에? 세작이오?"

위화를 보는 지소의 얼굴은 말갛고 아름다웠다. 지소는 꼭 이렇게 반항할 수 없는 큰 공격을 하고 나면 참으로 아름다워 보이는 빌어먹을 특징이 있는 사람이었다.

"제 조카라니까요?"

"그건 조사해봤지요. 조카가 아니라더군요."

---

\* 첩자

"에? 그건 또 언제?"

"이전에 어디서 무엇을 했는지 아무도 모른다지요? 공이야 그를 받아들인 이유가 있겠으나, 그를 증명할 수는 없지 않습니까?"

"그래…서요? 그래서 어찌하시겠다는 겁니까?"

"신국의 해가 될 자라는 첩보인데, 확인을 해봐야겠죠. 고신을 하여 배후를 밝혀내고, 쉽게 입을 열지 않는다면 죽여서라도 자복을 하게 만들어야 하지 않겠습니까? 그것이 세작을 다루는 방법일 텐데요."

"그게 세작이라면 그리 하셔야겠죠."

"그래요. 그러면 지뒤랑부터 추포해야겠군요."

위화는 눈을 감았다. 지뒤랑 곧 삼맥종이 나타나 피식 웃더니 말하는 것 같았다.

"백성은 즐겁고 군주는 고통받는 나라. 백성은 나라를 위해 걱정하지 않는데 군주는 백성을 걱정하는 나라. 이게 그쪽이 바라는 나라요? 신국이 바뀔 바라는 사람. 이게 내 반쪽 진심이오."

위화는 마음으로 탄식했다. 분명 그 말이 지소의 귀에 들어간 거겠지. 이런 나쁜 놈! 이래서 사람이 쉽게 정을 주면 안 되는 건데, 이상한 말을 지껄인 그놈 때문에 지소한테 무릎을 꿇어야 하게 생겨버렸다. 결국, 위화는 하하 소리 내 웃으며 지소에게 항복을 할 수밖에 없었다.

"숙명 공주님이야말로 어려서부터 황실의 예법과 악, 춤을 두루

체득하신 분이지요. 이번 축연에 큰 도움이 되실 겁니다. 부디 선문이 공주에게 불편하지 않으면 좋겠습니다."

그 말에 지소는 여전히 아름다운 얼굴로 부드럽게 웃으며 고개를 끄덕였다.

"숙명이 큰 도움이 되면 좋겠소."

"당연히 도움이 되시겠죠. 네. 분명합니다."

그러면서 위화는 지뒤 곧 삼맥종을 마구 밟아주리라 다짐했다. 아이고, 애물단지.


애물단지 삼맥종은 수업에 들어오는 선우를 못마땅한 눈으로 쳐다보았다. 요즘 삼맥종은 선우가 보이면 자동으로 인상이 험악해지곤 했고, 그러든지 말든지 선우는 예전에도 그러했듯 상관하지 않았다. 그러자 무시당하는 삼맥종은 기분이 더러워져서 더 험악해질 수밖에 없었다.

우륵이 북채를 들고 앞에 서서 따닥 쳐보이자 악기를 가진 화랑들이 둘러 모여 앉았다.

"음악은 본래 자연에서 온 것이다. 가만히 귀를 기울이면 자연이 내는 음악을 들을 수 있다. 몸으로 자연을 흉내 내는 게 춤이다. 바람이 불고 비가 오고 해가 뜨고, 강물과 바다가 물결치듯이 너희 몸도 그렇게 만들어야 한다. 몸의 강함과 부드러움을 다 알아야 선율에 춤을 담을 수가 있다."

어색하게 가야금을 뜯는 기보, 피리를 들고 부는 신, 엇박자로 어색하게 북을 치는 장현의 가락에 맞춰 상선방 화랑들은 몸을 풀듯이 우스꽝스런 자세로 손을 뻗치고 흔들리는 나무를 표현하기 시작했다. 그러자 우륵이 그 꼴을 보고 고개를 절레절레 흔들었다.

"아무래도 너희들은 유연성을 좀 키워야 하겠다."

우륵이 묶어 준 대로 수호와 반류, 여울과 한성, 선우와 삼맥종이 짝을 이루어 유연성 키우는 운동을 시작했다. 서로 잡아주며 다리 찢기를 시도하는데, 아약 소리를 지르질 않나 때리고 맞고 아주 아수라장이 되고 있었다. 그중에서도 유독 뻣뻣한 건 선우였는데, 삼맥종은 일부러 더 선우의 다리를 잡아당겼고 선우는 고통에 찬 비명을 질러댔다.

결국 선우가 삼맥종을 노려보며 으르렁거렸다.

"나한테 왜 이러는 거야?"

"누이를 울리는 오라비가 싫은가 보지."

삼맥종은 선우의 등을 강하게 눌렀고, 선우가 윽! 비명을 지르며 고꾸라지자 조용히 혼자만 들을 수 있는 목소리로 덧붙였다.

"아님 부럽든가."

하얀 이불 홑청이 마당 가득 하늘하늘 날리고 있었다. 전부 다 아로가 널어놓은 이불 홑청이었다. 누렇게 때 탄 홑청을 잿물에 담가 팔팔 끓이고 푸른빛이 날 때까지 방망이로 두들기다가 헹구기를 여러 차례, 줄 위에 팽팽하게 걸쳐 펴고 장대로 밀어 올리는 단순노동을 계속 반복하고 있었다. 아무 생각 없이 시간을 보내기에는 최고였다.

갑자기 홑청 뒤에 어른거리는 사람 그림자가 보였다. 아로가 입을 앙다물고 휘리릭 홑청을 확 들춰보니, 히죽 웃고 있는 삼맥종의 얼굴이 나타났다. 아로의 얼굴에는 어쩔 수 없이 실망하는 빛이 떠올랐다가 바로 사라졌다.

"누군 줄 알았는데? 오라비?"

"가시오. 귀찮게 하지 말고."

"내가 누굴 귀찮게 하고 그런 사람이 아닐 텐데. 어렵게 하는 사람이지."

아로는 상대하기 귀찮아 아랑곳하지 않고 빨래를 너는데, 삼맥종이 펄럭이는 흰 천을 확 잡아채서 아로를 자기 코앞으로 끌어당겼다. 한쪽 손에 홑청 끝을 말아 쥐고 좀 더 당기자 아로는 뜨거운 숨이 닿을 만큼 가까운 거리에서 삼맥종을 마주했는데, 아로는 시선을 피하지 않고 똑바로 바라봤다.

"또 입이라도 맞출 건가?"

"못 할 것도 없지."

"좋은 말로 할 때 가시오."

"나랑 이렇게 가까이 있는데… 넌 아무렇지도 않냐?"

"…"

"네 앞에 서 있는 사내 가슴이 이렇게 뛰는데. 네가 좋다고 소리치는데… 아무렇지도 않냐고."

"…"

그런데도, 삼맥종을 보는 아로의 표정에는 아무런 감정도 떠오르지 않았다. 그저 무심하게 삼맥종을 쳐다보던 아로가 갑자기 물었다.

"오라비는… 아무렇지도 않소? 오늘 밥은 먹었나? 밥이 넘어갔나?"

"…"

무슨 말을 할 수 있을까. 삼맥종은 아로에게서 천천히 떨어지며 난감한 눈으로 바라보았다. 이 아이는 왜 이러나. 아로는 망설이는 삼맥종을 밀쳐내고 지친 듯 한쪽 돌에 털썩 걸쳐 앉았다. 아로의 이마에 햇볕이 따갑게 내리쬐고 있었다. 삼맥종은 아로의 앞으로 다가가 이마에 손을 모아 그늘막을 만들어주었다. 아로가 삼맥종을 돌아보았다. 멍한 아로의 얼굴을 보며 삼맥종은 슬픈 듯 희미하게 웃었다.

"서운하면 안 되는데. 서운하네. 그래도 좀 가까워진 거다. 우리. 다음엔 더 가까워질 거고."

"?"

하지만 아로는 삼맥종을 보고 있지 않았다. 삼맥종의 뒤에 서 있는 선우를 보고 있었다. 그 자리에 멈춰서 다가오지 않고 그대로 지켜보고 있는 선우의 시선과 아로의 시선이 얽혔다.

"…"

"…"

선우는 아무 말 없이 그대로 돌아서 가버렸다. 선우의 뒷모습을 원망스럽게 보는 아로의 눈에는 눈물이 핑 돌았다.


위화는 선문에 돌아오자마자 병이 나서 끙끙 앓기 시작했다. 지소에게 그렇게 당했는데 병이 안 나면 그게 더 이상한 일이다. 급하게 불려온 아로가 맥을 짚어보더니 이상하다는 듯 위화를 바라봤다.

"왜? 무슨 병인데? 중한가?"

"체기가 있으십니다만… 돌도 씹어 드신다 들었는데요."

위화는 큰 소리로 웃어 젖혔다.

"그건 젊었을 때 이야기지. 지금은 나이 들어서 돌은 무리고… 어찌했건 체기라 이거구만. 그 여편네한테 그 꼴을 당했으니 당연히 체하지. 안 체하면 이상하지. 그럼 이제 어쩌나? 체하면 뭘 먹지?"

"굶으셔야죠. 아무것도 먹지 말고."

"약 같은 거 없고?"

"사혈을 하셔야 합니다."

"사혈이 뭐야? 피 막 뽑고 그, 그런 거?"

위화가 겁에 질려 있든 말든 아로는 무심하게 사혈을 했고, 바늘 하나에 겁먹고 비명을 질러댔던 위화는 시커먼 피가 품어져 나오자 꺼억 큰 트림을 하더니 민망한 듯 웃어 보였다.

"이게 체기 같겠지만, 사실은 화병이네. 오늘 화가 많이 났거든."

"…."

아로가 무성의하게 고개를 끄덕이니, 위화는 그제야 아로의 얼빠진 얼굴이 눈에 들어왔다.

"근데 우리 일당백이 뭔 일 있네? 표정이 영 안 좋으네?"

"선우랑은…."

아로가 위화를 올려다보며 물었다.

"선우랑은… 괜찮은 화랑인가요? 믿을 수 있는 사람이에요?"

"엥?"

"정말 어떤 사람이에요?"

"아니, 그걸 왜 나한테…."

아로는 원망스럽다는 듯 눈물을 주르륵 흘렸고 그 바람에 위화는 뚫렸던 체기가 다시 모여 막히는 것 같았다.


다음 날 숙명이 정말로 선문에 나타났다. 수행은 달랑 한 명 데리고, 수레도 안 타고 그냥 말 한 필 끌고 터벅터벅 나타나버렸다. 미진부가 달려나가 숙명을 맞이했고 위화는 되도록 천천히 걸어 나가 인사만 했다.

"오신다더니… 정말 오셨네요."

숙명은 웃음기 하나 없는 얼굴로 고개만 까딱 인사를 하더니 그대로 지나쳐 안으로 들어가 버렸다. 그러자 미진부가 급하게 따르며 막는 듯 가로막아 섰다.

"들어가시지요. 제가 안내하겠습니다."

하지만 숙명은 앞에 있는 미진부는 두고 뒤에 있는 위화를 돌아보았다.

"괜찮으면. 혼자 둘러볼까 하는데?"

미진부가 깜짝 놀라 위화를 돌아봤다. 선문의 손님이 혼자 막 돌아다니는 법은 없었는데 이 공주님이 왜 이러시냐고 묻고 있는 것이었다. 위화는 입이 썼으나 숙명이 하자는 것을 방해할 수 없어서 헛헛 웃는 척하며 고개를 끄덕였다.

"그러셔야죠. 혼자 둘러보고 싶으시겠죠. 자유롭게 하시지요."

"그럼."

숙명이 당당하게 안으로 들어가버리자, 위화는 그 뒷모습에 대고 입술만 붙였다 뗐다 할 뿐이었다.

"선문을 혼자 돌아보라 합니까?"

"어쩌겠소. 그러고 싶다는데…."

"그럼 풍월주는 앞으로 공주가 시키는 대로만 움직이시는 건가요?"

"이 사람이 지금!"

확 돌아보며 눈을 부라리던 위화는 명치끝이 답답해져 오는 것을 느꼈다. 또 체기가 몰려오는 것 같았다. 앞으로는 항상 바늘을 들고 다녀야 할 것 같았다.


수행원 한 명 데리고 온 숙명이었지만, 선문을 돌아다닐 때는 달랑 혼자였다. 동네공원에 산책이라도 나온 것처럼 가벼운 발걸음으로 다 들여다보고 다 만져보고 다 경험해보려는 것 같았다. 허투루 지나치는 건 한 가지도 없었다. 하다못해 선문 대마당 땅바닥 흙까지 만져보았고, 수련장에서는 굴러다니는 목검을 들어 타격대를 빠짐없이 죄다 때려보더니, 우륵의 악기 수업장에 들어가서는 모든 악기를 어떻게든 다 한 번씩 건드려 보기까지 했다. 그 태세라면 위화의 낚시장, 늘상 위화가 낚싯대를 드리고 앉아 있기는 하지만, 물고기 한 마리 낚아 올린 적이 없는 그곳에서는 맨손으로 물고기 서너 마리쯤 가볍게 건져 올릴 것 같았다.

선문에 낯선 여인이 돌아다닐 거라는 통보를 미리 받지 못했던 화랑들은 숙명이 선문에 등장한 일각 만에 숙명의 주위로 죄 몰려나왔다. 뭐하는 사람인지, 뭐하려고 온 건지 몹시 흥미로워하면서 관심을 보였고 인사를 하거나 쓸데없는 날씨 이야기로 말을 걸어보려는 이들도 있었다.

그런데 숙명의 반응이 참으로 어이없었다. 대답은 안 하면서 멀뚱멀뚱 쳐다보기만 해서 무안하게 만든다던가, 사람이 말하고 있는데 쌩 지나가버린다던가 하며 사교에는 전혀 관심 없다는 태도를 극명하게 보여주는 것이었다. 그리하여 숙명 등장 반 시진*의 시간이 지난 후에는 결국 아무도 그녀 곁에 남아 있지 않게 됐다. 그녀가 숙명 공주이고 앞으로 한동안 저리 돌아다닐 거라는 통보도 이미 돌았고, 숙명의 태도가 '내 곁에서 꺼져버려'였으니 당연한 결과였다.

그러나 호기심이라고는 세상 최고라 해도 손색이 없을 상선방 화랑들만은 아직 포기하지 않고, 숙명이 잘 보이는 곳에 숨어 의견을 나누고 있었다.

"나는 태어나서 공주라는 걸 처음 봐."

한성에게 숙명은 신기한 물건 같은 것이었다. 서역에서 처음 건너온 망원경처럼.

"공주가 여긴 왜 온 거야? 이제 화랑에 여인도 받나?"

지소의 베일이 스친 이후 지소가 아닌 여자는 전혀 흥미가 없는 왕년의 바람둥이 수호가 삐딱하게 쳐다보며 중얼거렸다.

"혼인하러 온 거지."

여울은 단정적으로 결론 내렸다.

"당연하잖아. 혼기 찬 공주가 왕경 최고의 남편감들이 다 모인 선문에 온 이유가 뭐겠어? 부마를 찾는 거지."

---

* 한 시간

204

"반류 같은 애?"

한성과 여울이 이건 또 뭔 소리냐는 듯 수호를 쳐다봤다.

"그렇잖아. 하는 짓이 딱 반류네. 둘이 엮어지면 참 볼 만하겠네."

"반류하고는 약간 다른 느낌인데?"

"다르기는? 딱이구만 무슨. 여튼 내 취향은 아니야. 어떻게 어머니를 하나도 안 닮았어. 뭔 여인이 저렇게 쌩하냐. 얼음덩어리 같다, 야. 잘 웃지도 않고."

"뭐래."

여울이 어이없어서 수호를 위아래로 훑어보는데 한성이 한마디 보탰다.

"어머니 닮았으니까 얼음 아니야?"

수호는 뭔 헛소리냐는 듯 고개를 저으며 한성을 바라봤다.

"너는 아직 어려서 여인을 모른다."

여울이 기가 막혀서 쯧쯧 혀를 차며 웃었다.

"아주 맛이 갔네. 수호랑의 몰락을 보는 거 같아 맘이 아프다, 내가."

"뭐래?"

그들이 툭탁거리는 가운데, 선문의 다른 쪽에서는 삼맥종이 혼자 앉아 숙명을 보고 있었다.

"대체 무슨 생각이신 걸까?"

"별 뜻 없으실 겁니다."

풀숲에 몸을 숨겨 전혀 눈에 띄지 않는 파오가 대답했다.

"어머니가 하는 일 중에 별 뜻 없는 건 없어."

그 시각. 언제나 빨래터 계곡에서 시간을 보내는 선우는 나무에 기대어 흐르는 계곡물을 내려다보고 있었다. 그러다가 누군가 오는 인기척을 느껴 돌아보니 선우가 있는 곳은 잘 안 보이는 넓은 바위에 자리 잡은 숙명이 신을 벗고 계곡에 발을 담그고 있었다. 지켜보는 사람 한 명 없는 것을 확인한 숙명은 기분 좋게 미소 지었다. 바람도 부드럽고 햇볕도 좋고 한숨 자기에 딱 좋은 자리였다. 편안한 자세로 기대앉자 스르르 눈이 감겼다.

　그러다 정말 잠이 들었던 모양이었다. 어슴푸레 눈을 뜨는 사이로 목검을 들고 다가오는 선우가 보였다. 위기감을 느낀 숙명이 곁에 둔 검을 찾는 순간, 선우는 목검을 휘둘러 숙명의 목 쪽을 내리쳤다. 숙명이 재빨리 움츠리며 몸을 피했는데 그제야 옆에 떨어진 뱀 한 마리가 보였다. 숙명이 반사적으로 검으로 뱀을 죽이려 하였으나, 선우가 목검으로 숙명의 검을 쳐내 떨어진 뱀을 멀리 날려 보냈다.

　"왜 안 죽였소?"

　"왜 죽여야 하는데? 아무 해도 끼치지 않았잖아."

　"독사였소."

　"독을 품고 태어난 게 그놈 잘못인가?"

　"그럼 그냥 두지, 쳐낸 건 왜 쳐냈소? 사람을 위험하게 하니까 그런 거 아니오?"

　"독사도 어쩔 수 없는 경우가 있잖아. 사람이 먼저 조심해서 다녀야지. 옷부터 제대로 입든가."

　숙명은 그제야 자신의 옷차림이 흐트러진 것을 알고, 얼른 매무시를 가다듬는데 선우는 그러든지 말든지 관심 없다는 듯 벌써 저만치

가버리고 없었다.

'뭐지?'

당혹한 숙명은 참으로 오랜만에 말문이 막혀 선우의 뒷모습을 바라보기만 했다.


선문에 밤이 찾아오고 있었다. 슬프기도 하고 따뜻하기도 한 가야금 소리가 선문을 울리는 밤이었다. 우륵의 가얏고 소리를 들으며 위화와 미진부는 술잔을 기울이고 있었다. 위화는 이미 거나하게 취했지만 얼마든지 더 마실 준비가 되어 있었다. 캬~ 소리를 내며 잔을 비우는 위화를 보면서 미진부가 물었다.

"왜 받아들이신 겁니까… 숙명 공주."

"덫에 걸렸다고나 할까."

"태후께 무슨 약점 잡히셨습니까?"

"태후가 아니라 내 마음의 덫이오."

"예?"

"그러길래 정은 쉽게 주는 게 아니랍니다."

"뭔 소리인지…."

"그런 게 있답니다."

위화는 또 한 잔 털어 넣으며 달관한 듯한 미소를 보였다. 그러면서 마음속으로는 빠드득 이를 갈고 있었다.

'이놈의 지뒤, 제대로 못 하기만 해봐라. 지옥을 맛보여 줄 것이다. 이놈.'

지옥의 맛을 볼 처지에 놓인 삼맥종은 정양당에서 밥을 먹고 있다가 갑자기 등줄기가 서늘해져서 얼른 뒤를 돌아다보았다. 특별히 이상한 건 없는데 등줄기가 왜 이러나 주변을 둘러보는 삼맥종을 빤히 보다가 수호가 자기 밥을 덜어주면서 물었다.

"접근 금지는 완전히 끝난 거지?"

무슨 소리? 얼른 알아듣지 못하는 삼맥종의 멍한 얼굴을 보면서 수호가 이죽거리며 말했다.

"내가 누구한테 밥을 주는 건, 진짜 큰일 하는 거야. 아프다고 비실거리기만 해라. 확…!"

"아… 아직도 좀."

그제야 파오가 '접근금지' 푯말을 붙이고 드러누워 있었다는 게 생각난 삼맥종은 괜히 기침하는 척하면서 수호가 준 밥을 꾸역꾸역 밀어 넣었다.

"난 이번 공연 무조건 잘해낼 거야. 태후 전하께 내 깊은 충정을 보여드릴 생각이거든. 그러니까 아프지 말고 협조 좀 해라."

이글이글 불타오르는 수호를 보며 여울이 어이없다는 듯 쓰게 웃었다.

"충정? 확실하냐?"

"아니면?"

"됐다. 네가 모르는 걸 남이 알 리가 있겠냐? 그건 그렇고. 한성 넌 여기 왜 있는 거야?"

그러자 한성이 해맑게 웃으며 대답했다.

"여기 있으래, 풍월주가."

"왜?"

"우리 방에서 나만 군무잖아. 나머지는 다 악기."

한성이 고갯짓하는 곳에서는 기보, 신, 장현이 밥 먹는 와중에도 악기를 끼고 앉아서 밥 한 번 먹고 악기 한 번 만지고, 반찬 한 번 먹고 악기 두 번 만지며 정신이 없었다. 다들 다가오는 한가위 축연 준비에 흠뻑 빠진 게 분명했다.


서책과 약재들을 턱까지 한가득 안고 의원실로 향하던 아로는 잠시 그 자리에 서서 우륵의 가얏고 소리를 듣고 있었다. 애처로우면서도 청명하고 따뜻한 가얏고 소리는 요즘 아로의 마음을 위로해주는 한 가지였다.

가만히 서서 귀를 기울이고 있는 아로의 앞에 선우가 나타났다. 그런데, 선우는 아로를 잠깐 바라보더니 갑자기 아무 말 없이 아로의 품에 있는 한가득 짐을 다 빼앗아 안고 의원실을 향해 성큼성큼 걷기 시작했다. 아로가 재게 쫓아가 짐을 뺏으려 하는데도 선우는 전혀 틈을 내주지 않았다.

의원실 탁자 위에 책이랑 약재 내려놓은 선우가 그대로 나가려고 하자 아로가 불쑥 물었다.

"못 하겠다면 어쩔 건데?"

"…"

그 말에 의원실을 나가려던 선우는 그 자리에 멈췄다. 아로가 천천히 뒤돌자 꼼짝도 않고 서 있는, 애처로운 선우의 등이 보였다. 약재 창고에서 처음 보았던, 보는 것만으로 가슴이 시렸던 그 등이었다. 그땐, 시린 등을 모른 척할 수 없어서 마음이 아팠는데. 그때의 그 감정이 한꺼번에 되살아나 아로의 마음 가득 채웠다.

"아무 일 없었던 것처럼 내 오라비로 산다는 거, 내가 싫다 그러면 어쩔 거냐고?"

"달라지는 건 없어. 싫든 말든. 난 네 오라비로 살 거니까."

"거짓말쟁이."

"…."

"내가 기억 못 하는 것까지 다 기억한다며? 옛날 기억이 안 나면 나한테 물으라며? 입만 열면 거짓말… 다 거짓말이었어."

"거짓말 아냐. 너에 대한 건 다 알아. 누이가 불똥에 데였다, 아팠다, 그날은 웃었다… 울었다. 예뻤다… 수도 없이 듣고 또 들었던 얘기들이니까."

오라비 생각에 아로의 눈은 더 붉어졌다. 하지만 애써 눈물을 참으며 아로가 물었다.

"진짜 이름은 뭐야?"

선우는 대꾸하지 못했다.

"자기 이름도 말 못 하면서."

"나한테 이름은 선우뿐이야. 이름 같은 거… 원래 없었어."

"또 거짓말, 그쪽을 볼 때마다 내가 한심해 죽겠어. 내가 미워 죽겠어. 내가… 징그러워 죽겠어. 나가시오. 꼴도 보기 싫으니까."

"…."

선우는 아로에게 아무 말도, 또 아무것도 하지 않았다. 그저 아로가 하라는 대로 그 방에서 나왔을 뿐이었다. 뭘 할 수 있을까. 혼란스럽고 아픈 마음에 하늘을 바라보는 선우의 입에서 절로 한숨이 새

나왔다.

잠시 후, 의원실의 불이 꺼지고 아로가 밖으로 나왔다. 우륵의 가 얏고 소리는 아직도 들리고 있었고 아로는 또 한동안 자리에 서서 그 소리에 빠져들었다.

"…"

가얏고 소리를 들으며 천천히 걸어 선문을 빠져나가는 아로의 모 습을 선우는 담장에 걸터앉아 바라보고 있었다. 깊은 밤, 우륵의 가 얏고 소리가 더 깊어졌고 선우의 슬픔도 더 깊어만 갔다.


아로가 선문 밖으로 나오자 아로를 기다리고 있던 수연이 반갑게 다가왔다. 아로는 수연이 입을 열기도 전에 대답했다.

"반류랑은 아직 살아 있어."

그러자 수연이 안도의 한숨을 내쉬며 활짝 웃었다.

"조마조마해서 살 수가 없다. 지금 왕경 밖에는 반류랑이 내 가슴 만졌다고, 요만한 애들도 노랠 부르고 다니는데."

"네 인지도가 그 정도였어?"

아로가 무심히 물어보는 말에 수연은 괜히 머쓱해져서 이마를 긁 적였다.

"뭐 지금은 한두 명뿐이지만…"

"으응."

"아니! 지금! 그게 문제야? 심각하다고 난! 먹으면 기억이 확 사라 지는 그런 약 없냐?"

"그런 약 있음 내가 먼저 먹을 거야."

"아니, 넌 또 왜?"

"오라버니가 아닌데… 오라비였으면 좋겠기도 하고. 오라비가 아닌데… 오라비라고 자꾸 우기니까… 미워."

"에?"

수연은 새삼스레 친구를 쳐다봤다. 선문답이 아닌데 선문답 같고 선문답일 수도 있는 말도 안 되는 소리를 하는 사람이 제 친구 아로가 맞는지 다시 확인해본 것이다.

"새로운 야설은 아닌 것 같고… 뭐냐?"

아로는 설명하는 대신 긴 한숨을 내쉬었다. 저러다 땅이 꺼지면 어쩌나, 수연은 진심으로 걱정됐다.


다시 아침. 변함없이 대마당에 모인 화랑들은 군무와 연주의 마무리 연습을 앞두고 위화의 일장훈시를 듣고 있었다.

"드디어 축연이 코앞으로 다가왔다. 왕경의 백성들을 즐겁게 할 준비는 됐냐?!"

"예! 풍월주!"

"백성은 칼과 붓으로만 다스리는 게 아니란 것을 태후 전하와 화백들 앞에서 보여줘라. 춤과 악으로 왕경을 뜨겁게 해! 백성들의 환호에 따라 너희 모두의 통과 불통이 결정될 거다! 알았냐!"

"예! 풍월주!"

위화의 훈시는 화랑들의 마음을 뜨겁게 만들기에 충분했다. 그런데 흥분을 감출 길 없어 불타오르고 있던 수호는 문득 반류가 없다는 것을 깨달았다. 그러고 보면 요즘 반류가 연습도 게을리하고 따로 노는 것으로 보일 때가 많았다. 같이 자고 먹고 씻고 같이 움직이면서 친구라고 생각할 때가 많았는데, 그래 봐야 박영실의 아들인가?

"이노무 자식이 딴생각하나?"

반류는 담장 옆에 기대앉아 있었다. 연습시간이라는 것은 알았고, 연습을 해야 해야만 하는 것도 알았지만, 연습에 들어갈 수가 없었다. 아버지 호공의 서찰이 연습에 전념하지 못하게 만들고 있었다.

'절대로 영실 공을 실망시켜서는 안 된다. 절대로.'

반류는 철든 순간부터 신국의 절대 권력 박영실의 아들이었고, 아버지 호공은 반류를 반류답게 만드는 데 자신의 생애 전부를 바쳐왔다. 호공이 닦아놓은 무대 위에서 반류는 타고난 영특함으로 어른들을 기쁘게 하고, 어른들이 주는 권력을 누리면 되었었다. 세상무엇도 반류를 가로막을 수 없었다.

그랬던 반류가 처음 맛본 좌절은 역설적이게도 아버지 호공이었다. 반류에게 화랑서약서를 쓰게 하려고 영실이 아버지를 무차별 구타했을 때, 반류는 때리는 영실보다 맞으면서도 맞고 나서도 반항 한 번 못하던 아버지가 더 미웠다. 호공은 신음 한 번 내지도 않았었다.

그래도 아버지는 아버지였으니, 상선방 화랑들이 무단외출을 했던 그날 반류를 아버지를 찾아갔었다. 달리 갈 데가 거기밖에 없었다. 그때 반류는 못 볼 꼴을 보고야 말았던 것이다.

반류가 막 집에 도착했을 때, 외출에서 돌아온 영실과 호공이 말에서 내리고 있었다. 호공이 얼른 말에서 내리고 영실에게 머리를 조아리며 말했다.

"기다리십시오. 종복을 부르겠습니다."

"늦은 밤에 종복은 무슨. 소란 떨지 말지."

그 말을 들은 호공은 잠깐 망설이는 듯싶더니, 바로 땅바닥에 엎드렸고 영실은 그 등을 밟고서 말에서 내렸다. 영실은 뒤도 돌아보지 않고 집 안으로 걸어 들어갔고, 호공은 무릎의 흙도 제대로 털어내지 못한 채 바쁘게 걸어 영실에게 따라붙었다.

반류를 차마 그 장면을 다 볼 수 없어서 도망치듯 그 자리를 피해 왕경 야시장에 묻혔었다. 영실이 신국의 일인자라면 호공은 이인자는 못될망정 그 언저리 어디쯤에 있는 사람이라고 반류는 그렇게 생각해왔었다. 그런데 알고 보니 영실에게는 하마석* 같은 존재, 사실은 하마석보다 더 못한 존재일 뿐이었던 거다. 쓰다가 언제든 버려질 수 있는 존재.

그런 호공이 신신당부를 해온 것이었다.


**영실 공이 너에게 시킨 일을 잘 수행하도록 해라. 절대 그를 실망시키지 마라.**


잔뜩 어두운 반류의 얼굴 위로 다시 그늘이 졌다. 반류가 인상 찡그리며 올려다보니, 아로가 서 있었다. 아로는 반류를 보는 것만으로도 못마땅한지, 뚱한 표정으로 대뜸 물었다.

---

\* 말에 올라타거나 내리기 위해 준비된 바위

214

"진심이오?"

"뭐?"

"수연이에 대한 마음. 진심이냔 말이오."

아무 대꾸도 못 하고 쳐다보는 반류에게 아로가 서찰을 꺼내 눈앞에서 흔들더니 다시 말을 이어갔다.

"난 그쪽이 영 마음에 안 드는데. 수연이가… 많이 좋아하는 것 같아서. 하나 진심이 아니면… 이대로 찢어버리겠소. 수연이한테도 그렇게 전하고."

반류는 대답하지 않은 채 빤히 서찰만 바라봤다. 수연. 물론 진심이었다. 하지만, 지금 그런 진심 따윌 생각하면 안 되는 거 아닌가? 그런 반류를 보며 몇 번 더 대답하라 채근하던 아로는 결국 안 그래도 뚱한 얼굴을 잔뜩 찡그리더니 서찰을 반류의 품에 던지고 가버렸다.

'그새 하루를 더 기다리지 못하고 또 이렇게 서찰을 보냅니다. 내일 축연 때 맨 앞에서 반류랑의 춤을 지켜보겠습니다. 부디 마음 편히 공연에 임하십시오. 언제나 당신을 응원하는 당신의 수연.

추신. 공연이 끝나면 무대 뒤에서 뵙고 싶습니다. 이제 우리 얼굴을 마주하고 해야 할 말이 많아지지 않았나요?'

수연의 서찰로 인해 안 그래도 복잡한 반류의 머릿속이 더욱 복잡해졌다.

선문 대마당에서는 우륵의 신들린 듯한 북소리에 맞춰 장현, 기보, 신 등이 신명 나서 악기를 뜯고 두들기고 있었다. 이제는 제법 화음을 이루는 소리에 위화가 몸을 맡기고 빠져들고 있는데, 갑자기 음악이 멈췄다. 못내 아쉬워서 돌아보니 저만치에 숙명이 수행원 동백을 대동하고 단 위에 올라서 있었다. 숙명을 본 위화는 못마땅해 입을 삐죽였다.

"그냥 방에 있지, 굳이 나와서 돌아다니신다네. 부지런하신 공주님이."

위화는 끄응 신음을 내며 일어나 화랑들을 둘러보았다.

"뭐 이미 알 만한 사람들은 다 아는 이야기다만, 숙명 공주 전하시다. 공주께서는 당분간 선문에 머물면서 너희들의 부족한 면을 일깨워주실 거다."

기보가 어이없다는 듯 냉소를 흘리며 숙명을 쳐다봤다.

"공주님은 뭘 잘하십니까?"

일제히 숙명에게 시선이 쏠리자 숙명은 잠깐 물러나는 듯하다가, 선우를 보았다. 선우가 그 시선을 피하지 않고 똑바로 마주 보자 숙명이 싱긋 웃었다. 너를 위한 것이라는 듯. 숙명은 동백이 들고 있던 검을 뽑아 들었다.

숙명은 본국검 지검대적세의 자세로 화랑들을 돌아보았다. 그것만으로 싸늘한 시선에 실린 날카로운 검기가 화랑들에게 날아오는 듯했다. 숙명의 본국검은 거침이 없었다.

'금계독립세' '후일격세' '맹호은림세' '안자세' '직부송서세' '발초심사세'. 우륵은 숙명의 검무에 북을 쳐서 박자를 맞춰주었고, 화랑

216

들은 입을 떠억 벌리고 절도 있으면서 아름다운 숙명을 바라보고 있었다. 마지막으로 '표두압정세' 까지, 발을 구르지 않고 힘 있게 누르는 숙명에게 압도당한 화랑들은 숨소리도 크게 내지 못하고 있는데 숙명은 마무리하듯 기보의 가랑이 사이에 검을 던져 꽂았다. 기보가 찔끔 지릴 듯이 놀라 뒤로 주저앉자 숙명이 차갑게 웃으며 말했다.

"오늘은 이 정도만."

짝짝짝-! 다들 말을 잃고 있는 가운데 박수 소리가 들렸다. 우륵이었다. 예술을 하는 사람으로서 숙명의 아름다움에 박수를 보낸 것이었다. 박수 소리가 끝나자 숙명이 눈으로 감사 인사를 하고 화랑을 둘러보며 말했다.

"이번 축연이 왕경에 화랑을 처음으로 소개하는 행사라 들었는데. 실수 한 번이면 그만큼 화랑의 면모가 깎이겠지요. 어떤 공연을 해내실지 많이 기대하고 있겠습니다."

위화는 지소한테 져서 숙명을 선문에 들인 것도 화병이 나는 판국에, 작은 지소한테까지 밀리는 것 같아 참으로 입 안이 썼다. 이거야말로 완패. 이걸 만회할 날이 과연 올 것인가? 참으로 절망적인 순간이었다.

드디어 한가위 축연의 날이 밝았다. 색등이 걸린 축연장 곳곳에는 아이들이 구경꾼들 사이를 누비며 뛰어놀았고 여인들은 길쌈잔치를 벌이고 있었다. 귀족 아가씨들과 기생들은 경쟁하듯 아름다운 옷을 갖춰 입고 화려한 장신구로 장식하곤 서로를 염탐하며 견제하느라 분주했다. 혹시 더 장식할 뭔가가 있는지 싶어 몰려든 손님들로 다이서는 그야말로 대목 중의 대목을 맞았고, 미루향은 이런저런 장신구를 갖다 대며 옥타각 기생들을 다그치고 있었다.

"목숨 걸고 꾸며. 오늘은 여인보다 예쁜 화랑들한테 미모로 밟힐 수도 있어. 옥타각 자존심이 걸린 문제야. 알았지?"

"예."

수연은 그들과 조금 떨어진 곳에서 장신구를 고르고 있었다. 입술에 붉은 연지도 살짝 찍어 발라 보고 이런저런 장신구들을 걸쳐도 보는 수연의 얼굴은 다가올 반류와의 만남으로 인해 발그레, 수줍고 설레는 마음을 감출 수가 없었다.


박영실의 집에서도 준비는 한창이었다. 더할 나위 없이 화려하게 차려입은 박영실의 옆에서 호공은 시중 들듯 거들고 있었다.

"반류가 잘하겠지?"

"염려하지 마십시오. 화랑에도 들어가지 않으려 그렇게 버티던 아이입니다. 태후를 위해 춤을 춘다는 사실만으로 모욕감에 치를 떨고 있을 겁니다."

"한가위에 왕경백성들에게 좋은 구경거리 하나 선물해야지. 태후의 화랑들이 우왕좌왕하는 꼴이 아주 재밌을 거야."

그렇게 말은 했지만, 박영실의 옷을 거들어 입히는 호공의 표정은 좋지 않았다. 반류에게 더러운 짓을 시킨 게 아무래도 마음에 걸렸다. 더럽고 추한 짓은 자신이 다 하고 반류를 화려한 꽃길만 걷게 해주고 싶었는데, 아무래도 그것이 안 될 모양이었다.

아로도 의원실에서 만약의 사태를 대비한 구급약을 챙기는 것으로 축연 준비를 하고 있었다. 그때 삼맥종이 문을 열고 들어왔다.

"여긴… 웬일이오?"

"웬일? 보고 싶은 웬일?"

느끼한 삼맥종의 대답에 아로는 토하고 싶은 지경에 이르러 얼굴이 일그러졌다. 그런 아로의 표정을 보면서 삼맥종이 볼멘소리로 항의했다.

"왜? 최선을 다해 솔직 담백하게 말한 건데."

"전엔 통 못 잔다더니. 이젠 잠도 잘 자는 모양이오. 농을 할 여유도 있는 걸 보니."

"여전히 못 잔다면… 같이 자줄래?"

삼맥종이 아로에게 바싹 다가가니 아로는 이미 침을 앞으로 내밀고 있었다.

"하지 말지… 내 의지보다 침이 빠를 수 있는데."

"오늘 밤 한가위 축연 보러 올 거지?"

"글쎄."

"와라. 난 오늘 널 위해 춤을 출 생각이거든. 그래서 네가 안 오면. 내가 외로울 것 같거든. 나한테 백성은 너 하나야. 그러니까 꼭 와."

삼맥종이 나가자 아로는 긴장이 풀려 의자에 주저앉았고 정수리 부분을 꾹꾹 눌러주기 시작했다.

"저것도 너무 연타로 들으니까 현기증 나네. 백회혈을 눌러 줘야

해, 백회혈."

비상약을 챙겨 든 아로는 나무 뒤에 숨어서 화랑들의 왕래가 끝나기를 기다리고 있었다. 느끼한 삼맥종도 그렇고, 선우도 그렇고, 그들이 축연장으로 다 옮겨가면 그때 갈 생각이었다. 아로 본인은 몰랐지만, 백회혈을 하도 눌러서 머리카락이 삐죽 솟아 나온 아로가 나무 뒤에 숨어 있는 모습은 좀 우스꽝스러웠다.

그때 멀리서 선우가 오는 것이 보였다. 아로는 반사적으로 몸을 돌려 피하려고 했지만 결국 다시 돌아보았다.

"아니야. 안 피할 거야. 그냥 대놓고 미워할 거야."

선우는 아로를 발견하고 성큼성큼 걸어오더니 아로 앞에 섰다.

"그쪽은 내 오라비 아니야. 내 오라비를 죽게 한 사람이지."

"…"

아로는 선우가 뭔가 대답해주기를 바라며 말을 마치고 선우의 눈치를 보았지만, 선우는 대답할 생각이 없는 듯 아로의 말을 가만히 듣고만 있었다.

"흠흠, 그러니까… 내가 그쪽을 그대로 두고 보는 건. 천인을 숨겨준 사람에게도 죄를 묻는대서야. 난 괜찮은데… 우리 아버지. 평생 오라버니만 찾아다니셨던 우리 아버지가 불쌍해서. 그래서 봐주고 있는 거라고."

"…"

그런데도 선우는 여전히 보고만 있었고, 아로는 노려보다가 그것도 힘이 들어 결국 돌아섰다. 쳇, 사람이 말을 들었으면 반응을 보여야지. 계속 미워하겠다고 결심하고 막 가려던 그때였다. 선우가 아로가 가는 길을 막아서더니 불쑥 손을 뻗어 아로의 머리를 만졌다.

"?"

삐죽삐죽 솟아 나온 아로의 머리를 쓰다듬듯 가지런히 해준 것이었다.

"뭘 했길래. 머리가 이래…."

아로는 그대로 굳어 선우만 바라보고 있었다. 선우는 그런 아로를 빤히 보다가 살짝 웃으며 말했다.

"이따 올 거지?"

아로는 뛰는 심장 소리를 들키지 않으려고 선우의 손을 확 쳐내고 그 자리를 벗어났다.

"왜 건드려… 오라비도 아니면서. 아무것도 아니면서."

"…."

선우는 먹먹한 마음으로 아로의 뒷모습을 하염없이 바라보고 있었다.

## 3장
## 유일한 사람

계절 중의 으뜸인 가을. 그 가을날 중에서도 가장 빛나는 한가위 날
이 밝았다. 한가위는 신국의 역사가 시작된 이래 가장 풍요로운 명
절이자 가장 중요한 행사를 하는 날이었다. 물론 탄신연 행차도 중
요하긴 하였으나, 그것은 왕의 생일에 따라 날짜가 오락가락해서 간
혹 잊어버리기도 하는 데다 나라에서 베푸는 걸 받아먹기만 하는 날
이었다. 하지만 한가위는 달랐다. 한 해의 추수가 끝난 직후, 곳간이
그득해서 마음까지 풍요로운 날, 즉 베풀 수 있는 날이어서 더욱 좋
았다. 팔월의 한가운데. 보름달이 최고로 높고 밝을 때 어김없이 찾
아오는 신국 최고의 날은 뭐니뭐니해도 한가위였다.

　여기에 올해는 꽃청년 화랑들의 아름다운 공연까지 있다고 하니
사람들의 마음은 더욱 즐거웠다. 일부 성급한 왕경의 신민들은 새벽

부터 선문 앞에 모여 화랑이 나타나기만을 기다리고 있을 정도였다.

드디어! 선문의 육중한 문이 열리고 허공을 가르는 우렁찬 나팔 소리와 함께 화랑의 무리가 모습을 드러냈다. 선두에 선 이는 화려하게 성장한 숙명 공주였다. 아름답고 영특하여 태후를 잇기에 손색이 없다는, 그야말로 재원이었으나 몹쓸 병에 걸려 왕경을 떠나있을 수밖에 없었던 비운의 공주. 그 공주가 진묵에게 말고삐를 맡기고 앉아 있는 모습이 어찌나 아름답고 당당한지 왕경민들은 기쁜 마음으로 숙명을 환영했다.

그 뒤로 마침내! 기다려 마지않았던 꽃미남 화랑들이 등장했다. 수호, 반류, 여울, 한성, 삼맥종, 선우 등이 나타나자 여인들은 환호성을 지르다 못해 아우성을 치기 시작했다. 평소 여인네들 관심 좀 받아봤다 싶은 화랑들도 어마어마한 환영 인사가 당혹스러울 정도였다.

화랑 행렬 맨 뒤에서 함께 걸어가고 있던 위화는 뿌듯한 마음을 감출 수가 없었다. 백성들이 저렇게나 화랑에게 열광한다면 그것을 바탕으로 무엇이라도 도모할 수 있을 것이었다. 지금이야 외피의 아름다움에 혹해서 저러는 것이지만 점점 화랑의 정신을 이해하고 함께할 것으로 생각하니 신국의 밝은 미래가 이미 도래한 것만 같았다.

행렬 맨 뒤에 있던 미진부와 우륵, 위화 등 화랑의 스승들이 선문을 막 넘어섰다. 두 눈을 지그시 감고 손을 들어 인사하던 위화는 아무런 소리도 들리지 않은 것에 당황하여 눈을 떴더니 아뿔싸, 거기 남은 사람은 위화와 미진부, 우륵뿐이었다. 백성들이 화랑을 에워싸고 그들을 따라 아주 가버린 바람에 스승들이 아예 행렬에서 잘려

나와 있었던 것이었다. 위화는 머쓱해서 입맛을 다셨지만 참을 만했다. 어찌 됐든 신국의 미래가 밝아지면 되는 거 아니겠는가.

월성 내전에서는 화려하게 갖춰 입고 티 없이 화장한 지소가 축연에 나서기 전에 진맥을 받고 있었다. 오늘도 현추에게 강제로 끌려온 안지가 그녀의 의원이었다. 지소는 자신을 외면하고 진맥에만 집중하고 있는 안지를 빤히 바라보고 있었다. 눈이 마주쳐서 어떻게 할 수 있는 건 아니지만 그래도 한 번만 봐주기를 바라고 있었던 것이다. 안지의 집에서 그렇게 나와 십 년 넘게 안지 생각은 요만큼도 안 하고 군주로 살아왔던 지소였다. '여자 지소'는 그날 안지의 처 자이와 함께 죽었다고 생각했었다. 그런데 탄신연에서 안지를 본 뒤로 차갑게 흐른 십 년의 세월은 온데간데없이 사라지고 마음이 따뜻해지는 게 느껴졌다. 심지어 십 년이라는 세월이 전혀 없었던 것처럼 그때와 똑같이 안지가 그립기까지 했다. 어떻게든 불러서 무엇이든 하고 싶었다. 멸시를 당할망정 말이라도 섞고 싶었다.

그러나 안지는 아예 지소를 보지도 않았다. 지소가 아무리 집요하게 쳐다보아도 실수로라도 눈이 마주치지 않았다. 누가 그의 고집을 꺾겠는가? 지소는 쓰게 웃을 수밖에 없었다.

"…오랜 시간 정좌하기가 쉽지 않을 것입니다. 사람들의 눈에 보이지 않는 곳에서 잠시라도 호흡을 편하게 하십시오."

"화백들과 백성들 앞에서 빈틈을 보일 순 없소. 쉬기 위해 자리를 비운다면 말이 나지 않겠소?"

"버티다가 쓰러지면 더 큰 말이 나겠죠."

픽, 지소가 저도 모르게 실소하였다. 그때 모영이 지소가 마실 차를 들고 들어왔다.

"태후 전하 차를 준비했사옵니다."

모영이 차탁에 차를 내려놓자 습관처럼 지소의 손이 나갔다. 두 손으로 찻잔을 들고 차의 온기를 즐기다가 찻잔을 입에 대려 할 때였다. 지소는 안지가 자신을 보고 있다는 것을 알았다. 안지의 눈은 뭐라 설명할 수 없는 복잡 미묘한 감정을 담고 있었다. 그 시선을 한참 받고 있던 지소는 들고 있던 차를 내려놓았다.

"차는 됐다. 오늘은 마시지 않겠다."

모영이 차반을 내가자 안지는 언제 보았냐는 듯 또 고집스럽게 외면하고 자기 일을 하고 있었다. 안지의 시선에 목마른 지소가 견디지 못하고 헛기침을 했다. 움찔 놀랐지만 그래도 안지는 지소를 보지 않았다. 초조해진 지소는 결국 입을 열었다.

"저기…."

그때 밖에서 화랑이 선문을 이미 떠났으니 태후의 행차도 준비하겠다는 보고가 들려왔다. 때마침 정리가 다 끝난 안지가 자리에서 일어났다.

"밤바람이 찹니다. 겉옷을 든든히 챙기십시오."

안지는 의원으로서 주의할 점을 이야기하고 깍듯하게 묵례하고 나가버렸다. 하고 싶은 말 중 아무것도 하지 못한 지소는 한숨을 몰아쉬었다.


축연장에 어둠이 내리자, 끝없이 걸려 있는 오색등에 차례로 불이 붙어 축연의 중심, 공연이 있을 중심 무대가 드러났다. 무대를 빙 둘러 비단 천막을 쳐서 마련한 귀족의 자리와 일반백성의 자리가 나뉘어 있는데 이미 화백들과 백성들은 자리를 차지하고 앉아 설레는 마음을 수다로 풀고 있었다.

친태후파와 반태후파로 나뉘 앉아 있는 화백들 사이에 화려함의 극치로 꾸민 박영실이 호공의 수행을 받으며 거만하게 등장하였다. 그러자 어디서 봤는지 강성이 박영실과 호공 앞으로 다가오더니 넙죽 인사를 올렸다.

호공은 뜬금없이 강성이 나타나 인사를 하자 깜짝 놀랐다. 호공이 강성에게 시킨 일이 있었지만, 이렇게 눈에 보이게 인사하고 그러면 안 될 일이었다. 하지만 호공이 째려보는데도 강성은 전혀 상관없어 보였다. 영실이 굉장히 호의적으로 끄덕 인사를 받았기 때문이었다.

"강성, 영실 공께 인사 올립니다."

"그래. 오늘 축연은 여러모로 재미가 있을 것 같아. 구경 잘하게."

"감사합니다… 영실 공."

영실을 올려다보는 강성의 얼굴이 비열하게 빛나자, 호공은 왠지 모를 찜찜함에 뒷덜미가 섬뜩했다. 도대체 왜 저러는 걸까?

그때 갑자기 백성들이 함성을 지르기 시작했다. 지소가 화랑을 거느리고 축연장으로 입성하고 있었던 것이다. 지소가 모영의 수행을 받으며 자신의 자리를 찾아 앉고, 숙명이 그 옆자리에 앉는 동안 백성들은 자기가 좋아하는 화랑들의 이름을 부르며 이쪽을 바라봐 달라 소리치고 있었다.

선우는 자신도 모르게 인파 속에서 아로를 찾았고 어렵지 않게 아로와 눈빛을 마주칠 수 있었다. 아로도 선우를 보고 있었던 것이다. 서로 뭐라 꼭 집어 말할 수 없는 복잡한 심경으로 서로를 바라보고 있는 아로와 선우. 그리고 선우와 마찬가지로 아로를 찾던 삼맥종은 아로를 발견해 반가운 마음에 쳐다봤지만 그녀의 시선이 선우를 향하고 있는 것을 알고는 이내 씁쓸해졌다.

축연장에 모인 사람들은 귀족이나 백성이나 할 것 없이 먹고 마시고 노래하고 춤췄다. 더도 말고 덜도 말고 한가위만 같기를 바라는 바로 오늘, 신국의 백성들은 축제의 분위기를 마음껏 즐겼던 것이었다. 하지만 화랑들 사이에 있던 삼맥종의 마음은 그렇지가 못했다. 자신을 바라봐주지 않는 아로 때문이기도 했지만 단 위에 앉아 있는 지소를 바라보니 마음은 더욱 착잡해졌다. 지소는 곁에 있던 현추에게 귀엣말을 하더니 일어나 휴식 천막으로 향했다. 그런 지소를 끝까지 보고 있던 삼맥종은 천천히 일어나 지소가 간 천막 쪽으로 발걸음을 옮겼다. 그런 삼맥종을 우연히 아로가 쳐다봤지만, 대수롭지 않게 생각하고 고개를 돌렸다.

화랑들의 공연이 있을 시간이 다가오고 있었다. 화랑들은 위화, 우륵 등과 함께 대기하고 있었는데, 위화는 서 있는 화랑들을 이리 봐도 흡족하고 저리 봐도 흐뭇했다.

"어떻습니까. 참… 잘들 생기지 않았습니까."

"인물은… 저도 안 빠집니다만."

위화가 우륵을 힐끗 보더니, 그 말은 못 들은 척하고 껄껄 소리 내어 웃었다.

"오늘 싹 다 죽여버리시지요. 여기 모인 왕경 백성들."

"예?"

"오늘따라 잘 생겼다. 이놈들. 제대로 한판 놀 준비는 됐냐?"

"예, 풍월주"

위화는 화랑들 앞으로 나서 아이들의 사기를 북돋워주며 화랑들의 얼굴을 하나하나 애정이 가득한 눈길로 바라보고 있었는데, 여울이 삐딱하게 손을 들고 위화를 바라보았다.

"뭐냐?"

"이 시점에 이런 말씀 드리기가 좀 그런데. 저희 방 두 화랑이 사라졌단 말씀을 드려야 할 것 같아서."

과연 위화가 보니 삼맥종과 반류가 보이지 않았다. 여울이 어색하게 웃는데, 수호가 주먹을 불끈 쥐고 외쳤다.

"내 이것들을 진짜…!"

"이런 걸 뭔가 불길하다고 하는 거지?"

"…."

굳이 한성의 말이 아니어도 선우 또한 그런 상황이 걱정스러워지고 있었다.


공연을 준비하고 있는 다른 쪽에서는 아로가 악기부 장현의 손에 난 상처를 봐주고 있었다. 손에 약을 바르고 붕대를 감아주던 아로가 웃으며 말했다.

"공연은 잘하겠소. 이렇게 손이 헤질 때까지 연습한 걸 보면."

"어찌하다 보니까… 암튼 기대해도 좋을 거요. 다들 잘하니까."

그때 헐레벌떡 달려온 여울이 급하게 물었다.

"혹시 지뒤랑 못 봤나?"

"못 봤는데."

장현이 머리를 젓자 그때 아로가 나섰다.

"내가 봤소만. 저 안쪽 천막 쪽인데… 설명하기가."

"미안하지만, 지뒤랑 좀 데려와 줄 수 있을까? 지금 반류 녀석도 사라져서 자칫하면 우리 방 모두 불통을 받게 생겼거든."

불통이라는 말에 긴장한 아로가 사명감으로 고개를 끄덕이며 벌떡 일어섰다. 선우, 수호, 한성도 주위를 둘러보며 두 화랑을 찾고 있었다. 수호가 열 받아 씩씩대는 것을 보니, 아마도 반류는 무대에 올라가 보지도 못하고 수호 손에 박살이 날 것 같았다.

"반류 이 자식… 찾기만 해봐!"

"지뒤랑도 없잖아."

"아우! 아우!"

화를 참을 수 없는 수호가 허공을 향해 주먹질을 해댔다. 그때 여울이 그들에게 다가왔다.

"지뒤랑 찾았어?"

"아로 의원이 봤대서. 찾으러 갔어."

"어디?"

"글쎄. 저쪽 어디… 막사랬는데."

아로 이름이 나온 순간 예민해진 선우가 막사 쪽으로 달려가려는데 수호가 팔을 잡고 늘어졌다.

"어딜 가! 너까지 거들 건 없잖아. 가서 데려오는 것뿐인데."

수호의 말이 맞았다. 하지만 뭐라 설명할 수 없는 불안한 마음에 눈은 자꾸 막사 쪽을 돌아보고만 있었다.

막사들이 밀접한 곳에는 화려한 천막 주위를 돌며 현추가 삼엄하게 경계를 서고 있었다. 그런데 저만치서 그림자 하나가 이쪽으로 다가오고 있었다. 현추가 경계하며 허리에 찬 검에 손을 가져가는데, 씩 웃으며 다가오는 사람은 파오였다. 긴장을 푼 현추가 파오를 맞이하자 파오는 말없이 씩 웃는 걸로 인사를 대신했다.

"어머니 생각이십니까?"

막사 안에서는 지소가 잠시 눈을 감고 쉬고 있었다. 짧은 휴식에 갑자기 끼어든 삼맥종의 목소리에 지소는 가만히 눈을 떴다.

그때 아로는 삼맥종을 찾으러 온 벌써 지소의 천막 앞까지 와 있었다. 이리저리 두리번거리다가 천막의 틈 사이로 설핏 삼맥종이 보였다. 냉큼 그쪽으로 다가가는데 삼맥종의 목소리가 들려왔다.

"숙명을 선문에 보내신 이유가 뭡니까?"

"왕이 있는데 공주라고 못 갈 게 뭐냐."

둘이 주고받는 대화 내용이 도통 무슨 뜻인지 알아들을 수 없던 아로는 삼맥종이 대체 누구와 말을 하고 있는지 보려고 틈새 사이를 더 자세히 들여다봤다. 그러자 지소가 보였다.

"그 아이가 화랑 안에 있는 게 불편하면, 네가 화랑을 나가면 될 일이다."

"어머니."

"신국 백성들 앞에서 춤을 추는 왕이라니… 기어이 왕의 권위를 바닥에 처박을 생각이냐!"

"아무도 왕인 줄 모르는데 무슨 상관입니까. 어머니께서 왕좌를 내어주시지 않는다면 어차피 왕이 아닐 텐데."

왕? 아로는 둘이 어떤 내용의 말을 하는지 알아듣기는 했다. 그런데 그것을 사실로 믿어야 하는지는 의심스러웠다. 지뒤랑이 얼굴 없는 그 왕이라고? 도대체가 지뒤랑이 신국의 대왕이라는 것이 그렇게 쉽게 믿을 수 있는 이야기가 아닌 것을. 아로는 머리를 갸우뚱했다. 둘이 연극연습이라도 하는 것인가?

그때, 순간 누군가 뒤에서 아로의 입을 막고 어둠 속으로 확 끌어당겨 버렸다. 지소와 말을 마친 삼맥종이 분을 못 이겨 씩씩대며 막사를 나가는데도 아로는 입이 막혀 소리도 못 내고 바로 앞을 지나가는 삼맥종을 바라보고만 있었다.

한편, 악기를 챙기러 천막 안으로 들어선 악기부 화랑들은 눈앞의 광경에 할 말을 잃고 그 자리에 굳어 버렸다. 북은 죄다 찢어지고, 현은 죄다 끊어져 있어서 소리가 날 것 같은 악기는 하나도 없는, 완전히 박살 난 악기들이 거기 있었다.

"이게 뭐야…!"

"이건… 이건… 어쩌지?"

"망했다…."

파란 눈의 서역인이 기다란 장대를 달고 두세 배 키운 키로 축연장 안을 성큼성큼 돌아다니고 있었다. 어린아이들이 우르르 몰려다니며 아무 이유 없이 기분 좋아 까르르 웃는데 키다리 서역인은 허리를 굽혀 아이들에게 사탕을 쥐어주었다.

사탕을 빨아 먹으면서 아이들은 키다리 서역인들을 따라다니고, 어른들은 무슨 좋은 구경거리가 있나 싶어 아이들을 따라갔는데 그곳에서는 온몸에 번들번들 기름칠을 한 검은 서역인이 불 쇼를 하고 있었다. 활활 타오르는 불을 한입에 쏘옥 먹더니, 다시 화악 품어내며 활활 타오르는 횃불이 되었다. 아이들이 신기한 마음에 두 손바닥이 터지도록 손뼉을 쳐댔다.

그들 뒤로 어두운 표정의 삼맥종이 천막들 사이에서 빠져나와 화랑들에게 돌아가고 있었다. 그리고 그런 삼맥종을 유심히 보는 사람, 긴 머리칼로 얼굴을 가렸지만 서늘하고 아름다운 눈매는 다 가릴 수 없는 휘경이었다. 휘경은 화려한 장식이 박힌 지팡이를 짚고 서서 삼맥종의 뒷모습을 빤히 바라보다가 천천히 절뚝이며 인파 속으로 묻혀 들어갔다.

아이들을 따라와 불 쇼를 구경하긴 했지만 마음은 중앙무대에 가 있는 미루향이 입을 삐죽였다. 화랑들이 공연을 시작하지 않으니 뜨내기 공연자들이 앞 다퉈 재주겨루기를 하고 있는 것이 몹시 마음에 안 들었다.

"화랑들이 할 때가 넘은 거 같은데… 뭐하나?"

악기를 보관하던 장소에 모인 미진부와 위화 공, 그리고 우륵은 일제히 하늘을 바라보며 탄식했다.

"이게 무슨 일입니까."

"누군가 계획적으로 벌인 일 같습니다."

"태후 전하께 당장 이 일을 알리고, 중단해야 합니다! 왕경 백성들 앞에서 화랑들을 이리 망신시킬 수는 없어요!"

위화는 펄펄 뛰는 미진부를 보며 긴 한숨을 내쉬었다.

악기부 화랑들은 부서진 악기들을 들었다 놨다 하며 울상인데, 좀 떨어진 곳에서 이 상황 지켜보고 있는 군무 화랑들도 심각한 사태에 할 말을 잃고 있었다. 한성이 여울에게 작은 목소리로 물었다.

"우리 끝난 거지?"

"아마도."

그때 수호가 버럭 괴성을 내지르며 분노했다.

"반류 이 자식… 가만 안 둬."

그때 선우는 생각에 잠겨 있는 우륵을 바라보았다. 눈을 감고 다른 세상에 빠져들어 가는 우륵을 보며 선우가 말했다.

"저 영감. 이대로는 안 끝내."

화랑들은 이건 뭔 소리인가 싶어서 선우를 바라보는데, 갑자기 선우가 '아, 싫은데'라는 감정이 확 드러나는 표정을 짓는 바람에 화랑들의 시선이 일제히 우륵에게 향했다. 우륵이 싱긋 웃더니 고개를 까딱하며 둘만의 신호를 보내고 있었다.


상선방 화랑들은 선우와 함께 시장을 돌아다니며 악기로 할 만한 것들을 찾고 있었다. 한성이 놋대야를 들어 보았다.

"이거 어때?"

놋대야를 악기로 써야 하다니 수호는 다시 괴성을 지르며 분노의 열기를 품어내었다.

"반류 이 자식…! 나타나기만 하라 그래! 이번엔 진짜 가만 안 둘 테니까!"

"반류란 증거도 없잖아."

"그놈 말고 누가 이딴 짓을 하겠어! 분명 그놈이야!"

한성이 펄펄 뛰는 수호를 보며 걱정스럽다는 듯이 말했다.

"벌써부터 열 받으면 안 되는데. 아직 가슴 사건도 모르는데."

"가슴? 가슴이 뭔데?"

"가슴 단련 이야기인가?"

갑자기 여울이 하하하 소리 내서 웃더니 한성에게 어깨동무하며 자연스럽게 입을 틀어막았다.


선우는 시장 그릇가게 앞에 서 있었다. 함지박, 놋그릇, 채 등을 보고 있는데 삼맥종이 안 되겠다는 듯 고개를 흔들었다.

"이딴 걸로 뭘 할 수 있다는 거야. 포기하는 게 낫겠어."

"이게 뭐가 될 줄 알고."

"그 우륵이란 자가 무슨 기적이라도 일으킬 수 있다고 믿는 거냐?"

"기적이 뭔 진 몰라도… 이 정도면 되겠네."

이리저리 살펴보던 다듬잇방망이를 챙긴 선우는 도마와 칼을 가리켰다.

"저것들도 챙겨."

위를 올려다보면 가게를 덮고 있는 차양막이 있었다.

"저것도."

삼맥종이 어이없어하며 선우를 쳐다봤다.

"뭐하는 거야?"

"가만있는 것보단 낫잖아. 근데 아로는 어딨어?"

"아로?"

"너 찾으러 갔다는데?"

"그래? 글쎄…어긋난 모양이네."

별거 아니란 듯 말하는 삼맥종을 보며, 선우는 다시 불안해지고 있었다. 애가 어디 있는지 모르는데, 지금은 찾으러 갈 수도 없다는 것이 더욱.


화랑이 약속한 공연시간은 한참 전에 지났는데도 여전히 시작할 기미가 보이지 않자, 숙명은 위화를 찾았다. 숙명은 묻지 않고도 사태파악을 한 눈에 해버렸다. 깨지고 찢어진 악기가 보고도 모르는 게 이상한 일 아니겠는가.

"결국 사고를 치셨네요."

그 말에 위화는 숙명을 쳐다봤다. 저, 어린 지소. 사람 짜증 나게 말하는 건 지 어미를 쏙 빼다 박았다. 더했으면 더했지 그보다 못하지 않을 것이다.

"처음부터 작정하신 일이었습니까? 아니면 화랑을 틀어쥘 역량이 모자라신 겁니까?"

위화는 저도 모르게 헛, 코웃음을 쳤다.

"실은 아직 사고를 치기 전입니다만."

이번에는 숙명이 헛, 코웃음을 쳤다.

"이 상황에서도 기가 안 죽으니 그나마 다행이네요."

"어떤 일이 있어도 오늘 밤에 화랑들의 공연을 보게 해드리겠습니다."

"그러시든가."

숙명이 싸늘하게 보면서 일별하고 돌아서 갔고, 위화는 부글부글 끓는 화를 빼기 위해 콧구멍을 벌렁거리며 허공에 주먹질을 해댔다.

"아오, 저걸 그냥 확."

숙명이 등장한 순간부터 퇴장할 때까지 안절부절못하고 있던 미진부가 펄펄 뛰는 위화를 잡아 진정시키며 한숨을 푸욱 내쉬었다.

"아이고, 좀 그만 좀 하세요. 지금 숙명 공주한테 화낼 때입니까?"

"그럼 뭐 할 땐데?"

위화가 버럭 소리를 지르는데 미진부는 그러든가 말든가, 부서진 악기들을 하나하나 만지며 울상이 되어 있었다. 좀 떨어진 곳에서 이들의 모습을 지켜보던 호공이 돌아서며 어둠을 향해 말했다.

"잘했다."

어둠속에서 강성이 나와 호공에게 고개를 숙였다 들었다.

"너를 어찌 쓸지는 영실 공과 논의해 보지."

"감사합니다. 호공."

영실이 반류에게 악기를 부수어 공연을 못 하게 하라는 서찰을 보낸 뒤 호공은 고민이 많았다. 빛나는 영광의 길만 걷게 해도 아까운 아들을 더러운 꼼수에 쓰는 것도 싫었지만, 무엇보다 가장 큰 문제는 반류가 그 일을 할 것인가였다. 물론 영실의 명이니 고민을 해볼 터였다. 아무리 반류라도 영실의 명을 무시할 수는 없을 것이었다. 그런데 시키는 대로 할 것인가는 다른 문제였다.

굽히기 싫어하고 비겁한 짓을 싫어하는 대쪽 같은 아이였다. 호공은 영실이 반류를 양자로 달라고 말한 그 순간부터 반류를 두고 계획이 많았다. 영실 밑에서 온갖 더러운 술수를 부리게 될지라도 반류만은 훌륭한 왕으로 만들겠다고 결심했었다. 그래서 진정한 왕의 재목으로 만들고 싶어서 부러질지언정 굽히지 않을 아이로 키웠었다. 그랬던 것인데, 이제 와서 굽혀라 비겁해라 할 수는 없는 일이었다.

그래서 강성을 불렀다. 무슨 짓을 해서든 출세하고 싶은 놈이니 반류 대신 더러운 짓을 할 놈으로는 딱이었다. 과연 예상대로 반류는 잠적해버리고 강성은 일을 잘 해내었다. 그런데도 호공은 입 안이 썼다. 눈을 희번덕거리며 웃는 강성을 보면서 일을 시킨 것은 자신인데, 어쩐지 강성에게 엮인 것 같은 느낌이 들었기 때문이었다.


시장을 다녀온 화랑들이 내놓은 것은 가관이었다. 미진부는 눈앞의 것을 보며 기함하여 망연자실하였다.

"대체 이런 걸로 뭘 어쩌라고…."

솥뚜껑, 국자, 나무주걱, 도마, 칼, 함지박, 다듬잇돌, 다듬이, 놋대야, 징채, 크기가 제각각인 놋그릇들, 크기별로 늘어놓은 항아리들, 절구, 절구공, 키와 곡식, 체, 부지깽이, 매끈한 가죽, 천 등이 어지럽게 놓여 있었다. 키 위에 있는 것은 콩인가? 콩까지 가져왔는가?

"하… 이 일을 어쩌나."

옆에 있던 위화도 그만큼 표현은 안 했지만 미진부와 똑같은 마음이었다. 그래도 우륵이 뭔가 할 듯 진지한 걸 보면 믿어보고 싶은 마음도 있었으니, 이럴까 저럴까 안절부절이 딱 이때 쓰는 말이었다.

그때, 반류가 나타났다. 어디서 뭘 했는지 지금까지 어디 있었는지 화랑 쪽으로 걸어오고 있었다. 반류가 악기를 다 부숴 놨을 거라 생각한 화랑들은 차마 나서서 따지지는 못했어도 따갑게 노려보고 있었는데, 수호가 반류의 먹살을 확 그러쥐었다.

"너… 애초부터 이럴 생각이었냐?"

반류가 수호를 확 밀쳐냈다. 그 기세에 바닥에 고꾸라지려던 수호가 주먹을 쥐고 달려들었지만 여울이 수호를 잡아 진정시켰다. 반류는 수호를 노려보다가 대열 한쪽, 제 자리에 들어가 섰다. 선우가 반류를 돌아봤다.

"정말 너냐?"

"너 따위 반쪽한테, 왜 그런 얘길 해야 하는데."

"해. 안 그럼, 선문 안 모든 화랑이 적이 될 테니까."

반류는 그제야 자신에게 향한 모두의 적의 어린 시선을 느꼈다. 그러나 역시 아무런 대답도 하지 않았다. 뭐라고 할 수 있을까? 나는 안 했는데 우리 아버지가 했다고 해야 하나?


지소가 다시 태후 자리에 들어서자 화백들이 일제히 일어나 예를 갖추며 지소를 맞이했다. 박영실도 지소에게 인사했다. 박영실의 표정은 십 년 묵은 체증이 뻥 뚫린 듯 개운한 표정이었다.

"저자가 왜 저리 기분이 좋을까?"

"그럴 리 있겠습니까. 화백들의 자식들로 황실의 권위를 세우는 자린데요."

지소는 아무래도 기쁨을 감추지 못하는 영실을 의아하게 보며 제자리에 앉았다.

불 꺼진 무대 위에 불이 밝혀지자, 무대의 모습이 드러났다. 조명은 훌륭했으나 거기에 비친 것들은 가게 차양을 뜯어 만든 북, 도마, 다듬잇방망이, 크기 별로 놓인 놋쇠그릇, 유리잔 등이었고, 관객들 사이에서는 의아한 웅성거림이 쏟아졌다.

"저게 뭐야?"

"놋쇠 대야? 그리고 저거는 도마?"

한쪽에서는 비웃음과 야유도 간간이 섞여 나왔다. 그러자 영실은 아주 흡족해 얼굴 전체에 환한 미소가 번졌다. 지소가 일그러진 표정으로 위화를 노려보는 그때! 우륵이 비장한 얼굴로 북채를 잡아 놋쇠 대야를 징처럼 쳐서 깊고 울림 있는 소리를 내기 시작했다. 웅성거림과 비웃음 야유는 일시에 멈췄고, 이내 다듬잇방망이와 도마, 놋쇠그릇들이 어우러진 연주가 시작되었다. 선율과 가락은 아예 없고, 장단 강약으로만 이루어진 무대였다. 일정한 박자로 음악 장단 강약을 조절하여 듣는 이의 심장을 쥐었다 폈다 하면서 색다르고 강렬한 리듬감을 퍼부어대자 백성들은 열광하였다.

무대 위에 양쪽을 밝히는 조명이 오르자, 그 화려한 불빛을 받으며 상선방 화랑들이 등장했다. 그들은 악기부의 난타 리듬에 맞춰 일사불란하고 힘이 넘치는 군무를 추기 시작했다. 여인네들은 춤사위에 감격해 쓰러질 지경이고, 남정네들도 흥분에 들끓기는 마찬가지였다. 축연장이 화랑들의 연주와 군무로 뜨겁게 달궈지고 있었다.

예상치 못한 상황에 호공은 박영실의 눈치를 살피고 있는데, 대놓고 화도 못 내는 영실의 표정은 점점 싸늘해지고 있었다. 어느새 군중들은 구경만으로 끝내지 않고 같이 어울려 춤을 추기 시작했다. 그리고 그들 안에 있으면서도 그들과 공기 자체가 달라 보이는 신비로운 사내 휘경은 화랑 중에서도 선우를 바라보고 있었는데 선우를 바라보는 그의 얼굴에 의미 있는 미소가 떠올랐다.

마지막 리듬까지 완벽하게 마무리되자, 땀에 젖은 화랑들이 서로를 얼싸안고 기뻐했다. 위화는 화랑들이 자랑스러워 약간 뻐기는 듯한 표정으로 지소를 돌아보았고 지소도 이때만은 위화를 인정한다는 듯 만족스럽게 웃으며 바라보고 있었다.

선우는 공연 내내 구경꾼들 사이에서 아로를 찾고 있었다. 아무리 공연을 보러 가지 않을 듯이 말했지만, 제일 잘 보이는 자리에서 함께할 거라고 확신하고 있었다. 그런데 아로가 보이지 않았다. 흔적도 없었다. 공연이 끝나고 서로 얼싸안고 기뻐하는 중에도 선우는 마음 놓고 기쁠 수가 없었다. 불안했다. 그 마음이 전달되었는지 삼맥종 역시 불길한 시선으로 선우를 바라볼 뿐이었다.

공연을 끝낸 상선방 화랑들에게 열광한 군중들이 몰려온 바람에 선우는 제대로 서 있기도 힘들었다. 하지만 사람들 사이로 고개를 내밀고 두리번거리며 아로를 찾고 있었고, 삼맥종 역시 아로가 갔다고 한성이 말해준 막사 쪽을 뒤지고 있었다. 그때 지소의 막사에서 나온 현추가 꿈틀거리는 자루 하나를 수레에 싣고 있는 것이 보였다. 자루에 든 게 아로라고 직감한 삼맥종이 인파를 뚫고 수레 쪽으로 달려갔지만 수레는 이미 출발해버리고 말았다.

휘익-!

휘파람을 불자 파오가 말 두 필을 끌고 나타났다.

"분명 그 애야. 현추가 꿈틀거리는 자루를 실었다고. 대체 왜…?"

"들은 것 같습니다."

"뭘?"

"태후 전하와 폐하께서… 말씀하시는 거 말입니다."

"그 애가 내가 누군지 알았다고?"

"예."

"그럼… 어머니가 그 앨 죽이려고 데려갔단 말이야?"

"…."

파오가 감히 대꾸하지 못하고 삼맥종을 쳐다보자 삼맥종이 말고삐를 잡으며 결연히 선언했다.

"가자. 그 앨 죽게 못 둬. 그렇게 안 돼!"


삼맥종과 파오는 말을 달려 문을 통하지 않고 비밀통로를 통해 월성으로 들어갔고, 역시 월성에 도착한 현추는 수레에 실린 자루를 메고 내전으로 향하고 있었다.

현추가 내전 바닥에 자루를 내리고 묶인 것을 풀자 재갈이 물려진 아로가 나타났다. 아로가 영문을 몰라 주위를 두리번거리자 지소는 싸늘한 시선으로 아로를 내려다보고 있었다.

"여, 여기가… 어딥니까?"

"무엇을 보았느냐?"

아로는 대답하지 못했다. 순간 자신이 왜 잡혀 왔는지 깨달았고, 더럭 겁이 났다.

"태… 태후 전하…?"

"무엇을 보았나 물었다."

"전하…."

"왕을 본 것이냐?"

아로는 떨리는 마음을 진정시키며 지소의 시선을 피하지 않으려고 노력했다. 아무리 무서워도 그 눈을 노려보고 있으면 도망갈 구멍을 찾게 된다고, 어린 시절 오라버니가 말했던 기억이 났다. 그때의 상대는 미친 개였지만.

"왕을 보았느냐?"

"혹… 지뒤랑이 폐하시라면… 보았습니다."

아로는 겁나지만 물러서지 않겠다는 마음을 굳게 다지며 지소를 바라보았고, 한참 동안 속내를 짐작할 수 없는 시선으로 아로를 바라보던 지소는 의자에 털썩 주저앉았다.

"너는 어미를 많이 닮았구나."

지소는 질투와 원망이 섞인 감정으로 아로를 바라보며 말했다.

"널 어찌 살릴까 방법을 찾고 있었다."

아로는 지소의 시선을 피하지 않았다. '어떠한 순간에도 빠져나갈 구멍은 있다'라고 생각하면서 말이다.

"하나, 찾을 수 없구나."

지소의 목소리는 차갑고 조용했다. 그 목소리를 듣는 순간, 아로의 온몸에 소름이 돋았다. 빠져나갈 구멍 같은 건 없는 건가?

"죽여라."

그 말에 다급해진 아로가 매달리듯 지소를 보았지만, 지소의 시선은 싸늘하기만 했다. 그와 동시에 현추가 검을 뽑아 다가왔고 아로는 바닥에 앉아 있던 채로 뒤로 물러나 보아도 성큼성큼 다가오는 현추의 속도를 이길 수가 없었다. 그리고 어느새 아로 바짝 앞까지 다가온 현추가 검을 하늘로 추어올렸다.

그때 문이 벌컥 열리더니 삼맥종이 날아 들어와 검을 휘둘러 현추의 것을 쳐냈다. 현추의 검이 날카로운 소리를 내며 바닥에 꽂히고 방 안의 모든 시선이 당혹스러운 마음을 감추고 삼맥종을 바라보았다. 삼맥종이 현추에게 명령했다.

"꿇어라. 네 주군이다."

현추는 지소를 잠깐 보았으나, 결국 한쪽 무릎을 꿇어 신하의 예를 표할 수밖에 없었다. 삼맥종은 덜덜 떨고 있는 아로가 무사한지 확인하고는 무서운 눈으로 어머니를 마주 보았다.

"죄 없는 아이들은 그만 죽이세요."

"내가 너를 지키기 위해 얼마나 애를 썼는데 이제 와 스스로 망치겠다는 것이냐?"

"이 아이는 내 백성입니다. 신국의 왕을 위로할 수 있는 유일한 백성. 그러니 지켜야겠습니다."

화가 치민 지소가 부들부들 떨며 아들을 노려보았다.

"네 이놈!"

"이 나라의 왕입니다. 함부로 이리하셔도 되는 상대가 아닙니다. 태후 또한 왕의 신하인 것을."

삼맥종은 자신을 올려다보고 있는 아로의 손을 잡아 일으키고 그대로 밖으로 당당하게 걸어나갔다. 그런 삼맥종에게 지소는 아무 말도 할 수가 없었다. 당혹스럽고 분한 마음을 이기지 못해 부들부들 떨 뿐이었다.

삼맥종과 아로는 파오가 준비해둔 말을 타고 월성을 벗어나 왕경의 거리를 걷고 있었다. 충격으로 떨림이 멈추지 않던 아로도 제법 안정을 되찾은 상태였다.

"정말 그쪽이… 왕이오?"

"그래."

삼맥종이 대답했는데 아로는 더는 아무 말도 하지 않았다. 들여다보고 쳐다봐도 미묘하게 시선을 피할 뿐 입을 다물고 있었다.

"왜 아무 말도 안 해. 내가 왕이라는데."

그런데도 아로는 어색하게 웃어 보일 뿐 역시 아무 말도 하지 않았다.

"이게 얼마나 엄청난 고백인지, 설마 모르는 건가?"

"그게 아니라… 그동안 했던 짓들이 떠올라서…."

망설이며 겨우 입을 뗀 아로 때문에 삼맥종은 픽 웃음이 터져버렸다. 무슨 말이 나올지 제법 심각하게 각오하고 있었는데, 겨우 그 이유였다니 그동안의 모든 긴장이 한순간에 풀리는 것 같았다.

"뭐가 떠오르는데?"

"뭐…."

아로는 주마등처럼 빠르게 스쳐 가는 예전 일들로 인해 몹시 난처했다. 아로가 삼맥종에게 막 굴었던 것이 어디 한두 번이었나? 아니 셀 수나 있을까? 망.했.다!

"절 죽이실 건가요?"

"그간의 정도 있고 하니 특별히, 어떻게 죽을지는 네가 결정하게 해주지."

아로는 삼맥종을 차마 똑바로 보지 못한 채 벌써 울먹이고 있었다.

"팽형 어떠냐. 솥에 삶는 형벌인데."

아로가 아무 반박도 못 하고 원망을 가득 담아 보았지만 삼맥종은 그런 아로가 귀엽고 좋아서 환하게 웃고 있었다.


"근데, 여러 정황으로 볼 때, 제가 그쪽을… 아니, 폐하를 알면 안 될 것 같은데."

아로의 집에 거의 다 도착했을 때였다. 아로가 조심스럽게 말을 꺼내며 삼맥종의 눈치를 살폈다.

"왕의 얼굴을 본 사람은…."

"죽었다고 하지."

"그러니까요."

"넌… 내가 나인 걸 아는 유일한 백성이야…. 나한테 가장 특별한 사람."

아, 너무도 엄청난 고백이 아닌가. 아로는 삼맥종의 말에 말문이 막혔고, 그저 손으로 백회혈을 누르기 시작했다. 골치가 아팠다.

"어색하게 굴지 말고. 하던 대로 해. 그랬으면 좋겠어."

멍청한 표정으로 백회혈만 꾹꾹 누르는 아로를 보면서 삼맥종은 다시 웃었다. 그리고는 삼맥종이 손을 뻗어 백회혈 누르느라 분주한 아로의 손을 잡았을 때였다. 삼맥종의 시선에 멀리 떨어져 둘을 지켜보고 있는 선우가 보였다. 선우는 걱정과 안심, 그리고 분노 상태의 감정으로 아로에게 다가왔다.

"너… 어디 있었던 거야?"

아로가 마땅한 답을 찾지 못해 눈만 굴리는데 삼맥종이 나섰다.

"나랑 있었어."

"너한테 안 물었어."

삼맥종의 말이 미처 끝나기도 전에 말을 끊고 들어온 선우는 삼맥종은 쳐다보지도 않고 오로지 아로만 바라보고 씩씩거렸다. 그러자 아로가 불쑥 삼맥종에게 공손하게 허리를 굽혀 인사를 했다.

"그럼… 가시…오. 오, 오늘 고마웠소."

한 번도 그런 인사를 받아본 적이 없었던 삼맥종은 어색하고 선우 눈치도 보여서 어찌할 바를 몰라 했다. 선우는 화나고 질투심 어린 눈으로 삼맥종을 노려봤고, 삼맥종은 이쪽도 어색하긴 마찬가지여서 시선을 피했다.

결국 아로는 삼맥종에게는 여전히 어색하게 웃어 보이더니, 선우는 본체만체하고 쌩 집으로 들어갔다. 그러자 선우도 아로의 뒤를 따라 냉큼 삼맥종은 쳐다보지도 않고 들어가버렸다. 그런 두 사람의 뒷모습을 삼맥종은 한참 동안 바라보고 있었다.

멀리서 이 모든 것을 지켜보던 파오는 땅이 꺼져라 한숨을 내쉬었다. 분명히 오누이라고 했던 이들이 오누이가 아닌 것 같았다. 그것은 천하의 둘째가라면 서럽게 둔한 파오가 보기에도 확실했다. 화내고, 울고, 원망하고, 달래고, 애틋한 그들만의 분위기는 누가 봐도 오누이 사이가 아니었다. 그 사실을 우리 순진한 폐하만 모르시는 것 같았다.

'저 방향으로 계속 가다 보면 헛물켜시는 건 당연지사일 텐데.'

설마 폐하만의 비책이라고 있으신 걸까?

그런데 파오는 곁으로 다가온 삼맥종은 헤벌쭉 웃고 있었다.

"왜… 왜… 왜 웃고 계십니까?"

파오가 빠짝 긴장하는데 삼맥종은 유유히 웃기만 할 뿐이어서 파오는 더럭 겁이 났다.

'여자 하나 때문에 정신 줄을 놓은 건 아니겠지?'

"뭐가 그렇게 좋으십니까. 저는 이렇게 속이 바짝바짝 말라 죽겠는데… 폐하의 얼굴을 아는 사람이 하나 더 생겼는데요."

"다행이야. 내가 나라는 걸 처음 밝힌 게 그 애라서."

"예?"

순간 파오는 고구마 수십 개를 한 번에 먹은 듯 답답해져서 제 가슴을 팍팍 내리쳤다.

"솔직히 뭐 그렇게 이쁜 것 같지도 않던데… 옥타각에 한번 가보십시오. 예?"

그 말에 삼맥종이 입을 삐죽이면서 홱 말고삐를 채갔다.

"그러니까 네가 안 되는 거야. 여인 보는 눈도 없고."

"여인 보는 눈은 없는지 몰라도… 태후께서 곱게 끝내지 않으실 거란 선견지명은 있습니다만."

"만약 그 애에게 누군가 해를 가한다면. 누구든 베! 그게 현추라
도. 이건 명령이야."

"태후는요?"

"뭐?"

"현추는 제가 해결할 수 있죠. 그런데 태후께서 직접 하시겠다 하
면 그때는 어쩝니까?"

"…"

대답하지 못한 삼맥종은 파오를 외면하더니 걷기 시작했다. 파오
는 더 이상 삼맥종의 머리를 시끄럽게 하지 않으려고 입을 다물었다.

"그 아이를 지켜."

한참 만에 삼맥종이 입을 열었다. 파오를 바라보는 눈이 심각하고
진지했다.

"무슨 일이 있어도 그 아이를 지켜줘. 나에겐 유일한 사람이야."

파오도 심각하고 진지하게 파오를 바라보다가 예를 갖추며 대답
했다.

"분부 받들겠습니다."

유일한 사람이라는데. 그러니, 어떻게든 지켜야 하는 것이다.


벌써 새벽이 밝아오고 있었다. 안지는 약초를 캐러 나갔는지 집에
없었고, 아로는 아침을 준비하기 시작했다. 선우가 아로를 따라 들어
와 마당 한가운데 버티고 서서 시선으로 계속 아로를 따라다니고 있
었지만, 아로는 철저하게 무시했다. 선우는 아예 보이지 않는 듯 부

엌에서 마당으로 창고로 남새밭으로 분주하게 돌아다니고 있었다.

선우의 마음은 부글부글 끓어오르고 있었다. 어디 있었는지, 또 안전한 상태였는지 아로에게 듣고 싶었을 뿐이었다. 삼맥종이 아니라. 그런데 선우가 애타면 애탈수록 아로는 더 입을 다물었다. 부글부글 끓다가 아예 타버리라는 건가? 더 이상 참을 수 없는 선우가 아로의 팔을 확 낚아채곤 버럭 소리를 질렀다.

"어디 있었던 거야?"

그러고도 모자라 아로가 팔을 뿌리치지 못하게 바짝 끌어당기며 다시 말했다.

"얼마나 걱정한 줄 알아?"

"…그쪽이 왜? 오라비도 아니고 아무것도 아닌데 왜 내 걱정을 하는데?"

도전적으로 노려보는 아로의 얼굴에 대답할 말이 아무것도 떠오르지 않은 선우는 아로를 달래듯, 아니면 자신의 마음을 달래듯 천천히 입을 열었다.

"네 오라비 뜻이라고. 말했잖아."

아로는 선우의 손을 제대로 확 뿌리쳤다.

"나도 말했어. 그쪽이 오라버니인 거 싫다고. 안 한다고!"

말문이 막힌 선우를 남겨두고 아로는 부엌으로 들어가버리자, 선우가 쓰러지듯 평상에 앉았다.


멍하니 시간이 흘러 이제 아침 새가 지저귀는 때가 되었다. 곧 안지가 돌아올 것이었다. 안지가 오기 전에 선우는 아로에게 '보여줄 것'을 보여주기로 했다. 선우가 천천히 아로에게 다가갔다.

"같이 갈 데가 있어."

"난 없어."

선우가 다가가 아로의 손목을 잡아챘다.

"이 손 놔. 안 간다고. 놓으라고!"

아로가 뿌리치려고 애를 쓰는데 선우는 절대 놓치지 않겠다는 듯 강하게 그러쥔 손목을 끌며 앞장서 걷기 시작했다.


인적이 드문 산길 한쪽에 돌을 쌓아 만든 작은 돌무덤이 있었다. 어느새 풀이 자라고 꽃이 피어 제법 무덤 같아 보이지만 외롭고 쓸쓸한 무덤. 보기 싫은 풀 몇 포기를 뽑아내는 선우의 눈이 붉게 물들어 있었다. 아로는 그곳이 어떤 곳인지 짐작할 수 있었다.

선우가 바로 옆에 있는 막문에게 말하듯 작게 속삭였다.

"네 누이야… 너무 늦게 데려와서 미안하다."

짐작이 맞았구나! 아로의 눈에서 눈물이 뚝 떨어졌다.

"네 말대로 예쁘긴 한데 착하진 않더라. 머리도 나쁜 것 같고. 실컷 봐. 그렇게 보고 싶어 하던… 누이잖아."

아로는 주룩주룩 흐르는 눈물을 주먹으로 닦아내며 무덤만 바라보았다. 오라비를 만나면 물어보고 싶은 것도 많고 하고 싶은 말도 많았는데, 지금은 눈물이 흐르는 대로 그대로 두는 것 말고는 할 수 있는 게 없었다.

"너한테 가려고 했어. 옥타각에서 목걸이를 한 누이를 봤다고… 마지막까지 널 그리워하고 걱정했어."

흑, 아로의 입에서 흐느낌이 새어 나왔다.

"나라서 미안하다. 네 오라비가 아니라 내가 살아서… 미안해."

참았던 눈물이 터져 나왔다. 아로는 그 자리에 주저앉아 엉엉 소리 내서 울었다. 오라비와 어머니를 그리워하며 아버지의 시린 등을 보고 살아야 했던 지난날, 지금 오라비에게 미안한 마음이 선우에 대한 원망과 섞여 통곡이 되어 쏟아지고 있었다.

한참을 엉엉 울고 난 다음, 선우와 아로는 막문을 홀로 남겨두고 산길을 내려왔다. 아로가 앞서고 선우가 뒤따랐다.

"오라비는 어떤 사람이었어?"

선우는 세상에 하나밖에 없던 친구 막문을 생각해보았다. 친구가 생겨 마냥 좋았다가 친구가 떠나버리면 어쩌나 걱정했었다. 또 혼자가 되어버릴까 두려웠다. 그때 막문이 말해주었다. 같이 살자고.

"우리 집에 같이 가자. 너랑 나랑 내 누이랑 그렇게 우리 집에서 같이 살자. 너는 세상에 하나밖에 없는 내 친구잖아. 당연히 같이 살아야지."

"잘 웃고. 속도 없이 퍼주기만 하는 놈. 세상에서 제일… 착한 놈."

아로가 멈춰서 선우를 바라보았다.

"나한테는 그놈이… 형제고, 어머니고, 유일한 식구였어."

"만났으면 좋았을걸."

아로가 웃는지 우는지 야릇한 표정으로 선우를 바라보았다.

"아무리 어째도. 그쪽은 내 오라버니는 아니야."

"…."

"싫어, 안 해!"

"네가 뭐라든 난 네 오라비로 살 거야. 네가 싫든 좋든. 상관 안 해. 그래야 내가 네 옆에 있을 수 있으니까. 그래야 널 지킬 수 있으니까."

선우를 원망으로 보고 있던 아로의 눈에 다시 눈물이 고이기 시작했다.

"널 지키는 게 내가 아직 살아 있는 이유야."

아로는 아무런 말도 하지 않았고 선우는 아로에게서 답을 들을 생각이 아니었다. 볼 수 있고 옆에 있을 수 있고 지킬 수 있으면 그걸로 되었다. 더 바랄 게 없었다. 더 바라서는 안 되는 일이었다.

멀리서 안지가 오고 있었다. 두 아이를 발견하고 반갑게 부르려던 안지의 팔이 멈칫 공중에 멈췄다. 두 아이만의 묘한 분위기가 안지를 망설이게 한 것이다. 안지는 한숨을 내쉬었다.

'걱정하던 것이 결국 오고야 말았는가.'


너무 일찍 아침상을 준비했던 모양이었다. 밥은 완전히 식어서 덩어리가 되었고, 남새는 축 늘어져 있었다. 안지는 처참한 아침상의 몰골에, 여태 한 번도 이런 실수를 한 적이 없었던 아로를 바라보았다. 그런데 표정을 보아하니, 이 사태를 전혀 인지하지 못하고 있는 것이 분명했다. 그것은 선우도 마찬가지, 말 한마디 없이 표정이 변화 없이 그저 밥을 먹고 있었다.

"모처럼 만에 선문에서 나왔는데, 찬이 너무 없구나."

"찬은 무슨…."

"둘 다 선문에 들어가니?"

"네."

"오라비가 누이 옆에 늘 붙어 있으니. 안심이 되는구나."

안지는 두 사람의 남다른 기류를 느끼며 걱정스러운 얼굴로 아로를 바라보았다. 선우와 눈이 마주친 안지가 흐릿하게 웃었다. 선우는 안지가 무슨 말을 하고 싶은지 알 것 같았다.

아침상을 무르고 안지와 선우는 약재 창고로 자리를 옮겼다. 여전히 선우는 온몸이 상처투성이고 맥은 불안하기 그지없어 여기저기 손 봐야 할 데가 많았다. 엎드린 선우의 등에 침을 꽂던 안지가 눈치를 살피며 보다가 물었다.

"선문 안 생활은 괜찮은 거냐."

"뭐가 궁금한데."

"아로도… 그 안에서 별일 없지?"

"직접 묻지. 왜 나한테 물어?"

잠시 선우의 퉁명스러운 대답을 되씹어보던 안지가 훗 웃었다.

"그러게. 내가 널 진짜 선우로 생각하게 된 모양이다."

"…"

"너도 그래 주면 좋겠는데. 아로한테 말이다… 진짜 오라비처럼."

선우는 대답할 수가 없었다.

'알아. 그렇게 할 거야'라고 해야 할지, '노력 중이야. 어떻게든 아로를 설득할게'라고 해야 할지, '꼭 그래야 할까? 꼭 아로한테 오라비여만 할까?'라고 해야 할지, 선우도 답을 알지 못했으므로.

옥타각은 문전성시, 대목 아닌 대목이었다. 옥타각의 여주인 미루향은 모처럼 신이 나서 즐거운 비명을 지르며 손님들을 맞이하고 있었다.

사실 말이야 바로 해서 화랑도가 만들어진 후, 옥타각 단골손님들이 화랑이 되어 선문에 갇히는 바람에 옥타각 영업에 지장이 많았었다. 그런데 그 화랑들이 한가위 축연을 성공리에 마치고 휴가를 받은 것이다. 화랑들이 옥타각을 찾으니, 화랑 얼굴 한 번 보고 싶은 사람들도 옥타각을 찾았고 미루향이 돈 긁는 소리가 하늘을 울렸다.

반류패거리가 있는 방에서, 반류는 연거푸 술을 들이켜고 있었다.

"악기… 정말 네가 그런 거 아니지?"

반류가 확 노려보는 통에 말을 꺼낸 기보가 움찔 놀라며 술을 마시는 척했다. 기보와 반류의 눈치를 조심스럽게 살피던 신이 나섰다.

"그럼 누가 그랬을까?"

"아무래도 영실 공이 누굴 시켜서…."

기보와 신이 주거니 받거니 하고 있는데, 문이 벌컥 열렸다.

"누가 감히 반류의 방을!"

강성이 안으로 들어와 반류 옆에 무례할 정도로 털썩 앉았다. 반류가 노려보든 말든 상관없이 술잔을 들이켜고 손으로 안주까지 집어먹더니 반류를 보고 씩 웃었다.

"오랜만이네, 반류."

상대하기 싫은 반류가 고개를 돌려 무시하려 하자 강성이 씨익 웃으며 한마디 붙였다.

"내가 고맙지 않냐? 그러게. 잘하지 그랬어? 그럼 내가 안 나서도
됐잖아."

기보와 신은 이게 무슨 소리인가 싶어서 반류와 강성을 번갈아 보
는데, 강성만 여유만만이었다.

"네가 하지 않는다고 일이 벌어지지 않을 줄 아느냐? 어떻게든 일
은 벌어지는 법!"

아버지 호공은 반류에게 그리 말했었다. 네가 안 할 수도 있다 생
각하여 강성을 불러다 났으니 망정이니 어쩔 뻔했느냐며.

"이미 영실 공의 온전한 아들이 됐다고 착각하지 마라. 너나 나나 영실
공 눈 밖에 나면 하루아침에 끈 떨어진 연 신세야."

"아버지께서 저를 이렇게 키우셨습니다. 비굴하지 않게…."

"나 같은 아비는 잊어. 사람이 굽힐 때는 굽힐 줄도 알아야지. 어떻게든
영실 공의 인정을 받을 생각을 해라. 그게 너도 살고 나도 사는 길이니까."

"각간 아버지, 잡찬 아버지. 그러니까 전 아버지가 없는 거네요. 한 아버
진 아직도 인정을 안 해주시고, 한 아버진 아버지인 걸 잊으라고 하시니."

호공은 반류에게 할 말이 많았지만 아무 말도 하지 않았다. 아들
이 세상을 알아 큰일을 하게 될 수 있다면 그걸로 족하고 그것이야
말로 아버지가 아들에게 해줄 수 있는 일이라 생각했으니까, 그걸로
아들이 어떤 상처를 받게 될지는 일단 무시하고.

말도 못하고 속만 타들어 가는 반류가 마구 술을 쏟아붓는 그 시

각, 옆방에서는 수호와 친구들이 술을 마시고 있었다. 여울이 술잔을 내려놓으며 수호를 빤히 쳐다봤다.

"반류가 아니라고 어떻게 그렇게 확신한 거야?"

"그놈… 억울한 일이 있을 때 입술을 물어뜯거든. 근데, 그러더라고. 그리고 그 성격에 그렇게 쪼잔한 일을 하겠냐? 죽었다 깨나도 안 할 거야."

"니들은 적인지 친군지 모르겠다."

어이없어하며 웃는 여울의 뒤로 한성이 의아하다는 듯 고개를 갸웃했다.

"이상해. 다 아는데… 가슴은 왜 모르지?"

"하하… 그놈의 가슴."

깜짝 놀란 여울이 한성의 가슴을 만지고 입을 막으며 과장스럽게 웃는데, 이때 누군가 문을 확 열고 들어섰다. 수연이었다. 술병을 든 채 누군가를 찾듯 두리번거리더니, 수호는 눈에 들어오지도 않았던 듯 다시 확 닫고 나가버렸다.

"방금 내 누이 맞냐?"

"어? 글쎄. 그랬나?"

"날 못 본 척해? 저 술병은 또 뭐야?"

"내가 보기엔 가슴이 맞아."

그때 수호의 머릿속에 번개처럼 떠오르는 이미지가 있었다. 안개에 덮인 듯 보일 듯 말 듯 했던 그 장면이 확! 선명하게 보인 것이었다. 누군가 했던 말들도 떠올랐다.

"반류랑이 수호랑 누이 가슴을 만졌다며?"

멍청하게 서 있는 반류 앞에 가슴을 가리며 항의하는 수연이었다.

"대체 나한테 왜 이러시오…."
"반류 너…! 내 동생한테 무슨 짓을 한 거야?"

그 꼴을 보고 참을 수 없었던 수호가 달려가 반류의 멱살을 잡았
었는데, 그다음은 생각나는 게 없었다. 자연스럽게 뒷목으로 손이
올라가 뒷목을 만져보던 수호가 고개를 들어 여울과 한성을 바라보
았다. 불길해진 여울이 수호의 팔을 잡았다.

"수호랑."

수호가 외쳤다.

"이 새끼… 죽여 버릴 거야. 반류우–!"

수호의 방에서 나온 수연은 그다음 방에서 반류를 찾았다. 살짝
열린 문틈으로 대장인 듯 무례하게 술을 마시는 강성이 보이는데 반
류가 그 때문에 화가 났는지 불쾌한 얼굴을 하고 밖으로 나오고 있
었다. 수연이 그의 팔목을 잡았는데 신경질적으로 확 뿌리치려던 반
류는 수연임을 확인하자 순해져서 이끄는 대로 따랐다. 수연은 손을
꽉 잡은 채 주위를 살피면서 비어 있는 방으로 반류를 데려갔다.

아무도 없는 방에 단둘이 마주한 수연이 갑자기 수줍은 듯 손을
놓고 몸을 배배 꼬았다.

"그동안 고마웠어요. 어제 공연도… 멋있었고."

"어제 무대 뒤에서 만나자는…."

"아휴, 알아요. 무대 보고 저도 깜짝 놀랐어요. 누굴 만날 수 있는 상태가 아니더만요. 이거 귀한 홍준데… 받아줘요."

반류가 난감한 마음으로 수줍어하는 수연을 보고 있는데, 갑자기 방문이 벌컥 열리더니 수호가 안으로 뛰어 들어왔다.

"너 이 자식이, 이게 뭐하는 짓이야."

"수…수호."

"오라버니 그게 아니라…."

"너는 가만있어."

수호는 불문곡직하고 반류의 멱살을 잡고 주먹질을 하기 시작했고, 여울과 한성 뛰어와 말려보려 했지만, 이미 수호는 눈이 뒤집힌 상태였다. 이때 수연이 수호의 머리에 조준하여 술병을 내리쳤다. 믿을 수 없다는 듯 수연을 돌아보던 수호는 그대로 바닥에 꼬꾸라지고, 수연이 반류의 손을 잡고 방을 빠져나갔다.

"와… 예상치 못한 전개네."

"불쌍해…."

순식간에 벌어진 사태에 어안이 벙벙해진 여울과 한성을 바닥에 뻗은 수호를 보며 혀를 찼다.


다음 날 아침, 김습의 아침 식탁에 둘러앉은 수호 남매는 차마 아버지와 어머니의 얼굴을 빤히 보지 못하고 밥만 먹고 있었다. 김습이 아들을 보며 혀를 끌끌 찼다.

"술을 얼마나 마셨길래, 왕경 제일인 검술 실력이 당해."

"죄송합니다."

그래도 조금은 걱정스러웠던 수연이 수호를 살짝 훔쳐보다가 째려보는 수호에 놀라 얼른 시선을 피하고, 김습의 잔소리는 계속되었다.

"지난번, 반류는 통을 받았다는데 넌 불통이라며!"

"네."

"네? 어떻게 그렇게 아무렇지도 않게, 네냐? 응? 학문 이런 거야 어쩔 수 없다고 해도. 몸으로 하는 건 네가 다 이겨야 돼. 이건 각간과 나의 자존심 싸움이야. 그런 역도의 자식한테 진다는 건 말도 안된다. 알겠냐?"

"네."

대답하면서 어금니를 꽉 깨무는 수호를 보면서 수연은 저도 모르게 손이 떨려왔다.

아침상을 무르고 마당으로 나온 수연은 수호가 자신을 보자 냉큼 도망쳤으나, 늦었다! 수연의 뒷덜미를 확 낚아채서는 옆구리에 끼고 목을 조르기 시작했다.

"하지 마! 하지 마라니까!"

"너, 뭐야…? 네가 왜 반류 놈을 감싸? 미쳤어?"

"감싸는 게 아니야."

"그럼 왕경 한복판에서 네 그… 그걸 만진 놈을 왜 감싸냐고!"

"내가 만졌어! 반류랑 엉덩이!"

수연이 수호를 확 밀치자, 충격받은 수호가 휘청 흔들리며 떨어졌다. 수호는 수연을 멍청하게 바라보며 입만 뻐끔거렸다.

"…뭘 만져?"

"평소에 오라비한테 목 졸리는 게 너무 억울해서. 오라비한테 복수하려고 장난친 거였어. 같은 화랑복을 입고 있어서 반류랑을 오라버니로 착각한 거고! 막상 오라버니 아닌 걸 알고 나니까, 나도 모르게 창피하고 민망해서 반류랑한테 뒤집어씌운 거야. 이제 알았으면 그분 좀 그만 괴롭혀."

수호는 이 상황을 믿을 수가 없었다. 지금 하나밖에 없는 여동생이 무슨 말을 하고 있는지, 이해가 되지 않았다. 그리고 뭐? 누구?

"그분?"

휴일이 끝난 화랑들이 하나같이 선문으로 돌아가고 있었다. 멀찌감치 떨어진 아로와 선우도 선문으로 들어서고 있었는데, 앞서가는 아로에게서는 여전히 어색한 냉기가 흐르고 있었고 뒤따라가는 선우는 그런 아로를 보며 슬픈 한숨을 내쉬었다.

선문에 돌아온 화랑들을 맞이한 것은 위화의 훈시였다. 지현당 앞에 모인 화랑들은 자랑스러워하는 위화의 마음을 느끼며 뿌듯해하고 있었다.

"어쨌든 악을 주제로 한 과제는 끝났다. 즐거웠느냐?"

"예! 풍월주!"

"백성들이 즐거웠고 너희가 즐거웠으니, 너희 모두에게 통을 주지 않을 이유가 없다."

화랑들은 일제히 환호성을 질렀고, 위화는 의미심장하게 웃으며 화랑들을 진정시켰다.

"다음 과제가 궁금하지? 과제에 앞서 너희들한테 혹은 하나씩 붙여주지."

 선우를 비롯한 화랑들은 긴장하면서 의아한 얼굴로 위화를 바라보고 있었는데, 위화가 눈짓을 하자 미진부가 고개를 끄덕였다. 그리고 눈 앞에 펼쳐진 광경은 화랑들을 긴장시키기에 충분했다. 당당한 삼십여 명의 청년들이 절도 있는 모습으로 화랑을 보고 있었다.

 "이번에 선발된 낭두들입니다…! 모두 무술에 출중한 젊은이들입니다."

 낭두를 하나하나 보던 위화는 외모와 체격이 한눈에 띄는 단세 앞에 섰다.

 "이름이 뭔가."

 "단세라 합니다."

 "현제 공의 손자입니다."

 위화는 안다는 듯 고개를 끄덕이며 한성과 단세를 번갈아 보며 웃었다.

 "석현제… 조부께선 평안하신가. 뵌 지 오래됐는데."

 "권세도 끗발도 다 떨어진 석씨 가문에 그나마 가진 골품을 놓치실까 전전긍긍 밤잠 못 이루시죠."

 위화는 짧게 웃으며 단세의 어깨를 툭 쳤다.

 "반골 기질이 있네. 까칠해."

 다른 낭두들을 하나하나 살피던 위화는 파오를 보고 깜짝 놀라 한 발 물러섰다.

 "자넨 몇 살… 이세요?"

 "스물… 두 살입니다."

못 믿겠다는 위화의 표정을 살피며 파오가 씨익 웃어 보였다.

"제가 무유년 빠른 정월생이라….."

파오를 보고 황당한 것은 누구보다 삼맥종이었다. 삼맥종은 뒷목을 잡고 쓰러질 것 같은 것을 겨우 참고 있었다. 삼맥종은 다른 사람들에게 들키지 않도록 소리를 내지 않고 입 모양으로만 파오를 질책했고 파오도 소리 내지 않으면서도 따박따박 대답을 했다.

'미쳤지? 내가 만만하지? 세상이 아주 파릇파릇하지?'

'그럼 어쩝니까. 옆에서 모실 방법이 이것뿐인데요.'

'몇 살이랬다고?'

'스물, 두 살입니다.'

'십 년도 아니고 이십 년을.'

'그야 제가 동안이니까.'

삼맥종은 차마 봐줄 수가 없어서 눈을 질끈 감아버렸다. 낭두와 화랑을 한 명씩 짝지어준 위화가 다시 말을 이었다.

"지금 앞에 서 있는 자가 너희들의 낭두다. 앞으로 너희는 밑 사람으로 이들을 부려야 하고 때로는 이들의 도움을 받아야 할 것이다."

화랑들은 제 짝과 인사를 나누면서도 일제히 선우의 짝을 부러운 눈으로 바라보고 있었다. 단세가 그 앞에 서 있었던 것이다. 한성은 자신을 선택해주지 않은 형을 원망스러운 눈으로 쳐다보았다.

반류 앞에 서 있는 것은 강성이었다. 반류는 강성을 차갑게 노려보았고, 강성은 느물느물하게 웃고 있었다.

"누굴 기대한 건데?"

"적어도 넌 아니었지."

"나도 널 원해서 선택한 게 아니야. 영실 공께서 친히 나에게 부탁을 하셨거든. 반류 네가 잘하고 있나 영 못 미더우신 모양이야."

낭두와 화랑들 사이의 긴장을 아는지 모르는지 위화는 기쁜 얼굴로 마지막 말을 끝맺었다.

"이제 너희는 하나가 되어, 신의로 서로를 가르치고 가르침을 받아 다른 화랑들과 경쟁하게 될 것이다. 알겠냐?"

화랑과 낭두들이 짝을 이뤄 할 첫 번째 과제는 '궁마'였다. 말을 타고 달리면서 활을 쏘아 과녁을 맞히는 것인데, 다른 화랑들은 이미 오래전부터 놀이로 즐겨왔던 것이어서 부담 없이 달리고 있었다. 문제는 선우였다. 말 자체를 직접 타본 게 겨우 얼마 전. 그 말에 매달려 떨어지지 않게 달리는 것만으로 힘든데 거기서 활을 쏴야 한다니 어이가 없었다. 곳곳에 놓인 과녁판 사이를 자유자재로 돌아다니는 다른 화랑들을 보며 선우는 어찌할 바를 몰랐다.

"그러니까… 말을 타면서 활을 쏜다고? 왜 그딴 짓을 하는데? 활만 쏘든가, 말만 타지. 굳이 두 개를 한꺼번에."

뒤에 서 있던 단세가 어이없다는 듯 한심하다는 듯 짧게 대답했다.

"전장에서는 이렇게 싸우니까요."

"왜 나냐?"

"…."

"듣자니 너도 반쪽이라던데. 게다가 한성의 형이잖아. 동생을 지켜줘야 하는 거 아닌가?"

"듣기 좋은 얘긴 아닐 텐데. 꼭 들으셔야겠습니까?"

"응."

"다른 화랑의 낭두가 되면, 진짜 섬겨야 하지만. 그쪽은 안 그래도 될 것 같았거든요. 이게 제가 선우랑을 선택한 이유입니다."

"섬기라고 할 생각 없어. 주군인지 뭔지 그딴 거일 필요도 없고. 너하고 난 같아. 내가 보기엔 다른 놈들이랑 너도 같고."

선우는 거기까지 말하고 돌아섰고, 단세는 그의 뒷모습을 한참 동안 바라보고 있었다.


"아로 의원."

한성이 의원실의 넓은 창문에 팔을 턱 걸치며 아로를 불렀다. 뚱하니 삐진 것 같은 얼굴의 한성이 귀여운 아로는 피식 웃으며 그 앞에 앉았다.

"오늘은 무슨 일 때문에 이렇게 심각하실까?"

한성은 대답 대신 아랫입술만 더 삐죽 삐져나왔다.

"단세라는 낭두가 한성랑 형이라던데. 형이 낭두가 안 돼서 실망했소?"

"그쪽도 반쪽이지. 내 형처럼."

"웬만하면 다들 반쪽 아닌가. 어머니 반, 아버지 반."

"할아버지가 나를 특별히 아끼셔. 날 아끼는 것만큼 형을 미워하고… 난 할아버지보다 형이 좋은데."

"거, 집안에 애정 관계가 꽤 복잡하네."

"형이 내 낭두가 안 된 게 섭섭한데… 선우랑 낭두가 됐다니까 다행이야. 선우랑은 좋은 사람이거든. 화랑 중 제일 멋있는 것 같기도 하고."

"정말…? 정말 그런가?"

"그렇다니까! 그래서 다행이야. 형이 그런 화랑의 낭두가 돼서."

"그럼 되었구만 왜 이리 아랫입술은 튀어나와요?"

"그래도 형이 내 낭두가 안 된 건 싫잖아."

"뭐예요?"

아로가 어이없다는 듯 한성을 흘겨보자 한성이 깔깔 웃기 시작했고, 따라 웃던 아로와 한성은 어느 순간 동시에 한숨을 내쉬며 씁쓸한 얼굴이 되었다.

"아로 의원은 왜 심각한데?"

"나도 집안 애정 관계."

한성과 아로는 또 누가 먼저랄 것도 없이 한숨을 내쉬었다.

한숨만 내리 내뱉고 들이쉬다가 한성이 돌아간 뒤. 심기일전 열심히 일하기로 마음먹은 아로는 의서를 있는 대로 잔뜩 안고 지현당 서고로 걸어가고 있었다. 그런데 저 앞에 삼맥종이 보였다. 집안 애정 관계 못지않게 복잡한 인물이어서 되도록 안 마주쳤으면 했었는데, 그런 사람일수록 꼭 피할 수도 없는 코앞에서 맞닥뜨리게 되었다.

"뭐하나?"

"뭐… 안 하는데."

"나 피하는 것 같은데."

"아닙니다… 그럴 리가."

"뭐야? 이렇게 작위적인 반응은. 내가 왕이라서 그래?"

화들짝 놀란 아로는 누구 듣고 있는 사람 없나 주변부터 두리번거렸다. 저쪽 기둥 뒤에라도 사람이 있으면 어쩌나 걱정이 되었다.

"둘밖에 없어."

"이런 답답한…! 그렇게 도망 다니고 사셨으면서도 모르세요? 낮말은 쥐가 듣고 밤말은 새가 듣는 거라고요!"

"낮말은 새가 듣고 밤말은 쥐가 듣는 거겠지."

"지금 왕 얘길 하는데 그게 중요해요?"

아로는 얼른 제 입을 막았다.

"미쳤나 봐… 왕이랬어. 헉! 또 왕이랬어. 어머, 어떡해….."

이러다가 끝이 없겠다 싶어 아로는 입을 다물어버렸다. 아예 말을 하지 말자. 삼맥종은 그런 아로가 귀여워서 기분 좋게 바라보고 있었다.

"지현당 서고에 가는 건가?"

아로가 입을 다문 채 고개를 끄덕였다. 삼맥종이 아로가 잔뜩 안고 있던 책을 자신이 들고 앞장서 가는데, 아로가 괜찮다고 으으음, 막 고개를 저었다.

"시끄러워. 그만 말하고 따라와."

아로는 읍, 아랫입술을 빼물고 울상이 되어 삼맥종을 따라갈 수밖에 없었다.

의서를 제자리에 꽂던 삼맥종이 역시 책 꽂는 일에 빠져 있는 아로를 한참 바라보다가 물었다.

"내가 왕이라서 불편하냐?"

그 소리에 깜짝 놀란 아로는 책을 떨어트렸고, 아로는 책을 주우며 삼맥종을 가볍게 흘겨봤다.

"제발… 그… 그 소리 좀 안 하시면 안 돼요? 조마조마하고 불안해서 미칠 것 같다구요."

"네가 왜 불안해? 왕은 난데."

"또! 또…!"

"아, 혹시 날 걱정해주는 건가?"

삼맥종이 책장 사이로 고개를 쑥 내밀고 아로를 보자, 아로는 고개를 설레설레 흔들었다. 뭐든 장난으로만 하려는 삼맥종이 이해가 안 됐다.

"걱정이 안 돼요, 그럼? 선문 안에 '으응'이 있는데!"

"아… '으응'. 나, 으응이야? 뭔가… 야한데?"

"이 쫘람이 진짜! 송구합니다."

아로가 급하게 고개를 숙이며 사과하는데, 삼맥종은 피식 웃으며 아로를 따뜻한 눈으로 바라보았다.

"이런 기분이네."

"네?"

"진짜 나를 아는 사람을 만나는 기분이. 평생 살면서… 한 번도 느껴보지 못한 기분이야."

아이고. 아로는 삼맥종이 안쓰러웠다. 차라도 한잔 우려주고 싶은 마음이 뭉클뭉클 솟아올랐다. 그러고 보면 아로 주변엔 시린 등을 가진 남자들이 많아도 너무 많았다.

"넌 모르지. 네가 나한테 얼마나… 소중하고 절실한지."

참 이상한 게, 삼맥종이 하는 말 중엔 멀리 가거나 사라지질 않고 아로의 귓가를 뱅글뱅글 맴도는 게 많았다. 오늘도 그랬다. 소중하고 절실하다니….

멍하고 혼란스러운 마음을 해결할 길이 없는 아로는 수연을 찾았
다. 그런데 수연은 아로를 보자마자 반류 얘기부터 했다.

"우리 오라비가 반류랑한테 무슨 짓이라도 하면 바로 나한테 얘기
해줘 해."

"얘기하면 뭐 어떻게 하려구?"

"그땐 내가 선문 담을 넘어들어가서 우리 오라버니를 끝장내야지."

"너 내가 알던 수연이 맞냐?"

"내 남잔 내가 지켜."

아로는 수연을 빤히 보다가 한숨을 푹 내쉬었다.

"부럽다."

"뭐가?"

"나도 너처럼 거침없었으면 좋겠어."

"안 거침없을 건 뭔데?"

"너… 신비 공이랑 치명 공 기억나?"

"뭐, 그 야설 두 번째 이야기 나와?"

"남의 신분으로 살아야 하는 신비 공이랑, 자기가 누군지 감추고
살아야 하는 치명 공 이야긴데."

"넌 누가 더 좋은데?"

"나야 당연히…."

거기까지 말을 하고 아로는 입을 다물었다. 누구를 좋아하는지가
중요한가? 그에게 아무것도 할 수 없는데?

선우는 아무도 없는 넓은 풀숲을 궁마장 삼아 단세와 둘이서 궁마 연습 중이었다. 말을 타고 달리는 선우의 모습은 어정쩡하고 활을 든 자세도 어색했다. 저런 정도라면 말에서 손을 놓는 것 자체가 불가능할 것 같았다.

"그런 식으로 했다간, 통은 어림도 없습니다."

그에 반해 단세는 능숙하게 말을 타고 달렸고, 과녁으로 삼은 나무를 향해 활시위를 당기면 당기는 대로 정확하게 맞았다. 선우는 단세의 모습을 하나도 놓치지 않고 보다가 다시 고쳐 잡고 시위를 당겼다. 또 빗나갔다.

"불통 세 개로 선문을 나간 화랑의 낭두는 어떻게 되는 겁니까?"

"그걸 왜 물어?"

"이제라도 바꿔야 하나. 싶어서 그렇습니다."

"나 개새랑이야. 누가 불통을 받는데?"

"지금으로선 가망 없는 것 같습니다."

"공손하고 싸가지 없게 얘기하는 재주가 있네."

"칭찬으로 듣겠습니다."

"왜 칭찬이야… 이게."

"조준 다시 해보십시오. 이렇게 십 년쯤 연습하시면 혹시 명중시키실지도 모르니까."

열 받아서 확 노려봐도 표정에 아무런 변화가 없는 단세는 조준 안 하고 뭐하냐는 눈짓을 했고 선우는 별수 없이 다시 과녁을 향해 시위를 당겼다.

상선방 화랑들이 식사 중인 정양당에선 여전히 목에 붕대를 감고 있는 수호가 앞에 있는 반류를 노려보고 있었다.

"이번 일은 그냥 넘어가지만 끝난 게 아니다."

"밥이나 먹어. 사과라면 됐으니까."

수호는 순간, 혈압이 확 올랐지만 일단 참았다. 여울이 그런 수호를 칭찬해줬다

"잘 참네. 우리 수호."

"안 참으면 어쩔 건가. 가슴이 아니라 반류랑 엉덩인데."

여울이 웃으며 한성의 옆구리를 푹 찔렀다.

"너 그러다 한번 맞는다."

"앗! 아로 의원이다!"

한성이 정양당 입구 쪽에 서 있는 아로를 발견하고 손을 흔들었다. 아로는 선우를 똑바로 바라보며 서 있었다. 누굴 찾아온 건지 확실한 태도에도 밥만 먹고 있는 선우가 이상해서 여울이 의아하여 물었다.

"아로 의원이잖아. 안 가봐?"

"나 보러 온 거 아니야."

선우가 고개도 들지 않자 한참 동안 정양당 입구에 서 있던 아로는 화가 난 듯 확 가버렸다.

아로는 선우의 식사가 끝날 때까지 기다리고 있었다. 식사가 끝나고 또 궁마 연습을 가는지 선우와 단세가 나란히 나서는데 아로가 바로 코앞에 짠 나타났다. 단세가 먼저 가 있겠다며 눈치 빠르게 자리를 피해줬는데, 선우는 아로를 제대로 쳐다보지도 않았다. 아로가

선우 앞에 바짝 다가가 섰다.

"왜 나 피해요? 의원실 쪽으로도 안 오고."

"오라비 아니라며. 난 네 오라비로 살 생각인데."

"그럼 남인가, 우리?"

"…."

선우가 대답 대신 아로를 빤히 바라보자 아로의 입에서 다다다 말이 쏟아졌다.

"그쪽이 너무 밉고. 싫고. 화나. 매일 맞고 다치고 아팠으면 좋겠어. 그다음 날에도 똑같이 다치고 아팠으면 좋겠어."

아, 이 말을 하려던 게 아니었다. 이런 말을 하자고 정양당 앞에서 얼쩡거리고 기다렸던 게 아니었다. 그러나 이미 엎질러진 물이었다. 선우는 아로가 무슨 말을 해도 다 받아주겠다는 듯 그렇게 서 있었다. 오히려 그런 선우를 아로가 참지 못해서 외면하고 돌아서 달려가버렸다.

아로가 가는 것을 가슴 아프게 바라보던 선우는 궁마장으로 갔다. 온몸이 땀으로 젖을 때까지 뛰고 구르는 수밖에 없었다. 똑같이 뛰고 굴러주던 단세가 별안간 멈추며 말했다.

"그만하시죠. 이렇게 한다고 갑자기 실력이 느는 건 아닙니다."

"그게 네 말버릇인 건 알겠는데. 난 그렇게 생각 안 해. 난 꼭 통을 받을 거야. 받아야 돼."

"그럼 혼자 하십시오. 초보자 하나 때문에 하루 종일 궁마만 할 수는 없으니까요."

단세가 가버린 다음에도 선우는 여전히 말을 타고 활을 쐈다. 그

런 선우가 잘 보이는 언덕에 아로가 앉아서 하는 행동 하나하나에
의미를 갖고 유심히 지켜보고 있었다. 선우가 조준해 시위를 당겼
다. 한 번 쏠 때마다 점점 더 가운뎃점에 가까워지는 것이 확실히 재
능이 있는 것이 보였다. 할 줄 모르는 게 없는 선우였고, 아로는 그의
그런 모습에 어쩐지 뿌듯해졌다. 그런데, 선우가 말을 타고 달리다
가 말에서 떨어질 것처럼 휘청한 것 같았다. 아로가 깜짝 놀라서 자
리에서 일어났다.

선우는 활을 쏘았는데 아깝게도 나무 과녁을 빗나갔다. 조준을 잘
못한 게 아니었다. 핑 울리는 이명을 느꼈다. 하늘을 올려보자 태양
이 흔들리고 있었다.

"아… 젠장."

그래도 몇 번 정도는 더 할 수 있지 않을까? 선우는 몸을 추스르
고 다시 과녁을 겨누었다. 그러나 그걸로 끝. 위태롭게 휘청하던 몸
이 달리는 말에서 푹 고꾸라졌다.

아로가 미친 듯이 선우를 향해 달려갔다. 선우가 의식을 잃고 바
닥에 쓰러져 누워 있는 것이 시체 같았다. 선우에게 다가가 앉은 아
로는 떨리는 손으로 코앞에 손가락을 대보고, 목에 있는 맥을 잡아
보았다. 맥이 잡히지 않았다. 아로는 선우를 흔들기 시작했다.

"일어나… 일어나라고! 이러면 어떡해. 난 어쩌라고… 일어나…
일어나라고!"

선우는 흔들면 흔들리고 밀면 밀렸다. 아로는 아무래도 안 되겠다
싶어서 선우의 입에 숨을 불어넣기 시작했다. 가슴에 귀를 대고 들
어봤지만 아무런 변화가 없었다. 멍한 얼굴로 선우를 보고 있던 아

로의 눈에서 눈물이 뚝 떨어졌다.

"이러는 게 어딨어. 난 속에 있는 말… 아무것도 못 했는데. 이러는 게 어딨어! 오라비가 오라비가 아니어서 좋다고 아직 말도 못 했는데. 이 마음이 미칠 것 같아서… 내가 너무 싫어서. 그래서 못 되게 군거라고 말도 못 했는데…."

그때 선우의 손가락이 살짝 움직이기 시작했다. 그것을 미처 보지 못한 아로는 이대로 영영 선우를 잃게 될까 하는 두려움이 눈물이 터졌다.

"오라버니한테 설레서… 가슴이 답답하고 죽을 것 같다가 이제야 간신히 숨이 쉬어지는데… 그쪽을 보면 가슴이 뛰고 미치겠는 날이 얼마나 많았는데… 이렇게 죽으면 어쩌라고… 난 어쩌라고…."

선우가 아로의 팔을 잡아당겼다. 털썩, 선우의 품에 안긴 아로는 놀라서 눈물이 뚝 그쳤는데, 선우의 차가우면서도 부드러운 입술이 아로의 입술에 닿았다. 맞닿은 입술에서 시작된 떨림이 찌르르 전기가 되어 온몸에 흐르는 듯했다. 아무도 없는 둘만의 풀숲에서, 첫 입맞춤이었다.

몸을 일으켜 앉은 선우와 아로는 기나긴 입맞춤을 나누었다. 한동안 서로의 따뜻한 체온을 나누고 달콤함을 주고받던 두 사람은 잠시 떨어져 서로를 바라보았다. 놀랐고 떨렸고, 애틋함이 가득한 그의 눈에 설레서 아로는 선우를 똑바로 바라볼 수도 없었다.

"나, 나는… 오라… 아니, 그쪽이…."

선우가 다시 아로를 빤히 바라보면서 다가오자, 아로는 눈을 꾹 감았다.

그런데 선우는 입맞춤 대신 아로를 끌어안았다.

"?"

"…."

아로를 안고 나서도 한참 동안 아무런 움직임이 없자, 이상하다는 것을 깨달은 아로는 선우를 살짝 흔들어보았지만 선우는 힘없이 축 늘어졌다. 다시 그 상태가 된 건가. 선우는 그대로 정신을 잃은 것 같았다.

"이보시오?"

선우를 떼어놓고 자세히 살펴보려던 아로는 선우의 무게를 이기지 못해 뒤로 발라당 넘어가 버렸고, 선우가 그 위로 덮치듯 쓰러졌다. 밀어내려고 해봤지만 선우는 꿈쩍도 하지 않았다. 기절할 것 같은 상황에 아로는 정신을 차리고 있으려고 심호흡을 하기 시작했다.

"침착해. 침착하자…. 이건 네가 생각하는 그런 상황이 아니야… 나는 의원이다. 의원이야… 의원은 의원인데 일어나봐야 뭘 할 텐데, 이거."

아로는 선우를 다시 힘껏 밀어 올려 보았으나 팔만 아팠고, 풀숲 사이로 스산한 가을바람만 불고 있었다. 얼마나 그렇게 누워 있었을까 어디선가 부르는 소리가 들렸다.

"선우랑, 선우랑!"

선우를 찾으러 온 사람이 분명했다. 아로는 잠깐 망설였다. 이 우스꽝스러운 꼴을 보여도 괜찮을지 자신이 없었다. 부르는 소리가 아주 가까이까지 다가왔다. 혼자 중얼거리는 소리까지 들릴 거리였다.

"선우랑 어디 계시오? 여기 없나? 다른 데 가 봐야하나?"

더 망설일 여유가 없었다. 아로가 번쩍 손을 들며 외쳤다.

"여, 여기요. 여기 사람 있소."

선우를 의원실 침상에 눕히고, 연락받은 상선방 화랑들이 걱정스러운 얼굴을 하고 몰려왔다.

"말에서 떨어졌다고?"

"말이 혼자 돌아와서 걱정되어 단세가 가 봤더니…."

단세는 멍하니 앉아 있는 아로를 걱정스레 보면서 말했다.

"그래도 의원이 옆에 계셔서 다행이었습니다."

화랑들이 일제히 돌아봤는데, 아로는 선우와 나눈 입맞춤의 여파로 멍한 상태였으나, 화랑들은 오라비가 쓰러져 충격받은 누이의 모습으로 착각하고 어쩐지 마음 한구석이 짠해졌다.

"충격이 크겠지… 눈앞에서 오라비가 떨어지는 걸 봤으니."

그때, 의원실 한쪽에 앉아 있던 반류가 짜증을 내며 일어섰다.

"근데 난 왜 부른 거야?"

"그래서 네가 싸가지가 바가지란 소릴 듣는 거야. 지금 동방생이 죽을지 살지 모르는데, 할 말이냐? 나중에 너 같은 놈이랑 혼인할 여인이 불쌍하다!"

수호의 말에 반류는 꿍 다시 제 자리에 앉았고, 다른 화랑들은 수호 앞에서 얌전해진 반류가 적응이 되질 않아 고개를 설레설레 흔드는데, 선우 옆에 바짝 붙어서 보고 있던 한성이 천진난만한 표정으로 물었다.

"아직도 못 깨는 거 보면… 떨어질 때 머리를 다친 건가?"

한성의 말에 아로는 갑자기 맑은 정신으로 깨어나서 긴장하여 선우를 바라봤고, 화랑들도 심각해져서 선우를 바라봤다.

화랑들이 수업 때문에 우르르 돌아간 뒤에도 아로는 아까 잡았던 맥을 잡고 또 잡았다. 하지만 맥에서 느껴지는 것은 한결같았다.

"맥은 괜찮은데… 왜 안 일어나? 안 일어나면 난 어쩌라고… 설마!"

아로는 잡고 있던 선우의 팔을 내던지며 혼자 분노했다.

"설마… 깨서 기억 못 하는 건 아니겠지?"

그렇지만 이것은 분노해서 될 일은 아니었다. 입맞춤 따위 기억 못 한대도 어떠랴, 다시 하면 그만이지. 아로는 다시 선우의 팔을 두 손으로 꼭 잡았다.

"아니, 아니… 아무것도 기억 못 해도 좋아…. 그러니까 눈 좀 떠요. 응?"

간절함이 전해졌는지 선우가 조금 움직이는 것 같았다. 하지만 기쁨은 잠시, 경련을 일으킨 것이었다. 그제야 선우의 몸을 구석구석 만져본 아로는 몸이 너무 차갑다는 것을 알았다.

"몸이 왜 이렇게 차가워?"

아로는 의원실에 있는 이불을 다 끌어다가 덮어주었지만 그래도 선우의 몸은 따뜻해질 기미를 보이지 않았고, 경련이 더 자주 일어나고 있었다. 특단의 조처가 필요한 시점이었다.

아로는 잠시 망설이다가 이불 속으로 들어가 선우와 몸을 바짝 붙이고 누워서, 한쪽 팔을 뻗어 떨고 있는 선우를 안았다.

"이건 그냥… 의원으로 할 수 있는 거야. 사람은 살리고 봐야 하는 거니까. 이렇게까지 해준 거… 알아야 할 건데. 나중에 나한테 엄청

고마워해야 할 건데!"

아로는 옆으로 누워 선우의 얼굴을 가만히 바라보았다. 선우의 숨결이 느껴질 만큼 가까운 거리에서 보는 선우의 감은 눈이 깊었다.

"이렇게 생겼었나."

마치 처음 보는 듯 낯설고 그렇지만 애틋하고 사랑스러운 얼굴이어서 괜히 눈물이 핑 돌았다.

"빨리 일어나요. 일어나서… 나 좀 보지. 우리 할 말도 많을 것 같은데. 아닌가…?"

따뜻한 햇볕이 드는 의원실, 선우가 천천히 눈을 떴다. 뽀얗게 부서지는 햇살 속에 모든 게 꿈결 같은데, 옆에는 긴 속눈썹의 어여쁜 얼굴이 있었다. 아로인가 싶어 가까이 얼굴을 대는데 점점 선명해지는 것은 수호의 얼굴이었다. 기겁하고 반대쪽을 보니 여울이 누워 있다. 벌떡 일어나 앉았더니 삼맥종이 말을 걸어왔다.

"일어났냐."

"내가… 왜? 뭐야… 얘들!"

"내가 너 살린 거다."

수호는 옆에서 눈도 덜 뜬 채 잠이 잔뜩 묻은 목소리로 말하자 여울이 부스스 벗은 몸으로 일어나며 한마디 더 했다.

"같이 살린 거지."

여울이 벗은 몸이었다니, 선우가 당혹스러워 보니 여울은 장난스럽게 요염한 척 윙크를 날렸다.

"알면서… 나 잘 때 뭘 입으면 숙면을 취할 수가 없잖아."

선우는 이들이 하는 말과 행동이 혼란스러울 뿐이었고, 대체 아로는 어디 있나 두리번거리자 또 삼맥종이 참견을 해왔다.

"네 누이 찾는 거면. 여기 없어."

"어딨는데?"

"사흘 내내 안 자고 버티길래 잠깐 눈이라도 붙이라고 했어. 고집 알지? 쉽지 않았다."

"내가 며칠 만에 깬 건데?"

"사흘하고 반나절."

선우는 이 모든 상황이 얼떨떨했다. 그렇게 오래 정신을 잃고 있었다는 것도 그렇고, 또.

선우는 아로의 침소에 조용히 들어섰다. 아로는 많이 피곤한지 침상에 웅크린 채 잠들어 있었다. 행여 아로가 깰까 봐 숨소리조차 죽인 선우는 천천히 아로 옆으로 다가가 가만히 아로를 바라보았다. 작고 올망졸망한 귀여운 얼굴이었다. 놀랄 때마다 똥그래지는 눈, 작지만 귀엽게 오똑 솟은 코, '아니, 이 쇠람이 지금 그걸 말이라고 하나'라고 호통도 치는 입, 그리고 입술도. 차마 만지기도 아까운 아로의 예쁜 얼굴을 선우는 애틋하게 오래오래 지켜보았다.

얼마나 잤을까 아로가 눈을 뜨고 피곤한 몸을 일으켰다. 침소에 든 햇빛을 보면 점심때가 훨씬 지난 모양이었다. 눈 뜨자마자 선우가 어찌하고 있을지, 다른 화랑들은 잘 돌보고 있을지 걱정이 된 아로는 의원실로 달렸다. 그런데 이럴 수가. 의원실이 깨끗하게 정리되어 있었다. 침상에는 사람이 누웠던 흔적도 남아 있지 않았다,

"어디로 간 거야? 설마… 내가 잠든 새… 아니야. 그럴 리 없어. 그럴 리 없어. 어딨어… 진짜… 어디 간 거야?"

아로는 선우를 찾아 선문 곳곳을 뛰어다녔다. 어디에도 선우의 모습은 보이지 않았고, 불안감에 아로가 막 울음 터트리려고 할 때였다. 멀리 진묵의 지도 아래 검술을 연습하는 화랑들이 보였다. 설마, 하는 기대감으로 살펴보니 아무렇지도 않게 화랑들과 섞여 검술 연습하는 선우가 있었다. 아로는 이번에는 다른 의미로 왈칵 눈물이 날 것 같았다.

"괜찮네. 멀쩡하네."

선우도 아로를 봤고 둘의 시선이 마주쳤다. 너무 반갑고 기쁜 마음에 아로가 손을 흔들었는데 선우는 힐끗 보더니, 분명히 힐끗이라도 보았는데 모르는 척 검술에만 열중하는 척했다. 못 본 건가 싶어 손을 더 높이 올려 흔들었더니 아예 돌아서버렸고, 더 적극적으로 몸까지 흔들어대자 이제는 시선도 주지 않았다.

"뭐야. 이게 말로만 듣던 쌩깐다는 건가?"

아로는 은근히 분했고, 다시 예전 서로 모르는 척하던 때로 돌아가게 될 것 같아서 아무 많이 불안했다. 아로는 검술 연습이 끝날 때까지 기다렸다. 화랑들이 삼삼오오 몰려나오는 가운데 선우도 있었다. 그런데 선우는 아로가 바로 앞으로 다가가는데도 본체만체 지나치려고 했다.

"몸은 좀 어때요?"

아로가 큰 목소리로 묻자 선우가 잠시 그 자리에 멈춰서는 잠시 망설이다가 짧은 대답을 했다.

"괜찮아."

"목숨을 살려줬는데. 고맙단 인사도 없나?"

아로의 얼굴은 보지도 않고 몇 번 성의 없는 대답을 한 선우는 행여 잡힐까 봐 두렵기라도 한듯 쌩 가버렸고 혼자 남은 아로는 그야말로 황당하여 바라보고 있었다.

그러자 수호가 선우를 이상하다는 듯이 쳐다봤다.

"너 왜 그래? 네 누이가 너 때문에 얼마나 마음을 졸였는지 알아?"

그러나 선우는 말대꾸도 않고 앞서 가버렸고, 남은 수호는 버럭 화를 났다.

"왜 저래 저거?"

"복잡 미묘한 남녀관계를 어찌 알꼬, 아 참, 오누이였나? 뭐 우리는 모르는 당사자들만의 이야기가 있겠지."

여울이 수호를 다독이며 가는데, 삼맥종은 서운해 서 있는 아로가 못내 신경 쓰였다.


아로는 친구 수연을 선문 담장 앞까지 불러놓고 한숨만 내리 쉬고 올려 쉬었다. 답답해진 수연이 참다못해 아로를 다그쳤다.

"뭔데? 말을 해야 해결을 해줄 거 아니냐?"

"어떤 사내가… 여인이랑 입을 맞춘 걸… 기억 못 할 수도 있나?"

"엥?"

"너희 오라비도 반류랑이랑 네 일 기억 못 했잖아."

"그거랑 그게 같냐? 딴 일도 아니고… 입 맞춘 걸 잊는 사내가 어딨어?"

280

"그럼. 왜 모른 척할까?"

"누가 너한테 입 맞추고 모른 척해? 아님, 새로운 야설이야?"

"대답이나 해."

"뭐… 책임지기 싫어서? 얽히는 게 싫어서? 아님, 정신 차리고 보니 이건 아니다 싶어서?"

아로는 격하게 긍정하며 고개를 끄덕였다. 수연이 말하는 전부 다가 선우의 마음일 것 같았다.

"사내들은 그래. 피해버리면 없던 일이 되는 줄 안다니까."

하지만 그 말에는 동의할 수 없었다. 그래도 그건 아니지. 선우는 절대 그런 사내가 아닐 것이다.

"그런 거 아니야! 그럴 리 없어!"

"우리 오라비 보고도 그러는가? 하루에도 열두 번씩 마음이 변화무쌍하시다. 내가 볼 때 세상에 의리가 있는 사내는 반류랑 하나뿐이야."

"그렇게 따지면 반류랑도…."

"네가 사내를 뭘 안다고?"

아로는 수연에게 구박을 당하면서도 선우는 절대 '그런 사내'가 아니라 생각했다. 믿었다. 아니, 기원했다.


선우가 궁마 연습을 하러 활과 말을 챙겨 숲 쪽으로 가는데, 웬일인지 삼맥종이 따라붙었다.

"어이, 개새랑."

선우가 돌아보니 삼맥종이 친한 척 싱긋 웃으며 선우를 바라보고 있었다.

"왜? 다들 그렇게 부르던데."

선우가 상대하기 싫다는 듯 그냥 무시하고 가려는데도 삼맥종은 바짝 따라붙었다.

"궁마는 좀 늘었나? 나랑 시합 어때?"

"됐어. 안 해."

그러자 삼맥종이 선우의 팔을 잡고 멈춰 세웠다.

"너, 아로한테 그러는 이유가 뭐야?"

"놔."

"무슨 일인지 말해."

"놓으랬지!"

그런데도 삼맥종이 안 놓고 버티자 선우는 신경질적으로 확 팔을 뿌리쳤다. 그 바람에 팔목에 있던 팔찌가 떨어졌지만 둘 다 눈치채지 못했다. 아니, 둘 다 그걸 눈치챌 여유가 없었다.

"관심 꺼."

"그건 너무 어렵고. 알다시피, 내가 네 누이한테 관심이 아주 많잖냐. 그래서 도무지 관심이 안 꺼진다. 그 애를 울게 만들면 아무리 너라도 안 봐줄 생각이거든."

선우는 이 녀석에게만은 지고 싶지 않다는 생각이 들었다.

"궁마랬냐?"

삼맥종이 씩 웃었다.


한참 시간이 흐른 후, 선우와 삼맥종이 궁마 대결을 약속했던 그 자리를 강성이 지나고 있었다. 그런데 땅바닥에서 뭔가 반짝이는 게 보였고 그는 발걸음을 멈추고 바닥에 떨어진 팔찌를 주워 올렸다.

"이게 뭐지?"

눈앞에 가까이 들여다보기도 하고 하늘에 비춰보기도 하면서 어쩐지 값진 물건으로 보이는 그 팔찌를 이용할 구멍이 아주 많은 것 같았다. 강성은 잘하면 큰 기회를 붙잡을 수도 있겠다는 생각으로 야비하게 웃었다.


삼맥종과 선우는 고정 과녁이 아닌, 움직이는 과녁을 맞히는 대결을 벌이기로 했다. 자고로 움직이지 않는 표적이란 없는 법, 제대로 겨루려면 표적부터 제대로 만들어야 하지 않겠는가. 파오와 단세가 번갈아가며 투석기 모양의 지렛대로 표적을 쏘아 올리면 말을 타고 달리는 삼맥종과 선우가 활로 쏘아 맞히기로 했다. 물론 더 많이 맞히는 쪽이 승자가 될 것이었다.

터엉-!

먼저 파오가 지렛대를 움직여 하늘 높이 표적을 날려보냈다. 그러자 말을 타고 달리고 있던 선우와 삼맥종이 하늘로 날아오른 표적을 향해 동시에 활을 쏘았다. 결과는 선우 승. 삼맥종의 살이 비껴가고 침착하게 조준한 선우의 살이 명중하였다.

"제법이다. 궁마 배운 지 얼마 되지도 않았잖아."

"이딴 걸 왜 배워. 그냥 하면 되는 거지."

잘난 척도 저 정도면 전문가급이다. 하고 싶은 말만 툭 던지고 유유히 가버리는 선우를 보면서 삼맥종은 저도 모르게 그의 별명을 부르고 말했다.

"아, 저 개새…."

터엉-!

이번에는 단세가 놓은 지렛대에서 표적이 날아오르자 조금 일찍 삼맥종의 살이 표적을 뚫었고, 선우의 것은 아쉽게 빗나갔다.

터엉-!

이번에도 삼맥종의 살이 표적을 뚫었고, 터엉-! 그다음에는 선우의 살이 표적을 뚫었다.

지렛대를 조작하면서 나란히 서서 둘의 대결을 보고 있는 파오와 단세 사이에도 묘하게 팽팽한 긴장감이 느껴졌다. 파오가 단세를 보며 자신만만하다는 듯 일부러 씨익 웃어 보였다.

"그쪽 화랑은 우리 지뒤랑을 절대로 못 이겨. 저분 실력이 하루이틀에 완성된 게 아니거든. 벌써 활을 쏘는 자태가 다르시잖아. 인물도 크… 남다르고."

그런 파오를 흘낏 본 단세가 다시 화랑들에게 고개를 돌리며 심드렁하게 대꾸했다.

"이쪽은 궁마한 지 열흘도 안 된 자태신데. 이기시든가."

머쓱해진 파오도 화랑들을 바라보았다. 아무래도 저 개새한테 절대 지면 안 될 것 같은데 살짝 불안해지는 건 기우겠지.

몇 번째인지, 이번에는 삼맥종과 선우 두 사람 다 표적을 놓치고 말았다. 두 개의 살이 표적을 스쳐 빈 하늘로 사라져버린 것이다. 지친 표정이 역력한 선우가 시위를 당기느라 아픈 손으로 주먹을 쥐었다, 놓았다 하며 고통을 풀어보려고 애쓰는 사이, 삼맥종은 호흡을 가누면서 그런 선우가 걱정이 되는 듯 말을 걸었다.

"너무 무리하지 마. 활이 익지도 않은 것 같은데."

"시끄러. 쏘기나 해."

"이번이 마지막이야! 이번 살로 승패를 가르자고."

선우가 고개를 끄덕이며 말을 출발시켜 달려나가자 삼맥종도 따라 나갔다.

다시 표적이 날아올랐다. 말을 타고 달려가며 각기 다른 방향에서 조준하는 두 사람의 눈빛이 예사롭지 않은데, 동시에 둘은 시위를 당겼고, 동시에 시위를 떠난 살이 하나의 표적에 동시에 박히고 말았다. 긴장해서 지켜보던 파오와 단세는 피시식 맥이 빠져버렸다.

"뭐야… 화살 두 개가 동시에 맞은 거야?"

"승부가 나긴 틀렸네."

결과를 보고 호흡을 고르는 선우와 삼맥종은 누가 먼저랄 것도 없이 서로를 보고, 서로를 인정한다는 듯 웃었다.

삼맥종과 선우는 장소를 계곡으로 옮겨 잠시 쉬기로 했다. 선우는 활을 쏘느라 지친 팔을 차가운 계곡물에 담그고 있었고 삼맥종은 이리저리 계곡을 즐기고 있었다. 단세와 함께 멀찌감치 떨어져 앉아서 둘을 지켜보고 있던 파오가 문득 못마땅하다는 듯 쯧쯧 혀를 찼다.

"왜 하필 개새랑이야. 옆에 사람을 잘 둬야 하는 건데."

단세는 그 말이 거슬리는지 파오를 홀깃 보고는 물었다.

"진짜 몇 살입니까?"

"스물둘이라니까."

"그렇게 안 보이는데."

"넌 몇 살인데."

"스물둘이오."

"같은 무유년이라도… 난 달이 무지 빨라."

변명 아닌 변명을 하는 파오의 목소리가 떨려 나왔다.

"난 무유년 정월생인데. 어떻게 되시나."

아뿔싸, 하필 정월. 더 핑계 댈 것도 도망갈 데도 없어진 파오는 어색한 웃음을 흘리며 단세를 바라봤다. 단세는 답을 기다리는 듯 꼼짝도 않고 파오를 보자 파오가 흐흐흐 웃으며 말했다.

"말… 편히 놔… 친구야."

계곡 이곳저곳을 노닐던 삼맥종은 계곡물에 담가놓은 벌겋게 까져 있는 선우의 손을 가만히 보고 있다가 옆에 앉았다.

"독한 놈… 넌 정체가 뭐냐. 겁도 없고. 못 하는 것도 없고."

"네 정체는 뭔데. 감추는 게 많은 건 너도 마찬가지 아닌가?"

삼맥종이 피식 웃으며 선우에게 바짝 다가갔다.

"내 비밀 하나 알려줄까?"

"…."

"난 태어나서 지금까지. 한 번도 친구를 사귄 적이 없어."

그리 말하는 삼맥종의 표정엔 장난기라곤 없었다.

"그리고 지금은 네가 내 유일한 친구인 것 같다. 내가 너 많이 좋아한다고."

선우가 못 들을 걸 들었다는 듯 일그러진 표정으로 조금 뒤로 물러앉았다. 삼맥종은 기껏 좋아해줬더니 뭐하자는 표정인가 싶어서 자존심이 확 상했다.

"야! 그 표정은 뭐냐?"

선우가 우와! 비명인지 고함인지 모호한 소리를 내면서 벌떡 일어섰다. 그러자 반사적으로 계곡 쪽으로 물러서며 삼맥종은 소리쳤다.

"야! 너 방금 얼마나 어마어마한 고백을 들은 건지 알면 나중에 깜짝 놀라."

"와… 딱… 와… 소름 돋았어."

선우가 삼맥종에게 제 팔을 들이대는데 제법 오도독 올라온 것이 소름이 돋긴 돋은 모양이었다. 왕의 어마어마한 고백에 소름이나 돋고 앉아 있는 무례한 백성에게, 삼맥종을 물을 확 끼얹어 응징했다. 선우는 별 느끼한 고백 같지 않은 고백으로 소름을 돋게 한 것도 모자라 물까지 뿌려대는 것이 황당해서 노려보는데, 삼맥종은 제가 해 놓고도 제법 그럴듯하니 기분이 좋아졌다.

"와… 많이 튀었네."

그러면서 삼맥종이 무자비하게 물을 끼얹기 시작하자, 당하고만 있을 수 없는 선우였다. 둘은 봐주는 거 하나 없이 그야말로 전투적으로 상대에게 물을 끼얹기 시작했다. 결국, 멀리서 보고 있는 파오가 벌떡 일어났다.

"저, 저놈이!"

"앉아라. 애들 노는데 나서는 거 아니야."

파오는 단세의 말에 어쩔 수 없이 엉거주춤 다시 자리에 앉았고, 선우와 삼맥종은 모처럼 만의 행복한 한때를 보냈다.

홀딱 젖은 채, 헐떡거리는 숨을 고르며 선우와 삼맥종은 바위에 누워서 자연건조를 시키고 있었다. 삼맥종이 선우를 보며 물었다.

"누이한테는 왜 그러는 거야."

여전히 누이 이야기가 나오면 표정이 어두워지고 말이 없어지는 선우였고, 삼맥종은 누구에게나 말할 수 없는 비밀은 있게 마련인데 너무 캐고 들어가는 것도 안 좋은가 생각하게 되었다.

"얘기하기 싫음 관두든가."

"…겁나서."

"뭐가?"

"나. 내가 겁나."

삼맥종은 선우의 말을 이해할 수 없었고 선우만 홀로 생각이 깊어지고 있었다.

그 시각, 아로는 빨래터에 앉아 오로지 선우 생각만 하고 있었다.

"진짜 기억을 못 하나? 아니야… 기억을 못 하는 거면, 일부러 그렇게 쎄하게 구는 게 이상하잖아. 그동안 한 번도 그런 적 없었는데. 그럼 뭐야… 정말 정신 차려보니 이건 아니다 싶었나? 그럼 입은 왜 맞췄는데…아, 나한테 진짜 왜 그러는데!"

생각할수록 답답해서 발을 동동 구르는데, 그 바람에 아로의 신발 한 짝이 빨래터 안으로 날아가버렸다. '어? 내 신발' 하고 몸까지 따라 들어가려는 순간 누군가 그 신발을 주워들었다. 고개를 들어보니 선우였다.

"아무 데나 신발 내팽개치는 건. 여전하네."

계속 생각하고 그리워했던 선우지만, 막상 얼굴을 보이니 샐쭉 토라진 아로는 시선을 피해버렸다.

"아무 데나 주저앉는 것도. 좀 그만하고."

원망스럽게 쳐다보기만 하던 아로가 입을 열었다.

"그런 건 다 기억하면서. 딴 건… 기억 안 나나?"

"기억나."

아로 앞에 다가온 선우가 무릎을 꿇고 앉아 신발을 신겨주면서 아로를 올려다봤다. 그러자 아로의 눈이 촉촉하게 젖어오기 시작했다.

"그럼… 왜 못 본 척했는데."

"보면, 안고 싶어서."

"어…."

"보면. 딴 놈들 다 있는 데서, 네 손목 잡고 뛰쳐나가고 싶어져서. 그거 참느라. 이제야 왔다. 지금도 널 안고 싶은데 이 마음으로 안으면… 네가 부서질 것 같아서 못 안는 거야."

아로는 눈물 젖은 눈으로 환하게 미소 지으며 선우를 바라보았고 아로를 바라보는 선우의 미소는 따뜻했다. 참지 못한 아로가 달려들 듯 선우의 품에 안겼다.

"보고 싶었어. 매일 보던 얼굴인데… 너무 보고 싶었어."

선우는 그런 아로를 꽉 안지도 못하고 작은 새를 보호하듯 감싸고만 있었다.

그날 밤 선문에는, 설레고 좋아서 잠 못 드는 아로와 들뜬 마음에 서성이고 있던 선우가 있었고 반면에 악몽에 시달리는 삼맥종도 있었다.

삼맥종은 꿈속에서 풀숲을 달리고 있었다. 낮에 선우와 궁마대결을 했던 그 풀숲 같기도 했고, 아니면 생전 처음 보는 곳인 것도 같았다. 그때 저 멀리 아로가 춤추고 있는 것이 보였다. 바람 따라 날아가듯 하늘하늘 날리는 옷을 입은 아로는 머리에 화관을 만들어 썼는데, 눈이 부시도록 아름다웠다. 한참을 바라보고 있는데 문득 등줄기가 서늘해지는 살기를 느끼고 삼맥종은 뒤를 돌아보았다.

어머니였다. 지소가 서늘한 얼굴로 아로를 노려보고 있었다. 삼맥종은 어머니와 아로를 번갈아 보면서 누구에게 달려가야 할지 망설이고 있었는데, 그때 갑자기 어머니가 활을 꺼내 아무것도 모르고 마냥 행복한 아로를 겨누었고, 시위를 떠난 살은 아로의 심장을 향해 날아갔다. 삼맥종이 아로를 향해 달리기 시작했다.

"안 돼!"

그러나 삼맥종이 미처 도착하기 전에 아로가 살에 맞아서 한 마리 새처럼 푸르륵 바닥에 떨어졌다. 달려가서 그 옆에 무릎을 꿇고 두 팔을 뻗어 아로를 안아 올렸지만 삼맥종이 할 수 있는 건 없었다. 삼맥종은 그렇게 아로를 안은 채 오열하기 시작했다. 그러자 지소가 다가와 냉정한 표정으로 말했다.

"네가 지금 여자 하나에 연연할 때냐? 정신 차려라. 눈을 떠."

삼맥종은 눈을 번쩍 떴다. 온몸이 축축하게 젖어 있고, 꿈을 꾸면서 현실의 몸도 긴장하고 놀랐던 모양인지 팔다리가 저려왔다. 긴한숨이 나왔다. 꿈이니 다행이었고, 앞으로 일어날 수 있는 일이니 불안했다. 어두운 허공을 응시하며 삼맥종은 다시 기나긴 숨을 몰아쉬었다.


월성의 지소는 보석이 박히고 복잡한 무늬가 세공된 화려한 단검을 만지작거리고 있었다. 그 단검은 지소가 그토록 싫어하고 벗어나고 싶었지만 평생 외면할 수 없었고 돌아가시고 없는 지금도 그 영향에서 벗어나지 못하고 있는, 어머니 보도 왕후가 남긴 것이었다. 보도 왕후가 지소에게 했던 말은 단 하나였다.

**"신국을 뺏기지 마라. 성골만이 가질 수 있는 신국이야."**

지소는 어머니의 그 말을 따르기 위해 모든 것을 버리고 고민도 하지 않고 앞만 보면서 거침없이 달려왔다. 그런데 이제 와서 그것이 옳은 길이었던가 점점 더 자신이 없어지고 있었다. 끝이 다가와가는데, 끝이라는 걸 느낄 수가 있는데, 이제야 옳지 못한 길로 왔다는 것을 깨닫게 되면 어쩌란 말인가..

"세간에선… 날 피도 눈물도 없는 잔인한 어미라고 한다지. 너도 그리 생각하느냐."

옆에 서 있는 현추는 아무런 대답도 하지 않고, 지소가 위험하게 들고 있는 단검만 바라보고 있었다. 현추의 답을 기대했던 것이 아닌지라 지소는 초점 없는 눈으로 단검을 이리저리 돌리며 중얼거렸다.

"그럴지도 모르지. 아들은 십 년을 서역으로 내돌리고, 딸도 품에 안아본 적이 없어…. 피도 눈물도 없는 잔인한 어미일지도 모르지."

지소가 빙글빙글 돌리던 검이 잠깐 삐끗하면서 지소의 손에 떨어졌고, 지소는 아무 생각 없이 검날을 꽉 잡았다. 바닥에 지소의 새빨간 피가 뚝뚝 떨어졌다. 그러나 지소는 의식조차 못 했다. 현추만 다급하게 무릎을 꿇어 지소의 손에서 단검을 빼내고 상처를 감싸고 지

혈하는 응급조치를 했다. 그런데도 지소는 멍하니 어딘가를 보며 저 자신에게 다짐하듯 다시 중얼거리기 시작했다.

"난 두려울 것이 없어. 성골을 지킬 수만 있다면⋯ 내 아버지의 뒤를 이어 내 아들과 후손들이 대를 이어 이 신국을 가질 수만 있다면. 난 못 할 게 없어."

현추가 지소를 올려보자, 지소는 정신이 돌아온 듯 눈동자에 초점이 잡히고 있었다.

"안지 공의 여식⋯ 그 아이 때문에 이 모든 것을 잃을 수는 없다."

"죽이겠습니다."

"아니, 그렇게 단순한 일이 아니야. 아무도 몰라야 한다. 그 아이조차 자기가 왜 죽는지 몰라야 해."

새벽 수련, 산길 구보를 하던 선우는 아침이슬을 머금고 있는 작은 산국화를 보며 아로를 생각했다. 뭘 본들 아로 생각이 안 날까마는, 국화꽃은 그중에서도 특별한 것이었다. 막문을 잃고 세상 살 의지를 버린 그에게 아로가 건넨 것이 국화차였다. '그래도 세상을 살아 보겠다' 마음먹을 수 있었던 것은 따뜻한 물에서 천천히 꽃을 피워내던 국화꽃을 보면서였다. 그래서인지 당연히 국화를 보면 아로가 생각났고, 국화를 보면 아로에게 주고 싶어졌다. 결국, 새벽 수련을 마치고 선우는 동방생들과 같이 목욕장으로 가지 않고 살짝 빠져 의원실로 갔다. 아로가 무엇보다 먼저 아침이슬 머금은 국화꽃을 보게 해주고 싶었기 때문이었다.

선우가 비어 있는 의원실에 살짝 두고 간 국화꽃을 본 아로는 가슴이 벅차 뛰어 오를 것 같았다. 꽃잎을 하나하나 만져보고 향을 맡으면서 들뜬 기분으로 의원실을 청소하기 시작했다. 이불을 걷어내서 햇볕에 내다 말리고, 바닥을 쓸고, 약재장을 털어냈다. 날마다 하던 일인데도 왜 이리 일이 즐거운지는 하늘만이 아실 일이었다. 꽃을 가져다준 선우와 그 꽃을 받은 아로는 빼고. 창문을 활짝 열어젖힌 아로는 하늘을 향해 괜히 소리를 질러 봤다.

"야호. 나 여기 있어요. 나 행복해요."

선문 대마당에서는 진묵의 지도로 검술수련이 진행되고 있었다. 처음에는 검을 잡는 것마저 버거워 보이는 아이들이 이젠 제법 얼치기 초보에서는 벗어난 검술을 보이고 있었고, 일대일 대련도 처음에는 개싸움판인지 막싸움판인지 모를 상태였는데, 이제는 제대로 모습을 갖춘 대련의 모습을 보이고 있었다.

선우는 검술로 가볍게 상대를 제압하면서 픽, 저도 모르게 터져 나오는 웃음을 애써 감췄다. 선우가 보는 곳 저 멀리에서 아로가 약탕기를 조로록 내놓고 약을 달이던 중이었는데, 춤이라도 출 기세로 손을 흔들고 있었던 것이다. 선우 옆에 있던 삼맥종도 아로를 보았는데, 자기를 반가워서 아는 척하는 거로 생각하고 아주 흐뭇한 미소를 지었다.

"뭘 또 저렇게 반가워하고."

높은 곳에서 이 모든 것을 보고 있는 사람이 있었으니 그는 숙명 공주였다. 사람들 사이에 오가는 섬세한 감정 흐름이야 본다고 알겠나마는 화랑들의 검술 실력은 보고 충분히 알고 남았다.

그리하여 위화는 오늘도 편치 않은 방문을 받게 되었다. 마시라고 내준 차는 본체만체하고 책장 사이를 오가는 숙명을 못마땅한 눈으로 쳐다보던 위화는 시선이 마주치자 일부러 위악적으로 씨익 웃어 보였다. 책장에서 책을 하나 꺼내 펼쳐 읽으면서 숙명이 말했다.

"제가 여러모로 불편하시겠지만. 참으세요. 어차피 지금은 다른 방법도 없으실 테니."

"어머님을 꼭 닮으셨네요. 돌려 말하는 법을 모르시죠."

숙명이 책을 놓고 위화 앞으로 걸어와 섰다.

"성골이 왜 성골인 줄 아세요?"

"…."

"우리는 남들과 나누지 않아요. 나누는 순간, 약해지니까."

순간 위화는 숙명에게 약간 감동받았다. 이 공주는 어머니와도 다른 남다른 면이 확실히 있었다. 그것이 화랑에게 좋게 작용할지 나쁘게 작용할지는 알 수 없었지만.

"태후 전하나 풍월주께서 어떻게 생각하시는지 몰라도. 제게 화랑은 도구일 뿐입니다. 황실의 안위를 지키기 위해선… 죽을 수도, 죽일 수도 있는 존재."

그런데 답이 이렇게 빨리 나와버리다니, 위화는 숙명의 말에 화가 나기보다는 어이가 없었다.

'지가 뭘 안다고 내 화랑을… 애들은 가라, 애들은 가!'라고 소리치고 싶을 정도였다.

"화랑들의 무예를 단련시켜야겠습니다. 이렇게 나약하고 풀어져서야… 신국의 무사라 할 수 없죠."

"진묵 화주가 무예는 가르치고 있습니다만."

"그런 시시한 거 말고. 누구 하나 죽기 전엔 끝나지 않는 목숨을 건 대련. 편을 가르고 강자가 약자를 누르는 그런 대련 말입니다. 그게 원래 풍월주 뜻 아니었던가요?"

언제가 위화가 미진부에게 했던 말을 빗대 말하는 것이리라.

"겨우 독주에 죽고, 누굴 죽일 아이들이면… 나중엔 얼마나 많은 사람을 죽일 놈들이겠소. 편을 가르고, 뺏고, 강자가 약자를 누르고… 다 해보라고 하세요. 서로 죽이면 어때서요. 지금 안 죽이면… 어차피 나중에라도 죽일 텐데."

이놈의 미진부가 그걸 다 지소에게 보고하더니, 이번에는 조르르 공주에게 보고했단 말인가. 위화는 곱씹듯 쓰게 웃었다.

위화의 쓰디쓴 얼굴을 보며 숙명이 얄밉게 말을 보탰다.

"선문 안에 바깥 귀가 있는 거. 처음부터 아셨잖아요."

"태후께서… 공주를 잘 키우신 것 같습니다."

"열흘 뒤로 하죠. 그동안 열심히 단련시키세요. 웬만하면 죽지 않게…."

위화는 방에서 나가는 숙명을 제대로 배웅하지도 않았다. 앉아 있던 자리에 그대로 앉아서 이를 빠드득 갈고 있었는데, 나간 줄 알았던 숙명이 갑자기 돌아서 고개를 들이밀고는 위화를 보고 웃었다.

"틀린 게 있어서 정정합니다. 첫째, 태후가 절 키우신 게 아닙니다. 태후는 아이를 키우는 데는 재능이 없으시죠. 나의 오라버니 삼맥종 폐하는 서역의 이국적인 풍경이 키웠을 테고 나는 신국의 작은 바닷가 마을의 습하고 따뜻한 공기가 키웠습니다. 둘째, 내가 공보다 윗사람 아닌가요? 윗사람이 나가는데 그런 식의 태도는 옳지 않은데요. 공은 화랑들에게 예의범절 가르치는 사람일 텐데… 실망입니다."

그 말에 위화는 엉거주춤 일어나 흐지부지하게 인사했고 숙명은 도도하게 그 인사를 받고 방에서 나갔다.

"아, 이런 나 참… 습하고 따뜻한 공기가 키운 애가 왜 저 모양이냐. 어쩌다가 저런 얼음덩어리를 만들었냐고."

의자에 털썩 주저앉은 위화의 표정이 점점 차가워지고 있었다. 어떻게든 작전을 짜지 않으면 뭘 시도도 해보기 전에 화랑들 다 죽이게 생겼다.

삼맥종은 진심으로 선우를 죽이고 싶었다. 아니, 대체 그것이 어떤 물건인데 그걸 잃어버렸다고 저렇게 뻔뻔하게 말할 수 있단 말인가. 언제 잃어버렸는지 모르고, 정확하게 어디서 잃어버렸는지도 모르면서 찾으면 찾아지나? 삼맥종은 욱 솟아오르는 분기를 잠시 눌러 앉히고 선우와 함께 풀숲을 뒤지기 시작했다.

"대체 그걸 어디서 잃어버린 건데."

"시끄러."

"나한테 짜증 낼 힘이 있으면 좀 더 잘 찾아보지? 그게 어떤 건지 알고나 잃어버렸나?"

선우는 손을 잠깐 멈추고, 날카롭게 삼맥종을 노려봤다.

"어떤 건데?"

삼맥종의 손도 잠시 멈췄다.

'내꺼다. 내 왕의 표식'이라고 소리쳐주고 싶은 마음이 간절했으나 꾹 참았다.

"내 취향이랬잖아. 갖고 싶다고. 팔라고 할 때 팔았으면 좋았잖아. 여기 떨어뜨렸으면 금방 보이겠구만, 여긴 아닌가 보네. 다른 데 가보자."

"정신 사나우니까 입 좀 다물지… 안 바쁘냐? 가!"

가란다고 냉큼 가버릴 수 없는 삼맥종은 다시 꼼꼼히 풀숲을 뒤지기 시작했다. 선우 귀에는 안 들리게 선우에게 할 수 있는 욕을 몽땅 하면서.

그런데 그들을 살피는 시선이 있었으니, 강성이었다. 선우가 그걸 떨어트릴 때 주웠던 강성은 그 물건이 자신의 출세에 큰 도움이 될 것이라 짐작했지만, 좀 더 많은 정보를 얻기 위해 기다리고 있었고 드디어 정보 덩어리가 굴러들어온 것이다. 물건과 정보가 확보되었으니 강성은 자신의 동아줄을 찾아 달렸다.


"이걸 어디서 주웠다고?"

과연 박영실은 물건을 볼 줄 알았다. 강성이 올린 팔찌를 보자마자 거의 무릎이라도 꿇을 듯 우러르며 긴장하더니 강성을 바라보는 눈매가 달라졌다.

"선문에 떨어져 있는 걸 주웠습니다."

"누구 것이었는지는… 주운 거니, 모를라나?"

바로 이것이었다. 신국제일 권세를 가진 박영실이 강성 앞에서 저자세가 되어 오로지 강성의 대답만 기다리고 있는 순간, 이 순간을 누리기 위해 강성을 팔찌를 주운 즉시 달려오지 않고 그 근처에서 잠복하며 누가 찾으러 오기를 기다렸던 것이었다. 이 순간을 좀 더 오래 즐기고 싶어서 강성은 바로 대답하지 않고, 여유 있게 씨익 웃었다. 그러자 영실을 애가 탔고, 옆에서 지켜보던 호공이 보다 못해 호통을 쳤다.

"어서 아뢰지 않고 뭘 하는 게냐?"

영실이 손을 들어 호공을 말렸다. 지금 영실에게 가장 중요한 것은 영실의 권위를 세워줄 호공의 호통이 아니라 강성의 정보였기 때문이었다.

"화랑 중의 한 명이었습니다."

"그래. 그 화랑이 누구야?"

"선우랑입니다. 안지 공의 아들."

대답을 들은 영실은 깜짝 놀라 멍청하게 가만있더니, 한참 지나 큭큭 웃기 시작했다. 재미있다는 듯 세상에 이렇게 재미난 건 처음이라는 듯 웃던 것이 점점 허탈한 것으로 바뀔 때까지 웃고 또 웃었다. 영실의 이 꼴 저 꼴을 다 봐온 호공도 살짝 걱정스러울 정도였다. 한참을 웃던 영실은 강성에게 금 한 덩어리를 내리고 다시 연락하겠다는 은밀한 약속도 주고는, 강성이 나가자마자 온 대문을 걸어

잠그라 명령했다.

"대체 그게 무슨 물건이기에 그러십니까?"

영실은 대꾸 없이 사랑채 깊숙한 곳에서 작은 함 하나를 꺼내 탁자에 올렸다. 커다란 용이 여의주를 물고 있는 형상이 금으로 음각되어 있는, 참으로 귀해 보이는 상자였다.

"남부여와의 동맹이 흔들렸을 때, 선대왕이 남부여 왕에게 보낸 밀서야."

"그 밀서가 왜 남부여 왕에게 안 가 있고?"

"동맹이란 게… 그럴듯해 보여도. 아주 사소한 오해로 틀어지기도 하는 법이거든. 이런 거 하나로 깨질 신뢰가 아니라 해도. 한 번, 두 번 쌓이다 보면. 믿을 수 없이 쉽게 무너지는 게 국가 간의 신뢰 아닌가."

"빼돌리셨다는 겁니까? 아무리 그래도… 나라의 명운이 걸린 문제를."

"나라의 명운? 내가 주인이 아닌 나라의 명운 따위… 이웃집 개 짖는 소리 아닌가."

호공은 감히 대꾸하지 못하고 영실을 바라보았다. 과연 배포가 방대하신 분이었다. 이 정도이시니 호공으로서는 납작 엎드릴 수밖에.

영실이 상자 안에서 밀서를 꺼내 펼치자, 팔찌와 똑같은 문장이 선명하게 보였다. 도장으로 찍은 듯 정확하게 일치했다. 영실의 얼굴에 흡족한 미소가 떠올랐다.

"왕의 표식이… 화랑에서 나왔다. 그것도 안지 공의 반쪽 아들이란 말이지."

"정말 안지 공의 아들이… 삼맥종이라 보십니까."

"정말인지 아닌지 지금부터 알아봐야 하지 않겠는가? 화랑 안의 왕이라… 이거 참 재미있는 구성이네."

영실은 다시 낄낄낄 웃기 시작했다.


그날 밤 삼맥종은 파오를 끌고 나와 선우와 궁마를 했던 풀숲을 뒤지고 있었다. 조용히 은밀히 해야 한다고 그렇게 일렀건만 투덜거리는 파오의 목소리가 하늘을 찌르기 시작했다. 삼맥종이 참지 못하고, 들고 있던 막대기를 내던지며 파오를 째려봤다.

"조용히 안 할래, 진짜?"

파오는 이번만은 삼맥종에게 할 말이 많았다. 뭐 싼 놈이 뭐 뀐 놈한테 화낸다고 지금 자기가 화를 낼 때난 말이다.

"아니… 표식을 누가 갖고 있는지 아시면서, 그동안 왜 말씀을 안 하신 겁니까?"

"했으면? 죽여서 뺏기라도 하게?"

"그렇게라도 했어야죠."

"안 돼."

"안 되기는 뭐가 안 돼요? 어째서 안 돼?"

"난 그놈한테 빚이 있어."

"빚이오? 폐하…!"

답답한 마음에 버럭 소리를 질러 놓고 제가 놀라 주변을 살피던 파오는 최대한 작은 목소리로 속삭였다.

"지뒤랑께서 누구한테 빚 같은 걸 지실 수 있는 분입니까? 폐하는 아니, 지뒤랑은 이 신국의… 왕이십니다."

"나 때문에 그 녀석 친구가 죽었어."

순간, 팔팔 뛰던 파오가 차분하고 진지해져서 삼맥종의 얼굴을 바라보았다.

"근데… 난 그놈이 좋아. 그놈 누이는 더 좋고."

파오는 더 할 말이 없었다. 삼맥종은 다시 풀숲을 헤집기 시작했다.

"알았으면 입 닫고 찾아. 아님, 그걸 주운 놈을 찾든가."

파오는 막막해서 한숨을 쉬었다. 이게 보통 넓은 풀숲이냐 말이다. 모래밭에서 바늘 찾기가 쉽지 이게 될 일인가?

"여기서 잃어버린 건 맞대요?"

"몰라, 잃어버린 놈이 어디서 잃어버렸는지 어떻게 알아?"

파오는 끄응, 허리를 구부리며 한탄처럼 소리를 뱉어냈다,

"아이고오, 이놈의 애정사란….."

"뭐라고?"

"아니요. 그런 게 있다고요."

"혼잣말하지 말고 열심히 찾아."

"열심히 찾으면서 혼잣말도 할 거라고요."

"아! 씨! 진짜 많이 컸네."

"키우기는… 내가 저를 키웠구만."

"뭐라고?"

그렇게 둘은 새벽이 밝아올 때까지 툭탁거리면서 풀숲을 뒤지고 또 뒤졌다.

"서서히 중독되지만, 일정량 이상을 먹을 때까지는 별 증세가 없는 독이라…."

안지는 서책을 덮고 작은 종지에 든 수은을 움직여 보았다. 과연 이 서책대로라면 이것은 몹시 의미 있는 독임이 틀림없었고, 지소에게 먹이는 것이 이것일지 아닐지는 일단 먹어볼 수밖에 없었다. 안지가 작은 막대에 콕 찍어 막 입에 넣어보려고 할 때였다.

"안지 공 계십니까?"

밖에서 부르는 소리가 들렸다. 안지를 안지 공이라 부를 사람은 현추뿐인데 그의 목소리는 아니었다.

"누구시오?"

문을 밀고 나가자, 밖에는 키가 크고 신비로운 미소를 머금은 남자가 서 있었다. 예쁘다거나 잘생겼다고 하기보다는 귀하다는 표현이 어울리는 남자였다.

"휘경 공?"

그는 휘경이 분명했다. 이십 년 전 안지가 세상을 몰라 행복한 귀족 청년일 때 어울려 다니던 친구, 지소의 오라비로 왕위 계승의 정통성을 갖고 있었으나… 어느 순간 흔적도 없이 사라졌던 그 휘경이었다.

"오랜만이야, 안지."

"그동안 어디 계셨습니까? 어떻게 지내셨습니까? 여긴 어떻게 오신 겁니까?"

휘경이 곤란하다는 듯 희미하게 웃으며 말했다.

"너무 오랜만이라 질문이 많은 건 알겠네만… 일단 좀 앉으면 안 되겠나. 내가 오래 서 있기엔 다리가….."

"아, 네. 들어오세요. 들어오십시오."

안지는 휘경을 약재 창고로 안내하여 등에는 두툼한 등받이 방석을 넣어 기대게 하고, 아픈 다리에는 작은 방석을 넣어주어 편히 앉을 수 있도록 해주었다. 그러자 휘경이 나지막하게 웃었다.

"이렇게까지 안 해도 되는걸. 다리만 쉴 수 있으면 되는데….."

"이렇게 쉬셔야 다리도 편해집니다. 그동안 어디 계셨습니까? 뭐 하시면서 지냈습니까?"

"차도 안 주나?"

"아… 차를 드릴까요?"

"아니, 아니, 장난한 거야. 차는 됐어."

휘경은 웃으면서 급하게 나가려는 안지를 붙잡아 자리에 앉혔다.

"하나씩 물어보게. 다 대답해줄 테니. 그동안 어떻게 어디서 지냈느냐? 그야 여기저기 떠돌아다녔네. 신국은 물론이고 백제, 고구려, 내 발길이 닿지 않은 곳이 없을 거야."

"아니, 왜요?"

"살아남기 위해서."

"네에?"

"왕권 승계 구도에서 빠지면 나대로 음악을 즐기며 편히 살 수 있으리라 생각했었는데….. 그건 나만의 생각이었고, 왕권을 가진 사람들에게 나는 언제 무슨 짓을 할지 모르는 위험요소이니 제거해야만

하는 상대였지."

"지소가요?"

"지소였을까? 글쎄… 어머니가 더 컸지. 어머니는 미래 왕위계승에 방해되는 것은 미리 다 없애놓고 싶어 하셨어."

"…보도 왕후께서 설마."

"어머니에게 왕권을 버린 아들은 필요 없으니까… 우리 어머니 알면서 그러나. 그렇게 지냈네. 이십 년을."

"그러면 어떻게 돌아오셨습니까? 그래서 떠나신 거라면 여전히 지소에게 위협일 텐데요."

"이십 년 동안 돌아다니면서 얻은 게 있지 않겠나? 이제 나도 쉽게 죽지 않을 힘을 가졌지."

"다행이군요."

"다행일지 불행일지는 더 두고 봐야겠고…."

"아… 그러면 앞으로는 계속 왕경에 계십니까?"

"아마 대부분은."

"아! 참! 식사는 하셨습니까? 딸아이가 집을 비워서 찬이 부실한데… 저 앞 주막이라도 가실까요?"

휘경이 부산한 안지를 보며 웃었다. 예의 그 희미한 보일 듯 말 듯한 웃음을 입가에 올리고 안지에게 물었다.

"이 집에 왜 왔는지는 안 묻나?"

"이 집이오? 저를 보러 오신 게 아닙니까?"

"자네에게 해주고 싶은 이야기가 있어서 왔네."

안지는 휘경의 표정만으로 더럭 겁이 났다. 휘경은 둘러 말하지 않고 단도직입적으로 말했다.

"지소가 자네 딸아이를 해칠 모양이야."

"네?"

"한가위 축연 때 아로가 월성에 끌려들어 갔었네. 어찌 된 영문인지 다시 풀려나오긴 했지만, 월성에 끌려갈 이유가 있었다면 그걸 그대로 둘 지소가 아니지. 다시 음모를 꾸미는 것 같아."

"아…."

안지는 짧게 탄식했다. 그동안 아니라고는 말했으면서 지소에게 일말의 기대를 하고 있었던 모양이었다. 지소가 아로만은 그냥 놔두겠지 기대하는 마음이 분명히 있었다. 그런데 그것이 산산이 깨져버렸다.

"기어이 아로까지…."

"이번엔 미리 대비하고 있으면 지켜낼 수 있지 않겠나? 자네 처와 아들처럼 허망하게 잃지는 않겠지."

"제 아들이오?"

넋이 나간 안지가 휘경을 올려다봤다.

"자네 아들은 화랑으로 선문에 있다 말하고 싶은가?"

"아니라는 것을 아십니까?"

"이십 년 세월을 그냥 돌아다니기만 한 게 아니라고 했잖나."

"왜 저에게 이 모든 걸 알려주십니까?"

휘경이 희미하게 웃었다. 그 미소가 그간 휘경의 이십 년을 대변하는 듯 회한에 젖어 있었다. 한동안 말없이 웃고만 있던 휘경이 고개를 들어 안지를 바라보았다.

"자네에게 입은 은혜의 대가라고 하지."

안지의 집 앞 주막에는 우륵이 앉아 술잔을 기울이고 있었다. 천천히 음미라도 하듯 술잔을 기울이는 우륵의 앞에 절룩이며 걸어온 휘경이 마주 앉았다.

"만나보셨습니까?"

"여전하더군…. 어떠한 순간에도 선함을 잃지 않는 사람이 한사람 쯤은 있어야겠지."

휘경은 우륵이 따라주는 술을 받아 단숨에 비워버리고 은은하게 웃었다.

"그 아이는…?"

망설이던 우륵이 말을 꺼내자 휘경이 고개를 들어 우륵을 바라봤다. 애정이 가득한 휘경의 표정만으로 그가 그 아이를 봤다는 것을 알 수 있었다.

"그 아이도 보셨지요?"

"봤네, 잘 컸더군."

"약조를 지키지 못해… 송구합니다."

"그게 그 아이의 운명이겠지."

"이대로… 그냥 지켜보실 것입니까?"

"어쩌면 저렇게 아무 일도 없이 조용히 살 수도 있지 않겠나. 사실 난 그러길 바라네."

먼데 산을 보며 아련하게 깊어지는 휘경은 누군가를 생각하고 있는 듯했다. 휘경의 아픔을 아는 우륵은 작은 한숨을 내쉬었다.

"그게 가능하겠습니까? 이미 이쪽에 발을 들여놔버렸는데요."

휘경이 희미하게 웃었다.

"되는 날까지만이라도. 세파가 크게 몰아치기 전까지만이라도…."

휘경이 이미 예견하고 있었을지 모를 일이었으나, 세파는 남부여 쪽에서 불어오기 시작했다. 남부여와의 국경 지대에서 전령이 들고 온 소식 때문에 신국의 정세가 들끓기 시작한 것이었다.

월성 정전에 모인 화백들은 격앙되어 누구랄 것도 없이 목소리를 높여 소리치고 있었다. 그중에 오직 한 사람, 지소만이 조용히 자기 생각에 빠져 있는 듯했다.

"남부여가 우리를 만만히 보지 않고서야 이리 나올 수는 없습니다! 나제 동맹을 맺은 게 벌써 백 년입니다. 이런 사소한 일로 국경 지대의 백성들을 감금하다니요! 이게 말이 됩니까?"

"국경을 넘어 사냥하고 화전을 한 건, 우리 백성들입니다. 우리로선 할 말이 없어요."

"이찬은 어느 나라 편이오? 지금 이 판국에 남부여 편을 드시는 게요?"

"우리 백성들이 암암리에 국경을 넘은 것이 이번이 처음이 아니니 하는 말이오. 이러다간 두 나라의 오랜 동맹마저 무너질 수 있어요!"

"그럼 어쩝니까? 그쪽 토양이 비옥하고 사냥감도 많은걸. 이번 기회에 아예 뺏든가요!"

"지금 전쟁이라도 하자는 겁니까?"

그때 박영실이 나섰다.

"전쟁이 별겁니까? 맘이 안 맞으면… 싸워서 뺏는 거지요."

영실의 목소리가 나오자 계속 혼자만의 생각에 잠겨 있던 지소가 마치 각성하듯 반짝 원래의 모습으로 돌아오더니 화백들의 논쟁을 중지시켰다.

"눌지 마립간 대부터 이어온 동맹을 이제 와 깰 수는 없소. 남부여를 달랠 수 있는 화친의 방법을 모색하시오!"

정전회의를 끝낸 지소가 내전으로 돌아오자 내전 한가운데 서 있던 숙명이 돌아보았다.

고개를 숙여 예를 취하려는 숙명을 말리며 지소는 의자에 앉아 바쁜 이야기부터 풀어놓기 시작했다.

"화랑들에게 대련을 시키겠다 했다지? 목숨 걸어야 하는?"

"네. 무슨 문제가 있습니까?"

"아니다. 그건 네가 합당하다 생각한 결정일 터이니… 화랑은 너에게 맡겼으니 네가 알아 하면 될 일이다."

"하면, 저를 왜 찾으셨는지요?"

지소가 급하게 탁자에 준비되어 있는 차를 마시고 숙명을 빤히 바라보았다.

"하나 더… 네가 해줘야 할 일이 있다."

지소는 어머니의 시선을 똑바로 받으며 허리를 꼿꼿이 세웠다.

그때 아로는 한성을 진찰하고 있었다. 한성이 발목을 접질러서 수련할 수 없다고 의원실을 찾아왔는데 이게 아무리 봐도 꾀병이 분명했다. 의원실 침상에 누워 아로가 만질 때마다 '아아' 소리를 지르며 되도 않는 엄살을 부리자, 아로는 말없이 큰 대침이 준비된 침통을 챙겨 나왔다. 침상에 편히 누워 있던 한성이 기겁하여 벌떡 몸을 일으켰다.

"그… 그게 뭐요?"

"뭐긴 뭐요? 침이지. 아무래도 상처가 깊은 듯하니 침을 좀 많이 맞아야겠소."

"상처는 무슨… 상처가 그런 상처가 아닐 텐데."

"상처가 그런 상처, 이런 상처 따로 있나? 이리 오시오. 이대로 두면, 습관적으로 접질려서 못써. 그러니까 이참에 뿌리를 뽑읍시다. 이런 대침으로 서른 대쯤 열흘만 맞으면 깨끗하게 나을 거요."

"그럴 필요 없다니까. 조금만 쉬면 된다니까."

"진료비는 공짜니까. 너무 부담 갖지 말고."

별수 없이 한성은 일어섰고 몇 번 걸어 보이기까지 했다.

"보시오. 나 괜찮아. 진짜요."

아로가 그런 한성을 귀엽게 흘겨보면서 물었다.

"근데 웬 꾀병이오?"

한성이 입술을 쭉 빼물고 그 자리에 털썩 주저앉았다.

"훈련하면서 단세 형이랑 비교되는 게 싫어서 그래…. 형이 나로 태어나고, 내가 형으로 태어났으면 좋았을 텐데."

그때 단세가 한성을 찾으러 나타나서 아로에게는 짧게 묵례하고 한성에게는 단호하게 명령했다.

"나와."

"나가기 싫은데."

"검술 훈련하자. 내가 도와줄게."

"싫은데."

단세는 한성을 지그시 바라보면서 짧게 덧붙였다.

"빨리."

그것만으로도 한성은 마지못해 일어서서 단세를 따라나섰다. 한성이 단세에게 억지로 끌려갈 때 그들과 엇갈려 의원실로 들어온 것은 숙명이었다.

한성이 귀여워서 웃었던 것이 채 가시기도 전에 들이닥친 숙명을 보며 아로는 웃는 것도 우는 것도 아닌 어정쩡한 표정으로 공주를 쳐다보았다. 한마디로 얼떨떨했다.

"고…공주 전하?"

의원실을 한 번 쓰윽 둘러본 숙명은 진맥 의자에 앉아 손목을 내밀었다. 아로는 공주가 의미하는 바를 알아차리지 못하고 멍한 상태였는데, 숙명이 눈짓으로 진맥을 보라고 명령했다.

아로가 숙명을 진맥하는 동안 숙명은 아로를 흐트러짐 없는 서늘한 시선으로 눈 한 번 안 떼고 바라보았다. 진맥이 끝나자 손을 내리고 공손히 고개를 숙인 채 아로는 진맥한 결과를 말하였다.

"제가 그리 뛰어난 의원이 아니라서… 공주님의 병을 다 알 수 없지만. 신의 기운이 약하시고 폐에 찬 기운이 돌아 오랫동안 요양하셨을 거로 보입니다."

"지금은 괜찮아졌소. 무예를 익히면서 체력도 길렀고."

"몸을 보하는 약을 지어 올리겠습니다."

"그보다. 내 전담 의원이 돼 줬음 하는데."

"네?"

"내 말이 알아듣기 힘든가?"

"전담 의원이라 하심은…."

"말 그대로요."

"그렇지만, 저는 화랑들을 담당하고 있는…."

"그대가 내 전담 의원을 해줘야 태후께서도 내가 여기 있는 걸 안심하실 것 같고…."

"태후 전하요?"

아로는 태후라는 말만 듣고도 온몸이 얼어붙은 듯 굳어지고 손이 벌벌 떨리기 시작했다. 싸늘하게 외면하며 죽여라 명령하던 지소와 야차와 같은 모습으로 성큼성큼 다가와 칼로 내려치던 현추까지, 잊으려야 잊을 수 없는 기억이었다. 숙명은 아로의 두려움을 감지하고 의아하게 생각했다.

"전담 의원이라 해봐야. 크게 달라지는 일은 없을 거요. 내가 필요해서 부를 때 곁에 올 수만 있으면 되니까."

아로가 대답을 제대로 하지 못하자 숙명이 안심하라는 듯 살짝 웃어 보였다.

"그럼 내 제안을 받아들인 거로 알고 가겠소."

숙명이 밖으로 나가자 아로는 온몸의 기를 다 빨린 것처럼 늘어지듯 주저앉았다. 곁에 있는 것만으로 힘든 사람이 있다더니, 딱 저 사람을 두고 하는 말인 듯했다.

숙명은 의원실 밖으로 나오면서 얼굴에 아무런 표정도 남기지 않았다. 누군가에게 표정을 읽힌다는 것만큼이나 귀찮은 게 또 있을까. 그런데 아로라는 저 아이는 표정쯤 전혀 아깝지 않은 모양이었다. 곧이곧대로 생각하는 것이 그대로 얼굴에 나타나고 있었다. 저렇게 속속들이 생각하는 것을 다 읽을 수 있다면 너무 쉬운 상대가 아닌가. 지소 태후는 엄청나게 어려운 일인 듯 말씀하셨는데, 아무래도 어머니가 과대평가하신 게 아닌가 싶었다. 아니면, 어머니가 말하지 않은 것이 있을 수도 있겠다. 아로라는 아이가 어머니 이름만으로도 사색이 되는 것 보면 둘 사이에 분명 뭔가 있긴 있었는데, 그 설명은 전혀 듣지 못하였으니. 어찌했던 상대하기에 재미있지 않겠는가. 그거면 되었다.

숙명이 던지고 간 숙제 때문에 골머리가 아픈 위화가 비익재에 틀어박힌 지 어언 하루. 하루 동안 꼼짝도 하지 않고 방구석에 처박혀 있기가 얼마나 힘든 일인지 해보지 않은 사람은 알지 못할 것이었다. 하루 동안 위화는 생각하고 피주기가 가져다주는 밥을 먹고, 또 생각하고 또 피주기가 가져다주는 밥을 먹었다. 다시 생각하고 있으니 다시 피주기가 먹을 걸 가져와야 할 시간인데 왜 이리 늦누, 할 때쯤 불쑥 피주기가 머리를 내밀었다.

"뭘 그렇게 생각하십니까?"

"에이, 깜짝이야."

"여기 누룽지."

위화는 피주기가 내미는 그릇을 덥석 받아 안았으나 그 양이 심히 미미한 것에 불만스러운 표정이 되었다.

"꼴랑 이게 단가? 좀 많이 좀 만들라니까."

"뭘 모르는 말씀 하시네. 누룽지를 안 만드는 건 조리인의 자존심이라니까. 싫으시면 말든가."

이거라도 뺏길 수 없어 위화가 누룽지 그릇을 안고 하나를 집어 오도독 씹는데 피주기가 자꾸 위화의 눈치를 살폈다.

"뭔데?"

"공주님이 뭘 이것저것 시키던데."

"뭘?"

"대련인가 뭔가. 그 준비를 하라고 사람을 보내셨더라고요… 말 안 했죠? 그런 말 못 들었죠? 와, 정신 바짝 차려야지. 풍월주 끗발이 공주 앞에선 안 먹히네. 이참에 갈아타?"

위화가 아까운 누룽지로 피주기의 머리를 확 내려쳤다.

"끗발 같은 소리 하고 있네… 나가! 확!"

"어차피 공주님 위주로 돌아가는 분위긴데. 뭘 이렇게 애써 부정해요."

피주기는 자기 머리 때린 누룽지를 집어 먹으며 이죽거렸고, 위화가 이번에는 무기 될 만한 걸 던지려고 하자 얼른 달려나갔다. 닫힌 문에 아까운 누룽지 그릇만 뒹굴었다. 못 먹게 된 누룽지를 보면서 쩝쩝 입맛을 다시던 위화는 숙명을 떠올리며 감탄했다.

"요것 봐라."

위화는 방바닥에 떨어진 누룽지를 하나 집어 오도독오도독 씹어 먹었는데 하나도 고소하지 않고 맛이 쓰기만 했다.

"목숨을 건 대련이라…."

가차 없이 들어오는 공격에 뒤로 물러날 기회도 놓치고 검을 놓치고 만 한성이 서운하고 원망스러운 눈으로 단세를 바라봤다.

"잡아."

한성이 포기한 듯 어쩔 수 없어 검을 다시 잡고 자세를 잡으면 단세의 공격이 가차 없이 이어졌다. 몇 번 간신히 막아내다 벽으로 몰린 한성은 내리치는 단세의 검을 피하려다 바닥에 주저앉고 말았다. 단세는 한성의 목에 검을 겨눈 채 경고했다.

"이런 검 실력으론 아무것도 못 해."

단세를 올려다보는 한성의 눈동자에 그렁그렁하게 눈물이 맺혀 있었다.

"다시 검 잡아."

"안 해."

한성이 벌떡 일어나며 단세를 팔로 밀치는데 단세가 그 팔을 확 잡아챘다.

"어디서 어리광이야?"

"알아 나도! 그래, 우린 바꿔 태어나야 했어! 그럼 형이 우리 가문을 다시 일으켰겠지! 하늘의 별 보는 거나 좋아하고 일식이나 쫓아다니고, 검도 잘 못 다루고, 궁마도 형편없어. 난 하자야. 근데 어떡해. 이게 난데!"

한성은 뚝 떨어지기 직전의 눈물을 참으려고 씩씩대는데, 말문이 막힌 단세는 동생에게 해줄 수 있는 말이 없었다. 어색한 침묵만 둘을 덮고 있는데, 그때 구세주처럼 진묵이 등장했다.

"대마당 소집이다."

여기저기서 자유 시간을 보내고 있는 화랑들이 진묵에 의해 대마당에 소집당해 왔다. 아무리 일장훈시를 좋아하는 위화라 해도 정해진 시간에만 해왔던 것이지, 뜬금없이 모여라 했던 적이 없었기 때문에 이게 뭔 일인가 화랑들 사이에서도 의견이 많아서 웅성거리고 있었다. 그때, 저쪽에서 미진부와 숙명이 다가오는 것이 보였다.

"무슨 일일까?"

"좋은 일은 아닌 것 같다."

숙명이 자리를 잡고 미진부가 화랑 앞에 나섰다.

"앞으로 열흘 뒤, 화랑들 사이의 대련이 있을 예정이다. 이 대련은 숙명 공주께서 친히 주관하시는 것으로, 검과 궁마 대련에서 이긴 화랑만이 통을 받게 된다."

화랑들의 웅성거림이 더 커졌다. 누구도 공주가 주관하는 대련을 통과하고 싶은 생각이 없는 듯했다. 그들 중에는 제법 큰 소리로 '공주 따위' 어쩌고 말하는 사람들도 있었는데, 숙명은 그 말을 다 듣고도 표정 없이 싸늘하게 서 있을 뿐이었다. 미진부의 훈시가 계속 이어졌다.

"이건 이전의 어떤 과제와도 다르다. 이 대련에서 너희는, 목숨을 잃을 수도 있다. 목숨을 걸고 싸워라. 죽음을 두려워하는 장수는 부하들의 목숨 또한 지킬 수 없음을 명심해라."

미진부는 숙명이 시킨 대로 화랑들에게 훈시는 하였으나 위화의 재가도 없는 일을 이렇게 마구 진행해도 되는 것인가 걱정이 되었다. 아무리 공주라도 이렇게 좌지우지하면 안 될 것 같은데, 어째서 위화는 이것에 손을 못 대고 있는 걸까?

그때 숙명이 뒤따라오고 있는 미진부를 돌아보고 섰다.

"사냥을 한 번 가야겠습니다."

"사냥이오?"

"대련에 앞서, 더 좋은 훈련이 있으면 말씀해 보세요."

"하나, 황실에선 살생을 금한다 들었는데."

"군인이 누굴 죽이면 살생인가요?

"네?"

"화랑은 군인입니다. 군인에게 상대가 누군가는 중요하지 않아요. 내가 누구 편인지만 알면, 그뿐이지. 그러니 진행하시지요."

"그렇지만! 그렇지만 공주님… 이런 건 풍월주의 재가가 있어야 하지 않겠습니까?"

"아아, 그런가요?"

"당연하죠. 화랑의 책임자이신데요. 풍월주는…."

"그럼 재가를 받아오세요."

"제가요?"

"아니면요? 공주가 풍월주에게 재가를 받는 일도 있나요? 그런 상하관계는 들어본 적이 없는데?"

"네. 그야 그렇겠습니다만…."

"그럼 처음부터 끝까지 다 맡겨 드릴 터이니 잘 만들어보세요."

숙명이 할 말 다했다는 듯 깔끔하게 돌아서 가버리자, 미진부는 귀신에 홀린 듯 아니면 뒤통수를 한 대 세게 얻어맞은 듯 멍해졌다. 위화가 어째서 숙명공주를 제어하지 못하는지 이해가 될 것도 같았다.

아로의 퇴근길. 선우가 문까지 데려다주겠다며 의원실 앞에서 기다리고 있었다. 둘은 말없이 나란히 걷기만 했다. 서로의 숨소리가 느껴지고 손끝이 닿을 듯이 스치는 간지러운 느낌에 아로는 오늘 숙명 때문에 겁먹었던 것을 다 잊어버릴 수 있을 것 같았다. 선우가 한참 아로를 보고 망설이다가 물었다.

"축연 날… 어디 갔었어?"

"아아, 축연 날."

그날 참 파란만장했었다. 자리에 없는 삼맥종을 찾으러 갔다가 태후와 이야기하고 있는 삼맥종을 보았고, 삼맥종이 왕인 것을 알아버렸고, 왕의 얼굴을 본 자는 죽는다는 법 때문에 거의 죽을 뻔했던 것을 삼맥종이 구해줘서 살 수 있었다. 이걸 어디서부터 어디까지 이야기해도 될지 아로는 판단이 서지 않았다. 삼맥종이 왕이라는 것을 말해버리면 선우도 '왕의 얼굴을 아는 자'가 되어버리는데, 그렇다면 선우를 다른 방식으로 위험하게 만드는 게 아닐까?

"아… 그냥… 근처에 있었는데."

"그럴 리 없어. 안 찾아다닌 곳이 없으니까."

"정말인데… 길이 어긋났나 보네. 하긴 그날 사람이 좀 많았어야지. 어긋날 만도 하다. 그치? 근데 뭐 왜? 축연 때 어디 있었으면 뭐 할라고?"

"너 유난히 씩씩하다?"

"나 원래 씩씩하거든."

아로는 그야말로 씩씩한 척 웃어 보이더니 손을 흔들고 선문 밖으로 나갔다.

문밖에는 안지가 아로를 기다리고 있었다. 아로는 뒤에 두고 온 선우와 앞에 있는 안지를 보면서 이 남자들이 오늘 왜 이러나 조금 걱정이 되었다. 그래도 밖에서 만나는 아버지는 기분이 좋은 일이었다. 뽀르르 달려가 안지의 팔짱을 꼈다.

"아버지! 여긴 웬일이세요?"

"마침 이 앞을 지나던 중이라… 너도 끝날 시간인 것 같아서."

"와, 좋아라. 이런 적 처음이다. 어렸을 때도 나 데리러 안 오셨는데. 나 그래서 되게 서운하고 그랬는데."

"아비가… 미안하구나….."

"에이, 그런 말 듣자는 건 아니구요. 가요. 아버지."

안지는 그런 아로를 따뜻한 미소로 보다가 선문 담장 쪽에서 아로를 지켜보고 있는 선우와 눈이 마주쳤다. 안지와 선우는 서로 둘만의 눈짓을 주고받으며 고개를 끄덕였다.

"날마다 아버지가 이렇게 나와 주면 좋겠다."

"그럼 올 때도 아비가 데려다줄까?"

"정말? 에이… 됐어요. 신국 제일의 명의를 나 혼자 쓰면 양심 없지. 오늘 와주신 것만으로도 충분해요."

안지는 아로를 따뜻한 미소로 바라보며 이내 경계하듯 주변을 살폈다. 당장에라도 어디선가 아로를 빼앗아갈 자들이 나타날 것 같아서 불안하기만 했다.

풍월주가 재가는 하지 않았으나 방관하는 사냥대회가 열렸다. 화랑들은 사냥 복장을 하고 싸늘하게 서 있는 숙명을 흘겨보고 있었다. 여울이 쯧쯧 혀를 차면서 고개를 설레설레 흔들었다.

"참 공주가 예쁘기는 한데, 여러모로 피곤한 취향이네."

미진부가 나서서 오늘의 훈시를 시작했다.

"지금부터 조를 나눠 사냥 훈련을 한다. 궁마를 가장 효과적으로 익힐 방법이 사냥이라는 건, 익히 알고 있을 거다. 토끼를 잡아도 좋고, 꿩 같은 새를 잡아도 좋지만, 노루를 먼저 잡는 사람이 승리다."

어찌 됐건 귀찮기는 했지만, 출정은 하는 것이니 '와아' 함성을 지르고 화랑들은 사냥터로 향하였다.

선문에 혼자 남은 아로는 의원실을 정리하고 있었는데, 숙명의 수행인 동백이 찾아왔다. 몹시 심각한 동백의 표정에 아로는 걱정이 되어 물었다.

"공주 전하께 무슨 일이라도?"

"지금 사냥터에 나가셨는데… 어제부터 몸이 안 좋으셔서 걱정이 돼서…."

"어디가 어떻게 말이오?"

"잠도 못 주무시고. 초저녁부터는 현기증이 난다고 하시면서 끼니도 거르셨소. 가줄 수 있겠소?"

"그럼요. 제가 갈게요."

"선문 뒤 풀숲이오. 제일 큰 전나무 옆으로 가보시오."

고개를 끄덕이며 서둘러 침통을 챙긴 아로는 사냥터로 향했다.

숙명은 화랑들과 함께 있는 선우를 빤히 보고 있었다. 계곡에서 그가 뱀을 죽여버렸더라면 이렇게 오래 그를 생각하고 있을 리 없었을 것이다. 그런데 그는 뱀에게 물릴 뻔한 숙명을 구해주고 뱀도 살려주었다. 날 때부터 독을 가진 게 그 아이의 죄는 아니라고 했던가? 화랑에서 그가 처한 위치가 모호한 것 때문에 주눅 들어야 마땅할 텐데, 선우의 당당함은 하늘을 찌르고도 남았다.

보면 볼수록 재미있는 사내였다. 숙명이 시선을 줘도 관심 없다는 듯 무심한 것도 재미있었다. 앞으로 더 두고 볼 가치가 충분한데, 오늘은 일단 맡겨진 일을 해야겠다. 숙명이 말머리를 돌려 그 자리를 떠나자 수호가 한마디 했다.

"어떻게 저렇게 어머니를 하나도 안 닮을 수가 있지. 태후 전하는 참… 따뜻한 느낌인데."

"설마."

"니들은 진짜 여인을 몰라. 내가 그 수많은 여인을 만난 뒤 깨달은 게 있다면. 여인은 속마음을 누구에게도 쉽게 드러내지 않는다는 거야. 태후 전하는 세상에서 제일 여린 여인이야."

그 말을 들은 화랑들은 경악을 금치 못하는데 누구보다 삼맥종이 더 어이없어서 수호를 바라보았다. '니가 그 여린 분 아들로 한 번 태어나보든가' 하고 버럭 소리 지르고 싶었으나, 혀끝까지 몰린 말이 밖으로는 못 나오고 맴돌고 있었다.

"뭐?"

"됐다."

그런 소리 질러 뭐하겠나, 삼맥종은 그냥 수호를 안 보기로 했다.

시선을 돌리고 그런 말은 못 들은 걸로 치면 될 것이었다. 여울이 삼맥종을 위로하듯 어깨를 걸며 다독였다.

"그래도 얘가 최근 취향엔 일관성이 있어. 그지?"

그때 멀리 달려나간 숙명 쪽을 보고 있던 선우가 말했다.

"노루 먼저 잡는 사람이 이기는 사냥이라지 않았나?"

반류가 그 말을 받았다.

"공주가 먼저 잡으면… 우린 바보 되는 거지."

화랑들의 시선이 일제히 숙명에게 향했다. 저만치에서 숙명이 목표물을 발견하고 쫓듯이 달리기 시작하는 것이 보였다.

"오! 안 되지."

화랑들도 일제히 달리기 시작했다.

말을 타고 노루를 쫓듯 달려가다 멈춘 숙명은 도망치는 노루를 무심하게 보다 다른 길로 돌아섰다. 숙명의 뒤를 따라왔던 화랑들은, 막 도망가고 있는 노루를 발견하고 그 노루를 쫓아 숙명과 반대방향으로 달려갔다.

한편 동백의 말을 듣고 사냥터로 온 아로는 제일 큰 나무를 찾아 헤매고 있었다. 그런데 나무가 다 그만그만한 것이 이것이 제일 큰가 싶으면 그 옆에 조금 더 큰 것이 있고, 이것이야말로 크겠지 하면 역시 또 그 옆에 그보다는 살짝 큰 나무가 있어서 동백이 말한 제일 큰 나무가 무엇인지 찾을 수가 없었다.

"뭐야… 제일 큰 나무… 그게 어딨는 거야?"


사냥터 언덕 위, 노루를 잡은 자가 승자라고 직접 천명했음에도.

숙명은 지나가는 노루 한 마리 거들떠보지 않고 오직 한 곳만을 바라보며 서 있었다. 사냥터에서 큰 나무들이 밀집해있는 곳이 가장 잘 보이는 언덕 위. 동백의 요청을 받은 아로가 순진무구한 표정으로 나무들 사이에서 숙명을 찾을 것이고, 그때 이쪽에서 가볍게 화살 하나만 날려주면 될 일이었다. 현추의 고향 마을로 요양을 떠나면서 배우기 시작한 무예였다. 현추의 고향은 대대로 무사 혹은 자객을 키워낸 무사들의 마을이었고, 그곳에서는 어린아이들도 검을 쓸 줄 알았다. 그곳 스승들이 검을 쥐여주기 전에 가르친 것은 살상해서는 안 된다는 것이었다. 숙명은 고집 셌던 스승을 생각나서 픽 웃었다.

"스승님, 어디까지가 무고한 생명이며 어디서부터 죽여도 될 죄 있는 생명입니까?"
"무고한 생명을 죽여서는 안 된다. 그것이 네 물음에 대한 내 답이니라."

질문하는 숙명에게 스승은 그때마다 합당한 답을 해주었었다. 그런데 또 이렇게 맞닥뜨렸다.
'내 어머니가 이 나라의 안위를 위해 죽여야 한다고 명령한 저 아이는 무고한가? 아닌가? 살상 무기를 손에 든 순간 이미 무고함을 생각하기엔 늦은 것이 아닐까?'
하지만 생각 따위 할 겨를은 없었다. 드디어 왔다! 아로가 나무들 사이를 돌아다니며 두리번거리고 있는 것이 보였다. 화랑들이 각각 다른 장소에서 노루를 쫓는 것이 보였다. 수호와 반류는 오른쪽, 선우와 삼맥종은 왼쪽에서 각각 노루를 쫓고 있었다.

'그렇다면 여기에서.'

숙명은 아로와의 거리를 가늠하고 화살을 시위에 걸어 힘껏 잡아당겼다.


선우와 삼맥종은 갈림길 앞에서 노루를 놓쳤고 두 번째 길로 찾아나서던 참이었다. 선우가 노루를 발견하고 살금살금 다가가다 그 근처를 두리번거리고 있는 아로를 보았다. 화살이 마구잡이로 날아다니는 복판에서 아무것도 모르는 표정으로 뭘 하고 있는 거지? 선우는 아로를 향해 뛰기 시작했다.

숙명의 화살이 시위를 떠난 건 바로 그때였다.

피융-! 아로를 향해 화살이 날았다. 아무것도 모르는 아로는 여전히 동백이 말한 큰 나무만 찾고 있었다. 그때 아로 귀 바로 옆을 스치며 지나간 화살이 바로 눈앞에 꽂히는 것이 보였다. 깜짝 놀란 아로가 화살이 날아온 곳을 돌아보니 멀리 숙명공주가 화살을 꺼내 두 번째 시위를 재고 있었다.

피융-! 시위를 떠난 화살이 이쪽으로 곧장 날아오고 있었다. 너무 놀란 아로는 그 자리에 굳어서 화살이 다가오는 것만 지켜보고 있었다. 화살이 코앞에 다가왔다고 느끼는 순간, 갑자기 몸이 밀쳐져 옆으로 나동그라졌고, 쳐다보니 선우가 화살에 맞은 채 뒹굴고 있었다. 선우는 숙명이 두 번째 화살을 당기는 것을 보고 아로를 감싸며 제 몸으로 화살을 막던 것이었다. 아로는 비명을 질렀다.

"오라버니!"

노루 사냥을 하던 삼맥종, 수호, 반류는 모두 아로의 비명을 들었고 모두들 사냥은 팽개치고 아로의 비명이 나는 쪽으로 뛰어오기 시작했다.

"오라버니…! 이, 이봐요! 오, 오라버니! 여기 누구 없어요? 여기 누구 없냐구요? 이, 이봐요?"

선우가 눈을 감은 채로 짜증 섞인 목소리로 말했다.

"시끄러우니까… 그만해."

"오, 오라…."

"괜찮아. 나."

아로는 놀란 가슴이 진정되니 이제 막 눈물이 쏟아지기 시작했고 폭포수 같은 아로의 눈물의 선우의 얼굴 위로 떨어졌다.

"울지 마. 짜다."

선우가 입으로 들어간 눈물을 뱉어내며 힘들게 일어나 앉았다.

"진짜 괜찮아요?"

"뽑아."

"뭐, 뭘요…?"

아로가 너무 놀라서 선우가 무슨 말을 하는지도 못 알아듣자 선우는 스스로 박혀 있는 살을 잡고 뽑아냈다. 아로가 선우 대신 비명을 질렀고 막 도착한 상선방 화랑들은 눈 앞에 펼쳐진 광경에 기가 막혔다. 선우는 멀리 숙명이 서 있던 곳으로 시선을 돌렸다. 숙명은 그 자리를 떠나고 없었지만, 선우의 시선을 따라보던 삼맥종이 숙명을 잡기 위해 뛰쳐나갔다.

상황이 예기치 않은 방향으로 흐르고 보는 눈이 많아지자 숙명은 해야 할 일을 포기하고 자리를 떴다. 죽여야 했던 아로를 죽이지 못한 것, 오래오래 보고 싶었던 선우를 쓰러트린 일이 마음에 걸렸으나 실패 또한 받아들여야 하는 법. 더 이상 숙명이 할 수 있는 일은 없었다.

숙명은 그들에게 어느 정도 떨어진 곳에서 한가로이 말에게 물을 먹이고 있었다. 그때 삼맥종이 불쑥 나타나더니 다짜고짜 숙명에게 덤벼들었다.

"왜 그랬어…."

"무엄하다. 내가 누군 줄 알고."

"왜 그랬냐고!"

삼맥종이 소리를 질렀다. 평소의 숙명이라면 삼맥종은 벌써 죽은 목숨이었다. 그런데도 숙명은 삼맥종을 죽이지 않았다. 제 손목을 잡고 버럭버럭 소리 지르도록 내버려두고 있었다. 어쩐지 그래야 할 것 같았다. 삼맥종도 처음에는 숙명을 죽일 것처럼 덤벼들더니 어떻게든 제 화를 가라앉히려고 노력하고 있는 것이 보였다.

"다시는… 다시는 이런 짓을 벌이지 마시오. 그땐… 내가 가만히 안 있어."

"…."

"그 앨 또 건드리는 날엔 다시는 봐주는 일 없다고! 알겠어?"

숙명은 미동도 없이 그저 덤덤히 삼맥종을 보고 있을 뿐이었다. 삼맥종은 그런 숙명이 아프고 슬프기도 하여 뭐라 설명할 수 없는 감정이 되었다. 주먹을 불끈 쥐고 휙 돌아 가버리는 삼맥종을 숙명은 유심히 보기 시작했다.

"지뒤랑이라고 했던가?"

선우는 의원실로 옮겨졌다. 옷을 벗기자 화살이 박혔던 상처가 처참했다. 아로의 눈에서는 또 눈물이 주르륵 새기 시작했다.

"어쩌자고 대신 화살을 맞을 생각을 해요?"

"말했잖아. 이런 상처는 나한테 아무것도 아니라고."

"그럼, 얼마나 더 다쳐야… 진짜 상처인 건데?"

아로는 진심으로 화가 나서 눈물범벅인 얼굴로 선우를 노려봤다.

"울지 마. 네가 우는 게 더 아프니까."

그 말에 아로는 더 엉엉 소리 내어 울기 시작했다. 손을 뻗어 눈물을 닦아주려다 말고 선우는 아로를 애틋하게 바라보기만 했다. 아로는 그런 선우가 가슴 아파 더 펑펑 울기 시작했다.

의원실 앞에서 아로가 우는 소리를 들은 삼맥종은 이 모든 게 자기 책임인 것 같아 마음이 무너졌다. 아로의 울음이 다 자기 울음인 것 같았다. 막상 의원실에 들어가 볼 수는 없고, 그렇다고 의원실을 멀리 떠나있을 수도 없었던 삼맥종은 의원실이 보이는 선문 마당 한쪽을 차지하고 앉아 발로 흙을 차대며 선우를 기다리고 있었다.

상처에 처치를 하고 삼각건으로 묶어 어깨에 고정하자 선우는 이제 움직일 수 있게 되었다.

"정말 괜찮아요?"

"괜찮아."

"아휴, 정말 이대로 가도 되는지 모르겠네."

"넌 누가… 살을 쏜 건지는 궁금하지 않아?"

아로는 잠깐 생각했다. 첫 번째 빗나간 살을 쏜 사람은 못 봤지만, 두 번째 살은 숙명이 쏘는 것을 두 눈 똑똑히 봤었다. 아마 지소 태후가 시킨 일일 것이고 축연날 밤 있었던 때문일 것이었다. 그걸 선우에게 이야기하면 지뒤랑이 삼맥종인것도 이야기해야 하고 그러면 선우도 왕의 얼굴을 아는 사람이 되어버리고, 사연이 너무 길어지고 복잡해졌다. 아로는 그냥 씩 웃어버렸다.

"그야… 사냥터에 들어간 내 잘못이죠. 사람인 줄 알고 쏘는 바보가 어딨어."

선우는 아로의 복잡한 생각은 알 길 없었으니, 왜 숙명을 감싸주는지 이해가 되지 않았다. 이 작은 머리로 또 무슨 생각을 하는지 걱정이 되었다.


잠시 후, 기다리다 못한 삼맥종이 다가왔다. 괴로워하는 마음이 역력히 보여서, 왜 괴로운 건지 알아서 아로는 삼맥종이 가여웠다. 삼맥종이 조심스럽게 선우에게 물었다.

"살을 맞은 곳은… 괜찮은 거야?"

선우가 고개를 끄덕하는데, 삼맥종의 입에서 저도 모르게 사과의 말이 튀어나가고 말았다.

"미안하다."

"네가 왜?"

삼맥종은 대답하지 못하고 발로 흙만 톡톡 차기 시작했고 선우가 날카롭게 살피듯 보다가 재차 물었다.

"왜 미안한지… 묻잖아."

삼맥종은 대답할 수 없어서 선우를 보기만 했다. 그때, 선우와 삼맥종 사이를 가로질러 화살 하나가 날아갔다. 선우는 본능적으로 아로를 뒤로 당겼고 삼맥종도 뒤로 물러섰다. 쌩하니 두 사람 사이를 가로지르며 날아가 박히는 살은 들보에 묶인 끈을 끊어냈고 미리 준비해두었던 듯 두루마리처럼 말려 있던 것이 화라락 펼쳐지면서 글씨가 펼쳐졌다. 중앙에 붉은 글씨로 힘 있게 '花中在王(화중재왕)'이라 휘갈겨 쓰여 있고, 왕의 표식이 그려져 있었다. 화랑과 낭도들이 하나씩 몰려들기 시작하더니 대부분의 선문 사람들이 모두 그곳에서 모여들었다. 웅성거리면서 서로 의논하는 소리가 컸다.

"화중재왕? 저게… 내가 생각하는 그 뜻이야?"

"화랑 중에 왕이 있다."

"설마."

"우리 중에 왕이 있다니… 그게 말이 된다고 생각하나?"

"안 될 것도 없지."

"그럼 저건 뭐야? 저 그림?"

"저건 왕의 표식이라던데?"

"삼맥종 폐하가 저걸 차고 다닌다는 말을 들은 적이 있어."

"왕의 옥새라던데, 저 모양 저대로 도장이래."

선우는 이곳저곳에서 들려오는 의견들을 다 귀담아듣고 있었다. 화중재왕이 그런 뜻이구나. 그러니까 그렇게 오래 팔에 차고 다니던 그 팔찌가 왕의 표식이었구나. 들리는 소리를 하나도 믿을 수 없고, 눈에 보이는 것도 믿을 수 없었다.

그때 위화가 화랑들을 헤치며 나타나 다가왔다. 글씨를 더 자세히

328

보려는 듯 가까이에 얼굴을 박고 하나하나 살피던 그는 어느 순간 확 종이를 찢어버렸다. 찢어진 종이를 박박 찢어 한 손으로 뭉치며 위화를 화랑들을 둘러보며 위엄 있게 말했다.

"장난이라면, 성공이다. 하나, 무슨 의도가 있어서 벌인 짓이라면, 다음엔 봐주지 않을 것이다."

위화가 찢은 종이를 챙겨서 쌩하니 나가 버렸으나, 화랑들은 궁금함이 풀리지 않아 자리를 쉽게 뜨지 못했고 떨어진 조각들을 주워서 맞춰보려고 하는 이들도 있었다. 미진부가 구경꾼 내쫓듯 팔을 휘두르며 화랑들을 해산시켰다.

"자, 구경은 끝났으니 돌아가. 돌아가라."

화랑들이 돌아간 자리에 여전히 삼맥종과 선우는 남아 있었다. 삼맥종은 두려움과 당혹스러움으로 얼어붙은 듯 서 있었다. 화랑 안에 왕이 있다 소문이 났으니 누군지 밝혀지는 것은 시간문제일 터이고, 그러면 목숨을 내놓든가 멀리 서역으로 쫓겨나야 할 것이었다. 둘 중 어느 것도 그가 원하지 않는 자신의 미래였다. 이곳 화랑에서 더 아름다운 미래를 그려보고 있었는데, 이곳에서라면 가능할 것 같았는데, 이제 이곳이 제 무덤이 될 모양이었다.

후드득 비가 떨어졌다. 여기저기 조각조각으로 날리는 글씨들이 비를 맞아 붉게 번져나가고 있었고, 삼맥종의 얼굴에 빗물인지 눈물인지 모를 물줄기가 끊임없이 흘러내렸다.

"보지 말아야 할 걸 본 것 같아. 왕을 본 것 같아."

막문의 목소리가 들렸다. 칼에 맞아 쓰러지고, 마지막 힘을 다해 다가오던 마지막 모습, 눈도 채 감지 못하고 그대로 숨을 놓아버렸던 친구. 선우는 울컥 붉어진 눈으로 종이를 구겨 잡았다.

삼맥종은 고방 구석에 숨어 있었다. 모두가 자신을 노리는 자객으로 보여서 선문 안을 마음대로 걸어 다닐 수가 없었다. 고방에 들어올 때는 아무도 찾을 수 없는 곳에 숨어 마음을 안정시키고 다음을 도모하자고 생각했었다. 그러나 고방에 앉아서 두려움에 떨고 바깥 기척에 깜짝깜짝 놀라고 있었다. 이래서야 토굴 속에 숨은 토끼 같지 않은가. 밖에 또 누군가 와 있었다. 이제 귀보다 몸이 더 먼저 움직여 움찔거렸다. 그런데, 고방 문을 열고 들어온 것은 아로였다. 삼맥종의 입에서 안도의 한숨이 새어 나왔다.

"한참 찾았어요."

삼맥종은 아로의 얼굴을 보는 순간 긴장이 탁 풀리는 것 같았다. 지친 기색을 숨기고 싶어 애써 웃으며 농담처럼 말했다.

"들켰네. 아무도 못 찾는 곳으로 가려고 했는데."

"한갓 벽서일 뿐인데… 그걸 진실로 믿을 사람은 없을 거예요."

"이런 순간을 수도 없이 상상했는데… 생각보단 별거 아니네. 네가 있어 그런가."

"어떤 일이 있어도 폐하에 대해 말하지 않을 거예요. 안심하세요."

"퍽이나 안심되네."

"아무도 모를 거예요. 누가 이 안에 폐하가 있다고 생각이나…."

"괜찮아. 내가 왕이라는 게 알려지면 둘 중 하나겠지. 자객들 손에

죽거나. 왕이 되거나… 둘 다 날마다 생각하고 또 생각했던 건데…
막상 닥치고 보니, 죽으면 어쩌나 하는 걱정보다 이러다 내일부터
왕이라도 하라고 하면 어떡하지? 그게 더 막막한 것 같네."

아로는 삼맥종에게 해줄 수 있는 말이 없어서 그저 안쓰럽게 보고
있을 뿐이었다.

"우습지 않냐? 왕이 왕 되는 게 두렵다니…."


이제 화랑들은 어디에서 무얼 하든 화중재왕에 관련한 이야기만
했다. 혼자서 열심히 추론해보기도 하고, 어디에서 정보를 가져오기
도 해서 서로 의논하고 교환하여 가설을 키우고 입증해갔다. 그것은
그만큼 그동안 얼굴 없이 존재했던 신국의 왕에 대한 기대감이 높다
는 뜻이기도 했다.

"화중재왕. 화랑 중에 왕이 있다… 정말일까?"

"왜? 네 정보통에 그런 건 없나?"

"말이 되냐? 풍월주도 그 벽서 장난이랬잖아."

"말이 안 될 건 뭔데."

"어차피 앞에 나서지도 못 하는 왕, 뭐 여기 있을 수도 있는 거지."

"그럼, 누가 왕인데?"

그러면 누가 왕이냐는 질문으로 넘어가서는 화랑들의 토론은 신
중해졌다. 아무래도 왕이라는 것에 찍어 붙이려면 그만한 능력이 있
으면 좋겠고 등등 여러 가지 고려할 문제가 생기기 때문이었다. 갑
자기 밥을 먹던 한성이 숟가락을 빼 들고 단정 짓듯 말했다.

"지뒤랑이랑 선우랑 둘 중 한 명 아닐까?"

수호, 반류, 여울의 시선이 한성에게 몰렸다. 계속 설명해보라는 무언의 허락을 받은 한성이 가설을 입증할 근거를 말했다.

"우리는 다 같이 왕경에서 자랐잖아. 서로 자라는 것도 봤고. 근데, 그 두 명은 아니라고."

절레절레 고개를 저으며 수호가 어린 동생 다루듯 친절하게 설명해줬다.

"지뒤는 풍월주 조카. 선우는 안지 공 아들."

한성이 아아 고개를 끄덕였다.

"그게 그렇네."

"한성 말이 틀린 것 같지는 않은데."

이번에는 여울이었다.

"우리가 그 두 사람에 대해 아는 게 없는 건 사실이지. 둘 중 왕이 있다면… 난 누군지도 알 것 같고."

화랑들의 시선이 여울에게 몰렸다. 이번에는 다른 상에서 밥을 먹던 화랑들도 모두 여울을 바라보고 있었다. 여울은 자신의 발언이 가져온 파장에 깜짝 놀라며 당황하였다.


비익재에서는 위화가 북 찢어 뭉쳐온 화중재왕이라 적힌 종이를 공처럼 이리 굴리고 저리 굴리며 생각에 잠겨 있었다. 위화로서는 화랑에 왕이 있다면 그것은 지뒤라고 생각되었다. 이유는 한성과 같았다. 화랑 중 위화가 근본을 모르는 건 지뒤와 선우, 그 둘뿐이었다. 그런데 선우는 망망촌에서 자랐다 하고, 키운 사람도 있고, 이제는 아버지도 있는데 지뒤는 아무것도 없기 때문이다. 있다면 거짓말인

숙부, 위화 자신뿐이었다. 차갑고 냉정했던 지소의 얼굴이 생각났다. 갈가리 찢어 고신하겠다고 했던가?

"지뒤랑이 조카가 맞소? 증명할 수 있겠소? 원래 이름은 뭐고 식솔들은 어디에 있으며, 어찌해서 혈혈단신으로 전전하는 신세가 됐는지. 그자에 대해 하나라도 증명할 수 있다면 공의 말을 믿겠소."

숙명을 받아주지 않을 거면 지뒤를 고신하겠다고 했었다. 물론 이 야기 앞뒤가 그렇게 바로 연결되지는 않았지만, 그날 나눈 전체 이 야기를 요약하자면 그런 뜻이었다.

"핫! 태후."

위화는 감탄의 탄성을 내질렀다. 정말 그 여자는 보면 볼수록 여 장부였다. 지뒤의 신분을 밝히지 못할 것을 미리 알고 있었구먼. 알 았다고 좋다고 까짓것 고신하자고 했으면 어쩌려고 그랬을까 싶으 니 더욱 감탄스러웠다. 위화가 고신하라고 제자를 내놓지 않을 거라 는 걸 이미 읽었다는 뜻이 아닌가.

위화는 고개를 끄덕였다. 아래에서 위를 바라볼 수 있는 왕이 되 고 싶다 했던가? 위화는 어쩌면 이번 왕에게는 기대를 해봐도 좋지 않을까 생각했다.

화중재왕 소식은 당연히 월성 안으로도 날아갔다. 소식을 들은 지 소의 분노는 이루 말할 수 없었다.

"화중재왕이라니! 도대체 누가 이런 짓을 벌였단 말이냐!"

"벽서에 폐하의 표식이 있었다는 걸로 봐선… 분명 표식에 대해 알고 있는 자입니다."

"황실의 몇몇과 국경을 지키는 장군 몇 명만이 아는 표식이다. 감히 누가… 그것을 안단 말이냐!"

지소가 불안감에 떠는 것을 보며 현추가 나직하게 한마디 했다.

"그렇지만 이것은 폐하께 호재인지도 모릅니다."

"호재라니?"

"안지 공의 아들이 가짜 왕 역할을 준다면, 폐하는 당분간 안전하지 않으시겠습니까."

"진짜 왕을 지킬… 가짜 왕이란 말인가?"

현추가 조용히 고개를 끄덕였다.

그리하여, 선문 안에는 새로운 소문이 퍼져나가기 시작했다. 화랑들이 서로의 귀에 뭐라고 속닥이기 시작한 지 얼마 되지 않아 화랑들 사이에는 묵언의 약속이 정해졌다. 선우만 나타나면 일시에 조용해지고, 길을 터주듯 비켜서 주었다. 선우가 낯선 분위기를 이상하게 여겨 쳐다보면 아무 일도 없었다는 듯 제 갈 길을 가다가도, 선우가 등을 돌리면 그를 가리키며 수군거리기 일쑤였다.

"예사롭지 않다, 남다르다… 싶긴 했어."

"도덕경 수업 때도 그게 천인촌에 살던 분이 할 수 있는 답은 아니었지."

"풍월주한테 반말한다며? 한마디로 말을 깐다는 거지."

"진짜… 개새랑이 왕이란 말이야?"

"개새라니. 폐하라니까."

상선방 화랑들도 소문은 들었다.

"선우가 왕이라고?"

"표식을 본 게 나만은 아닌 모양이네."

"개새랑 팔찌 표식이 벽서에 있던 문양과 같다는 게… 사실이야?"

여울은 대답 대신 반류를 보며 싱긋 웃었다.

"개새랑이 왕이면 너한테는 다행이네."

"뭔 소리야?"

"지난번 그일. 반쪽 천인한테 맞은 게 아니라, 왕한테 맞은 거잖아. 기분이 좀 낫지 않냐?"

"맞기 전에 안 닥치냐."

"아, 네."

여울은 얼른 꼬리를 내렸지만, 선우가 왕일지도 모른다는 것은 모두의 머릿속을 복잡하게 하는 이야기임은 틀림없었다.


지현당에 수업하러 모인 화랑들은 선우가 나타나기 전에는 모두 입구만 바라보고 있었다. 드디어 선우가 들어서자 지현당 안이 조용해지더니 화랑들의 시선은 모조리 선우를 따라 움직였다. 수업이 시작되면 거기에서 선우가 무슨 말을 하나 유심히 듣고 적기도 했다.

오늘도 선우가 화랑들의 시선을 느끼며 지현당에 들어와 상선방 화랑 쪽에 자리 잡고 나자 삼맥종이 선우 옆에 와서 앉았다.

"갑자기 애들이 너한테 관심이 커진 것 같은데. 나만 느끼는 건가."

"나도 쟤들한테 관심이 커졌어. 꼭 찾아야 할 놈이 있거든."

"누굴?"

"왕."

"엥?"

삼맥종이 놀라거나 말거나 이상하게 생각하거나 말거나 선우는 화랑들 얼굴 하나하나를 유심히 노려보면서 뜯어보고 있었다.

한성은 오늘도 아로를 찾아와서 수다 삼매경 중이었다.

"하긴, 아로 의원도 몰랐겠지. 오라비랑 같이 쭉 산 것도 아니고. 하루아침에 갑자기 나타난 오라비가 진짜 오라비인지 가짜 오라비인지 어떻게 알겠어?"

"잘못 안 거요. 우리 오라비는 왕이 아니라니까!"

"어떻게 그걸 확신하는데?"

"그야…."

아로는 눈을 빛내며 달려드는 한성을 보고는 차라리 말을 말자 돌아서 버렸다.

"봐. 설명 못 하잖아."

"아, 진짜!"

아로는 버럭 소리를 질렀다.

"선우랑은 분명히… 하여튼! 왕이 아니라고!"

한성이 놀라서 입을 떠억 벌리고 아로를 바라보았다.

"와, 소리 질렀어."

"아, 씨."

아로는 이제 삼맥종보다 선우 걱정을 더 하게 생겼다. 왕이라고 소문나면 잡다한 자객이 덤빌지도 모르고, 어떤 위험에 처하게 될지도 모르는데 왕이 아니라고 하려면 삼맥종이 왕이라는 말을 해야 할 테고. 또 그것은 절대 함구하겠다는 약속을 어기게 되는 것이고 삼맥종을 위험에 처하게 되고….

"아악! 모르겠다. 아, 몰라. 난 몰라."

아로는 꼬리에 꼬리를 물고 쳇바퀴 돌 듯 결론 없이 빙글빙글 도는 생각에 돌아버릴 것 같았다. 생각은 하지 말고 일단 선우 얼굴이나 보는 것이 좋을 것 같았다.

마침 걸어오는 선우를 보고 아로가 반가워서 달려가려는데, 옆에서 싹 끼어드는 여인네가 있었으니 숙명이었다. 아로는 멈춰 서서 둘을 지켜볼 수밖에 없었다.

"소문에 그쪽이 내 오라비라던데? 왕의 표식은 어디 있지? 이쪽 팔인가? 저쪽 팔인가?"

숙명은 선우의 팔을 잡아들고 표식이 없는 것을 확인하더니 선우의 얼굴을 똑바로 바라보면서 말했다.

"당신이 신국의 왕이라고? 거짓말하지 마."

"활 쏜 게 당신인가?"

선우는 숙명의 팔을 제압하듯 잡고 다시 물었다.

"사냥터에서. 아로한테 활 쏜 게 당신이냐고!"

"난 노루 사냥을 했을 뿐이야."

숙명이 선우를 뿌리치려고 하는데 선우는 외려 확 당겨 잡았다.

"난 그쪽이 누군지 관심 없어. 날 누구로 아는지도 관심 없고. 하지만, 그 애를 다치게 하면 진짜 내가 누군지, 알게 될 거야."

선우는 숙명의 손을 홱 내던지듯 놓고 빗겨서 아로 쪽으로 걸어왔다. 숙명은 재미있다는 듯 선우의 뒷모습을 유심히 보다가 아로와 눈이 마주쳤다. 아로를 보는 숙명의 시선은 싸늘했다. 아로도 이유가 어찌 되었든 숙명에게 지고 싶지는 않았다. 두 여자의 시선이 팽팽하게 부딪혔다.

다시 남부여와의 국경에서 다급한 전령이 달려왔다. 그 소식으로 화백 회의에 모인 대신들은 펄펄 뛰며 흥분하고 있었다.

"제가 뭐라고 그랬습니까! 우리가 이렇게 손 놓고 있으니… 남부여 놈들이 도발을 일삼는 것 아닙니까!"

"지난번보다 피해 규모도 두 배 이상 커졌어요. 빼앗긴 우마만 해도 백 두가 넘습니다! 이게 다…."

"저들이 우리를 깔봐 그런 것이지요. 섭정에서 물러나지 않는 태후와 얼굴 없는 왕. 다 그 탓으로 돌리고 싶겠지요."

지소가 미리 선수를 쳐 그가 할 말을 해버리니 그는 못마땅한 얼굴을 돌아앉으며 끄응 괴상한 신음을 냈다. 그때 영실이 유유히 끼어들었다.

"그만하세요. 태후 전하께선 지금 다른 일로 경황이 없으시니… 그런 것 아니겠습니까?"

지소조차 영실이 무슨 소리를 하는지 몰라 의아해서 내려보는데 다른 대신들도 마찬가지였다.

"다른 일이라니요! 지금 이보다 더 화급한 일이 어딨다고?"

영실이 지소를 빤히 보며 물었다.

"화랑 안에 삼맥종 폐하가 계시다는 게 사실입니까?"

지소는 순간 당황하여 할 말을 잃고, 대신들은 웅성거리며 난리가 났다.

"폐하가 화랑이라니."

"선문 안에 계시단 말이야?"

대신들이 수군거리는 소리를 들으며 어지러워 쓰러질 것 같아진 지소는 의자 손잡이를 틀어잡고 박영실을 매섭게 노려보았다. 호공이 모르는 척 살짝 끼어들어 한마디 했다.

"아니면… 아니라고 말씀을 해보시지요."

"영실 공의 말이 사실입니까?"

대신들이 일시에 조용해지면서 지소만 바라보았다. 지소는 들키지 않게 심호흡을 하고 말했다.

"다시 말하지만, 폐하는 이 신국에 계시지 않소. 그런 헛소문으로 질서를 문란하게 하는 자가 있다면! 더는 좌시하지 않을 것이오!"

그 말이 더 의심스러운 대신들은 웅성거렸고, 지소는 박영실을 잡아먹고 싶은 심정으로 노려보는데, 박영실은 '걸려들었구나'라는 듯 여유만만한 미소를 짓고 있었다.


그날 영실의 사랑채에서는 작은 축하잔치가 열렸다. 간소한 주안상을 앞에 두고 호공이 칭찬하면 영실 공이 맞장구쳤고, 영실 공이 낄낄낄 웃고 호공이 박장대소하는 그들만의 잔치였다.

"지소의 표정 보셨지요? 지소가 그렇게 놀라고 당황한 걸 보게 되다니 말입니다."

"그러게 말이야."

"화중재왕 작전은 아주 유효했습니다. 과연 영실 공이십니다."

"뭘 그까짓 걸 가지고."

"분명 안지 공의 아들 선우랑이 삼맥종입니다."

그런데, 이 대목에서 한참 같이 웃던 영실이 갑자기 안면을 싹 바꾸더니 고개를 갸우뚱했다.

"글쎄."

"글쎄라니요…? 지소의 표정 보셨지 않습니까. 정말 대단한 계집입니다. 제 손으로 직접 뽑아 화랑에 집어넣다니요. 누가 그런 생각을 할 수 있겠습니까."

그 말을 듣고 보니 영실은 더 미심쩍은 것들이 보이기 시작하여 골똘히 생각에 잠겼다. 호공이 영실의 눈치를 살폈다.

"뭐가 걸려 그러십니까?"

"아귀가 너무 딱 맞아."

"그야… 처음부터 계획한 일이니…."

"지소의 행차를 막아선 미친놈이… 안지 공의 아들이랬지. 지소가 그 아이와 안지 공을 월성 감옥에 가뒀고."

"그러니 무서운 계집이란 겁니다. 이런 수까지 다 계산한 것 아니겠습니까."

"좀 더 두고 보자고. 보면 알겠지."

아무래도 더 이상 의심할 바 없이 안지 공의 아들이란 자가 삼맥종인 것이 틀림없는 것 같은데, 호공은 영실이 무엇 때문에 고민하는 건지 이해가 안 됐다. 그러면서도 이렇게 거사에 앞서 꼼꼼하고 신중하니 지금의 자리를 갖게 된 건가 새삼스레 존경하는 마음도 생기고 있었다.

이젠 거의 왕으로 인정받는 선우가 방으로 들어오자 잠옷으로 갈
아입고 있던 상선방 화랑들은 일제히 불편한 시선으로 선우를 쳐다
봤다.

"분위기 왜 이래. 동방생 중 왕 하나쯤 있음 좋은 거 아닌가?"

여울이 분위기 좀 풀려고 나섰다가 일제히 쏟아지는 핀잔에 뒤로
물러나는데 반류가 선우를 노려보며 나섰다.

"정말 네가 왕이냐?"

"야… 너무 노골적이지 그건."

여울이 반류를 말리며 선우의 눈치를 보는데 그들이 그러거나 말
거나 선우는 대꾸도 하지 않고 자기 침상에 누워버렸다. 반류가 욱
치미는 화를 못 참고 다시 덤볐다.

"아니면, 아니라고 하면 될 거 아니야? 난 너 같은 놈이 왕이라고
해도 안 믿겠지만."

"어차피 안 믿을 건데, 왜 물어?"

"네 입으로 직접 뭐라고 할 말은 있을 거 아니냐고."

반류가 한 대 칠 것처럼 덤벼들자 수호와 여울이 나서서 말렸다.

"하지 마."

"그래, 휴일이 코앞인데… 이런 일 따위로 불통 달고 집에 가긴 그
렇지."

반류가 물러서고, 말리던 아이들도 겨우 자리에 들었는데, 선우는
여전히 그러거나 말거나 제 생각에 잠겨 있고, 삼맥종은 그런 선우가

신경 쓰여 바라보고 있었다. 제각각인 상선방 화랑들의 밤이었다.


밤뿐이 아니라 낮에도 마찬가지였다. 선우가 걸어가면, 화랑들은 눈치 보며 수군거리고 알아서 길을 비켜주곤 했다. 감히 누구 하나 옆에 오려는 사람도 없었다. 그러다 보니 삼맥종만 선우와 나란히 걷는 일이 많아졌다.

"쟤들 누굴 보는 거냐?"

"아무래도 너인 것 같다."

"내가 그렇게 괜찮은 거냐? 남심도 장악할 만큼?"

"안 하던 농담도 하네."

"화랑 중에 왕이 있다면… 넌 누구일 것 같냐?"

순간 삼맥종은 숨이 탁 막혀 와서 대답할 수가 없었다.

"그냥 하나 찍으면 누구일 것 같냐고."

여전히 삼맥종이 대답을 못하자, 선우는 눈싸움이라도 하듯이 삼맥종을 노려보다가 휙 돌아 가버렸다.

삼맥종은 선우가 왕으로 오해받게 되어 여러 가지 불편해지는 것이 미안했고. 선우가 왕을 찾겠다 나서는 것은 불안했다. 왕을 찾아서 뭘 하려는 것인지 물어봐야 하지 않을까? 물론 좋은 일로 찾는 것은 아닐 테지만.

"근데 왕은 왜 찾는 거냐…? 뭘 어떻게 할 건데?"

선우가 삼맥종에게 잡혀 돌아섰다. 삼맥종은 짧은 시간 전력으로 뛴 탓에 숨이 헐떡이고 있었다.

"왕을 찾으면… 어쩔 거냐고."

선우는 삼맥종을 가만히 보고 있다가 덤덤하게 대답했다.

"죽일 거야."

삼맥종이 말문이 막혀서 선우를 바라보았다.

"죽일 거라고."

삼맥종은 그런 선우를 보며 두려운 마음이 들었다. 선우가 죽인다 하면 죽어 줘야 하나? 살기 위해 선우를 죽여야 하나? 어떤 답도 좋은 답은 아니었다.

선우는 아로에게 어깨 상처를 보이고 있었다. 처음엔 처참하여 도저히 눈을 뜨고 볼 수 없을 정도였는데, 이젠 많이 아물어서 보기에도 좋았다.

"많이 좋아지고 있어요. 그래도 혹시 무리하면 터질 수 있으니까 조심해요."

"그 소문, 아니야."

내내 아무 말도 없고 아로가 떠드는 정신없는 소리를 묵묵히 듣고 있던 선우가 툭 내 던진 말이었다.

"알아."

"알아?"

"응. 절대 아닌 거 나는 안다고."

"뭐야. 그러니까 내가 왕으로는 절대 안 보인다?"

"엥? 말이 어떻게 그렇게 넘어가냐. 그게 아니라…."

선우가 나직하게 소리 내어 웃었다.

"놀린 거야. 너 웃으라고."

"농담도 참⋯."

"그런데 안 웃네."

선우가 쓸쓸한 얼굴이 되어 아로를 바라보았다. 아로는 선우에게 미안해서 마음이 무거웠고 어떻게 해도 웃을 수가 없었다. 얼마나 힘들지 짐작할 수도 없는 선우의 마음이었다. 치료하던 것을 치우려고 아로가 일어서는데 선우가 손을 잡고 멈춰 세워 아로의 배 쪽에 얼굴을 묻었다.

"잠깐만⋯ 잠깐만 이러고 있을게⋯."

선우는 울컥 눈물이 흐르는 것을 애써 참고 있었고, 아로는 그런 선우가 마음 아파 그의 머리를 쓰다듬었다.

그렇게 한동안 둘은 서로를 안아주었다.

화랑들의 휴가일이 되어 선문이 크게 열리고 화랑들이 거리로 쏟아져 나왔다. 여울이 수호와 반류 사이에 끼어 어깨동무를 하며 제안했다.

"모처럼만에 휴일인데. 옥타각 어떤가?"

반류가 여울의 팔을 밀어서 떨어트렸다

"어디서 치대냐. 너랑 나랑 그렇게 안 친해."

여울이 수호를 보고 과장스럽게 말했다.

"와⋯ 나 쟤한테 방금 차였다."

"너 혼자 가. 나도 거기 갈 기분 아니니까."

"와… 동시에 두 놈한테 차인 거야, 나?"

반류는 휴가를 나왔으니 박영실의 집으로 갈 수밖에 없었다. 그래도 아버지인데 안 가볼 수는 없는 일이었다. 언제나 그러하듯 살갑게 맞아주는 아버지는 아니었고, 반류도 애교 넘치는 아들이 될 생각은 없었다. 반류를 세워놓고 이리저리 거닐던 박영실이 갑자기 물었다.

"선문에 벽보가 붙었다지?"

"…"

반류는 대답 대신 영실을 바라봤다.

"왜 그런 눈으로 보니?"

"아버님이 하신 일 아닙니까?"

영실은 대답 대신 노회한 미소를 보이더니 또 바로 물었다.

"어때… 선우랑이라는 놈. 네가 보기엔 어떠냐. 왕 같아 보여?"

역시 반류는 대답하지 않고 영실을 불쾌한 듯 쳐다보았다.

"그놈이 왕인지 아닌지 답을 가져와."

"제가 왜… 그런 일을 해야 합니까?"

영실은 새삼스레 반류를 가만히 바라보았다.

"난 널 왕으로 만들 생각이다."

"네?"

"왕이 없어야, 네가 왕이 되도 될 거 아니야."

반류는 영실의 말을 듣고 더 이상 아무 말도 할 수 없었다. 그동안 아버지 호공이 왕의 재목이라느니 과연 왕의 기상이라느니 말할 때는 아들을 귀여워하는 아버지의 과장 정도로 생각해왔었다. 그런데 막상 영실이 그렇게 말하자 진심일 수도 있겠다는 생각이 들었다. 부담감에 입술도 마르고 목도 말랐다. 모반이라도 하겠다는 건가?

반류는 무작정 집을 나왔다. 박영실이 없는 다른 곳에 가고 싶을 뿐이었다.

선우와 아로 역시 집으로 갔다. 도착하자마자 선우의 상처부터 살피는 안지의 입에서 한숨이 절로 나왔다.

"깊게 박히지 않아 다행이다. 상처도 잘 아물고 있고. 아로가 진짜 의원이 다 됐네."

"아로를 지키라고 했던 말, 아로가 위험할지 어떻게 안 거야. 누구한테 무슨 말을 들은 거야?"

"누구인지 말하기는 어렵다. 아로를 지켜줘. 지금 얘기할 수 있는 건… 이것뿐이다."

선우가 품속에서 화중재왕 벽서의 조각을 안지 앞에 펼쳤다. 왕이 표식이 남아 있는 쪽지 조각이었다.

"이건 뭐냐?"

"선문에 벽보 붙었다는 말 못 들었어? 화중재왕. 화랑 안에 왕이 있대."

"뭐?"

"여기 이 표식… 막문이가 왕을 봤다고 했었어. 우리한테 칼을 휘두른 놈이 이 표식을 갖고 있었고. 이게 왕의 표식이 맞다면… 막문이를 죽인 놈… 그 얼굴 없는 왕이야."

안지는 너무나 놀라운 사실에 삭힐 시간이 필요한 듯했다. 안지의 눈동자는 혼란스러워 흔들리는데 선우는 이미 모든 결정을 끝낸 듯 차분하고 냉철해 보였다.

"이제… 어쩔 셈이냐?"

"죽여야지."

선우의 답은 간단했다. 안지는 더럭 겁이 났다. 상처가 끊이지 않는 이 아이가 지금 하려고 하는 일이 무엇인가. 이 아이마저 위험하게 만들어도 되는 것일까? 안지는 결의에 찬 선우를 보는 것이 오히려 두려웠다.


오늘은 화랑의 휴가일, 곧 옥타각의 대목일이었다. 언제나 날아갈 듯 아름답지만 오늘따라 더 아름다운 미루향이 진심으로 행복한 미소를 보이며 오가는 손님들을 챙기고 있었다. 그때 옥타각의 보물덩어리 수호가 들어서는 게 보이자 미루향이 냉큼 달려가 수호를 맞이했다.

"어서 오시오. 수호랑. 오늘은 어째 혼자시오?"

"누구랑 어울려 놀고 싶지가 않아서."

"그럼… 친구들 화랑과 멀리 떨어진 곳으로 자리를 마련하라 할까요?"

"그래 주면 고맙겠소."

"그럼, 어디 보자, 일 번 방에 여울랑이 있고 이 번 방에 반류랑이 있고…."

미루향의 말이 채 끝나지도 않았는데 수호가 번개처럼 날아가버렸다. 미루향은 듣다 말고 사라진 수호 때문에 멍해져 있는데, 꺄악 비명이 나는 걸 보니 벌써 사달이 난 모양이었다.

수호가 이 번 방문을 발로 걷어차며 소리를 질렀다.

"반류!"

수호가 걷어찬 문은 그 자리에서 부서져버렸고, 혼자 앉아 술을 마시던 반류가 황당한 눈으로 수호를 빤히 쳐다보고 있었다.

"반류, 너 나와!"

"내가 왜 나가야 하지?"

"내가 너랑 대화를 해볼 생각은 없거든. 나와! 붙자!"

반류가 또박또박 말을 다시 했다.

"그러니까, 내가 왜 너랑 붙어야 하냐고? 우리 선문에서 괜찮게 헤어지지 않았어? 나는 지금 누구랑 붙기보다는 혼자 조용히 있고 싶은데."

"이 뻔뻔한 놈, 내 누이한테 그런 짓을 해놓고 그런 말이 나와?"

반류는 전혀 모르겠다는 표정으로 멍청하게 되물었다.

"누구?"

"내 누이. 수연이. 그 바보 같은 계집애. 아까 길에서…."

그때 반류의 머릿속에 어렴풋이 떠오르는 장면이 하나 있었다. 앞을 가로 막아서서 말하던 여인이었다.

"반류랑… 저 바로 앞에 있었는데 못 보신 것 같아서…."

아아! 수연이었다. 반류는 그 얼굴을 빤히 보고도 밀어내고 그냥 제 갈 길을 갔었다. 영실이 했던 말이 머릿속에서 왕왕거려서 눈앞에 있는 사람이 누구인지 살필 겨를이 없었다.

반류가 자리에서 벌떡 일어났다. 반류를 잡아 한판 크게 붙고 버릇을 가르쳐놔야겠다는 결심으로 수호의 두 눈이 강하게 빛났다.

"뭘로 붙을래? 주먹? 검?"

수호가 아직 말하는 중인데 반류는 급하게 밖으로 뛰어나가면서 수호의 팔을 잡아끌었다. 옥타각 밖으로 나와서는 다짜고짜 수호를 말에 태우더니 반류는 전속력으로 말을 달리기 시작했다. 말의 속도가 어찌나 빠른지 여기에서 반항했다가는 떨어져서 말발굽에 밟힐 것 같아 수호는 조용히 가만 있었다. 어디로 끌려가는 중인지 알았으면 좋겠지만, 지가 뭘 어쩌겠냐는 생각만 했다. 게다가 눈 옆으로 풍경이 휙휙 날아가듯 스쳐 지나가는 것 하며 미칠 것 같은 속도감은 제대로 즐거웠다. 그런데, 도착한 곳은 어이없게도 수호, 자신의 집이었다.

"뭐냐?"

"불러줘."

"에?"

"아깐 실수한 거야. 사과하고 싶으니까 불러줘."

"내가 왜?"

수호를 빤히 보던 반류가 너무나 순순히 말했다.

"부탁해. 불러줘."

반류가 부탁한다는 소리를 들어본 것은 생전 처음이었다. 수호는 오라비의 진실한 마음으로 수연이가 걱정되었다. 이것들이 대체 어쩌려고 이러지? 그러나, 어쨌든 부탁한다는 소리까지 듣고 안 불러다 줄 수는 없었다.

수연을 기다리면서 반류는 낮에 있었던 일이 다 생각나버렸다. 영실이 했던 어마어마한 소리를 듣고 어떻게 해야 할지 몰라서 머릿속이 복잡하면서도 텅 비어 있을 때였다. 집이 아닌 곳이면 어디든 가고 싶어서 나섰는데, 어디로 가야 할지 생각나는 곳도 없었다. 그때 집 앞에서 기다리고 있었던 수연이 반류를 보고 달려왔다. 그런데, 반류의 눈에는 수연이 들어오지 않았던 거다. 수연은 반류가 자신을 모른 척한다고 생각하고 얼떨떨해 있다가 다시 쫓아와 반류의 앞을 가로막고 말했다.

"반류랑… 저 바로 앞에 있었는데 못 보신 것 같아서…."

그런데도 반류는 수연을 빤히 보다가 손을 떨쳐내고 가던 길을 갔고 그런 수연이 걱정돼 쫓아왔던 수호가 그 꼴을 다 본 것이었다.

수연이 나왔다. 장옷으로 머리끝에서 발끝까지 푹 둘러싸고 나와 등을 돌린 채 반류 옆에 섰다. 반류는 불러달라고는 했지만, 무슨 말부터 해야 할지 모르겠어서 일단 헛기침을 했다. 헛기침을 한 번 했더니 계속 헛기침이 나왔고, 참다못한 수연이 말했다.

"장옷을 둘러싸고 나온 건 용서하세요. 제 몰골이 지금 눈뜨고 봐줄 상태가 아니라… 헛기침은 그만하세요. 그러다 목 상하시겠어요."

"고맙소. 그리고 미안해요."

수연이 몸을 살짝 돌려 반류를 바라보았다.

"아깐 내 정신이 아니어서… 그냥 아무 정신도 아닌 때여서…."

"일부러 모른 척하신 게 아니라, 여러 가지 사유로 못 알아보신 거라구요?"

"그래요."

와락, 수연의 장옷이 땅에 떨어져 날리고 수연이 반류의 허리를 끌어안았다. 반류의 가슴에 얼굴을 푹 묻은 수연이 기쁨에 찬 목소리로 속삭였다.

"그러실 줄 알았습니다. 일부러 모른 척 아니실 줄 알았습니다."

"그래도 못 알아본 건 내 잘못이고…."

"으음. 아니, 아닙니다. 세상살이가 얼마나 복잡한데요. 머리도 복잡할 때가 많고… 이렇게 와서 말씀해주시니 그걸로 됐습니다. 감사합니다."

그리고 수연은 반류의 허리를 껴안고 얼굴을 그의 가슴에 묻은 그대로 꼼짝도 하지 않고 있었다. 반류는 머뭇거리며 수연의 등을 다독여도 보았으나 어색하기 그지없었고 달리 자세를 편하게 할 방법을 찾으면 좋겠는데, 방법이 없었다.

"계속 이러고 있으니까 팔 저리지요?"

"글쎄… 조금."

"제가 하나 둘 셋 하면, 제 얼굴은 보지 말고, 절대 보면 안 됩니다. 하나 둘 셋 하면 떨어져서 제 장옷을 집어 저를 주십시오. 장옷이 하필 그쪽으로 날아가 있네요. 자 준비하시고… 하나. 둘. 셋."

반류는 수연이 시킨 대로 수연이 얼굴을 보지 않고 장옷을 집어 수연에게 건네주었다. 그런데, 옷을 잡으려던 수연이 실수로 반류의 팔에 부딪혀 몸이 휘청 휘었고, 반사적으로 수연을 받았는데 그대로 반류 품 안에 수연이 쏙 들어온 모양이 되었다. 볼은 빨갛고 많이 울어 퉁퉁 부은 눈이 깜짝 놀라서 반류를 올려다봤다. 반류는 그런 수연의 얼굴이 너무나 사랑스러워 저도 모르게 픔 웃고 말았다. 수연이 벌떡 몸을 일으키더니 옷매무새를 바로잡으며 샐쭉 토라진 목소리로 말했다.

"그러기에 몰골이 도저히 말이 아니라고 했잖습니까. 그럼 밤길 위험한데 조심하시고 잘 가시구요."

뾰로통해진 수연은 반류의 손에서 장옷을 확 잡아채 뒤집어쓰고는 급하게 집 안으로 들어가는데 여전히 웃음기를 지우지 못한 반류가 말했다.

"귀여워서 웃었소. 그대 얼굴이 너무 귀여워서."

수연의 발걸음이 멈칫 섰다. 장옷 안의 얼굴은 귀엽다는 말에 좋아서 헤벌쭉 웃고 있었다.


화랑들이 휴가를 떠난 선문은 한적하고 고요했다. 위화와 피주기는 정양당에 앉아 누룽지를 먹고 있었다. 아니, 사실은 피주기는 너무 졸려서 연신 하품만 해대고 위화만 누룽지를 즐기고 있었다.

"아니, 왜 휴일까지 사람을 잡아놓고 이 난리 깽깽인지. 참 피곤하고 손 많이 가는 인간인 거 본인은 아시나 모르겠네."

위화는 누룽지 다 먹은 게 못내 아까워 피주기에게 앙탈을 부리기 시작했다.

"아이, 이거 또 다 먹었어. 이게 다야? 꼴랑? 내가 누룽지 그렇게 좋아하는 거 알면서."

피주기는 위화의 그런 태도가 너무 한심해서 저도 모르게 버럭 소리를 질렀다.

"걱정도 안 되십니까?"

"뭐가?"

"생각을 해보세요! 선문 안에 왕이 있다는 소문이 돌면… 여기가 무사하겠어요?"

"하긴, 아무래도 내 숙소는 옮겨야겠지? 자객이라도 들면 여긴 너무 위험해."

"이 쏴람이… 어디 그게 풍월주가 할 소립니까! 살아도 같이 살고 죽어도 같이 죽어야지!"

"왜 소리를 지르고 난리야. 아, 그럼 자네가 풍월주 하든가!"

피주기는 위화 하는 꼴이 너무 얄미워 누룽지 그릇을 뺏어버렸다.

"먹지 마요."

위화는 그나마 남은 누룽지에 미련이 있는 듯했지만 그보다 가슴팍에 가시 박힌 것처럼 아리게 있을 그놈을 생각하니 입안이 썼다.


삼맥종은 인적도 없는 선문 안을 쓸쓸하게 걷고 있었다. 연못가를 서성일 때 위화가 그 앞을 막아섰다.

"휴일인데. 넌 왜 밖에 안 나가고. 이 밤중까지 여기 있냐?"

"그냥… 귀찮아서요. 밖에 나가봐야… 좋을 것도 없고."

심히 공감한다는 듯 고개를 끄덕이던 위화가 삼맥종을 똑바로 바라보며 물었다.

"전부터 궁금한 게 있었는데. 네 이름은 왜 지뒤냐?"

"별거 아닌데."

"그럼, 별거이게 설명해 보든가."

"지독한 뒤통수… 그래서 지됩니다."

위화는 푹 터지는 웃음으로 호탕하게 웃어젖히는데, 삼맥종도 그런 위화 덕에 조금은 웃었다.

"왕경에 아는 사람도 없고, 일가친척도 없고, 이름은 가명에 콩가루 집안이고. 태후에게 지독한 뒤통수를 치시겠다. 따지고 보면 일가친척이 전혀 없는 건 아니지. 선문 안엔 누이가 있고. 월성 안엔 어머니가 계시니… 안 그렇습니까. 폐하."

지그시 바라보는 위화 앞에서 삼맥종은 할 말을 잃고 그저 껌뻑껌뻑 위화를 바라보고 있을 뿐이었다. 맨 처음 든 생각이 '풍월주도 왕의 얼굴을 알았는데 죽여야 하나?'이었던 것은 비밀 아닌 비밀.

그 시간, 내전에 불려간 김습은 다시 지소의 말을 확인했다.

"지금… 제 아들을 만나신다 하셨습니까?"

"공의 아들이 화랑 중에서도 용맹하고 검술이 뛰어나다 들었소."

"과찬이시옵니다만…."

"내 특별히 그대의 아들에게 부탁할 일이 있소."

그리하여 수호는 아버지 김습에게 주의할 점을 잔뜩 듣고 그 길로 지소를 뵙기 위해 내전으로 향했다.

'태후 전하를 뵐 땐, 고개를 빳빳이 들거나 눈을 마주 봐선 안 된다. 너무 가까이 다가가서도 안 되고. 무슨 말씀을 하시거든… 예. 그리하겠습니다. 이렇게만 말해라. 알겠냐.'

아버지는 그러면서도 수호를 혼자 보내는 것에 불안해했지만, 그건 아버지 생각이고 수호는 지소를 만난다는 생각에 설레서 노래라도 부르고 싶었다.

수호가 도착하자 기다리고 있던 모영이 내전으로 안내해주었는데, 수호는 중간 어디쯤에서 지소의 향기를 맡고 저도 모르게 길을 이탈하여 향기를 쫓아 발걸음을 옮기게 되었다.
역시 그곳에 지소가 있었다. 궁녀들과 함께 산책하고 있는 지소였다. 아니, 궁녀들과 떨어져 혼자 골똘히 생각에 잠겨 걷고 있었는데, 치마 아래로 드러난 희고 작은 맨발이 살랑살랑 잔디를 밟고 있었다.
수호는 그런 지소의 모습을 홀린 듯 하염없이 바라보고 있었는데 지소가 가시덤불 쪽으로 걸어가는 것이 아닌가? 지소는 지소대로 생각에 빠져 있어서 가시덤불 쪽으로 가면서도 미처 깨닫지 못하는 듯했다. 수호는 성큼성큼 다가가 지소 앞을 막아섰다. 지소가 놀라고 당혹스러운 마음으로 수호를 괘씸해하면서 쳐다보는데 수호는 그 시선을 피하지 않고 말했다.
"안겠습니다."
"뭐라?"
"발밑이 가시 꽃 천지입니다. 오신 길도 그렇습니다. 독이 있는 꽃이라 찔리면 당분간 걷기도 어려우실 겁니다."
그때 모영이 지소의 신발을 들고 달려왔으나 수호가 저지시켰다.
"신을 신으시면 안 됩니다."
수호는 번쩍 지소를 안고 내전으로 향하였다. 지소는 놀라고 황망

한 채로 수호를 보았는데, 수호 역시 그 시선을 피하지 않고 빤히 바라보았다. 내전에 도착한 수호는 지소를 의자에 앉히고 무릎 꿇고 앉아 지소의 발에서 가시를 다 뽑아내었다.

"사냥할 때 종종 만나는 가시꽃입니다. 그쪽으로 산책하실 땐 꼭 신발을 신으십시오."

지소는 대답 대신 수호를 빤히 쳐다보았는데, 수호는 그제야 떨어져 서서 고개를 숙였다.

"송구합니다. 감히 전하의 옥체에 손을 댔습니다. 벌을 주시면… 달게 받겠습니다."

"이찬의 아들이냐."

"예. 수호라 합니다."

지소가 고개를 끄덕이더니 갑자기 따뜻한 목소리로 물었다.

"선우랑을 아느냐?"

수호는 지소의 그 음색만으로 지소가 자신을 부른 이유를 알 것 같았다.


안지는 선우와 아로가 세상모르게 편히 잠들어 있는 것을 보고 마당으로 나와 하늘을 바라보았다. 여전히 하늘을 높고 맑아서 밤하늘의 아름다움이 있었는데, 안지의 마음만은 검은 먹구름만 잔뜩 끼어 있는 상태였다.

"왜 나와 있소?"

고개를 돌려보니 울타리 밖에 휘경이 서 있었다.

"휘경 공."

휘경이 손에 들고 있는 술병을 흔들어 보였다.

"오늘 같은 날은 분명히 한잔하고 싶을 거 같아서."

안지는 약재 창고에 간소한 주안상을 차렸다. 둘은 별로 이야기도 하지 않고 주거니 받거니 술만 비워대고 있었다. 그러다 보니 술이 금방 바닥을 보였다.

"아이구. 이런, 술병이 아니라 술독을 사왔어야 했나보네. 안지 공은 언제 이렇게 술을 늘었소? 한잔 겨우 마시던 샌님이?"

"휘경 공."

휘경을 잡으며 부르는 안지의 혓바닥이 약간 꼬여 있었다.

"지소가 내 딸을 죽이려고 했습니다. 노루 잡듯이 잡아 그렇게 죽여 없애려고 했소. 내 아들이, 아들 아닌 아들이, 아니⋯. 이젠 아들일 수밖에 없는 내 아들이 그 살을 대신 맞아 상처가⋯."

흑, 안지의 울음이 터졌다. 그러나 오래 울고 있지는 않았다. 조용히 눈을 감고 마음을 진정시킨 안지는 다시 말을 이어갔다.

"상처가 끊이지 않는 그 아이에게 나는, 내 딸을 부탁한다고만 했습니다. 내 딸을 지켜달라고. 그 아이가 어떤 마음으로 제 누이를 보는지 번연히 알면서 지키라고만 했소."

휘경은 술잔을 빙글빙글 돌리며 안지의 말을 듣고만 있었다.

"잘난 애비는 잘난 의원이랍시고 지소가 먹고 있는 독이 무엇인지 그걸 해독할 방법은 있는지 그런 걸 연구하고 있었는데, 잘난 의원이니 병증 있는 환자를 외면하면 안 된다는 생각에 그런 짓을 하고 있는데, 그 지소는 여전히 내 딸을 죽이려고 내 아들을 상처 입혀요. 내가 어째야겠소? 내 손으로 지소를 죽여야 하나? 내가 그럴 수 있을까요?"

휘경은 안지를 바라보았다. 음모에 빠져 부모를 잃고, 억울하게 재산도 잃고, 거기에 무참하게 아내와 아들을 죽게 하면서도 끝내 선한 길을 택해 걸어왔던 안지가 휘경을 바라보며 묻고 있었다. 자기 손에 피를 묻혀도 되겠냐고. 이미 답을 알고 있으면서도 안지는 휘경에게 질문하고 있었다.

"이 손으로 누군가를 죽이고 나면, 다시는 누구를 살리는 의원 노릇은 못하겠지요?"

안지가 여전히 대답 없는 휘경을 보며 쓸쓸하게 웃었다.

선우는 새벽 댓바람에 나와 선문이 가장 잘 보이는 팔각정에 자리를 잡고 앉았다. 오늘 휴가가 끝나고 돌아오는 놈들의 얼굴을 하나하나 뜯어볼 작정이었다. 그중 한 놈이 분명 왕일 것이고, 걸리면 죽여버릴 것이었다.

화랑들이 하나씩 둘씩 들어오기 시작했다. 그중에 삼맥종이 선문 안으로 들어오는 게 보였다.

"아아, 지뒤랑!"

하고 시선을 옮기려다가 문득 다시 그에게로 시선이 갔다. 그 표식이라는 팔찌에 유난히 집착했었다. 기어이 자기한테 팔라고 했었고, 잃어버렸다고 하니까 잃어버린 선우보다 지가 더 아까워하고 안타까워했었다. 그렇지만 태어나서 한 번도 친구를 사귄 적도 없다고도 했었지.

"지금은 네가 내 유일한 친구인 것 같다. 내가 너 많이 좋아한다고."

갑자기 선우는 오돌돌 닭살이 올라오는 것 같았다. 여튼 그런 녀석이었다. 지뒤랑. 선우는 그가 안 보일 때까지 계속 바라보고 있었다. 그러다 보니 다른 화랑들을 볼 여유도 없었고, 스스로가 이상하게 여겨질 정도였다. 선우는 다시 지뒤랑 곧 삼맥종이 사라진 곳을 바라보았다.


아로는 의원실에 출근하자마자 이 선문에서 안 봤으면 싶은 유일한 얼굴을 보았다. 숙명이 임자도 없는 의원실에 턱 버티고 서서 아로를 기다리고 있었던 것이다. 아로가 인사를 하는 둥 마는 둥 하면서 무슨 일이냐 바라보았더니, 숙명은 순순히 대답했다.

"발을 접질린 거 같아서."

"그럼 이쪽으로…."

"아니, 내 처소에서 했으면 좋겠소. 준비해서 와주겠소?"

아로가 이렇다 할 대답도 하지 않았는데, 오라 했으니 올 줄 알겠다는 듯 숙명은 몸을 돌려 제 처소로 돌아가버렸다. 그 등 뒤에 대고 아로는 분노했다.

"와… 진짜 양심이라곤 없네. 지금 누구한테 활을 쏴놓고! 접질려? 그냥 확 부러뜨려!"

그러나 어찌했건 의원으로서 환자가 필요하다니 안 갈 수 없는지라 아로는 숙명의 처소에 들어섰다. 동백이 안내해준 곳에 숙명이 맨발로 앉아 기다리고 있었다. 아로가 의아해서 쳐다봤더니 숙명이 알아서 대답했다.

"찜질만 좀 해주면 나을 것 같은데."

"치료법은 환자가 정하지 않고 의원이 정합니다만."

"아무래도 내가 침에 무섬증이 있어서…."

"저는 침만 놓습니다. 찜질은 궁녀를 시키시지요."

"그쪽이 내 전담 의원이라고 했을 텐데."

아로는 순간, 너무 화가 솟구쳐서 눈이 돌아가버리는 것 같았다. 도대체 이 공주님이 뭐라고 말하면서 앉아 있는 거냐? 입 다물고 있으니까 가만히 있으니까 가마니로 보이나?

"공주님께서 그 전담 의원에게 활을 쏘셨죠. 그걸 제 오라비가 맞았구요."

"태후 전하께 죽을죄를 지었다면서? 그럼 맞고 죽었어야지."

아로는 하도 어이가 없어서 손가락으로 귓구멍을 팠다.

"지, 지금… 뭐라고 하셨습니까."

"죽지 않았으면… 그다음 날은 똑같은 거야. 맡은바 의무를 다하는 거. 내 발을 닦고 찜질을 하고 낫게 하는 거. 그게 너 같은 반쪽이 해야 하는 일이지. 뭐해? 어서 하지 않고?"

"그쪽 오라비를 봐서 참으려고 했는데… 안 되겠네. 사람한테는 경우라는 게 있고, 아무리 신분이 높다 해도 사람을 함부로 죽이는 건 부당한 일이오. 공주라면서 백성의 신망을 얻기는커녕 백성에게 활을 겨눈다는 게 말이 되오? 내가 아무리 의원이라도, 당신 같은 사람은 치료할 수 없소."

"그러니까 내 오라비를 안다고?"

아차. 분하다고 너무 말을 막 했구나 후회했지만 이미 엎지른 물, 아로는 턱을 더욱 내밀고 도전적인 자세를 유지하며 버티기로 마음먹었다.

"부당하다? 너는 내 오라비를 알고 나는 내 오라비가 누군지 모르는 거. 이게 부당한 거야. 그러니까 말해. 누가 내 오라빈지."

"모릅니다. 하지만 설사 안대도 안 알려 드릴 겁니다."

숙명은 아로가 괘씸해서 노려보는데, 아로도 만만치 않게 맞받아보면서 버티고 있었다. 머리채를 잡고 뒹군다면 모를까 여기서 더 쏘아줄 말이 없어서 아로는 돌아섰다. 앞으로 찜질 받고 싶으면 의원이 아니라 궁녀를 찾으라고 조언하면서.

휴가가 끝났으니 모두 분주했던 일상으로 돌아가는 것은 당연한 일이었다. 낭두들은 일제히 마구간에서 말의 상태를 살피고 마구를 점검했다. 단세도 자신의 말을 돌보고 있었는데 그 옆으로 강성이 다가왔다. 강성은 인사인지 깐죽거리는 건지 애매한 말투로 단세에게 말을 걸었다.

"이렇게 다시 만나네. 낭두 대 낭두로."

단세는 마음에 안 드는 사람의 깐죽거림까지 받아줄 생각이 없었기 때문에 힐끗 보고 말았는데, 그것이 강성의 비위를 긁었다.

"같은 낭두라고 해서. 정말 같다고 생각하는 건 아니겠지? 쥐뿔도 없는 집안의 반쪽 주제에."

이때 마구간으로 들어오던 파오가 단세를 보고 괜히 왔다 싶어 그대로 뒤로 돌아 나가려는데 단세한테 딱 걸려버렸다.

"야. 파오, 어디 가냐?"

파오는 입술을 꽉 깨물고는 돌아서면서 활짝 웃었다.

"잠깐 일이 있는 것 같아가지고… 근데 안 가도 돼."

"여긴, 강성. 같은 낭둔데… 우리보다 나인 두 살 어리고. 근데 자꾸 엉기네."

파오는 순순한 표정으로 단세가 가리키는 쪽을 돌아봤는데 강성이라는 녀석이 다짜고짜 파오에게 욕하기 시작했다.

"늙은 수세미 같이 생긴 놈이…"

이런 놈을 참아줄 수는 없었다. 파오가 강성의 멱살을 잡고 들어올렸다. 강성이 바둥거리면서 소리소리 쳤다.

"왜, 왜 이래… 나… 진골이란 말이야!"

"형이라고 불러라… 나 더 이상은 양보 못 한다."

파오는 캑캑거리는 강성을 내팽개치듯 확 패대기를 쳤고, 단세가 그 옆으로 다가가 작게 말했다.

"난 봤어. 그날 네가 악기 부수는 거."

강성이 캑캑 소리도 못 할 만큼 당황하여 올려다보자 단세가 강성의 머리를 톡톡 쳤다.

"난 네가 여기서 뭘 하든, 누굴 위해 무슨 짓을 하든 관심 없어. 난 나대로 살아남고 넌 너대로 살아남으면 그뿐이야. 내가 바라는 건 하나야."

강성이 긴장해서 바라보니 잠시 뜸을 들였던 단세가 말했다.

"건드리지 마."

단세가 몸을 일으키고 경쾌하게 파오에게 말했다.

"가자. 친구야."

단세와 파오가 나가버리자 강성은 분해서 씩씩거렸다.

숙명이 예고했던 대련을 준비하기 위해 화랑들은 대마당에 집결하여 각 방별로 연습하기로 되어 있었다. 상선방 화랑들도 자리에 모였는데 여울이 한성이 빠졌다고 지적했다.

"한성이는 우리 방 아니잖아."

"이제부터 우리 방이야. 그쪽 방에서 쫓겨났대."

"불길하네, 이거."

그때 단세가 슬쩍 빠져서 한성을 찾으러 나섰다. 텅 비어 있는 상선방에 들어선 단세는 고민도 없이 침대 뒤 구석으로 다가갔다. 아니나 다를까 거기에 한성이 숨어 있었다.

"너… 대련이 두려워서 피한 거냐?"

"이건 대련이 아니야. 이렇게 위험한 대련이 어딨어?"

"변명 그만하고 나와! 석현제의 손자가 화백들과 태후 전하가 보는 앞에서 꽁지가 빠지게 도망쳤단 얘기 듣기 싫으니까!"

"얘기 듣는 게 중요해? 난 싸우기 싫어! 그리고 저런 건 너무 위험하다고!"

"할아버지를 실망시킬 거야? 넌, 너 하나가 아니야! 석씨 가문의 유일한 적통이라고!"

"적통! 적통! 그놈의 적통 소리 좀 그만해! 내가 이렇게 태어나고 싶어서 태어났어? 왜 다들 나한테 다 짐을 지우려고 하는데? 왜 난데? 왜?"

단세의 표정이 싸늘해졌다.

"그럼 네가 반쪽으로 태어나지 그랬어. 이렇게밖에 못 살 거면서. 왜 모든 건 네가 다 가지는데?"

"형?"

"다 가졌으면 다 가진 값을 해. 어떻게든 널 증명해 보라구."

단세는 한성의 멱살을 잡아서 확 끌어냈다.

결국 한성이 끌려오고 나서야 각기 짝을 이루고 흩어져, 검술 연습이 시작됐다. 선우가 등장하자 화랑들은 일제히 멈추고 시선 집중하였으나 선우가 아무렇지도 않게 행동하자, 각자 하던 일을 하기 시작했다. 수호는 선우를 보자 지소 태후의 정중하고 사려 깊은 목소리가 다시 생각났다.

"선우랑을 부탁하네. 수호랑."

선우는 망설이지 않고 자신의 짝으로 삼맥종을 선택했다. 삼맥종 앞에 선 선우가 말했다.

"잡아라, 검."

검을 쥐고 서로에게 겨누었다.

"세상엔… 너 따위가 감히 열어선 안 되는 문이 있다. 네가 지금 그 앞에 있는 것 같은데…."

'그때 그게 너냐? 네가 맞냐?'

선우는 기억이 떠오를수록 거칠게 삼맥종을 몰아붙였다. 예상보다 강한 공격에 놀라면서도 삼맥종은 선우의 공격을 능숙하게 받아내고 있었다.

검술 연습을 마치고 선우와 삼맥종이 나란히 걸어오고 있었다. 삼맥종은 진심으로 선우에게 감동하여 칭찬을 했다.

"검은 언제 그렇게 배운 거야. 아님… 이것도 그냥 하는 거냐?"

선우는 아무런 대답도 하지 않았고 삼맥종은 뭔지 모르게 불안해졌다.

"뭐냐. 무슨 할 말이라도 있는 거야?"

선우는 여전히 대답이 없었다. 선우의 머릿속은 온통 '너냐? 그게 너였냐?' 하는 질문으로 꽉 채워져 있었기 때문에 대답할 여유가 없었다.

"지금 너 같은 걸. 똥 마려운 강아지 같다고 하는 거야."

"뭐?"

"똥 마려운 강아지랬다. 왜?"

선우가 어이가 없어 픽 웃자, 삼맥종은 더 신났다.

"뭐야… 하루 종일 얼어 있더니 이제야 웃네. 개새라서… 똥을 좋아하나?"

"고만 해라…."

"개새랑은… 좋아한대요~~"

"조용히 하지."

"좋아한대요…."

선우가 몇 번이나 경고해도 듣지 않고 노래를 부르던 삼맥종은 버럭 소리 지르는 선우를 피해 도망가기 시작하고 선우는 전력 질주하여 잡으려고 뒤쫓았다.

"야! 잡히면 너 죽어!"

잠깐이나마 다시 친한 친구처럼 굴 수 있는 두 사람이었다.

〈3권에서 계속〉

# 화랑 2

초판 1쇄 인쇄 2017년 2월 24일   초판 1쇄 발행 2017년 3월 3일

원작 KBS 드라마 〈화랑〉 극본 박은영   소설 강심
펴낸이 연준혁

멀티콘텐츠사업분사 분사장 정은선
책임편집 오가진
기획 이화진

디지털콘텐츠 전효원, 홍지현
이러닝기획 김수명

펴낸곳 (주)위즈덤하우스 출판등록 2000년 5월 23일 제13-1071호
주소 경기도 고양시 일산동구 장항동 846번지 센트럴프라자 6층
전화 031)936-4000  팩스 031)903-3893  홈페이지 www.wisdomhouse.co.kr

ⓒ 화랑문화산업전문회사·오보이프로젝트(주), 2017

값 12,000원  ISBN 978-89-97414-51-2 04810
            978-89-97414-49-9 [세트]